贾平凹研究资料汇编
编委会

学术顾问（按姓氏笔画排序）

丁　帆　李敬泽　吴义勤　陈思和

陈晓明　孟繁华　谢有顺

主　　编　　韩鲁华　王春林　张志昌

副 主 编　　张文诺　张亚斌　杨　辉

总 策 划　　刘东风　范新会　王思怀

编辑统筹　　王新军　马英群　郭永新

贾平凹研究资料汇编

主　编　韩鲁华　王春林　张志昌
副主编　张文诺　张亚斌　杨　辉

《极花》研究

熊英琴　魏丹丹　编

陕西师范大学出版总社

图书代号：WX22N0219

图书在版编目（CIP）数据

《极花》研究/熊英琴，魏丹丹编.—西安：陕西师范大学出版总社有限公司，2022.3
（贾平凹研究资料汇编/韩鲁华，王春林，张志昌主编）
ISBN 978-7-5695-2757-5

Ⅰ.①极… Ⅱ.①熊…②魏… Ⅲ.①贾平凹—小说研究 Ⅳ.①I207.42

中国版本图书馆CIP数据核字（2021）第270842号

《极花》研究
JIHUA YANJIU

熊英琴　魏丹丹　编

出版统筹	刘东风　郭永新
责任编辑	舒　敏
责任校对	宋媛媛
封面设计	张潇伊
出版发行	陕西师范大学出版总社 （西安市长安南路199号　邮编710062）
网　　址	http://www.snupg.com
印　　刷	陕西龙山海天艺术印务有限公司
开　　本	720mm×1020mm　1/16
印　　张	17
插　　页	1
字　　数	264千
版　　次	2022年3月第1版
印　　次	2022年3月第1次印刷
书　　号	ISBN 978-7-5695-2757-5
定　　价	68.00元

读者购书、书店添货或发现印装质量问题，请与本公司营销部联系、调换。
电话：(029) 85307864　85303629　传真：(029) 85303879

总　　序

　　自1978年《满月儿》引起当代文坛的关注，贾平凹的文学创作，已走过了四十余年的历程。四十余年来，贾平凹始终保持着旺盛的艺术创造生命力，特别是在《废都》之后，几乎每两三年出版一部长篇小说，业已是当代文学史上的一个奇观。也许是一种历史宿命，贾平凹的文学创作与对其的研究，呈一种互动的、正向的发展态势。自1978年5月23日《文艺报》刊发邹荻帆先生关于贾平凹文学创作的评论文章《生活之路——读贾平凹的短篇小说》之后，也特别是《废都》之后，有关贾平凹的研究与探讨，已然成为当代文学研究中作家研究方面富有典型性的一个显学案例。当我们对贾平凹文学创作与研究进行历史性梳理后发现，不论是贾平凹的文学创作，还是贾平凹研究，与中国改革开放这四十余年，产生了一种感应性的脉动或者律动，从中可以探寻到当代文学创作与研究的历史走向。

　　这并非一个虚妄的判断，因为既有贾平凹千余万字的文学作品呈现在读者面前，更有数千万字的研究文章、专著摆在了那里。

　　从当代文学研究来看，资料文献的整理与研究，越来越受到学界的关注与重视，并且进行着卓有成效的研究实践，取得了累累硕果。学术研究从某种意义上来说，是一种历史的沉淀，也是一种历史的总结与发现。在学术研究的发展过程中，沉淀了许多资料文献，到了一定历史阶段，自然也就需要进行历史的归纳总结，而立足当下，从中也会有一些新的发现。对某种文学现象的研究资料进行收集整理，以期为后来的研究提供某种方便，本就是一项重要且不容忽视的基础性研究工作。就对当代作家研究资料整理而言，毫无疑问，贾平凹应当是其中一个极为重要的对象。

于是，我们便组织编辑了这套"贾平凹研究资料汇编"丛书。

贾平凹的文学创作研究，已经形成了一个具有独特意义的文学研究现象。不仅研究成果丰硕，而且涉及面也非常广阔，体现出了作家个体研究的水准与高度，其间所涉及的问题，也是当代文学研究中所遭遇的境遇之命题。可以说，贾平凹的文学创作研究已经构成了一部作家个案研究史，而这部作家个案研究史，在某种程度上，亦显现着新时期文学研究历史的脉象。

从历史纵向来看，贾平凹文学研究确实有一个肇始、发展、丰富深化的历史进程。这个历史进程，大体可分为初期、中期和近期三个时段。这三个时段的划分，是以《废都》和《秦腔》研究为节点的。初期研究，就对文学体裁的关注而言，主要集中在散文与中短篇小说上，诗歌研究也有，但很少。这也是与贾平凹的文学创作情景相契合的。贾平凹前期的文学创作，致力于散文与中短篇小说，这也正是他们那一代作家在文学创作上由散文、短篇小说而中篇进而长篇的发展路数。20世纪90年代，更确切地说，自《废都》之后，贾平凹的长篇小说创作，成为研究者关注的一个极为重要的焦点。值得注意的是，贾平凹几乎每出版一部长篇小说，都有一批研究文章问世，而且直至今天，关于《废都》等长篇的研究成果仍然不断出现。这个时期，对于贾平凹文学创作整体性的研究著作与论文，也逐渐多了起来；贾平凹的文学创作，更成为硕士、博士论文的选题对象。进入21世纪，尤其是《秦腔》出版并获得茅盾文学奖之后，长篇小说研究、整体研究与比较研究、传播影响研究，成了贾平凹研究中几个重要的理论视域。当然，在这四十余年间，贾平凹的散文研究成果虽不如小说研究成果丰富，但始终延续着。另外，他的书法绘画作品，也受到了研究者的关注，出现了一批研究成果。这方面的研究虽然并不是很多，但书法绘画乃至收藏等方面的研究，尤其是文学与书画艺术的互动研究，拓宽了贾平凹研究的视野与维度，是贾平凹研究中不可或缺的有机构成部分。

关于贾平凹文学创作研究，可以从如下几个方面加以归纳总结。

贾平凹文学创作整体研究。这一研究，不仅着眼于贾平凹文学创作的整体特征，而且往往是将其创作置于整个中国当代文学背景之下加以论说的，从中可以看出贾平凹文学创作与当代文学历史建构的息息相关与内在关联性。不过，早期的研究文章主要以评论家的主观感受、心理映照为主，多侧重于贾平凹文学创作阶段的划分，厘清不同阶段的创作特色。近期的研究文章，则呈现出更加宏观和多元的研究视域，更为全面深入地从批评史的角度来讨论批评与创作的互动关系，不仅打通了贾平凹文学创作的时间关节，而且试图对贾平凹创作不断走向历史化和经典化的进程加以学理性的归纳探究。在这一背景下的研究中，需要重点提及的是陈晓明《穿过"废都"，带灯夜行——试论贾平凹的创作历程》一文。其梳理了贾平凹1980年至2013年的小说创作，勾勒出贾平凹三十多年来文学创作的风格、特色变化，肯定了贾平凹对当代中国"新汉语"写作的杰出贡献，对贾平凹的文学创作，给予了具有文学史意义的评价判断。此外，李遇春《"说话"与贾平凹的长篇小说文体美学——从〈废都〉到〈带灯〉》一文，以中国传统文学中的"说话"体小说为视角，从贾平凹小说创作对传统小说的继承、化用等方面，分析了贾平凹自《废都》至《带灯》以来的长篇小说文体美学特征，指出贾平凹对中国古代"说话"体小说的现代性转化及对中国传统"块茎结构"艺术的创造性转化，认为贾平凹在继承中国传统文学"史传"与"诗骚"传统基础上富有卓见地创造了以意象支撑结构的日常生活叙事方式。对于贾平凹以意象为其艺术建构核心的论说，笔者在《精神的映像——贾平凹文学创作论》，以及系列论文中有比较充分的论说，此处不再赘言。

贾平凹文学创作的艺术风格、审美特征研究。这方面的研究，已深入作家文学建构的潜心理层次。早期这方面研究，如丁帆《谈贾平凹作品的描写艺术》一文，指出贾平凹对作品人物的塑造是抒情性的，表现出对新生活的向往、对美的追求，其人物具有"姿""韵"兼备的美学特点，认为贾平凹的文学创作具有诗美特质及生活美感复现的特点。王愚、肖云儒《生活美的追求——贾平凹创作漫评》一文，对贾平凹早期文学创作的艺术风格进行细致、具体的探讨与挖掘，认为贾平凹创作的艺术特色在于着重表现社会变型期普通百姓的生活美和深居乡土的乡民的心灵美,具有诗的意境。刘建军《贾平凹小说散论》一文,开篇指出贾平凹小说的艺术特色在于汲取传统小说资源的同时具有强烈的表现欲和浓重的主观色彩,渲染着诗的意境和情绪,是散文化的小说,认为贾平凹文学创作的艺术实质在于真实和主观抒情性。笔者《审美方式:观照、表现与叙述——贾平凹长篇小说风格论之一》一文,以历时性的描述、分析、研究对贾平凹小说的美学风格作了比较准确、精当的界定,认为贾平凹的小说创作追求一种清新优美、空灵飘逸的美学风格,并从审美观照视角、审美表现方式、具体的叙述结构形式等方面详细阐释。

从整体上把握、宏观上研究的论文大多以文学史的发展为背景,出现了一批视角独特、观点新颖的评论文章。对贾平凹文学创作的内在美学风格的观照与作家审美个性、审美心理的把握作出精准的判断,则令始于90年代的贾平凹研究得以进一步深入,并使这种研究具有当代文学普遍意义上的阐发。

贾平凹文学创作的比较研究。这是指研究者将贾平凹的文学创作与东方文学中不同时代、不同作家的作品进行比较论说,或者是将贾平凹的文学创作与西方文学中不同时代、不同作家的作品进行比较探析。一般而言,贾平凹文学创作的比较研究大致可分为影响研究和平行研究两类。

影响研究又可分为三类:

一是中国传统文化思想对贾平凹文学创作的影响。如栾梅健《与天为徒——论贾平凹的文学观》一文,较为全面地论述了贾平凹文学观的形成原因,认为传统文化资源中的"天道"、自然观是形成贾平凹文学观的基础;而客观的地理环境和主观的个体生理条件、个人气质特色、家庭背景等因素均影响了贾平凹的小说创作。胡河清《贾平凹论》一文,从道家文化思想观念对贾平凹小说创作的影响切入,着重分析了传统文化中阴阳观、《周易》思想对贾平凹早期作品《古堡》《浮躁》《白朗》《废都》等的影响,认为在中国当代作家群中,贾平凹对阴阳观(男女性别)的观照最得中国传统文化色彩的熏染。张器友《贾平凹小说中的巫鬼文化现象》一文,从巫术、鬼神文化等对贾平凹小说创作的影响切入,认为巫术、鬼神等民间文化资源是贾平凹文学建构的重要组成部分,巫术、鬼神等文化现象参与、渗透于贾平凹笔下商州世界的独特人文环境、自然景观，并影响着乡民真实、真切的生活经历和情感变化。樊星《民族精魂之光——汪曾祺、贾平凹比较论》一文，从中国传统文化思想资源对汪曾祺、贾平凹小说创作的影响切入，指出汪曾祺小说世界中表露出的士大夫的幽远、高邈境界在贾平凹小说创作中得到了继承和发扬，认为虽然中国传统文化思想资源对汪曾祺、贾平凹二人的小说创作影响程度不同，但两位作家在复现民族魂、反观社会的多变性与复杂性上是相一致的，承续了中国文学的另一种文脉，对当代文学的历史建构具有特殊意义。

二是西方文化、文学传统资源对贾平凹文学创作的影响研究。有关西方文化、文学传统资源对贾平凹文学创作的影响研究的文章是双向的，也就是说，有的研究文章是从西方文化、文学传统资源对贾平凹文学创作的影响这一角度展开论述，而有的研究文章则是从贾平凹的文学创作这一角度来看西方社会对中国文化、文学的接受程度。21世纪以来，贾平凹的文学创作在欧美、日本等国家的影响力越来越大。《西方读者视角中的贾平凹》以及《欧洲人视野中的贾平凹》等文集中讨论了贾平凹的作品在欧美国家的传播。如韦建国、户思社《西方读者视角中的贾平凹》一文，认为贾平凹的主要作品在国外连获大奖、引起巨大反响的主要原因，是其作品展现了人类文明发展史必经的特定阶段，真实地描绘了社会转型时期人们的复杂心态。姜智芹《欧洲人视野中的贾平凹》一文，从三个方面探讨了贾平凹作品在英语、法语世界的传播：一是国外的译介与影响，二是国外的研究，三是传播与接受的原因。吴少华《贾平凹作品在日本的译介与研究》一文，重点介绍了贾平凹的小说在日本的翻译和研究情况。上述研究、评介文章是从贾平凹的文学创作这一角度，来看西方社会对中国文化、文学的接受程度。黄嗣《贾平凹与川端康成创作心态的相关比较》一文，从创作心态、气质、心理的角度，比较了贾平凹与川端康成在文学建构上的相似性。沈琳《试析加西亚·马尔克斯对贾平凹创作的影响》一文，认为贾平凹继承了马尔克斯作品中的孤独感，指出商州农村的建构与拉美农村存在相似性。笔者《特殊视域下特殊时代的人性叙写——〈古炉〉与〈铁皮鼓〉叙事艺术比较》一文，通过对贾平凹《古炉》与君特·格拉斯《铁皮鼓》的文本梳理，指出中国当代文学本土化、民间化叙事的确立与世界文学整体叙事中的当代性建构有着某种相似性、关联性，认为两位作家在文化差异的背景下虽然有着迥异的艺术个性，但都对人类的某些共同经历进行了有情书写。

三是中国文学思想对贾平凹文学创作的影响。具有代表性的研究如雷达的《心灵的挣扎——〈废都〉辨析》、陈晓明的《废墟上的狂欢节——评〈废都〉及其他》，他们都指出《金瓶梅》《红楼梦》《西厢记》等世情小说对《废都》创作的影响。而李陀《中国文学中的文化意识和审美意识——序贾平凹著〈商州三录〉》和李振声《商州：贾平凹的小说世界》，则共同指出贾平凹"商州系列"小说的艺术特质带有明显的明清笔记体小说的印痕。王刚《论贾平凹小说创作的审美视角与话语建构》一文，指出作家身上具有明显的现代作家（如张爱玲、沈从文、孙犁、川端康成等）审美意识的影响痕迹。

关于贾平凹文学创作的平行研究，多以同一国别、同一民族的作家为比较对象，从同一类型的文本出发，分析其艺术风格、创作个性等方面的异同。有关作家之间地域文化差异性研究，如赵学勇《"乡下人"的文化意识和审美追求——沈从文与贾平凹创作心理比较》一文，认为沈从文对湘西世界的建构是其审美理想的总体表征，含蓄朴素的文字风格、淡化人物的主观情绪及对意境的创造，是沈从文独特的审美追求；而构成贾平凹笔下商州的审美境界，是一个静达、高远、清朗的世界，其审美追求是对沈从文笔下营造出的古朴、旷达的湘西世界独特审美意蕴的发展与延续。李振声《贾平凹与李杭育：比较参证的话题》，从贾平凹小说创作对西部文化资源的承袭与李杭育小说创作对吴越文化资源的承袭进行比较论证，认为贾平凹、李杭育为繁荣、壮大地域文化书写作出了卓越的贡献。梁颖《自然地理分野与精神气候差异——路遥、陈忠实、贾平凹比较论之一》一文，对西部作家的杰出代表路遥、陈忠实和贾平凹的创作进行比较，指出三位作家所处的不同自然地理环境对其创作产生了不同程度的影响，认为路遥的小说建构带有陕北高原刚毅与悲凉的色彩，陈忠实的文学创作具有关中地区厚重与朴实的因子，贾平凹的文学创作则具有陕南地区灵秀与清奇的特色。李吟《莫言与贾平凹的原始故乡》，认为莫言的创作追求的是放纵的情感表露，由野向狂，追求狂气、雄风和邪劲，而贾平凹则是有所节制的吟唱，由野向雅，雅俗相得益彰。

有关贾平凹文学创作的研究，还体现出跟踪式研究的特点。而这一方面主要是对于贾平凹长篇创作的跟踪研究，相比较而言，关于《废都》《怀念狼》《秦腔》《古炉》《带灯》《老生》等的研究又比较集中。毋庸置疑，《废都》研究已经成为中国当代文学研究中一个标志性的案例。《废都》是当代文学，甚至当代社会，必然要重提的一个话题。无论谁，是致力于文本探析，或者工于当代文学史的建构，是对当代文学给予充分肯定，还是予以严厉批评，都难以绕过《废都》，也不能无视它的存在。倘若不是如此，恐怕中国当代文学的文本建构，就会留下一个明眼人一眼便看得出的空白，而进行历史叙述，也会留下一个令人惋惜的缺憾。所以，你赞成也好，批评也罢，甚或是给予枪炮似的批判，你都在阅读《废都》，都在审视《废都》。

整理包括作家作品研究在内的文学研究资料的价值意义，自不必多言。就现当代作家的研究资料汇编而言，已有几种丛书问世了。但是，就某位作家文学创作研究的资料整理来看，多为选编，全编性质的少之又少。而对于一位还健在的作家，对其研究资料进行整理、编辑和出版，似乎要更难一些。因为作家的创作还在进行着，亦有新的研究成果不断涌现，又何以给出定论的评价呢？但是，作家创作有终结的时候，而对作家作品的研究却没有终结的时候。当然，这一持续性的研究，是建立在作家文学创作所具有的文学史价值意义基础之上的。换一种角度来看问题，要对某位作家研究资料进行整理汇总，则要看其是否具有文学研究史料的价值意义。毫无疑问，贾平凹是一位具有文学史价值意义的作家，贾平凹研究亦是具有支撑当代文学研究史料价值的存在。

接下来要面对的问题是：全编还是汇编。从收集资料的角度来说，自然是尽可能全面地将收集到的资料，统统纳入，不论文章长短，见解看法深浅，以期给人一幅完整、全面的研究景象。如此下来，且不说那些见于报纸及网络上的浩瀚资料，更不说成百上千的学位论文和研究专著，仅就刊于学术期刊的文章而言，研究成果就已有五千余篇。单就字数来看，研究文字是贾平凹文学创作的数倍。鉴于此，似乎还是需要作出某种选择，而编辑一套研究资料汇编则更为切实可行。

故此，编者在对贾平凹文学创作研究及其与之相关联的学术研究成果，进行全面系统的收集、梳理基础上，又有所权衡取舍。原则上，各类媒体的新闻报道类文章不入选，有关贾平凹研究的博硕论文亦不入选，仅于研究总目中稍作体现，而研究专著，只作极个别的节选。遴选时，编者尽可能选择那些兼具学术严肃性和科学性的文章。无论学术上持肯定还是否定观点，只要是具有建设性意义的文章，都是对于学术研究、学术生态的一种积极建构，乃至对于作家的文学创作，也是具有积极意义的。学术研究的多元化与多样性，是学术研究应有的状态，只要是从学术层面研究探讨问题，言之有理有据的各种观点、思路方法，都应当受到尊重。即便某些文章在理论视域等方面有不成熟的地方，也没有求全责备，有一定的创新和开拓性即可。

最后，说明一下丛书的编选体例问题。大体上，按照论说对象进行分类编选，如创作整体研究、长篇小说研究、中短篇小说研究、散文研究、书画研究等。其中，由于长篇小说文章甚多，研究成果凡能独立成卷的，均独立成卷。各卷整体上按自述与对话、综合研究、思想研究、比较影响研究等几个大的板块进行编选，但是，具体到各卷，则在此基本思路下，根据具体情况进行增删调整。因此，丛书在总体统一的体例下，又保持了各卷的差异性特征。

对一位作家的研究作多卷本汇编，本就是一种尝试，由于编者学识有限，不足、不妥之处在所难免，敬请专家学人、广大读者批评指正！

韩鲁华

目 录

自述与对话

002 《极花》后记／贾平凹

010 贾平凹谈《极花》：像刀子一样刻在心里／陈晓明　别　鸣

013 虚实相生绘水墨　极花就此破天荒
　　——《极花》访谈／贾平凹　韩鲁华

028 "睡在哪里，都是睡在夜里"／贾平凹　丁帆等

041 贾平凹：我不喜欢太情节化的故事／贾平凹　卢　欢

053 警惕"男才女貌"的叙事之"窑"
　　——关于《极花》的意象、女性形象及现实意义的讨论／申霞艳　罗曼莹　刘德飞等

064 贾平凹：写胡蝶，也是写我自己的恐惧和无奈／舒晋瑜

文本分析

068 贾平凹长篇小说《极花》：中国城乡"红与黑"的水墨风俗画／丁　帆

071 乡村书写与艺术的反转
　　——关于贾平凹长篇小说《极花》／王春林

082 写出乡村背后的隐痛
　　——《极花》阅读札记／韩鲁华

096 贾平凹与《极花》／吴义勤

100　回不去的田园：《极花》之痛 / 孔令燕

104　《极花》：是丰厚的，也是轻逸的 / 施战军　何　晶

107　从逸事到叙事
　　　——论《极花》乡土蜕变肌理的人性困境 / 金春平

116　男性霸权下的绝望抵抗
　　　——论贾平凹小说《极花》/ 彭岚嘉　杨　华

122　星光叹蝶影　彩纸挽花魂
　　　——论贾平凹长篇小说《极花》中的三个隐喻 / 魏晏龙

130　无处安放的灵魂
　　　——评贾平凹长篇新作《极花》/ 王万顺

综合比较

140　中国最后的农村
　　　——《极花》论 / 何　平

156　真实性、现实感与纠结的文化心态
　　　——读贾平凹的《极花》/ 彭正生

165　贾平凹的"问题写作"
　　　——读《极花》/ 苏沙丽

175　打工妹生存转向的文化隐疾与身份切问书写
　　　——以贾平凹《极花》为例 / 许心宏

184　《极花》的乡村叙事与意义建构 / 孙英莉　陶　颖

194　沉重的命题　轻逸的叙述
　　　——关于贾平凹的《极花》及其他 / 谢文芳　陈国和

203　关系视域下的空间认同
　　　——评贾平凹的《极花》/ 朱　妍　赵　倩

210　在历史与伦理的悖反中审视《极花》/ 昌　切

221 在现实与想象中纠葛:贾平凹《极花》的叙事艺术 / 程 华

229 《高兴》与《极花》:左翼传统下的另类底层写作 / 周燕芬 李 斌

239 论《极花》与《望春风》的日常生活诗学 / 关 峰

249 附录:研究总目

自述与对话
ZISHU YU DUIHUA

《极花》后记

贾平凹

十年前一夏无雨,认为凶岁,在西安城南的一个出租屋里,我的老乡给我诉苦。他是个结巴,说话时断时续,他老婆在帘子后的床上一直嘤嘤泣哭。那时的蚊子很多,得不停地用巴掌去打,其实每一巴掌都打的是我们的胳膊和脸。

人走了,他说,又回,回那里去了。

那一幕我至今还清清晰晰,他抬起脑袋看我,目光空洞茫然,我惊得半天没说出一句话来。他说的人,就是他的女儿,初中辍学后从老家来西安和收捡破烂的父母仅生活了一年,便被人拐卖了。他们整整三年都在寻找,好不容易经公安人员解救回来,半年后女儿却又去了被拐卖的那个地方。事情竟然会发展到这样的结局,是鬼,鬼都慌乱啊!他老婆还是在哭,我的老乡就突然勃然大怒,骂道:哭,哭,你倒是哭你妈的×哩,哭?!抓起桌子上的碗向帘子砸去。我没有拦他,也没一句劝说。桌子上还有一个碗,盛着咸菜,旁边是一筛子蒸馍和一只用黑塑料桶做成的花盆,长着一棵海棠。这海棠是他女儿回来的第三天栽的,那天,我的老乡叫我去喝酒,我看到他女儿才正往塑料桶里装土。我赶紧把咸菜碗、蒸馍筛子和海棠盆挪开,免得他再要抓起来砸老婆。我终于弄明白了事情的缘由,是女儿回来后,因为报纸上电视上连续地报道着这次解救中公安人员的英勇事迹,社会上也都知道了他女儿是那个被拐卖者,被人围观,指指点点,说那个男的家穷,人傻,×多,说她生下了一个孩子。从此女儿不再出门,不再说话,整日呆坐着一动不动。我的老乡担心着女儿这样下去不是要疯了就是会得大病,便托人说媒,希望能嫁到远些的地方去,有个谁也不知道女儿情况的婆家。但就在他和媒人商量的时候,女儿不见了,留下个字条,说她还是回那个村子去了。

这是个真实的故事,我一直没给任何人说过。

但这件事像刀子一样刻在我的心里,每每一想起来,就觉得那刀子还在往深处刻。我始终不知道我那个老乡的女儿回去的村子是个什么地方，十年了，她又是怎么个活着？我和我的老乡还在往来，他依然是麦秋时节了回老家收庄稼，庄稼收完了再到西安来收捡破烂，但一年比一年老得严重，头发稀落，身子都佝偻了。前些年一见面，总还要给我唠叨，说解救女儿时他去过那村子，在高原上，风头子硬，人都住在窑洞里，没有麦面蒸馍吃。这几年再见到他了，却再也没提说过他女儿。我问了句：你没去看看她？他挥了一下手，说：有啥，看，看的？！他不愿意提说，我也就不敢再问。以后，我采风去过甘肃的定西，去过榆林的横山和绥德，也去过咸阳北部的彬县、淳化、旬邑，那里都是高原，每当我在坡梁的小路上看到挖土豆回家的妇女，脸色黑红，背着那么沉重的篓子，两条弯曲成O形的腿，趔趔趄趄，我就想到了她。在某一个村庄，路过谁家的碥畔，那里堆放着各式各样的农具，有驴有猪，鸡狗齐全，窑门口晒了桔梗和当归，有矮个子男子蹴在那里吃饭，而女的一边给身边的小儿擦鼻涕，一边扭着头朝隔壁家骂，骂得起劲了，啪啪地拍打自己的屁股。我就想到了她。在逛完了集市往另一个村庄去的路口，一个孩子在草窝里捉蚂蚱，远处的奶奶怎么喊他，他都不听。奶奶就把胳膊上的篮子放在地上，说：谁吃饼干呀，谁吃饼干呀！孙子没有来，麻雀乌鸦和鹰却来了，等孙子捉着蚂蚱往过跑，篮子里的那包饼干已没有了，只剩下一个骨头，那是奶奶在集市上掉下来的一颗牙，她要带回扔到自家的房顶去。不知怎么，我也就想到了她。

年轻的时候，对于死亡，只是一个词语，一个概念，一个哲学上的问题，谈起来轻松而热烈，当过了五十岁，家族里朋友圈接二连三地有人死去，以至父母也死了，死亡从此让我恐惧，那是无语的恐惧。曾几何时报纸上电视上报道过拐卖妇女儿童的案件，我也觉得那非常遥远，就如我阅读外国小说里贩卖黑奴一样。可我那个老乡女儿的遭遇，使我在街上行走，常常就盯着人群，怀疑起了某个人，每有亲戚带了小儿或孙子来看我，我送他们走时，一定是反复叮嘱把孩子管好。

我出身于农村，十九岁才到西安，我自以为农村的事我没有不知道的，可80年代初和一个妇联干部交谈，她告诉我：经调查，农村的妇女百分之六十性生活没有快感。我记得我当时目瞪口呆。十年前我那个老乡的女儿被拐卖后，我去过一次公安局，了解到这个城市每年被拐卖的妇女儿童无法得知，因为是不是被拐卖难以确认，但确凿的，备案的失踪人口有数千人。我也是目瞪口呆。

留神了起来，在城市的大街小巷，总能看到贴在路灯杆上的道路指示牌上的公用电话亭上的寻人广告，寻的又大多是妇女和儿童。这些失踪的妇女儿童，让人想得最多的，他们是被拐卖了。这些广告在农村是少见的，为什么都集中发生在城市呢？偷抢金钱可以理解，偷抢财物可以理解，偷抢了家畜和宠物拿去贩卖也可以理解，怎么就有拐卖妇女儿童的？社会在进步文明着，怎么还有这样的荒唐和野蛮，为什么呢？

中国大转型年代，发生了有史以来人口最大的迁徙，进城去，几乎所有人都往城市涌聚。就拿西安来讲，这是个古老的城市，满到处却都是年轻的面孔，他们衣着整洁，发型新潮，拿着手机自拍的时候有着很萌的表情，但他们说着各种各样的方言，就知道了百分之八九十都来自于农村。在我居住的那座楼上，大多数的房间都出租给了这些年轻人。其中有的确实在西安扎下了根，过上了好日子，而更多的却漂着，他们寻不到工作，寻到了又总是因工资少待遇低或者嫌太辛苦又辞掉了，但他们不回老家去，宁愿一天三顿吃泡面也不愿再回去，从离开老家的那天起就决定永远不回去了。其实，在西安待过一年两年也回不去了，尤其是那些女的。中央政府每年之初都在发一号文件，不断在说要建设社会主义新农村，可农村没有了年轻人，靠那些空巢的老人留守的儿童去建设吗？我们是在一些农村看到了集中盖起来的漂亮的屋舍，挂着有村委会的牌子，党员活动室的牌子，也有医疗所和农科研究站，但那全是离城镇近的，自然生态好的，在高速路边的地方。而偏远的各方面条件都落后的区域，那些没能力的，也没技术和资金的男人仍剩在村子里，他们依赖着土地能解决着温饱，却再也无法娶妻生子。我是到过一些这样的村子，村子里几乎都是光棍，有一个跛子，他是给村里架电线时从崖上掉下来跌断了腿，他说：我家在我手里要绝种了，我们村在我们这一辈就消亡了。我无言以对。

大熊猫的珍贵在于有那么多的力量帮助它们生育，而窝在农村的那些男人，如果说他们是卑微的生命，可往往越是卑微的生命，如兔子、老鼠、苍蝇、蚊子，越是大量地繁殖啊！任何事情一旦从实用走向了不实用那就是艺术，城市里多少多少的性都成了艺术，农村的男人却只是光棍。记得当年时兴的知青文学，有那么多的文字在控诉着把知青投进了农村，让他们受苦受难。我是回乡知青，我想，去到了农村就那么不应该，那农村人，包括我自己，受苦受难便是天经地义？拐卖是残暴的，必须打击，但在打击拐卖的一次一次行动中，重判着那些罪恶的人贩,表彰着那些英雄的公安,可还有谁理会城市夺去了农村的财富,夺去了农村的劳力,也夺去了农村的女人。谁理会窝在农村的那些男人在残山剩水中的瓜蔓上,成了一层开着的不结瓜的谎花。或许,他们就是中国最后的农村,或许,他们就是最后的光棍。

这何尝不也是这个年代的故事呢?

但是,这个故事,我十年里一个字都没有写。怎么写呢?写我那个老乡的女儿如何被骗上了车,当她发觉不对时竭力反抗,又如何被殴打,被强暴,被威胁着要毁容,要割去肾脏,以及人贩子当着她的面和买主讨价还价?写她的母亲在三年里如何哭瞎了眼睛,父亲听说到山西的一个小镇是人贩子的中转站,为了去打探女儿消息,就在那里的砖瓦窑上干了一年苦力,终于有了线索,连夜跑一百里山路,潜藏在那个村口两天三夜?写他终于与女儿相见,为了缓解矛盾,假装认亲,然后再返回西安,给派出所提供了准确地点,派出所又以经费不足的原因让他筹钱,他又如何在收捡破烂时偷卖了三个下水井盖被抓去坐了六个月的牢?写解救时全村人如何把他们围住,双方打斗,派出所的人伤了腿,他头破血流,最后还是被夺去了孩子?写他女儿回到了城市,如何受不了舆论压力,如何思念孩子,又去被拐卖的那个地方?我实在是不想把它写成一个纯粹的拐卖妇女儿童的故事。这个年代中国发生的案件太多太多,别的案件可能比拐卖更离奇和凶残,比如上访,比如家暴,比如恐怖袭击,黑恶势力。我关注的是城市在怎样地肥大了而农村在怎样地凋敝着,我老乡的女儿被拐卖到的小地方到底怎样,那里坍塌了什么,流失了什么,还活着的一群人是懦弱还是强狠,是可怜还是可恨,是如富士山一样常年驻雪的冰冷,还是它仍是一座活的火山。

这件事如此丰富的情节和如此离奇的结局,我曾经是那样激愤,又曾经是那样悲哀,但我写下了十页、百页、数百页的文字后,我写不下去,觉得不自在。我还是不了解我的角色和处境呀,我怎么能写得得心应手?拿碗在瀑布下接水,能接到吗?!我知道我的秉性是双筷子,什么都想尝尝,我也知道我敏感,我的屋子里一旦有人来过,我就能闻出来,就像蚂蚁能闻见糖的所在。于是我得重新再写,这个故事就是稻草呀,捆了螃蟹就是螃蟹的价,我怎么能拿了去捆韭菜?

现在小说,有太多的写法,似乎正时兴一种用笔很狠的、很极端的叙述。

这可能更合宜于这个年代的阅读吧，但我却就是不行。我一直以为我的写作与水墨画有关，以水墨而文学，文学是水墨的。坦白地讲，我自幼就写字呀画画，喜欢着水墨，在上个世纪80年代，我的文学的最初营养，一方面来自中国戏曲和水墨画的审美，一方面来自西方现代美术的意识，以后的几十年里，也都是在这两方面纠结着拿捏着，做我文学上的活儿。如今，上几辈人写过的乡土，我几十年写过的乡土，发生巨大改变，习惯了精神栖息的田园已面目全非。虽然我们还企图寻找，但无法找到，我们的一切努力也将是中国人最后的梦呓。在陕西，有人写了这样一个文章，写他常常怀念母亲，他母亲是世上擀面最好的人。文章发表后，许多人给他来信，都在说：世上擀面最好的人是我妈！我也是这样，但凡一病，躺在床上了，就极想吃我母亲做的饭，可母亲去世多年了，再没有人能做出那种味道了。就在我常常疑惑我的小说写什么怎么写的时候，我总是抽身去一些美术馆逛逛，参加一些美术的学术会议，竟然受益颇多，于是回来都做笔记，有些是我的感悟，有些是高人的言论。就在我重新写这个故事前，一次在论坛上，我记下了这样一段话：

  当今的水墨画要呈现今天的文化、社会和审美精神的动向，不能漠然于现实，不能躲开它。和其他艺术一样，也不能否认人和自然，个体和社会，自我和群体之间关系的基本变化。假如你今天还是画花鸟山水人物，似乎这两百年的剧烈的，根本的，彻底的变化没有发生，那么你的作品是脱离时代的装饰品。不过水墨画不是一个直接反映这些变化的艺术方式，不是一种社会现象，不能为任何主义或概念服务。中国20世纪的水墨的弱点在于它是一个社会现象，不是一个艺术现象，或更多是社会现象少是艺术现象。水墨对现代是什么意思？跟其他当代艺术方式比的话，水墨画有什么独特性？水墨的本质是写意，什么是写意，通过艺术的笔触，展现艺术家长期的艺术训练和自我修养凝结而成的个人才气，这是水墨画的本质精髓。写意既不是理性的，又不是非理性的，但它是真实的，不是概念。艺术家对自己、感情、社会、政治、宗教的体验与内心的修养互相纠缠，形成不可分割的整体，成为内在灵魂的载体。西方"自我"是原子化个体的自我，中国文化中是人格，人格理想，这个东西带有群体性和积累性。在西方现当代艺术发展过程中，纯粹个体的心理发泄是主要的创作动力，这是现代主义绘画包括后现代主义的观念艺术和装置艺术的主要源泉。而在中国，动力是另一个，就是对人格理想的建构，而且是对积累性的、群体性的人格理想的建构。但它不是只完善自我，是在这个群体性、积累性的理想过程中建构个体的自我。

他们的话使我想到佛经上的开篇语：如是我闻。嗨，真是如我所闻，它让我思索了诸多问题，人格理想是什么，何为积累性、群体性的理想过程，又怎样建构文学中的我的个体？记得那一夜我又在读苏轼，忽然想，苏轼应该最能体现中国人格理想吧，他的诗词文赋书法绘画又应该最能体现他的人格理想吧。于是就又想到了戏曲里的"小生"的角色。中国人的哲学和美学在戏曲里是表现得最充分的，为什么设这样的角色：净面无须，内敛吞声，硬朗俊秀，玉树临风？而《红楼梦》里贾宝玉又恰是这样，《三国演义》中的诸葛亮，《水浒》中的宋江，《西游记》中的唐僧也大致是这样，这类雌雄同体的人物的塑造反映了中国人的一种什么样的审美，暴露了这个民族文化基因的什么样的秘密？还是那个苏轼吧，他的诗词文赋书法绘画无一不能，能无不精，世人都爱他，但又有多少人能理解他？他的一生经历了那么多艰难不幸，而他的所有文字里竟没有一句激愤和尖刻。他是超越了苦难、逃避、辩护，领悟到了自然和生命的真谛而大自在着，但他那些超越后的文字直到今日还被认为是虚无的消极的，最多说到是坦然和乐观。真是圣贤多寂寞啊！我们弄文学的，尤其在这个时候弄文学，社会上总有非议我们的作品里阴暗的东西太多，批判的主题太过。大转型期的社会有太多的矛盾、冲突、荒唐、焦虑，文学里当然就有太多的揭露、批判、怀疑、追问，生在这个年代就生成了作家的这样的品种，这样品种的作家必然就有了这样品种的作品。却又想，我们的作品里，尤其小说里，写恶的东西都能写到极端，而写善却从未写到极致？很久很久以来了，作品的一号人物总是苍白，这是什么原因呢？由此，我在读一些史书时又搞不懂了，为什么秦人尚黑色，战国时期的秦军如虎狼，穿黑甲，举黑旗，狂风暴雨般地，呼啸而来灭了六国，又呼啸而去，二世而终。看电视里报道的画面，中东的伊斯兰国也是黑布蒙面黑袍裹身，黑旗摇荡，狂风暴雨般地掠城夺地。而20世纪的中国，中华民国的旗是红色的，上有白日，中华人民共和国更是红色，上有五星，这就又尚红。那么，黑色红色与一个民族的性格是什么关系呢，文化基因里是什么样的象征呢？

  2014年的漫长冬季，我一直在做着写《极花》的准备，脑子里却总是混乱不清。直到2015年春天过去了，夏天来了，我才开始动笔。我喜欢在夏天里写作，我不怕热，似乎我是一个热气球，越热越容易飞起来。我在冬天里乱七八糟的想法，无法完成于我的新作里，或许还不是这一个《极花》里，但我闻到了一种气息，也会把这种气息带进来，这如同妇女们在怀孕时要听音乐，好让将来的孩子喜欢唱歌，要在卧室里贴上美人图，好让将来的孩子能长得漂亮。又如同一般人在脖子上挂块玉牌，能与神灵接通，拳击手在身上文了兽头，能更强悍凶猛。这个《极花》中的极花，也是冬虫夏草，它在冬天里是小虫子，而且小虫子眠而死去，在夏天里长草开花，要想草长得旺花开得艳，夏天正是好日子。

  我开始写了，其实不是我在写，是我让那个可怜的叫着胡蝶的被拐卖来的女子在唠叨。她是个中学毕业生，似乎有文化，还有点小资意味，爱用一些成语，好像什么都知道，又什么都不知道，就那么在唠叨。

  她是给谁唠叨？让我听着？让社会听着？这个小说，真是个小小的说话，不是我在小说，而是她在小说。我原以为这是要有四十万字的篇幅才能完的，却十五万字就结束了。兴许是这个故事并不复杂，兴许是我的年纪大了，不愿她说个不休，该用减法而不用加法。十五万字好呀，试图着把一切过程都隐去，试图着逃出以往的叙述习惯，它成了我最短的一个长篇，竟也让我喜悦了另一种的经验和丰收。

  面对着不足三百页的手稿，我给自己说：真是的，生在哪儿就决定了你。如瓷，景德镇的是青花，尧头（在陕西澄县）出黑釉。我写了几十年，是那么多的题材和体裁，写来写去，写到这一个，也只是写了我而已。

  但是，小说是个什么东西呀，它的生成既在我的掌控中，又常常不受我的掌控，原定的《极花》是胡蝶只是要控诉，却怎么写着写着，肚子里的孩子一天复一天，日子垒起来，成了兔子，胡蝶一天复一天地受苦，也就成了又一个麻子婶，成了又一个訾米姐。小说的生长如同匠人在庙里用泥巴捏神像，捏成了匠人就得跪下拜，那泥巴成了神。

  2015年7月15日的上午，我记着这一日，十五万字画上了句号，天瓣里啪啦下雨,一直下到傍晚。这是整个夏天最厚的一场雨,我在等着外出的家人,思绪如尘一样乱钻,突然就想起两句古人的诗。

一句是:沧海何尝断地脉,朱崖从此破天荒。

一句是:乐意相关禽对语,生香不断树交花。

(选自《极花》,人民文学出版社2016年版)

贾平凹谈《极花》：像刀子一样刻在心里

陈晓明　别　鸣

"上几辈人写过的乡土，我几十年写过的乡土，发生巨大变化，习惯了精神栖息的田园已面目全非。虽然我们还企图寻找，但无法找到，我们的一切努力也将是中国人最后的梦呓。"贾平凹说。

一、缘起十年前一个真实故事

极花，是小说中的一种植物，在冬天是小虫子，夏天又变成草和花；《极花》写了一个从乡村到城市的女孩，从被拐卖到出逃，最终却又回到被拐卖乡村的故事。贾平凹在后记中写道，《极花》的创作素材来自于十年前发生的一起真实事件：老乡的女儿被拐卖，历尽千辛解救回来以后，女儿却再也融入不了原先的生活，不得不重新回到被拐卖的地方。"这是个真实的故事，我一直没给任何人说过。但这件事像刀子一样刻在我的心里，每每一想起来，就觉得那刀子还在往深处刻。我始终不知道我那个老乡的女儿回去的村子是个什么地方，十年了，她又是怎么个活着？"

《极花》的故事从女孩胡蝶被拐卖到偏远山区的男性家庭开始。书中，胡蝶是当代中国众多从农村走出来的姑娘中的一个。到了城市里，哪怕是栖身在收破烂的贫民窟里，她也希望按照城市人的标准去生活、去审美，她喜欢高跟鞋、小西服，喜欢房东的大学生儿子。但是，这个虚无缥缈的城市梦想在胡蝶第一次出去找工作的时候就被割断了，她稀里糊涂地被人贩子卖到了西北一个叫不上名字的村子里，偏僻、穷苦、无望。被解救回城市后，面对人们的风言风语，胡蝶选择了逃离，又回到被拐卖的村子里。

虽然从拐卖人口的事件入手，但贾平凹说，他并不想把这个事件写成一个纯粹的拐卖妇女的故事，他关注的是飞速发展中的城市与乡村，发展与停滞中的巨大差距，尤其是身处在这个时代旋涡中的人的命运和处境。"我关注的是城市在怎样地肥大了而农村在怎样地凋敝着，我老乡的女儿被拐卖到的小地方到底怎样，那里坍塌了什么，流失了什么，还活着的一群人是懦弱还是强狠，是可怜还是可恨，是如富士山一样常年驻雪的冰冷，还是它仍是一座活的火山。"贾平凹在后记中写道。

"这十年以来，乡土文学批判都没办法批判了，好像不知道批判谁，没有对象，想说没人听。这种痛没法跟人说，只有自己内心知道。"在新书发布会现场，贾平凹感叹道："这十几年，就我的目光所及，我觉得村庄衰败的速度是极快的，快得令人吃惊。我去年跑了很多地方，在高速公路沿线，村庄有一些地方，只有在那个大寨子前面见过人，其他地方完全没有人，从门缝里看进去，荒草半人深。"对乡土的关注正是老乡女儿被拐素材在贾平凹心中雪藏多年后最终喷发的深层缘由。

二、尝试以水墨画笔法写小说

贾平凹谈到写作是他获得内心安宁的一个过程："现在这个社会最大的幸福就是心是安的，神不安、心不宁是最大的威胁。对我个人来讲，写作是一个安宁的过程。写出来以后变成作品以后，也希望更多人看到它，正视这个社会、这个时代。"

贾平凹原本以为《极花》会有四十万字的篇幅，不料十五万字就结束了，是他最短的一个长篇，"其实不是我在写，是我让那个可怜的叫着胡蝶的被拐卖的女子在唠叨……兴许是这个故事并不复杂，兴许是我的年纪大了，不愿她说个不休"。他尝试借鉴了中国传统水墨画的手法，试图达到中国传统美学物我合一的境界。他说："现在小说，有太多的写法，似乎正时兴一种用笔很狠的、很极端的叙述。这可能更合宜于这个年代的阅读吧，但我却就是不行。我一直以为我的写作与水墨画有关，以水墨而文学，文学是水墨的。"

写意是水墨画的本质精髓，贾平凹说："我的小说喜欢追求一种象外之意，《极花》中的极花、血葱、何首乌、星象、石磨、水井、走山、剪纸等等，甚至人物的名字如胡蝶、老老爷、黑亮、半语子，都有着意象的成分，我想构成一个整体，让故事越实越好，而整个的故事又是象征，再加上这些意象的成分渲染，从而达到一种虚的东西，也就是多意的东西，可惜我总做不到满意处。"

作家梁鸿评论道：《极花》最值得称赞的地方在于用类似水墨画色块的方

式把尖锐的社会问题还原成日常形态下有力量的碰撞。文学评论家、《人民文学》主编施战军认为,《极花》是具有现实提问能力的小说,作家将贫瘠之地写出了人性丰饶和世事纷繁,既有对人的体恤、对乡村的探察,也有风俗志式的地方知识谱系的精妙书写。

三、"我是核桃命,不砸仁出不来"

贾平凹说:"这几十年里,大家对我的创作一直关注,也批评评论过,我觉得都是自己的一份财富了。之所以写了几十年,老了还在写,动力很多,其中有一种动力就是来自这两个方面的力量:一方面人家说你好,人都是'人来疯',一说好咱就得表现,一说不好就又不服,想证明一下,就是这两种力量。"

贾平凹回忆自己的父亲:1982年春天,他因一部作品受到批评,压力很大。父亲听人说了,专程赶三十里路到县城里去翻报纸,熬煎得几个晚上睡不着。后来又搭车到城里,专门拿着烟、酒看儿子。父亲说:"你不要瞒我,事情我全知道了。你还年轻,要吸取经验教训,路长着哩!"说着又返身去取了他带来的酒,说:"来,咱父子都喝喝酒。"贾平凹说,这是父亲第一次和他喝酒。《废都》出版以后,曾经一度出现批评的风潮。至今总有人批评贾平凹不尊重女性。他笑着说:"我很委屈,从我内心来讲,对女性从来是尊重的,甚至是亲近的。对于女性的命运、女性的同情这方面,我觉得我做得很好,不能说你写女人的什么就是对女人的不尊重。"

"我母亲生我的时候,梦见的是一棵树上结满了核桃,我当时很失望,想着人家都是梦到龙啊、凤啊的,我母亲却梦到了结核桃。后来受到好多批判的时候,我想我这个命啊恐怕就是核桃命,要砸着吃,你不砸,核桃仁出不来。"贾平凹说。

(原载《人民周刊》2016年第9期)

虚实相生绘水墨　极花就此破天荒

——《极花》访谈

贾平凹　韩鲁华

韩鲁华　从你《极花》后记的叙述中看到《极花》原始素材故事你听到后十年都未写,我印象中你在《高兴》的后记中就曾谈到在收集《高兴》创作素材过程中,老孙一位老乡的女儿被拐卖解救回来的事情,算来这个事情确实是发生在十来年前。在这近十多年间你连珠炮式地又写出了《高兴》《古炉》《带灯》《老生》,之后才写了这部《极花》,你说你之所以不敢动这个素材,是心中有一种滴血的疼痛。作家进行创作自然是他那一时段思考的结果,也有着某种契机对于创作灵感的触发。没有灵感,有些素材可能几十年甚至一辈子都不会去触动的。《老生》的素材可以说是你从记事时就积累下来的,直到前几年才把它写出来。这次创作《极花》触动这个让你疼痛的素材,那是什么原因,或者什么契机触发了你将它写成小说的心理冲动,是啥触发了你的创作灵感?简单地说,围绕《极花》,你谈到了一些问题,就是过了十多年以后,肯定是有一个啥事情,把你的灵感触发了,这才动笔写的。

贾平凹　今天上午还有个人跟我说了一件事情,上午我开会去了,他说最近微信上传了一篇你的文章知道不?我说啥文章,我还不知道。他说有人说你一辈子没说过硬话,一辈子也没做过软事。我说这是别人说我的,我后来把这话说过,你也说过这话。

韩鲁华　印象中这话最早是胡武功说的。

贾平凹　我不知道这是个啥文章,给我加个名字,安在了我的头上。我觉得有时候这个创作上的一些事情也没办法说清楚。这个作品吧,十年前有过这样一个真实的事情。有个老乡的娃给拐卖了,这个情况从头到尾整个过程,我都是了解的。因为那天解救的时候,我就在屋里等消息。当时派了个记者一块去解救的，记者不停地跟我联系，通报事情的进展情况，一直半夜了还在等那边的消息，后来半夜了，终于把娃接上车了，然后大家才都放心了。这件事一直放了好多年，也没准备写，因为当时如果那样写，就纯粹写成了一个解救拐卖妇女儿童的故事。这几年吧，就写这个作品之前，我跑过甘肃的定西，我特别感兴趣那个地方的风土人情，虽然贫困，但是它特别有味道，从创作的角度来说特别丰富。后来就在靠近这个地理带上，陕西有两个县，旬邑和淳化，现在就是说住这个地窝子，这两个县还有，其他地方就见不到了。所说的地窝子就是在地上不光住窑洞，还要把这个挖下去，挖了个四方院子，掏个窑洞。在地上边的窑洞还有，地下的就很难见到。我专门去看了。看了以后，觉得民风淳朴。虽然干旱，那风光还迷人，也有意思得很。但是你说它有多穷，它也不是特别穷，但是走好多地方都没人。农村越来越没人。那两个地方我去了三回。后来又回了我老家。老家，我80年代走过一些地方，几十年都过去了。再把我原来还没跑的一些地方，南山、北山，又到寺坪、华源，一直又到庚家河、留仙坪从南到北转了几天山。深山里一个村子一个村子的都没有人了，好多学校都合并了。

韩鲁华 现在都合并了，连乡镇、村子都合并了。

贾平凹 啊，是不光学校合并了。学校年轻人少了，上学人少了。乡都合并了。原来人多的时候分好多乡，现在是两三个乡合一个乡。剩下的乡还有老街道，办公的啥都有。在街道走，到留仙坪，人把那合并了。街道连狗都没有，那是什么街！走来走去狗都没有。因为当时我和我弟送我妹，在留仙坪公社。当时我妹参加过工作，在那个公社。我谈了个对象，还在留仙坪水泥厂，还跑去了水泥厂看过，也没有人，无限感慨。因为跑的地方多了后，就想这个农村，它不是说有某一个问题，它是整个衰败，它是整个没有人。它一个村一个村为啥没有人？男男女女都到城里去了。而且这几年我在城里也接触了好多外地农村打工的人，一来肯定不回去了。在这发财的不回去了，没有发财的也不回去了。一个月挣一万元的不回去了，一个月挣两千元的也不回去了，挣一千元的也不回去了，哪怕在这一天只吃一顿方便面，都不回去了。这还是男娃，女娃更是这样，为啥现在过年到处这么多逼婚，只要在城里转的女孩，没有一个愿意回去，因为适应不了。婚姻问题无法解决。这是年轻的不回去了，中年妇女跑出来以后结婚了也想办法不回去。留在村里的男的，男的毕竟要顶家立业，还要养活老人，根本找不下媳妇。这个事情，到这个时候突然让我想起当年拐卖的事。拐卖的事，我不把它当作一个故事来写，我把它当作一个角度来写，以这个为叙述角度，一个突破口，来反映目前农村这种状况，而不是纯粹写这个妇女咋样被拐卖。为啥后来就只写这个女的在农村被关押，囚禁在这个地方两三年时间。要按原来的写法，那肯定是那个女的咋样叫人拐，怎么解救，这纯粹就是个故事。我觉得那样社会上就会把你当作一个个案。现在来写吧，就透过这看目前的边远中国农村的那种生存状态，那种人性。不管是中国向哪个地方发展，不管将来农村消失不消失，哪怕消失得像欧洲一样，变成田园的代名词。但是起码在十年到二十年之间，中国的最后一批农民，就是那么艰难地生活着。不管我写得有没有意义，比如我们看这个欧洲，或者是拉美，写到那个黑奴，贩黑奴，咱也没有经历过贩黑奴那种事，但看他们的作品，我能想象当时贩卖黑奴的情景，毕竟是写人么。过多少年以后，你如果再看这个小说，那时中国农村已陆续变得非常美丽了，但不管咋样，确实有一代中国人，在当年过的是这种生活，这就是它的意义，从这个角度，我后来就写了这个东西。

韩鲁华 这其实就是你在生活中的感悟发现，调动了这种记忆。

贾平凹 是这些事情发现、启发、调动了一些材料。

韩鲁华 这几年，我注意到你有关年龄方面的表述，你在谈创作的时候，常说到年龄。以前不太看重年龄的问题，特别是从《秦腔》开始，你的后记中都谈到年龄和身体状况的事情，这里实际上提到一个常常被人们忽视的问题，那就是文学创作与作家年龄的关系。十多年前，我曾经写过一篇文学史话性的随笔，题目就叫"作家的年龄"。有成就的作家都是天才，但天才的心理、气质、心态却是不尽相同的，有的激愤，有的抑郁，有的平和，有的甚至散淡。还有一些年轻的时候激愤，到老了就不激愤了，就可能有点平和。所以我就想到了，你每一次后记都要谈年龄，所以从生命状态上肯定是有所关联的。而且我发现了一个问题，精神人格更为虚涵的作家，都是长寿的，比如托尔斯泰、歌德，中国的孔子、老子等。年龄一大看问题就不偏激了，全面了，视野宽阔了。这中间是否隐含着生命结构与文学创作之间的某种秘密。这中间，是不是人的生命结构、人的年龄结构和文学创作之间，构成了作家的年龄和他文学创作上的某种关联性。你觉得作家的年龄及其年龄中所体现出来的生命结构与他的创作有着怎样的关系？

贾平凹 这个年龄吧,确实不光是与创作,做任何事情都与之有直接的关联。因为这个生命的过程,它都有一个萌芽期,生长期,再到成熟,再到衰老。生命就是这个样子。所以一个人生命的成长本身就是一个时空。就是个时空,它有一个时间和一个空间。随着年龄的增长,它接触的东西多了以后,看到的世事就多了。现在好多人也有这个体会,好多人喜欢我年轻时候写的作品,尤其更年轻的。这几年有了微信以后,微信上传播我80年代的小文章,多得很。大家都说写得好,我说80年代写的时候都不关注,到这个时候才说写得好。因为那个时候,一般的人喜欢看80年代的作品,80年代的作品它清新,它有技巧。年纪大了以后的文章,是你有了阅历后才能看,它里边没有技巧,也不清新,糊糊涂涂混混沌沌的一堆子给你堆出来,就是这种。而且里面好像是没有讲究,没有技巧。你说有些人年轻的时候激愤,或者是年老以后平和,这里面存在一个个性的问题,生命的构成,也有这个原因在里头。有的人天生就是那种激愤人,有的人到老了还是愤青,这因为各人情况不一样,但总的来讲,年轻的时候容易敏感,容易被激怒,容易说话偏颇。老了以后经历的事情多了以后,看问题就全面了,一全面他就把事情看透了,这是必然的现象。但是你刚说历史上的作家,年龄很大,写作视角特别宽阔,特别丰满。他就不是两极看问题了,不是非白即黑看问题了。他就能看到更多的东西,把人看透了,把世事也看透了以后,他就能容忍好多事情。年轻很偏颇、激愤的时候,也可能写出好作品。但是这种作品,它不是说很宏大的东西,只是很尖锐的东西,到老了以后,思维改变了,眼界改变以后,胸怀改变了以后,他写的不是很尖锐了,但是他写的雍容了,他世事就看透了。任何人的作品和他的生命气量是同比的,气量能量多大,将来你就能写出啥作品。你是一个鸡肠小肚的作家,你写到死,都是那些鸡肠小肚的东西。这是一个人最后的能量,当然年轻的时候能量不够,老了以后能量大了,体量大了,气量大了,表现的东西自然也多了,还有这个关系在里头。

韩鲁华 我在第一遍读《极花》的时候给你发信息,谈到假如叫老老爷叙述,或者让胡蝶老了以后叙述,这就是说一个作品可能有多种叙述的角度和视角,但是对一个作家来讲,可能有一个最合适的,那么作家在创作的时候,肯定不停地在做选择,当然这也是各人的认识不尽相同引起的。但作家在创作时一般说来,都是经过反复思考才确定采用哪种叙述方式,这实际也是个怎么写的问题。而且我注意到了,你曾写了数十页,数百页后写不下去了,觉得不自在,便决定重新写,后来又重新开始来进行创作。当时你觉得在哪些地方让你不自在?我问这方面的问题,其实也是文学创作研究上一个非常重要的内容,比如有人就专门研究作家修改作品方面的问题。关于专门研究你作品修改方面的文章几乎还未看到,我这次写的文章可能还未涉及这个问题,但以后的研究肯定要涉及这一问题。现在可能还没有着手去做,将来可能要做,实际上就是作家创作的同时就开始修改了,不停地修改。在这部作品中,你感觉你写的时候,选择这个角度,后面一口气就写完了。

贾平凹 选啥角度,完全看是啥题材和你想表现啥。实际上自从进入六十以后,写东西写得慢,不是说速度慢,就是写了以后不停地否定。每一部作品,否定多得很,有时候已经写了十几万了,又作废了,重头来。因为老觉得和你要表现的不是很充分、很自在。有时用这个办法,有时用那个办法,好像把你心目中的那个东西表现不出来。写《极花》的时候,也想用个第三人称来写,第三人称的好处就在于它可以铺开来写,但是写着写着就觉得毕竟拐卖如果把它铺开来写,它就是一个单纯的故事,这个故事不可能涉及更多面,这个故事不可能涉及我刚才说的整个农村的这种情况。那就换个第一人称,就只能把篇幅写小,这个故事情节简单,主要是心理的东西,心理的东西在写的时候,就写短一点,就以她这个眼光,看她在村子里看到的一些情况,就这样写。所以这一切都要看你想写啥,再者题材就把你决定了。

韩鲁华 还有一个,就是我在读的时候,开始还不太注意,到第二遍的时候,才引起我的警觉了。你很随意地去写一些东西,但很随意中又让人感觉像行云流水。比如说第二章,这一章就连着用了几个"黑亮说"。在后面的几章中又看到了"我在想""比如""如今"等叙述语式的连用,"我在想"是一种主观上的想象,"比如"是一种客观加主观的假设,"如今"是一种客观的现实叙事,确实有些震惊,有一种块垒堆积的感觉。这种叙述语式很少见到,而你却胆大包天地连续用了好几个"黑亮说"等,你当时咋就想到了用这种叙述语式?你就不怕人们不接受?

贾平凹 这部作品当时不可能把它写长,那么就要写紧凑,紧凑怎么表现,用以前的一些方法,比如这个说的是过去的情况,只有考虑这个是谁说谁说。这种写法看起来不像是写小说,却有好处,人物后来咋样,都开始做啥了,这样写才能把事情铺开。我擅长于写场面，再乱的场面，再大的场面，我都能顺顺地把它写出来，谁咋说咋说，乱七八糟的，我觉得我还有那个能力，把生活中乱哄哄的事情有序地写出来。这一部用这种办法，下一部你就不能用那办法，不停地重复，读者也会厌烦。要不停地想些办法，小说，又没人规定必须咋写，《秦腔》里面是第一回，用音乐段子，这在以前是没有的，这回里面还有星象图。这个星象图，是我到旬邑、淳化这一带发现的，人家来叫我看他的那个县志，现在人的县志编得不太好，都是一些现在的东西，里面只有几章是把老先生的东西摘了一部分，老先生说这个县的方位在哪，方位就是分星分野，天上是哪个星，地下是哪个位，就是讲它这个县的星在啥方位。天上是哪个星位，下面是哪个县的方位。比如说是雍州的方位，雍州就是凤翔那一片。我看天上是啥星，地下是啥方位。我后来写这个人，不知道她是啥地方的，要把她拉到这个地方她也不知道是哪，后边有一句，老老爷说不管在哪，都在中国。当然这是隐喻说事情，就是在中国发生的。但是这个星象图就是定方位的，这是我按别人的抄下来的，我也看不懂。人家里边说的，一般人背不住，我站在那个县上去看，也找不到那个星是啥星。但是那个图，我抄下来了，把它直接用上了。当时我为什么要极力写那些星象，就是想有些隐喻的东西。我就是写，在一个很古老的中国发生的事情，这就表明它的中国化和古老化。就说这个事情，它不是一个单独的事情，它是目前中国普遍的一个事情。隐喻这个事情在里头，所以反复强调那个地方有古文字，有古风俗，有星象，对，实际上就是野蛮的、落后的社会，偏偏它就在中国发生了。

韩鲁华 你说你实在是不想把它写成一个纯粹的拐卖妇女儿童的故事，你也在后记中说了你关注的是城市在怎样地肥大了而农村在怎样地凋敝着，在你的心目中，具体而言你想叙述成怎样的一个故事？面对这种转型，面对如此复杂的情境，人们应当持怎样的立场与态度？我也注意到作品的实与虚、写实与写意等问题，我发现在这部作品中，几乎所有最为残暴的细节、场景，比如黑亮强行与胡蝶发生关系、母亲与警察解救胡蝶等，都是虚写，平和情节虚写的地方就是胡蝶回到圪梁村。而一般的事情，包括生活的日常细节，你都是实写的。整体叙述上是虚虚实实，有虚有实，包括一些梦境的虚象。我知道你特别重视一种意象的创造，是在创造一种意境的东西。从你的艺术创造体验来说，你在创作的过程中，是如何思考这些问题的？

贾平凹 实际上在我写的时候还是实写,只是把它虚化。把它整体虚化,比如梦境的事情,在写的时候,还是实际写。因为它围绕结构的问题,不可能把故事只限制于村子里,再不要写村子之外的事情了。村子之外的事情,都是靠回忆,别人叙述,或者梦境,来完成这个叙述。别的地方我都是虚化,但在具体写梦境之类的时候,我把它实写,具体描写是实写。因为写小说万变不离其宗,自己有一个想法,有一个审美过程。就是在作品中不停地设置隐喻的东西,象征的东西,多义的东西。这些东西都是虚的,都是精神方面的,或者都是精神所指方面的东西。但是在具体描写这些虚的东西的时候,那是一字一句的实着来,真正是将虚化的东西变成实在的东西放进来。你把实在的东西写得越实,大家越信你,但是信完了以后一想,这都是空的,空的他为什么这么写,他是有意象在这,他的所指,他的象征,他的隐喻在里边,这是我写得越实,我的指向越虚。我后来创作的时候,严格地来讲,基本所有小说都是这样,唯一就是《带灯》里边不是特别多,但《带灯》里边用另一种办法,就是不停地加一些元天亮的信,再者就是叫带灯读一些东西,写一些东西,就是历史上、县志上写的一些故事,实际上都是暗示了一些东西,来表现她自己的一些精神的东西,也来表现作者自己想要的一些东西。当然小说不可能直着来,它只能是暗着透露、暗示一下。

韩鲁华 你谈到水墨画,我都看了一些,实际上这有一个问题,一些伟大的作家,或者有开创性的作家,都是这样。他总是要提出一个问题,理论上,不能用现成的圈圈去套。你每次在完成作品后,都非常认真地写一篇后记,可以说你的后记已经成了你在文学创作上一个非常具有特色的创构,每次不仅能读到你对作品内容方面的说明,更重要的是还能从后记中读到一些超越一般理论规范的东西,还有你对一些问题的思考。这次你谈到了中国的水墨画,我想了解一下你在水墨画方面的情况,包括读过哪些人的水墨画,你在作画时的体味感悟,水墨画对你文学创作的启发,等等。

贾平凹 水墨画是这么回事。在20世纪80年代,我进入文坛的时候,中国文坛都是先锋小说。所谓先锋小说,就是当时外国小说突然进来,大量进来以后,中国作家就开始大量地借鉴,在初期借鉴的时候,你都能看到那些痕迹,都知道这一本它是从哪来的。从思想上就开放了,开始写人,写人性,批判社会。在价值观上发生变化了,这是一方面。再一个就是技巧上,开始写色块性的，写很极端的东西。这是当时的先锋小说，在那种思潮下，我也学了好多，看了好多。因为我是别人弄啥我就不爱弄啥，就是这禀性。你明显地弄，我偏不弄。我主要是借鉴现代的思想的东西。在小说后记中我也写到了，我主要借鉴的是美术方面的东西，因为我爱好美术，当时西方的现代艺术史就包括像印象派、野兽派、非非派，那一批一批的画家出来以后，我当时特别感兴趣，这是一方面。再一个就是那个时候，我在一个会上也讲过一句话，我看到陕西有个戏剧美学家，叫陈幼涵的写了《戏曲美学》这本书，我听肖云儒讲吧，这个老汉当时并没有受到行内和领导层的肯定，但是他这个书，影响很大，在各个大学里边，关于美学方面，都用他这本书，都在讲他这本书。我后来知道为啥不被重视，当时那老汉有同性恋，所有人对同性恋都很反感，当时比反革命还让人瞧不起，就谁都不敢接触他。老汉死的时候，单位征求文化局意见发不发讣告，开始还没人说到底咋办。最后还是没发讣告，就因为老汉是同性恋。那个时候我看这本书，对我的影响特别大，才知道戏台、舞台上的那种美学，实际上就和中国绘画，和文学诗词里边的审美是一样的，不管是古代的还是现代的，关于诗词的美学家，包括后来钱锺书、王国维说的都是那种东西，什么眉批呀，妙批呀，空白之类的，就是戏剧舞台上的那些东西。这在当时对我启发很大，一方面大家都在西化的时候，我就在想，毕竟是西化的东西，咋能把现代的东西和传统中国古老的那种东方美学结合到一块，这在当时朦朦胧胧的有这个想法。因为我有这方面的特长，我爱好美术，我也爱好戏曲，传统的东西，好像我还能比他们强一些。我有这个基础，我为何不把这两者连一起，但是这些只是当时最初的想法，后来慢慢才有了自觉意识去做这个事情。但是能做得咋样，说不来。不过起码在做这个工作。

  为啥《极花》的后记里边谈到美术方面，因为了解美术界的事情。因为这几十年来，尤其中国目前的状况，中国的画家、艺术家，一直在追求咋样才是中国水墨画的现代化，因为严格地讲，水墨画和西方的油画、西方的艺术思潮确实不一样，距离太大。但是我讲，什么叫现代意识，现代意识从大的方面来讲，就是人文意识，就是大多数的人都在做什么，而中国的水墨画总局限于一种，最多影响到日本，就没有了。再是你老画的那些人、古建筑之类的东西，在现在这个社会，没有啥意义。你这个画要走向世界，和别人平起平坐，那你这个画怎么现代化，这是所有中国美术界画家们都在思考的。美术界也办了好多刊物,我也看了好多,其中我摘录的那些话,是中央美院的院长潘天寿的儿子的话,他和德国汉学家阿克曼,他俩组织了好多活动,在会上谈了一些观点,他就说中国的水墨画如果没有现代化就毫无意义,没有啥意思。目前在民间还可以看,拿出去以后意义不大,外国的画已经深入人性、人心里边了,怎么对这个世界不适应,它写这种焦虑感,不自在感,不适应感,写这方面。咱永远是画山,画些古老的山,宋代什么山,明代什么山,画些古装人物,画那些东西和现在是脱节的。我经常问他们,你不想想,你画的那些山水,在啥地方还有?在中国的啥地方还见过这些山水?他说没有见过,古人怎样画我就怎样画。我说那你画的那些人物你见过?中国现在是残山剩水,没有那么好的山水了,你还画那些东西。中国现在人都变成啥了,你还画那些穿古装的男男女女,他说他也在反思。我通过他的反思,想文学也应该是这样。比如外国是以个体为突破口张扬他的一些想法的,中国是群体性的,在群体里寻找那种个性,然后个性又能代表群体性的东西,其实就是说你写这个事情,一定要牵扯到别人,和别人有关系,有共鸣,写了你等于写了别人,你写的这个故事也必须是牵动更多的故事。所以我在后记中也写过,实际上人类、整个社会的发展,不管欧洲还是美洲,亚洲还是非洲,人的发展都差不多,互相不来往但发展都差不多。因为风吹过地球的时候,它带动了好多东西。比如我举个例子,在西安半坡发现尖嘴壶的时候,同一个时期,在非洲也发现了尖嘴壶,你说那时候中国和非洲那么远,是谁给教的?互通信息了?所以人在发展到一定程度的时候,想法是差不多的。我还举个例子,比如坐车回家,当你觉得你应该上厕所了,其实大家都应该上厕所了。当你觉得12点的时候你肚子饥了,该吃饭了,其实大家也都肚子饥了,12点就成一个节点了。你10点说想吃饭,与大家都没有关系,大家都12点肚子饥,你10点就肚子饥了,那仅仅是你一个人。你在车上说师傅停一下,大家都说这个时候停啥,这个时候吃啥饭,12点才吃,这个时候吃啥饭!如果说你写的东西不是大家所思所想的,不是大家潜意识里的东西,它不说明人类的东西。不是写你心中隐秘的那些东西,大家就与你无关,你写就写了,你写的就不能引起大家的关注。如果12点了,大家虽然心里都不说,但都觉得肚子饥了,有一个人说咱是不是停下来吃个饭,大家一声吼,都说好、对。小说也是这样。

韩鲁华 我印象中就是在《带灯》访谈的时候,在当时,提到了苏轼,这次，你又提到了苏轼，提到了苏轼的两句诗。我印象中在做《带灯》的访谈时，我就问到你传统文人精神人格的问题，你提到了苏轼，这次你又特别谈到苏轼，包括后记引用的四句诗，其中两句是苏轼的：沧海何尝断地脉，朱崖从此破天荒。我查有关资料，这两句诗不同版本记载略有差异。另外两句诗是宋代诗人石延年《金乡张氏园亭》中的诗句。你说苏轼是比较典型的中国文人人格，你最早是何时接触苏轼的？你都读过苏轼哪些东西？苏轼对你最大的启发有哪些？

贾平凹 对于苏轼这个人，我在年轻的时候就特别感兴趣。为什么喜欢这个人，不喜欢那个人，虽然人都是伟大的，作品也是伟大的，但是你有时候面对这个作家，就觉得特别投缘，马上就能理解他。实际上我读苏轼，我为什么喜欢苏轼、曹雪芹、王实甫这些人，我读了以后就觉得我能理解他们，虽然他们高山仰止，但是起码抬起头来我能认识这个山是个啥样子，不仅仅是说这个山高大，我还看到山上的石头、树是个什么样子。起码我能理解这个东西，就有亲切感，当时苏轼就是其中之一。后来，时间一长，觉得苏轼啥都很好，就像神一样的，我一直对苏轼感兴趣，时间长了，你对一个人迷的时候，你感觉他的魂灵说来了就来了，你就觉得啥时候咱也能这样。当然这么说有点太张狂，但确实有的时候是这样。我想起一个人，美国的一个画家，其实他是美籍华人，他教学生怎么画画。他当时叫学生学黄宾虹，不管是谁，先不接触黄宾虹的画，而是先了解黄宾虹的生活，当年穿啥衣服，你先也穿这个衣服，他的生活习性是啥，你先学，先模仿，让你觉得你就是黄宾虹，这个时候再把他的作品拿过来，你就一下子能进去，学习进步特别快。这个事当时给过我启发。还有一个女的，女作家，跟我说她每天晚上写的时候就在想今天让谁来给她帮忙，如果想让苏东坡给她帮忙，就把苏东坡的画像，或者啥书放那，叫苏东坡给她帮忙，她也产生了一种虚幻的景象，在虚幻中，好像那个时候，自己就是苏东坡、李白、杜甫了。慢慢影响，咱也觉得好像是这样。前几年，有个很有名的画家，陕西的画家，他说老贾，你是不是就想成为谁谁了。当然这话容易引起别人骂你，当时自己也觉得喜欢一个人，好像就以别人的看法看问题。在苏东坡眼中，不论是皇帝老儿还是乞讨的，没有一个不是好人，他抒发兄长之情，山水之情，他吃了那么多苦，跑了那么多地方，你看他一天好像是自在得很，而且他对政治不了解，也没心计，反正是觉得你好，我支持你，过了几天觉得改革不好了，又要得罪你。他主要是觉得改革里头有好的地方，他承认好的地方，不承认做得不好的地方。他后来干脆远离政治了，那时候当官，也没多少事务，就是接待接待，游山玩水，写写文章，写写字，画画画。对苏东坡，我还比较熟悉，他的作品就那些，年轻的时候我还模仿，就是那几百个字的散文，以及最有名的《赤壁赋》这些。我这几年年纪大了，本身就不爱动弹，哪儿都不愿意去。但去年，我的《老生》后记给我评了一个现场散文奖，实际上我不想去，后来听说在苏东坡的三苏故里召开，那么热的天我就去了，我去敬一下。当年去四川的时候我专门去了三苏祠，多少年过去了，以前没有意识，现在意识越来越强了，我一定要敬一下三苏，就去了。好多人都说就那一篇文章，你跑那么远去领奖，你是啥奖没见过，我说我是朝圣去了。

韩鲁华 还有一个问题，在《极花》中，你在写的时候，我在阅读的时候，感觉到一种巨大的力量，在冲淡着胡蝶的一些残暴的东西，好像在胡蝶的叙述背后，隐含着一双上帝的眼睛。而且我还注意到你对中西方艺术的差异，以及形成原因的看法。其中就谈到中西方艺术创造的原动力不同："在西方现当代艺术发展过程中，纯粹个体的心理发泄是主要的创作动力，这是现代主义绘画包括后现代主义的观念艺术和装置艺术的主要源泉。而在中国，动力是另一个，就是对人格理想的建构，而且是对积累性的、群体性的人格理想的建构。但它不是只完善自我，是在这个群体性、积累性的理想过程中建构个体的自我。"不知别人读了这几句话是啥反应，我觉着里面蕴含着从另外一种角度来看中西艺术与文化的差异。这一方面还想听听你更进一步的思考。

贾平凹 随着年龄、阅历、修炼，或者是其他的原因，到这个时候，看问题就看得高。当然也不能说是有上帝的眼睛，能全面地看一个问题，这样看问题就像看一座山一样，你能看到阳面还能看到阴面。你不能只看一面，阳面阳光灿烂，阴面冰雪严寒一片冷清，但你从高处往下一看，两面都有。当你看清两面的时候，当你写阳光，你就能看到一步之外还是冰雪；当你写冰雪，其实一步之外还有阳光。最近我一直在写一个东西，虽然写得慢，但我觉得还有意思得很，这里边我专门写了一个猫，猫老卧在衣架、煤炉子那里，它不说话，就是在看一些东西，就是像有一只什么眼睛在看。因为我的屋里，也有一个老鼠，我养了四年了，一共见了三次，这个老鼠是突然跑进来的。跑进来以后它出不去了，因为我这门一般不开，再没洞了。后来发现它是怎么进来的，是从空调后边把一条管道咬开以后进来的,这个空调后来坏了,检查的时候说可能是线咬断了,就拿泡沫把它堵了。后来就发现有一个老鼠进来了,进来以后出不去了,我又不忍心害它,或者逮它。当然也逮过,也逮不着,粘鼠板也粘不住,老鼠笼子也买回来过,但很快就打消这些念头了,就每天喂它。当然也偶然咬我的东西,我成天也骂。我估计这个老鼠一直有这个眼光,在屋里看。这就是在写的时候始终有一个别的眼睛,你刚说上帝的眼光,实际上咱也不说上帝的眼光,但起码要站得高一点,始终能看全面一点,叙事角度和叙事语气、用笔,它就不一样了。你看如果说这面山有冰雪,你肯定写得激愤得要命。如果说光看到阳光,那是一片升平盛世就出来了。你全面看了以后,实际上每一个人也是这样,每一个时代、社会都是这样,都有它的好处和惊艳处,平静地看待这个东西。人生就是百年,平静地看待事物,你就能容忍好多东西,就拿做人来讲,我有时也特别激愤,有些事情我脑子忽一下子就热起来了,忽然起来以后,打电话就变得怒不可遏,但是处理了以后,过后一想,有些东西就处理得很不对。后来为了消除这种状态,才慢慢改了,一旦啥事情突然来了,不管别人咋弄,我先放下,明儿再说。过上一夜或者过上半天,就能理解好多东西,有不同的想法。原来经常是别人让干个啥事情,就是不去,后来想一下,还是应该帮一下别人的,我只要好好考虑这个事情的前因后果,各种因素,就能冷静下来,各种利弊都会考虑到了。这样好多事情我就能容忍,就能从多方面来考虑这个问题。实际上,哪有好人和坏人,都是好坏人,人都是混合型的人。把这些看多了以后,就能看懂和父母的关系,和孩子的关系,和老婆的关系,和朋友的关系。实际上我觉得一切人的关系都是这样组合的。夫妻就是同林鸟,都是两只鸟,共同飞了一段路以后,就成夫妻了,其实子女和父母也是一种前世的组合,倒不是说这个孩子是你的,当然一般人说起来孩子都是我身上的肉。要明白人是咋样来的,这个问题变成了哲学的大问题,人到底是咋回事,明明就是自己生下的娃,还明明是另外一个男人那儿来的,仅仅是男女的精子和卵子的作用吗?宗教上还有一个前世谁来投胎的说法,他是冤家讨债来了,还是报恩来了,人都是这样组合的。这样想,即使父母去世了,也不太悲伤了。因为人都要去世的。他当你的父母,让你来孝敬他,那是前世你欠了他的。你把恩报完了,他也该走了。夫妻两个也是前世有啥关系到这儿,事情完了人就走了。孩子也是,孩子把账要完了,把恩报完了,孩子也就走了。就是这回事情。这样一追问,哲学上我是谁,我从哪儿来,我要到哪儿去,谁都说不清,就看是站在哪个层面上解释这个问题。如果站在一般妇女、老百姓的角度,娃从哪来的,就会说是从我肚子里生来的,只能这样回答。从宗教说,那是人前世投胎的,有各种缘分,所以来的,你到哪儿去,不是死了,是再生了。前几天,我一个朋友,就是那个郑明,可能你们都不了解,就是陕西的一个女作家,后来嫁给一个西藏人,生了个女儿。我妈还给她管过她女儿半天,她要上课去,娃太小,就放到我妈那了,我妈给管了半天。这娃叫郑赛赛,郑赛赛是谁?郑赛赛就是李娜下去以后中国的第一名,这娃打得好得很。她在美国,她经常回来,我这还有她给的球拍球衣,啥都有。她说她回来了,看我在不在,她来看我,我说我正在外边,她说那来不及了,她说她丈夫已经转世了,我说啥意思。后来才知道,她丈夫三年前去世了。在藏文化里,过了三年就不纪念了,就觉得事情结束了,这个人在世界上的意义就彻底结束了。佛教里说三年以后,人就转世了。这个人死了又已经来到这个世上了。当时看这个字眼,转世,我觉得就像藏民说的三年以后就转世了,不必惦记了。你可以怀念他,清明烧点纸,但是他已经成另外一个人了,或者哪一天你在另外的地方就遇见了。看了她以后,我晚上睡觉就在想,啥时候路上走,能碰到我的父亲或母亲。或者哪个人就是我母亲,我母亲去世十几年了。我父亲去世都二十多年了,已经转世了,现在应该是转世成了一个小伙子。后来见了一个小伙子,我对那小伙子好得很,老觉得像是我父亲,但话又不能说。

我给你说,有时候我看戏曲戏迷会,经常看到五岁、三岁的娃,演啥像啥,简直不可思议,我想咱的娃,两三岁说话都说不清,人家的娃一字一板做动作,肯定都是转世的。所以我相信转世。经常说中国历史上的那些文人,包括苏轼、李白、杜甫,这些人不转世?肯定又转世了。

韩鲁华 不好意思,还有一个问题。《极花》的故事本来是非常残暴的,里面充满了暴力和血腥,可是,我在阅读的过程中,感到文本中混含着一种巨大的冲淡力量,在胡蝶叙述的背后隐含着一种平和涵纳的胸怀与境界。在现实叙事之上,还有一双上帝的眼睛在看,或者现实叙事背后还隐含着上帝更加宽容、更加旷达、更加平和、更加超越的叙事态度、立场,使作品更具有时空的穿越感,有一种今天的人在讲述几十年甚至几百年前的故事的淡然平和的感觉。近年来在追踪阅读你的创作以及当代一些作家的创作时,发现都会谈到面对中国现代性历史转型问题，我结合你的创作在思考中国的现代性历史转型中，就阅读了其他国家的现代性历史转型期的文学史。比如美国，其实美国的西部文学以及乡土文学时期，也是美国现代性历史转型的一种文学表现。比如德国，从17世纪的启蒙运动到后来的狂暴运动，以及古典文学、浪漫主义文学等，实际上也构成了德国现代性历史转型与建构的历史。在大的历史转型期，都会出现一批大作家和经典作品，如美国的马克·吐温、福克纳，德国的莱辛、歌德、席勒等。特别是德国经历了几百年动荡才完成现代性历史转型，这与中国有相似处。社会历史与文化思想，包括文学艺术，发展到一定历史阶段，就需要进行总结。从你的创作和谈创作的感受思考中，我觉得你是在努力着。就此，想听听你对中国文学大的历史转型的感受思考。

贾平凹 这个问题具体方面我平时也没经过心，也没有琢磨过。但从文学史上，啥东西都是高高低低、起起伏伏的螺旋状走过来的。文学也是这样，一个时期表现得挺好，一个时期一般。就拿中国文学来说，文学的好多复古派，包括韩愈，都是一个时期，这个作品慢慢变成形式主义，变得很华丽，没有实际内容的时候，不接触实际的时候，就不接地气了，没有特殊社会力量推动的时候，它慢慢就衰败了。衰败的时候，突然有一个人出来，或许他的作品还不是很精致，但是他有一种冲缨之气，他一下子就起来了，打破了那种形式主义，这个人就是大师，就是开宗的宗师。他开创了一种写法，然后慢慢又开始衰败了。就是说中国，到了曹雪芹那个时候，曹雪芹前后，前头出现了大量写笔记小说的，小品文的，人数多得很，在文学史上都很有名，但是最后曹雪芹出来，就到高峰了。从那以后就一直向下走了，就下来了。就拿现在来讲，30年代的时候，一批作家就把作品推到了高峰，它就是彻底关注整个社会的，可以说它虽然艺术技巧不是很成熟，但是有冲缨之气，或者说有草莽之气。反正横空就来了，一直延续下去，慢慢就产生了一种形式，就是那种形式感又产生了。为什么会出现形式主义，它有多种原因，有的是缺乏这方面的人才，有的是社会、政治原因，老提倡这些东西，慢慢大家都变成了歌颂升平一片祥和，没有实际内容。新时期以来，50年代生的这批作家，当时写作的时候都才二十多岁，现在都六十多了，也都磨炼了三四十年。文学想起来可怕得很，要慢慢积累三四十年，经历得多，对整个社会对这个时代就能了解得更深入，才出了目前这批作品。这批作品，我觉得比30年代要好，当然好到啥程度，我也是作家之列，我不能说自己弄到啥程度。但是从整体上，从人数上，从作品的题材上，比那时候要好。五六十年代的作家，当时有"三红一创"，当时很有名，但是现在回头看，那些人也有天大的才华，但都是写到四十多岁就结束了，他们四十多岁"文化大革命"就来了，"文化大革命"来了他们创作就结束了。所以我同意张新颖他们的观点，他说那个时候的作品都是青年时期的作品，严格地讲都是一种青春期的写作。人青年，作品也青年，都没有成熟。这一批作家，50年代生的作家，可以说从二十多岁写到六十多岁，年龄也大了，作品也就是老年期的作品了。他们始终都在写，始终没有断，他们的作品从严格上讲，不能叫青春作品。

韩鲁华 也都进入老年了，该叫老年作品。

贾平凹 他们把他们一生的能量基本上圆满地发挥了，至于发挥到啥高度，那有待历史和评论家来评说，但起码作为个体来讲，力出完了，不像五六十年代的作家，只出了一半力气，就不弄了，不知道他们的能量有多少，没发挥出来。

（原载《当代作家评论》2016年第3期）

"睡在哪里，都是睡在夜里"

贾平凹　丁帆等

2016年4月21日，著名作家贾平凹与著名评论家丁帆在华中科技大学中国当代写作研究中心进行为期两周的"春秋讲学"活动期间，与华科大老师蒋济永、王庆、王书婷、李雅娟、梅兰、海南师大教授毕光明等，及华科大中文系学生，以贾平凹作品为依托，畅谈中国当代文学。本文为这次文学座谈交流的实录。

学　生　我想请问两位老师第一个问题，贾老师一开始的作品可能是描写乡村的东西比较多，后来比如说《废都》，就是在描写城市。在农村和城市之间，可能存在着一种文化差异，两位老师是如何看待这种文化断裂、文化差异的？第二个问题，随着时代不断发展，科技不断进步，但是文化可能存在一定的滞后，怎么在文学创作中避免这种情况？

丁　帆　我实际上写了一个作品也是国家社科项目——《新世纪中国乡土小说的转型》，这样一部进入了中国社科文库的著作，就是谈城与乡在中国社会这块版图上面的差序格局。中国从20世纪90年代开始，发生了农村人口倒流城市的大迁徙，带来了两种文化的碰撞：城市文化及现代文明和农耕文明两者的碰撞和交流。在这个里面，它的发生地已经转移了，已经不在乡土了，而是转移到城市里面。农耕文明的思维和城市文明、都市文明的撞击下产生了新的文化裂变，这就是我们所说的城市的异乡者。这部分人大量地进入城市，城市人口的膨胀是一倍、二倍、三倍地向上翻的。人口从哪里来？城市生育率下降，大量的人口是倒流上来的，倒流上来的时候实际上就是中国农耕文明的文化已经遭到了灭顶之灾。你说农一代像贾平凹的长篇小说《高兴》里面，死也要死在故乡，背一个尸体回家乡；农二代绝对不会，因为他的思维和语言全部变了，也就是说第二代不可能再回归乡土了，所以造成了这种现象。我看昨天报道城市化，达到百分之五十多了，大量人口倒流到城市里面，乡村已经成为空巢，城市边界在不断地扩展,扩展到了农村,吞噬着土地,实际上充斥着农耕文明文化。作家怎么反映,怎么样更深地反映这种文化的裂变,我觉得能够深入描写的不多。最近看了平凹的《极花》,我感觉这个东西写得好,胡蝶是城乡二度对流的这么一个人物。胡蝶是女庄之蝶,胡蝶的蜕变实际上就是城乡二度对流,因为这个人物是从农村到了城市,即将城市化的时候又被拐卖到农村,又要逃到城市,这么一个二度循环的过程。在这个过程当中,人的思想观念、文化观念的裂变都表现出来了。所以我看了以后赶快打电话,《人民文学》第二天寄来了,我就写了一篇短文,当然我没有展开,实际我要表达的就是你这个意思。

王书婷　刚好丁帆老师谈到贾老师的《极花》,我是昨天连夜把这个看完的,也想请教贾老师关于《极花》的两个问题。在请教之前,我想先给大家分享一下《极花》的读后感。

也是受到丁帆老师的启发,刚才他谈到胡蝶这个人物的特殊性,其实我们现在讲中国当下的乡土文学,中国正是处于这样一个社会历史转型剧变的时期,那么乡土文学里面最重要的地域性到底怎么样在当下文学体现?丁帆老师的《中国乡土小说史》里面也谈到了很多,它的一种变异的形态,打工的、移民的、城市底层的。我看了贾老师的《极花》,特别震撼,因为他选了胡蝶这样一个人物。然后丁帆老师还有一个观点,我特别赞同,他认为中国文学里的风景跟欧洲文学所认为的自然风景和人文内涵合一的概念不太一样,他觉得我们看中国文学里的风景时要看到文学风景里面的人,是人眼中的风景。在《极花》里我们就发现胡蝶刚好是这个风景中的人和看风景的人的二合一的复合体,所以非常特别。

胡蝶是一个什么样的人物呢?她先是由乡入城,是在省城的一个出租屋里,跟她的母亲拾破烂为生。她对自己的故乡有描述,这个故乡的描述也是一个乡村的形象,但是却跟圪梁村不一样,有山有水有稻有鱼,看起来不是太贫瘠,而且应该也不会太闭塞,一切跟圪梁村形成了一个不太一样的对比。当然这个胡蝶也是好看的,就是男作家笔下女主人公的一个"标配特征",她也受到了一点城市文明的熏陶,她爱上了高跟鞋。然后小说里面特意提到她有一双美腿,她的两腿夹紧了之后,连一张白纸都抽不出来。就是这样的一个胡蝶,我们已经感受到了胡蝶身上所包含的由乡入城的年轻貌美的女性,在她身上那种浓得化不开的、被工业文明或者消费文化培育出来的各种欲望的投射和浸淫。

有别人对她的投射,有她自己的浸淫,所以她一开始就已经是一个很鲜明的故事载体了。刚才丁帆老师提到了,说她是女版的庄之蝶,但是她也让我想起了《废都》里面的另外一个人物柳月。柳月也是这么一个由乡入城的小女子,她一开始做保姆,然后跳槽到庄之蝶家,她是作为乡村文明向都市文明献祭的这样一个贡品。所以柳月在她的经历当中就是成长/伤害的一部历史,同时也代表着"废都"的心理演变史,柳月那个成长/伤害史跟这个废都的心理演变史是一个平行互文的过程。

胡蝶如果一直在这个省城待下去,那她就是另外一个柳月,但是我们的作家让胡蝶二次下乡了,所以我们从《废都》看到了另外一部"废乡"。胡蝶在城乡两个文明之间互相撕扯的这样一个过程,而且是二度撕扯,这个题材本身就令人特别震撼。

我们来看看小说中的风景,就是丁帆老师说的"三画""四彩"。小说一共六章,第一章"夜空",主要是写圪梁村的风景画,它更多的是自然风景的描述,老老爷说了一句"在哪还不都是在星下",这是第一次。然后我们发现这个"哪还不都是"的句型相应地在六章里出现了六次。第二章"村子",更多的是圪梁村的风俗画和风情画,有更多人文和社会的东西在里面,这个时候第二次黑亮说"待在哪儿还不都是中国"。第三章"招魂",就是胡蝶被强奸了,而且是用一种让人完全不能忍受的近乎于"群奸"的方式,她自己成了她自己眼中风景的一分子,这个时候麻子婶来给她招魂,又说了一次"睡在哪里都睡在夜里"。第四章"走山",胡蝶怀孕了,老老爷再一次跟她说,"你在那儿了,那儿都是你的地方"。第五章"空空树",是她通过怀孕,通过与圪梁村之间的这种进一步的互相纠缠,她开始用一种既是农村人又是城市人的双重的反思眼光来看自己的身份,然后慢慢在这个命运里面她自己说出了这样一句,她说"我睡在哪儿瞌睡了都在夜里",这是胡蝶自己说出来的一句话。最后一章"彩花绳",胡蝶脚上绑着那个彩花绳,被营救回城了,但是她再一次回到了这个圪梁村。是一种什么样的绳子让胡蝶作茧自缚呢?就是这个彩花绳,它就是五毒,书里面说"吃了五毒在肚子里的中国人,也因此而不怕五毒了",所以胡蝶就沿着人性的黑洞,她又飞回了这个圪梁村,最后一句她是这样说的,"在中国哪儿都一样"。到这里,一部"废乡"的故事就讲完了,给我们带来了一幅"废乡"的风景画。

所以我现在有两个问题:一是,这六句"哪还不都是",是贾老师刻意为之放在这个小说每一章里面的吗,当时就有这样的一个近似于每一章题眼的整体构思?二是,"空空树"这个剪纸意象,我第一次看到有点陌生,但是又觉得有点熟悉,它是在陕北文化里面原有的,还是您受到西方文化的某种影响而产生的呢?因为我知道,在一些古老的西方宗教神话里面,就认为那个枯树是一个神的坟墓,神就隐身在这个树里面,然后期待着一种轮回的复活。空空树这个意象刚好是在胡蝶对圪梁村慢慢从抗拒到接受到认命这样的一个过程里面,因为她怀孕了,也是在这样一个生命轮回复活的节点上出现的,您会受这方面西方文化因素的影响吗?

贾平凹 谢谢你看得那么详细。写任何东西,我有一个习惯性,比如说写《带灯》,它是写上访的,实际上它不是写上访,而是以上访为一个切口来写一下中国,是从一个乡政府然后辐射到一个镇上的日常生活是怎么进行的。《极花》是写拐卖妇女,其实也不是写拐卖的:不是写这个故事,也是以这个故事为切入口来写这个地方。为什么要写这个地方?刚才你谈了几次,反复强调说这不是一个特别的或者是个别的地方,实际上是中国目前乡下最基本的一个东西,它一直在暗示这个东西。为什么它一直暗示这个东西,因为把她拐卖到那个地方去了,她跑不出去了,她永远不知道她在什么地方,如果她有什么地方,她就可以想办法通知外界来解救她,但是满村人谁也不告诉她,这是什么省什么县什么乡什么村子,她也没有任何通讯的东西,她也没有一分钱,所以她无法跑出去。但她首先要了解她在什么地方,为什么一开头有老老爷的形象,是在讲方位的,所以在里面说女孩你别再问了,你走到哪都是在中国,原来有句话,你睡在哪不是睡在黑暗里,是从这个角度来谈的。因为我在一篇文章里面看过,也写过这样的一篇文章,中国的每一次革命都是土地革命,任何形式的革命实际上说到底就是土地革命。解放初期基本就把地收回来了,收回来这个过程就是解放了,这个事件就是解放了,共和国要建立了。收回来了,然后又把这个土地分下去,分下去它又是一次革命,是什么革命?就是人民公社化了。到1980年左右,土地又分下去,这一次就叫改革开放。然后又把这个土地以另外一种形式收回来,比如城市扩张,盖房子收回来,这就是目前的一种情况,现在讲改革又到了另一种阶段。土地永远是那一块土地,这个土地分一分,收一收,收上来分下去,再收上来再分下去,不停地反复,不停地革命,这就构成了中国的这种特色。土地就是那些土地,土地永远不变。

现在一般人如果看到这个《极花》以后，我估计有些人就说，现在是不是还有这种地方。如果在江浙，或者是广东这一带，恐怕看不到这个东西；在西北地区、西南地区，高速路旁边的，或者到地域开阔比较富裕的地方也是看不到这种东西；但是在偏僻的地方，就大量存在。因为我写的就是陕西的北部，陕西北部就是黄土高原和关中平原过渡的那个区域，那都是黄土高原，那住的都是窑洞。我去年前年无数次跑过那个地方，当时很震撼，后来对那个地方特别感兴趣，尤其在去年我不光跑了那个地方，还跑了陕西我老家那几个县，我又跑了陕南和陕北，又跑了河南、湖北，就是陕西的周围，与陕西交界的地方，在这个区域我跑得多，感触特别深。

我现在讲乡土文学，在"五四"时期，是鲁迅时期的写作，就是知识分子精英这种"哀其不幸、怒其不争"。到五六十年代中国的乡土文学，不管他写得再生动、再有趣、再丰富，但他那个价值是固定的，那个时候写小说都是按毛主席农村阶级分析那篇文章来定位的。写到农村肯定要写到贫下中农，贫下中农肯定是革命的，偶尔里面有一些流氓式的二流子，这就是贫下中农；然后它对立面肯定是地主，地主肯定是破坏的；然后中间有中农，中农肯定是动摇的。把这个技巧固定死了，你就是再折腾，孙悟空逃不出如来手掌心，你没有办法。你就是把这个人写得再生动，把环境写得再优美，天大的才华，你只能写得很丰富、很生动，但是作品的价值就把这固定死了。你现在看五六十年代的作品，基本上都是这样。当然改革开放以后，新时期文学所说的文学的乡土写作，基本上就吸收了外来更多的东西，它的价值观发生了一些改变，价值观改变实际上就带来了文学观改变，文学观改变了之后，就看到中国农村里面发生的很多阴暗的东西、一些不好的东西，这就是长期以来乡土文学里面的揭露意识和批评意识，这两种成分就特别多。

但是最近这几年，大家讲乡土文化的衰微和农村的衰败，几乎没有批判的东西，它衰败得一塌糊涂了，你再批判就没有意义了，而且你不知道该诅咒它还是该怎么样，所以我基本上讲的就是两难之间，只是来自你心里的这种隐痛。那种痛给人说不清，好像你身上有一种疾病，这种疾病给人说又不光彩，这种难受只有你自己知道，还没有办法给别人说，给别人说别人会嘲笑你，或者是用另一种眼光来看待你。我经常讲中国乡村这么发展，到底是用一种什么方式发展？经济学家提出要走城市化道路，城市人口又特别多，要把这个转过去，最后走到哪一个方向，现在很难讲。反过来讲，走城市化道路是正确的，但是要完成这个大的转折，也得牺牲一至三代农民的利益，这个转折过程中肯定要牺牲这些人，这些人只能大面积地进城，但城里也不能容纳你，又不得回去，就在社会上漂泊着，年轻人不知道想干什么，这个恐怕大家都有体会。

写目前这种状况下的乡土社会，不知道应该批判谁好，没有什么批判的，你想给谁诉说，你只有两难。但是这个乡土文学还得写，作为作家还得写，写什么，就写比较两难的东西，这两难之中写最隐秘的东西，反映这个社会的东西，在这个历史借鉴中，这个社会目前到底是个什么样子，人性最隐秘的到底是什么东西，从这两者写。实际上《极花》也是基于这样一种情况来写的，你说这里面批判，我也不知道该批判谁。在陕西有一个年轻评论家，他是学法律出身的，西北政法大学毕业的，他写了一篇文章，他的观点是《极花》这里面全部是犯罪，从法律角度全部是犯罪，拐卖人是犯罪，收这个拐卖的也是犯罪，警察来暴力执法也是犯罪，村民抗拒执法也是犯罪，那里面犯罪多了，整个没有一样不是犯罪的。

关于你刚才说的空空树。因为我跑过陕西的淳化、旬邑，这两个地方的地理环境就是我写的环境，产的那些粮食、长的那些草，都是表现那个地方的。我跑过好多次，更重要的是在那个地方产生了中国剪纸大师库淑兰。她的这个剪纸（她前几年才去世）轰动中国美术界，而且轰动西方美术界，她到欧洲和美国不知道跑了多少次。老太太这个空空树剪纸艺术虽然是中国最古老的东西，但是西方人对这个特别喜欢，因为她从另外一个角度传达了西方人后来在美术上的一些东西。当然不是等同的，但是她里面那些元素的东西，最基本的东西在那，外国人特别欣赏，把她称为真正的大师。这个老太太有一幅照片你看着特别过瘾，在黄昏时候，放在房子里面，你看那个照片，很恐惧、很害怕，那一双眼睛好像是鬼魂的眼睛一样，特别害怕，我觉得这是很奇异的一个人。空空树本身就是库淑兰的一个剪纸作品，是讲她家后院有一棵树，这棵树全部是空心，蜜蜂在里面不停地流动。你要说她现代的意识是哪方面，我说不准，但我能感觉到这是很有意思的意象，好多歌词里面写到她谈的那些词，基本上是我稍加改造变过来的。当然要说和西方谁的东西相通，我估计人类有很多东西是相通的。我看一些资料，说人类发展到一定程度，谁也没有见过谁，但感觉是一样的，进化是一样的，所以外国人说中国最民间的（当然不是很普遍的）、很古怪的这些人，不知道怎么在领会上他们会有相通的东西。

李雅娟 我想请教贾老师一个问题，读您的小说，我发现有一些情节或者意象，在不同作品中会反复出现。比如您提到的"人睡在哪里都是睡在夜里"这一句话，类似于这样的意象就有很多，这样的东西我印象中至少在两部小说中都出现过。这些情节和意象反复出现，让人感到它们并不仅仅是为了塑造人物，而且在传达某种文化的意涵，因为人物的个性在不同的作品里是不同的，但他们却能拥有相同的语言、思想或者行为。有没有可能在人物个性和他所承载的价值之间会发生某种错位，您是怎么样处理这个问题的？

贾平凹 有些是有意识的重复，有些是无意识的，有的是随笔随手带过来的。这个我后来也注意到，散文里面谈过这话，不重要的作品里面说过那些话，后来有时故意把它用一下。有些就是写多了，那些思维在脑子里面就模糊了，随手就带出来了。我平常琢磨一些事情，我觉得所谓人的智慧就是在日常生活中有些东西你看透了以后，从中领悟到很多东西，把这种想象慢慢积累，积累时间长了以后就变成智慧的东西。这方面我平常爱胡思乱想，然后慢慢地脑子里就老是装着那些东西，不是说特别要强调什么，写到好多东西，可能在一些地方要变换着使用，因为创作这种东西写多了以后，脑子就乱了，也有这种情况，无意识就带出来了。

梅　兰 贾老师，《极花》我也是昨天拿到，刚刚才看完的，有一点感想，题目比较惊悚："文学的贫困"。看的时候我有点不可思议，看了三分之一的时候，我把这个书合起来想了一下，我怎么会看这样一本书呢？您刚才也谈到对当下农村的困惑，读的时候我也感觉到这种困惑，甚至是当代文学的贫困感。我是从几个方面感觉到的。一是视角的贫困。翻开这本书我吃了一惊，因为我知道它讲的是被拐骗的女子的故事，但我没有料到您竟然敢用第一人称的写法。第一人称视角难度太大了，而且我觉得《极花》的第一人称叙事是不成功的。"我"的这个视角首先是非常空洞的。胡蝶在城市里面代表农村，城里的人看她就是农村的一个女孩子，"很纯净"，房东老伯的小儿子青文因此给她拍照片。她被拐骗到农村，却又代表城市女人，包括她皮肤白、腿长，这些在小说里都是城市的文化符码。所以她其实是个相对的存在，她没有自己的一个具体所指，她是属于哪里的，她自己都不知道。老老爷说"地下一个人，天上一颗星"，每个人在天上都有属于自己的一颗星，所以她一直在找寻天上那颗属于自己的星。她其实就是一个空洞的符号。如果胡蝶代表城市又代表农村，又都不能代表,这样的一个视角,我觉得是让人难以接受的。在这个小说里面,这个人物不是很成功,但另外一个人物很成功,就是村子的自然环境和日常生活,非常有感染力,这是我读到后来为什么还能读下去的原因。我发现它是小说里真正的"人物",自然界的地理风貌,村子里的动物、植物,包括鸡、狗、狐狸、毛驴、大风、风俗、吃食等等,这个"人物"是真正能够打动我的。

小说的第一人称视角很难说服我,比如说您经常讲到她形神分离,这个在《秦腔》等其他作品里也用到过。就是这个人物突然跳出自己,在某个地方看她自己。这其实是非常大胆的一种手法,形神分离包括变形,跟神话传说关系紧密,但是我在这部小说里丝毫感觉不到它的必要性,而好像是作者没有办法完全用这样一种强有力的第一人称视角完成叙述,才突然把人物分身置换出来另一个视角。而且她该形神分离的地方没有分离,比如她从哪里被拐骗来的,您没有让她那个时候形神分离,而她被强奸的时候,您却让她形神分离。这种分离和变形,是没有怀疑和批判性的外化和外位性,让人无法认同。我们只能推测作家缺乏这种能量,去用第一人称完成所有的叙述。假设有另一位写作者,他也许会选择一个更加有意义的视角,比如反讽,它就是一种有批判、有意味的外位性了。比如浦安迪读《金瓶梅》就读出来《金瓶梅》性描写的这种反讽意味。《金瓶梅》的人物、情节以及性描写可以有反讽,那么一个当代作家笔下的女性,她在看她自己被强奸的过程当中只是有怜悯吗,她没有别的感觉吗?难以置信。我觉得这不是女主人公只有初中文化水平的问题,而是作家缺乏现代个体意识的问题。小说的形神分离里面我没有看到主体的矛盾冲突,这是人物肉体和灵魂之间的外位性不可容忍的,这里确实涉及灵魂的问题。看起来小说是把胡蝶的魂给分离出来了,但她根本没有灵魂,她哪里有灵魂,她悲悯地看着自己,我觉得还不如不看,因为这个"看"是很色情和暴力的,是带有强烈男权意识的"看"。如果说女作家来写被强奸,绝对不会让她跳到镜框上看她自己被强奸,我觉得这个是很难理解的。

小说经常写到"我在想",然后下面一大段。"我在想"这个句子是非常可怕的句子,因为读者会接着想胡蝶在想什么东西,应该很重要,直接进入人物的内心世界了。但事实上小说的这句话后面是非常感性琐碎的常识化的东西,可以说停留在生存层面。胡蝶最大的信仰是"娘",诸如"我的娘,怕再也看不到你了"等等。里面还有些是低于、悖于常识。从第一人称的女性的角度来写这个人物，有些甚至是不诚实的，很多地方是我无法接受的。但是我又理解您，为什么从女性个体角度来看，这个人物过于顺从命运的横暴。我看您后记里面写，要建构群体性的人格理想。您是要塑造群体性的中国人的理想面貌。小说里的胡蝶从反抗到顺从，从迷惘到找到自我，那么您心目中的理想人格无疑是中国传统儒家的向内超越的人格，就是说怎么克服内外各种各样的阻碍、挫折等等，成为君子、圣人。她是向内超越的，但她完全没有意识到一个现代主体的核心问题，自由或者不自由。您完全没注意到么，这个人被关在窑洞里三百多天之后，她就没思考过自己自由不自由的问题。在老老爷的关心下，她后来一心转到寻找自我、向内超越的这样一条艰难的道路，诚恳地接受了命运所加给她的一切。总之，我觉得要不就是您太乐观，就是说您被骗了，要不就是我被骗了，反正肯定是有人被骗了。然后您还告诉我们，可以怎么样建构道德人格理想呢？调换角度，比如说不是我来质疑这个环境，而是要想到其实是环境选择了我。比如说本来这个女人想到的大约是，我怎么会这么倒霉？就被绑架、被强奸了呢？不对，换过来，应该深深地思考一下，为什么拐骗、强奸、黑亮和圪梁村选择了我？不是"我在看倒后镜，其实是倒后镜在看我"，葫芦"你喜欢它，它更喜欢你"，"不是人挑选碗，是碗要挑选人哩"。您是在讲这个道理吗？不是我们在挑选社会环境，而是社会环境在挑选我们个体；诚惶诚恐，我被中华文化挑选中了，所以我生在这里。我是被拣选的，像《圣经》里面犹太人被上帝拣选了，所以犹太人要受苦，中国人也是这样的吗？这种群体性的斯德哥尔摩综合征式的人格理想，和从个体的、现代意识出发的人格理想，是很难合拍的，这种"想"在我看来是没有想，其实只是在讲我们怎么适应这个文化环境。

二是道德信仰的贫困。小说里面其实写得非常动人，从第一页看到老老爷出现，我就觉得您为女主人公配备的武器特别强大，为被拐骗的初中文化的胡蝶配置了一个高等级的巫师在旁边帮助她。应该说这种巫术文化其实跟先民的游牧文化是合拍的，而不太可能匹配20世纪这样一种现代社会。我觉得您可能是太浪漫主义了。巫术文化其实也不是儒家的，而是道家的，是更久远的天人合一的宇宙观和价值观。道德和仪式的日常生活化，或者日常生活的仪式化、道德化在《极花》里非常突出。整部《极花》都在讲日常生活怎么被老老爷——解释，阐释实际上是权力，村民有问题就要找老老爷去解释，比如身体的毛病、家庭的难题、鬼魂的安置等等，所以他成了一个非常高的意义制造者。但是这种日常生活和道德价值观的统一，体现的是中国夏商周的道德体系和社会理想，日常生活的巫术化、道德化在我看来是不合时宜的。

小说里的这种道德信仰也是有问题的。《极花》的社会环境并不是原生态社会环境，而是一种对当下农村社会的补救，就是给它安上了一个道家、儒家的伦理秩序化社会构想。而且这个构想仅仅是为了反对当下城市文明——小说里连飞机飞过去都导致了灾难，小说几乎每个地方都在讲述城市文明对农村文明的摧毁，这一点您成功地做到了。但是您没有办法把一个纯粹的乡村社会给呈现出来，像鲁滨孙那个荒岛一样，让它自给自足。没有，它每一样生活用品都是从城镇运输过来，而且它最大的必需品，女性，也是从城镇进口来的。当然这种进口方式带有犯罪的嫌疑，大多是被拐骗过来的。胡蝶是从农村出去打工，后来又回来了，生在农村的女人其实还是要到农村来的，小说说到底其实是个物归原主的故事。

《极花》的道德信仰让人感觉是接受现实的，而不是相反。我举一个例子，性暴力的场面，实际上就是社会化暴力的隐喻，是修辞化的强奸，而不是自然的强奸。实际发生的强奸过程可以很简单，男的过去一拳把她打晕，然后强奸就OK了。但是小说用了六个男人来制服胡蝶，把她按在炕上完全剥光，然后黑亮还是搞不定她，后来突然间这个强奸变成了一个男神的诞生过程，胡蝶被完全捆绑在条凳上，骑在她身上的男人突然间就焕发出光彩了，条凳下面的血水还拖了一地……这种可怕的、邪恶的性的暴力的描写，这种修辞化的强奸，是有问题的。其实这里面涉及了一个问题，就是叙事学里的谁在说和谁在看的问题。《极花》里，胡蝶是讲述故事的人，在这个场景中，您让她的一个莫名其妙的替身跳出来在镜框上看，这个"看"既是不真实的、不道德的，更是邪恶的、暴力的、色情的。而且您忽略了一个地方，强奸推迟了三百多天，它就道德了吗？这简直是谎言。如果从经济学角度讲，它是非常亏本的。他花了三万五千元钱买了一个女人，他应该尽快让她怀上孩子。因为女人其实就是个再生产工具，她就是花钱买的一样必需品。说到明清的世情小说，性的描写比这诚信得多，如果写一个嫖客花了一点银子去嫖一个处女，他是很快的，很残忍的，没有任何想法，小说只写他花了这么多银两，好心痛，钱比这个女人重要得多。如果您看明清的世情小说，您会看到比这个诚实得多的描绘，而不是长达三四页的性暴力场景。《极花》最让人哑然失笑的是，胡蝶被强奸完了放出来了，她就看见老老爷拆掉了葫芦上的木盒子,葫芦上面写了一个"德"。这是暴力加欺骗,统治怎么统治,统治不光是暴力,肯定还有意识形态的驯化,所以老老爷具有这样一种道德功能,他让胡蝶怎么接受现实,而不是相反。老老爷从没帮她逃跑,以他那么高的道德水准和文化修养,他却帮助她去接受这个被强奸的现实,用"德"的东西去化她,所以这是谎言。

三是艺术家的贫困。《极花》里面有艺术家,麻子婶是一个真正的艺术家,会剪花花,是"剪花娘子",还有"政治任务",比如黑亮爹请她用巫术收回胡蝶的魂,她剪的那种小红人能招魂,能够收服别人的魂灵,疏导被强奸后失魂落魄的胡蝶。所以《极花》的艺术家既有实用价值又是神性的,收费也不高。但是麻子婶同时还有一个特殊身份,她是她丈夫的奴隶,被打骂,打得很厉害,而且她出来干活丈夫拿报酬。那么这个招魂最终是为了干吗呢?就是让胡蝶好好做黑亮一家的奴隶,安心生养孩子和做媳妇。《极花》别的好处不好说,这一段对文艺工作者多重身份和地位的隐喻性的描写,我觉得很成功。

毕光明 我想为贾老师做辩护,贾老师这个书根本不是这样的,首先我要做一个基本的评论,贾老师的书,几乎每部小说都可以入小说学会的排行榜,今年我觉得贾老师的小说应该是排第一名。《极花》这个小说,刚才几个老师理解是不对的,因为这个小说体现了贾老师艺术里面的哲学。什么是哲学?就是《极花》这个人物的名字胡蝶,在一个隐喻层面上,它实际上就是在一种不确定性当中获得确定,在变中有不变。胡蝶她是个女子,这个小说实际上要写的不是一个拐骗妇女的暴力事件,也不是写这个时代的问题,在城镇化进程当中,乡村被抛弃,这只是一个背景。文学只能是写人的命运,在这样一个灾难的环境中,一个女性怎么保有自我。说胡蝶没有灵魂,错了,恰恰她是有灵魂的,如果没有灵魂,她不会灵魂出窍,所以这是这个小说里面最现代的地方,一个胡蝶不能完全保证命运,她只有用灵魂出窍的方式去关注她的命运。我们知道极花是花中的极品,而胡蝶是人中的极品,是女性中的极品,因为世界上没有什么比女性更美。就像安格尔绘画,可以把这种情色跟高贵融为一体,而中国只有贾平凹先生可以做到这样,而且用的是最高超的技艺和修养,所以他是人格理想的一个建构。我们读作品一般都看不出来,这个胡蝶为什么不是一般的人,她虽然后来沦落到这里,但她一直是拒绝承认的,她一直在寻找追问我现在在哪里?我到底是怎么样的?这个小说写了她的整个心路历程,从开始的反抗到最后的接受,她这个变化写得很有意思。而从开始她只是在质疑,到最后她反问自己了,通过老老爷的启迪,她反问自己是不是我的问题。因为那个主体在特定情景中只有把自己变为真正的主体反问自我的时候,她才可以跟客体形成关系,所以这样她才把关系改变过来。就是这个女性在这样一个暴力的过程中,不能用强奸的说法,只能用暴力,为什么?因为胡蝶被卖到非常偏僻遥远的山村,只有一些消化器官和性器官的人在这村子里头,他们是两个文化空间。在那个文化空间里面,不管用什么方式待女人,都是为了传宗接代,所以他们所有的行为,法律和道德在那是失效的,他们是传统社会,是一个非常遥远的社会,不能用我们这个社会的标准。只能说胡蝶是个非常美的人,而且很爱干净,这是贾平凹所写的理想中的女性,这个形象恰恰是相对人的感官的一种写作,如果没有这个,就没有文学了。

蒋济永 好,大家各抒己见,都很精彩,最后请两位老师给我们说两句。

贾平凹 一部作品写出来,各有各的看法很正常,作品经常引起一些争议,而且争得特别厉害。但是有的作品,我觉得阅读这个书,看你从哪个角度来读。我只强调一点,你说道德、信仰这方面,怎么强暴这个女主人公,实际上当时我写这个的时候,胡蝶她可以来看她,是当时的叙事角度需要,仅仅是作者这样写。它主要不是说在那个地方,而是表达在中国目前底层缺少女性的环境中,那种性饥渴的环境中,是从这个角度来写的。但是不管从哪个角度谈,有些东西不是一下子就能在这儿回答,这次我回去再琢磨琢磨这个事情。

丁　帆 有争论的座谈会应该说是达到了最好的效果,我是这样看的。刚才梅兰发言非常犀利。她讲的有一个视角问题。视角问题我是这么看的,胡蝶这个人物比较重要,前面王书婷选的一个点很好就是"废乡"。"废乡"和"废都"是对等的,实际上对失去故乡的人,也就是失去故乡记忆的人,她怎么又回去了,她在被强暴的过程中,在这么一种生活状态下,她怎么又回去了?我们每一个人都是失去故乡的人,像这么一个大的文化问题,一个作家他只是完成场面描写,把自己的很多想法藏在人物和描写背后,你让他的价值观明晰化一般是不可能的,如果做到这点,他这个作品也就没有太大的价值。所以在这个视角的点上,我写的一篇文章也谈到,我不喜欢他絮絮叨叨,就是你讲的视角问题。视角问题你讲是缺乏反讽和批判,批判和反讽的结构是有的,但是他没有描述清楚。我的理解他是一种无意识状态下,所以他说要回去好好琢磨。但是作为一个作品,你是搞文艺学的,恰恰是这样的作品,它形成了巨大的读者可以阐释的空间,所以它给了你一个阐释的权利,以你的阐释来逐步完善这样的作品,包括对于修辞化强奸场面的描写。这个场面我觉得它只是暂时的,农村原始的风俗杀死了多少人,很多原始的民风民俗在这里呈现出来,它是城乡文学两者的悖论之间形成的巨大的差序格局和落差,这个落差和反差是我们要思考的,我们每一个失去故乡记忆的人,能不能够完成我们对原始农耕文明、文化的风俗画的回忆。作为一个作家,有些东西不能够讲出来,不好意思讲,也不好讲,这就是作家的文学"艾滋病"。

贾平凹 十多年前一个摄影师给我讲过,他说在电影摄影方面一直存在两种摄影办法:一种办法就是拍影片的时候一直强调他的存在,每一个镜头出来你必须看这是他在拍摄,他在强调这个东西,而且这个东西容易引起更多观众的好感,就是认可这样的意思,把自我意识强调得特别厉害,好多摄影是这样的,图片也是这样的;另一种就是尽量地消除、埋没人,看完影片的时候,叫人不知道这是人拍出来的影片,而感觉这是发生的一个故事。这是两种观念,在摄影方面是这样的,写作方面其实也是这样。有些作品必须要加进去自己好多意识,或者说是观念,有很多东西写着就完全消除了那些东西,然后他只给你提供一段东西。当时我俩谈了以后,我对后边这一种摄影方法,是特别认可的,但是现在前面的摄影法更符合现代人的拍摄方法。

蒋济永 非常感谢贾平凹先生,他可以说是中国文化转型、社会转型过程中的一个文明守望者;丁帆先生又是知识分子精神的坚守者。所以今天能够听到他们两位跟大家面对面交流,非常精彩,而且我们的老师和同学都有争论,这就是对话。因为时间关系,我们今天就到这里,对两位表示感谢!

(原载《长江文艺》2016年第7期)

贾平凹：我不喜欢太情节化的故事

贾平凹　卢　欢

访前语

20世纪90年代以来，随着伤痕文学、改革文学等新时期文学淡出文学舞台，贾平凹的第一部都市小说《废都》横空出世，震惊文坛，成为当代文学史绕不过去的一座高峰。

面对日新月异的现代都市生活，以庄之蝶为首的西京四大文化名人，在与女性的周旋中，展现出一种肉体沉沦、精神颓废的现代性文化心态，预言了新时代的到来。现代性如洪水猛兽狂飙，传统文化已然崩塌，"废都"便成为20世纪末的文化隐喻。用贾平凹在《与田珍颖的通信（一）》中的话来说："从某种意义上讲，西安人的心态也恰是中国人的心态。这样，我才在写作中定这个废都为西京城，旨在突破某一限制而大而化之，来写中国人，来写一个世纪末的人。"

二十多年来，围绕《废都》的话题仍未停歇。今年4月，贾平凹应邀成为华中科技大学驻校作家，参加"春讲"系列活动。面对提问，他直呼没有想到《废都》会产生那么大的效果，并且澄清："我对女性从来都是尊重的啊。"

回顾贾平凹的创作生涯，人们不禁用"作家中的劳模"来称赞他的勤奋与高产。他自1973年第一次公开发表作品至今四十余年，著作等身，获奖无数。继2011年出版六十七万字的《古炉》之后，贾平凹以旺盛的创作精力不断推出长篇小说，2013年出版《带灯》，2014年推出《老生》，今年初出版《极花》，连不少评论家都直呼看不过来。

谈及自己几十年坚持不懈的创作动力，贾平凹以一贯的朴实亲切的陕西话说："人都是'人来疯'，一说好咱就得表现，一说不好就又不服，想证明一下。"这话不乏谦辞的成分，却也是大实话。作家不是靠脑海里萦绕的绝妙形象来称雄,还是得靠一个字一个字地码出来才算数。所以,他又自勉道:"文学是愚人的事业,老老实实按规律去干吧!"

在这份"愚人的事业"里,贾平凹就像"一头沙漠里的骆驼",迈着沉重雄厚的步伐,跋涉在贫瘠、困顿、苍凉的农村土地之上,执着地为当代乡村的衰败而歌唱。

在他看来,作家是有定数的,"我只能写乡土一类的作品"。他的长篇乡土小说虽然有"临时回乡"的知识分子或者城里打工者的视角观照,但落脚点还是在描述乡村日常生态,《高老庄》《怀念狼》《极花》无不如此,"为故乡树起一块碑子"的《秦腔》的叙述眼光更是从来没有离开过清风街。而且,作为贾平凹的一次还乡冒险之作,《秦腔》放弃了以曲折故事取胜的写法,转变了清新明朗的明清小说语言风格,采用碎片化的细节、古朴浑厚的语言来叙事,取得意想不到的效果,也因此荣获第七届茅盾文学奖。今年的新作《极花》以在城市打工的女孩胡蝶被拐卖作为切入口,以她絮絮叨叨的倾诉为主线,写出陕北这片贫瘠土地上"最后的光棍们"的生存境况,也同样颇受好评。

尽管他的创作实绩如此丰厚,都难掩他对乡土文学的未来的悲观之情。作为长期居住在西安、心系乡村的农民后代,他近年来眼见农村衰败之快速,深切地体会到一种隐痛。或许,这份痛,中国现代乡土小说鼻祖鲁迅先生早有体味。鲁迅1935年在《中国新文学大系·小说二集》序言中就首次提出乡土小说的概念,并将"隐现着乡愁""充满着异域情调来开拓读者的心胸"作为乡土小说的美学基调。乡愁无疑是乡土小说作家一个挥之不去的主体观念。

荷尔德林的《漫游》诗云:"离去兮情怀忧伤/安居之灵不复与本源为邻。"海德格尔据此阐释:"那些被迫舍弃与本源的接近而离开故乡的人,总是感到那么惆怅悔恨。"对此,贾平凹恐怕是深有感触,他笔下的小说人物更是在实践着无以复加的惆怅悔恨。比如《秦腔》中的"引生",本来寄予着引出新生命的美好念想,却在对白雪无以复加的热爱中自残阉割,在几度离乡与还乡中彷徨无措。

在城市文明的冲击下,乡村伦理秩序崩塌,这是后工业社会的一种结构性失衡。日益荒漠化的土地所附着的历史文化意味日渐丧失,田园牧歌式的乡土小说没有了前途。显然,贾平凹意不在唱挽歌,而是试图为清风街、关中、商州这些地方添上"一个无穷地、不断地涌现出来的魅力",为日渐式微的乡土文学树起一块块碑子。

面对衰败的乡村，心里只有说不出的悲凉

卢　欢　首先来聊聊您今年3月出版的最新作品《极花》吧。这部小说取材于拐卖妇女事件。为什么会关注这个？您在写作时压抑了最初的愤懑，转而选择温和的同情，并没有简单的批判。这种感情的变化是怎么完成的？

贾平凹　我觉得一个方面写作是我的生活方式，另一方面我确实有很多感受。本来我是在写另外一个长篇小说的过程当中才写的《极花》。去年冬天和前年冬天，我跑了很多地方，跑到铜川往北走到淳化，跟陕甘宁交界的黄土高原。到那个地方，我去拜访最好的剪纸大师，可惜老太太已经过世了。我去看那里的环境，就特别有感慨。在这个期间，我也跑了老家的很多地方。我平常不怎么进城，我自己也是农民出身，恐怕农民的记忆还是比较重的。我确实是农民的儿子，农村发生的事情直接牵连着我。

这个故事是十年前发生在我的一个老乡身上的事。当时解救时，我是多少参与过。记得那夜我一直等待解救的消息，直到听说人被解救上车了，往回返了，我才去睡觉。那时，我对这件事是极愤懑的。过了十年，我去了许多偏远的乡下，看到那里的衰败。有的村庄没有了女性，姑娘们都不肯嫁当地而进城打工，就连做了媳妇的，外出打工也不再回去。村子在荒废，在消亡。我前几年去的时候，村寨人少，村和村合并，去年我去了以后，乡和乡要合并。看到这种情况，想到十年前的那件事，就以拐卖妇女为切入口写了《极花》。面对乡下这种现实，我不知道该对谁去愤怒，该批判什么，心里只有说不出的悲凉。

卢　欢　您以往的作品展现了乡村生活的热闹与人情关系密如蛛网的复杂世界，故事自然是如网状地不断生发。但是《极花》所展示的乡村生活却是日趋封闭的，人物关系也相对简单，故事似乎是向内蜷缩地伸展不开来。这种叙述结构是否符合您写作的初衷？

贾平凹　《极花》的写法与以往不同。它是有意区别于以往的小说，也是其内容决定的。因为它是一个人物关系并不复杂、情节又相对简单，而我又不愿仅仅写一个拐卖妇女的故事，所以就写成了现在这个样子。之前的《古炉》《带灯》都是线性结构的写法。最开始写《极花》时，也想写成一个线性结构，后来写着写着就写成一团的，这样我就把字数大大压缩，变成最短的一部长篇。我有意地就以第一人称去写胡蝶在被拐卖到的村子里的生存状况和精神状况。

这种唠唠叨叨的给人诉说的叙述方法，以前我很少运用过。我不喜欢太情节化的故事，写《极花》的目的不是说要写离奇的故事，主要想以拐卖人口作为切入口，来表现农村最底层的这群人的生活。

卢　欢　小说中，会看星象的老老爷在生活中看似没啥本事，却被圪梁村村民视若神明。与麻子婶、訾米屈从命运的安排的现身说法相似，老老爷其实也在扮演着劝化胡蝶留下来的角色。为什么要设置这个人物？

贾平凹　老老爷是最老的村民，他一直守在那里，他是乡村的象征。中国几千年农耕文明，无论怎么改朝换代总有一套延续规则。过去的乡村有一整套的生存规矩，比如对神的敬畏，有寺庙有节令；对宗族的维系，有族长有祠堂；对道德的约束，有孝有悌；等等。现在乡村败坏，已失去了这些东西，而失去了这些东西，仅仅只有行政的、法律的、金钱的网络治理，那是完全不够的，何况还有当今一些农村干部的胡作非为，法律的不健全，又加上自然环境恶化，贫穷不堪。老老爷是一种怀旧，是一种期待，也是一声叹息。

卢　欢　乡土小说落笔于中国农民的生存状态，这背后无疑也暗藏着一套农耕文明时代中国农民知天乐命、看淡生死的生命观。在夜观星象的老老爷身上，您试图传达怎样的中国农民生命观？

贾平凹　是这样呀。站在历史的角度来看，拨开种种政治的云雾来看，中国乡村是怎样延续的，它如一部机器是怎样运转，又是怎样自我修复的？农村是多神论的，宗教也是儒释道，还有伊斯兰教和天主教，因为多神论没有走向极端。他们在勤苦、贫困、隐忍中形成了他们的价值观和生命观。

卢　欢　小说中，腊八、立春兄弟俩要分财产，黑亮爹来主持公道，腊八竟然要求把从拐卖人那里购买的嫂子訾米分给他。这样的情节在《秦腔》也出现过。您把兄弟分嫂这样的情节写进小说中有什么特别的寓意？

贾平凹　小说里的情节都是我目睹或听到过的真实事改造而来的。那些偏远山区的农村女性越来越少，而没有女性的村庄就是死亡的村庄啊！

卢　欢　您原以为《极花》要写四十万字，结果写十五万字就收笔了。我读完后感觉故事的结尾好像也是另一个开头。从逃回城市到重回拐卖地，胡蝶的内心应该还会经历剧烈的挣扎，但是故事就这样结束。为什么不接着写呢？是不是因为重回拐卖地的胡蝶的心态更加不好把握？

贾平凹　是的，你说得对，结尾也是另一个开头。对于当下的乡村现实，我是无解的，或许走城市化道路是农村的最后出路，但这种转型是以牺牲两代三代农民的利益而完成的，作为具体的两代三代农民来讲，那又是悲惨的。面对着这种状态，我不知道该去兴奋还是该去诅咒。作为从乡下走出来的人，有着农民基因的人，我心里是一种痛，这种痛是隐痛，是无法说出来的痛。《极花》原本可以写另一种结构，正是有这一种考虑才处理成现在的结尾，而又大大缩短了字数。

卢　欢　关于被拐妇女重回被拐卖地，其实并不乏案例，甚至演绎出了可歌可泣的大爱故事，出现了歌颂这些被拐妇女的《阿霞》《嫁给大山的女人》等影视剧。其中，郜艳敏2013年被推荐为"最美乡村教师"候选人。有网友说：如果说，过去十年里，郜艳敏、阿霞还可以在某种叙事技巧之下被文过饰非，被演绎成大爱无疆，现在已经不行了。您对这样的现象怎么评判？

贾平凹　任何事情都可能发生，但一定要看到社会的、人性的深处的东西。比如《极花》中的胡蝶，她的被拐卖，她的被认同，她的最后又回到被拐卖地，都是一种悲哀，通过这种悲哀反思社会的、人性的东西。

卢　欢　您没有简单地批判"最后的光棍"们，而是叹息"可还有谁理会城市夺取了农村的财富，夺取了农村的劳力，也夺取了农村的女人"。您对未来的农村发展有什么认识和建议？

贾平凹　正是这样的。谈到更深的东西，目前农村发生的很多东西，从我的角度来说，我觉得是没办法的，不知道该怎么做。随着自然往下走，走着看吧。现在不能说让农民统统不进城，不能限制，这边少了那边多了，这边多了那边又少了，这个社会就是往下走慢慢看，水流到哪儿是哪儿吧。人类要存在，肯定是消亡不了的话，肯定是越来越好的。刚才我也讲了，我觉得国家走城市化的道路肯定是一个正确的道路，但是把这个事情完成，就是牺牲两代三代农民的利益。从历史角度上看，牺牲几代人的利益不算什么，但是具体到这些人，这两三代农民来讲，他们的命运就是悲惨的。

有人物和地理环境的原型，写作中就不易游离

卢　欢　《废都》被认为是一个时代的文学印记，也是您怀着热烈的期望完成的重要作品。丁帆教授曾以《动荡年代里知识分子的"文化休克"——从新文学史重构的视角重读〈废都〉》为题撰文予以高度赞许，并认为《废都》是

您创作生涯难以超越的巅峰。您是否认同这个观点？

贾平凹 作品出版后，就由不得作者自己了。但要我说，我喜欢说它是我重要的作品。我把我写作发生转折处的作品称作重要作品。

卢　欢 众所周知的是，这部作品出版后引起争议，特别是性描写尺度之大在那个时代也引起轩然大波。时过境迁，您怎么看这部作品引起的反响？

贾平凹《废都》产生那么大的效果，我也没有想到。现在再谈，毕竟已是二十多年前，我那时比较年轻，写作上有个特点，就是只管自己写出来。书出来后，全国上下都在批《废都》，有几个作家联名写告状信说这是色情作品，说我是流氓作家。我最害怕的不是别人骂我作风问题，最害怕的是说政治问题。那个时代不一样，宁愿做流氓，也不能做反革命。书里那些框框，删多少字，主要是出版社完成的。当然我也按照出版社的要求删了一些。

至于性描写的问题，我觉得，这不是太要命的事情吧。中国社会对性的容忍度和二十年前不一样了。《废都》写了庄之蝶和几个女性的故事，写女性用性来诱惑别人，就受到好多批评，认为这是对女性不尊重。我一直在琢磨这个事情。这个社会是由男性控制的社会，那几个女性和谁发生性关系，就是社会的结果。男性事业成功、取得成就的时候，与人分享，第一个想到的是女性。男性苦闷的时候，也是第一个想回到女性怀抱吧。庄之蝶这个人想通过女性来拯救自己，最后把女性毁掉了，也把自己毁掉了。

我对女性从来都是尊重的啊。那里面写的情节又不代表作家的事情，但是对于女性的命运，女性的同情这方面，我觉得我做得很好，不能说写女人的什么就是对女人的不尊重。我谈到我对女人的评价，如果女人有两个特点，一个是长得干净，一个是性情安静，这就说明是好女性、好女人。我心目中的好女性基本都是这样的。

卢　欢 您刚才提到创作《废都》时只管写自己，并未考虑过读者。您曾在2013年中德作家论坛演讲时重申了这个观点："磁铁只对螺丝帽、铁钉起作用，不对石头、木块起作用，文学也同样。我从来没有考虑过读者，越考虑，书越卖不动。"但是在《秦腔》后记中，您特意提到要为家乡立传的意思，这次写作算不算一个例外？您是否会把家乡父老当作潜在的读者而看重他们的反应？

贾平凹《秦腔》不是一个例外，也是我只管写我的，因为那种写法，不宜于更多的人去读。但没想到出版后,它反倒成了《废都》之后印量最多的一本书。我的意思是说写作时不要考虑读者,是指不要迎合。不要迎合市场,并不是说漠视读者,而是更加为读者负责。

卢　欢　在《秦腔》中,与夏天义作为农村治理者出现不同,夏天智则是封建旧派老式儒者的象征,也是农村传统文化的看护者。"爱朋友爱热闹爱主持别人的事情。总爱逮着别人,别人家里的事情他爱给主持个公道,他是文化人,德望很高,村里别姓人家,大到红白喜丧之事,小到婆媳兄妹纠纷,都要找父亲去解决,但对家里人都严厉得很。"夏天智是否也有您父亲的影子?

贾平凹　从某种意义上讲,文学就是记忆的。我写作品,人物几乎都有原型,当然写到最后已与原型相距太远了。而写的地理环境却真实无误,因为我的习惯是在写作时有人物和地理环境的原型,写作中就不易游离。《秦腔》中的几个家族都有原型,夏天智有我父亲的影子。

卢　欢　您的很多长篇小说一般都不设置小标题,甚至连章节都不写,给人一气呵成的感觉。但是《带灯》的体例有点特别,全书设置了上百个小标题,而且每个小标题涵括的内容不多,仅几百字到几千个字。这就给人一种工作日志或者日记体的感觉。因为主人公带灯是镇综合治理办公室的主任,每天就负责处理乡村所有的纠纷和上访事件,每天面对的都是农民的鸡毛蒜皮和纠缠麻烦。这种拆分成很小的段落的体例,是不是您写作时有意为之?

贾平凹　是有意为之,它更能表现一个乡镇的日常生活。其实这种写法,我有一天突然想起十多年前读过的《圣经》,《圣经》就是这么小段写的,我就这么写了。这样写,可以冲淡仅仅是一个上访的故事,我不喜欢太情节化的故事。

卢　欢　为什么您的小说会常常采用顺口溜、民歌、唱词等形式?比如《废都》里的一些段子似乎有意仿照《好了歌》,《秦腔》里引生也写小字报、顺口溜来表达对村支书的不满,《老生》也着笔于一个唱师的人生。

贾平凹　这个我并没有特意过。我觉得什么都可以进入小说。《废都》里那些民谣不是仿照《好了歌》,而是那些年民间流传着大量的民谣和段子之类。《老生》中的唱词,《秦腔》里的乐谱,《极花》里的星象图,都是这样。

卢　欢　《极花》后记里写到一个细节:"我是到过一些这样的村子,村子里几乎都是光棍,有一个跛子,他是给村里架电线时从崖上掉下来跌断了腿,他说:我家在我手里要绝种了,我们村在我们这一辈就消亡了。我无言以对。"

此外，后记里还记录了您对乡村处境的一些思考。顺便问一下，您但凡有长篇作品问世，就会写后记。为什么会养成这样的习惯？

贾平凹　这十几年才有很多人注意和研究我的后记。我写后记是从写长篇就开始的，那时候文学界新思潮很多，社会都是追逐新奇的东西，我的一些所思所想没人理会，干脆我就写成后记，它一方面记下我写那部作品的情况，一方面记下那一时期我的思考，包括对时代社会的看法，包括写作时的想法。它还有一点，就是自己给自己鼓劲。

读到福克纳的作品时，我特有感觉

卢　欢　现在重新回顾您的文学生涯，会发现您经历过很多坎坷，生活经历丰富，用您家乡长者的话来说，"这一切都在为你当作家写农村创造条件呀，如赶羊，所有的岔道都堵了，就让羊顺着一条道儿往沟垴去么！"您觉得，复杂的人生经历与文学创作是怎样的关系？

贾平凹　作家有各类作家，是分品种的，也不能一概而论。具体到我，经历丰富，可能是我写作的幸运，但也使我只能写乡土一类的作品。美国人多写未来的东西，中国人多写历史的东西。这是因为美国的历史短，而又是世界最强的国家，在他们的意识里是以地球村村长自居的，他们除了保护他们国家的利益外，还要领全球人类往前走。这思维就不一样了。中国是古国，祖先是辉煌过，而今不行，他们只关注自己的现状，又不甘心平庸，骨子里有自尊的东西，也就时不时往回看。看一个作家不能短时间看，文学是以六十年为单元的，或许有的作家现在还未成熟，后边就灿烂了。

卢　欢　您读西北大学中文系时对诗歌抱有强烈的热情，整整写了三年诗，还出版过长诗、诗集。后来，为什么转为小说、散文创作？

贾平凹　文学是人生之俱来的东西，尤其是诗。几乎所有人在年轻时都有诗的冲动，这是本能的。我是爱诗的，虽然后来写得少，甚至不写了，但我现在仍爱读诗。后来之所以转为写小说散文，一是感觉我身上诗的矿藏不够，二是写小说更能表现我对这个大转型期社会的认识和感受。我不是一个极端思维的人，写不出钻石般的句子，但我的出身、经历、性格以及我讲故事的能力，写实的能力，更适宜小说散文的写作。

卢　欢　您1975年大学毕业后，从事过文学编辑工作，后来还主编杂志。

好多编辑看了大量文学作品后都有眼高手低的感觉，以至不敢轻言创作了，但您却一直在写。当编辑的经历对您的创作有怎样的影响？

贾平凹　我的幸运是我一从事工作就和我的爱好一致了，我一直是当编辑和搞写作，这几年才不具体编刊物了。编辑和写作是一码子的事。据我所知，之所以能当编辑，都是能写作才让你去当的。没有哪个编辑不会写作的。当然，有的编辑后来是不写了，有的是不当编辑专门去写了。好的编辑和好的作家是一样的，好编辑有时比好作家还要好。

卢　欢　新时期初期，思想解放的大环境使文艺研究的观念热、方法热渐成高潮，西方文艺思潮大量涌入，您当时最感兴趣的是什么思潮？

贾平凹　那段时期，我最得益的是西方现代美术理论。当我读到福克纳的作品时，我特有感觉。这是我最初学习西方现代东西的情况。西方现代观念首先传入美术界，然后才是文学界。对我写作影响最大的，西方的是现代美术观念，中国的是戏剧美学。

卢　欢　2003年后，您担任西安建筑科技大学文学院院长，还带研究生。对于作家进校园的现象，您怎么看？

贾平凹　我应该是作家第一个进校园的。记得当时中央电视台做过专题节目，引起过争论。现在差不多的作家都在大学做专职或兼职。我在学校实际上也没干具体行政工作，只是安排些重大事，上那么几节课，并未影响过创作。我如今很少去带研究生和上课，时间和精力不允许，但作家进校园绝对是好事，对作家好对学校也好。

卢　欢　2013年，您曾作为北师大首位驻校作家，参加了系列活动，并以"我的土地，我的写作"为题发表演讲。此次受邀成为华中科技大学"春讲"驻校作家，您有怎样的期待？

贾平凹　驻校当然好啊，有机会接触更多人、更多新的观念新的知识。但像我这样，因单位事、家事太多，时间久了也不行，何况我要写作，离开了家也不习惯。

卢　欢　2015年8月29日，您获得首届"丝绸之路木垒菜籽沟乡村文学艺术奖"，主办方还为您建造了"菜籽沟平凹书屋"。在这样的西部乡村生活，给您的创作带来怎样独特的体验？

贾平凹　获奖之后我还未再去，这半年事情太多了，以后肯定再去的。陕西和新疆同属西部，但味道还是大不同的。新疆我去的次数很多，给了我相当多的体验和感受。每一次去，我也不知为什么，回来后就增加了许多气势和力量，所以每每感到自己气弱了，我就去那里跑跑。

卢　欢　"作家这个职业只能和社会不停产生摩擦，摩擦才有张力，作家和社会它一直产生一种紧张感。我觉得，所有艺术家的职业它都是和社会有紧张感的。"您觉得作家如何与社会保持一种适当的紧张感？

贾平凹　你得关注社会，了解和思考社会，始终对社会有一种新鲜感，一种敏感度，你了解着研究着，你的作品就会有你自己的见解，就会有一定的前瞻性。

卢　欢　在您看来，中国目前处于社会转型期，转型期的社会很复杂，但为文学提供了丰富的写作素材。中国当代作家的使命就是要写出转型期的中国经验，写出中国故事。近些年，您也在各地跑动，北京、上海、广州等大城市乃至西北偏僻的农村，既了解中国的繁荣、时尚，也去寻找质朴、真诚，积蓄着自己创作的灵感。随着城市化进程的加速，农村在日渐萎缩。您觉得，未来的乡土文学会日渐凋零吗？

贾平凹　中国的乡土文学有鲁迅式的，那个时期就是哀其不幸，怒其不争；有二十世纪五六十年代的红色式的，那个时期乡土文学出现了一大批才华横溢的人，描写生活写得特别丰富，但是被社会主义革命文学观念完全固定死了。

新时期以来，我们的乡土文学中批判的成分多，也曾遭受过一些质疑和批评。十多年前，农村人开始进城里，乡土文学里面有很多令人兴奋的东西，有很多令人悲伤的东西，有批判、揭露。严格地讲，最近几年以来，乡土文学连批判都没办法批判了，农村的衰败极快速。这十多年来，我走了相当多的村庄，看到那里没有了年轻人，荒芜不堪，甚至消亡。面对这种情况，它已经不是肯定与否定、保守与激进的问题，写什么都难，写什么都不对，两难呀。我是慌张，无语，举了长矛要找敌人，却找不到，不知道谁是敌人，是祥林嫂想给谁诉说，似乎没有谁肯听诉说。我在这两难之间写那种说不出来也说不清的一种痛。这种痛是失恋了的人在看别人的婚车，失孤的人在看别人的孩子那种感觉。未来的中国乡土文学会日渐凋零而消亡的，时间终止于什么时候，这我不知道！

卢　欢　您四十余年的创作都坚持用方言来写，您怎么看方言写作与普通话写作的差异，以及方言写作在当代文学中的意义？

贾平凹 这个嘛，我好像没有太留意，我觉得我写的别人没有看不懂呀，我的口音或许有人不大全听得懂，可陕西话写出来还是好懂呀！

卢 欢 读您不同时期的小说，感觉以《秦腔》为界，语言风格发生了较大变化。之前的语言更贴近明清小说行云流水般的美学追求；之后的语言更显古朴浑厚。您曾在演讲时批评目前文坛上流行一种不正经、调侃的语言风气，文风导致人变"油"了。您是否也时刻在警惕自己不要写油了？

贾平凹 年轻时喜欢明亮的、优美的东西，注重技巧；年纪大了，喜欢混沌的、苍茫的东西。文学，尤其当下的文学，写作的过程一直在与伪作斗争。

卢 欢 您曾说过，作为一个作家，写实功底是最基本的，现代文学、现代艺术最基本的还是写实。在今天这样一个追求新奇时髦、玩技巧、浅阅读的时代，您为什么那么强调写实功底？

贾平凹 我是这样认为的，写实的功底就是作家最基本的功夫。写不像写不准那还写什么呀？每个作家都盼望自己的作品能活得久些，能行之远些，那就不能一味迎合或投机。文学是"愚人"的事业，老老实实按规律去干吧！

卢 欢 您曾在《梦》一文中感叹："像我这样的人，在这浩浩茫茫的世上，写了那几本小书，一不能顶吃，二不能顶喝，到处受人白眼，我还惜乎我的生命？"在这样一个崇尚物质的时代，文学无用论，或者读书无用论，总是能在社会上引起很大的呼应声。过去这么多年了，您怎么看文学无用与有用的关系？

贾平凹 当下的文学处境，不免使我们常常叹息。文学是人与生俱来的，是一种本性，要消失是不可能的，但它又毕竟是一部分敏感人的敏感活动。

卢 欢 您在《带灯》后记中谈到文学出现了困境其实是社会出现了困境，是人类出现了困境，所以文学作品需要有现代意识、人类意识。想听听您对当今世界的科幻文学等新兴文学有怎样的观察。

贾平凹 这个我没有资格说。我没读过更多这方面的作品，也没做过思考。这个世界诸神充满，又是神各其位。作家的能力也极有限，在某一方面去写就已经不容易了，而写好，那又是全神贯注、心系一处才能完成的吧！

卢 欢 您曾说过，亲近纸笔也是写出好作品的关键。您现在还是坚持每天用纸笔写作吗？对于那些提笔忘字，却天天跟键盘鼠标为伴的网络作家及庞杂的网络文学，您怎么看？

贾平凹　我干这活儿几十年,笔成了我的手。我看网络文学不是很多,我从中吸取着东西,那里边有许多新奇的而我缺乏的东西。青春作品就是成长作品,现在很茁壮了,将来必成大树的。

卢　欢　您曾在《读书示小妹生日书》中说:"既有条件,读书万万不能狭窄。文学书要读,政治书要读,哲学,历史,美学,天文,地理,医药,建筑,美术,乐理……凡能找到的书,都要读,若读书面窄,借鉴就不多,思路就不广,触一而不能通三。但是,切切又不要忘了精读,真正的本事掌握,全在于精读。"在读书方面,您对年轻作家有怎样的建议?

贾平凹　我没什么建议,各人有各人的情况。读书嘛,这本书好不好,对你有用没用,你只有读过才知道。如果纯读书,读过就读过了,能增进你的见解和知识。如果你是写作的,你读了书还要写作,你就好好琢磨它,看人家的胆识和趣味,采人家的智慧和技术。

（原载《长江文艺》2016年第7期）

警惕"男才女貌"的叙事之"窑"

——关于《极花》的意象、女性形象及现实意义的讨论

申霞艳 罗曼莹 刘德飞等

申霞艳 贾平凹是当代非常重要的作家,他关注时代、关心农村,平均不到两年就出一个长篇,他的长篇总能引起大家的关注。一、他为汉语文学作出了独特的贡献,并提供了值得谈论的诸多话题;二、他是少数能在精英和大众之间均保持影响力的严肃文学作家;三、他三十多年来持之不懈的写作态度,持续高涨的生产力值得大书特书,这么喧闹的时代而能执着于自己内心的使命,并且力图为自己的时代画出灵魂的舞蹈,既写出波澜壮阔的当代风云,又绘出静水深流的风物人情。他对乡村有一种非常特殊的关怀,从早年的《鸡窝洼的人家》《腊月·正月》开始就一直观察农村,书写农村。他曾用苜蓿自喻,在《带灯》的后记中他说:"我还得写农村,一茬作家有一茬作家的使命,我是被定型了的品种,已经是苜蓿,开着紫色花,无法让它开出玫瑰。"

新作《极花》写的是一位随母亲进城的乡村姑娘被贩卖到封闭而遥远的小山村里,由反抗、叛逃、被强奸怀孕、堕胎未遂进而爱上了黑亮,并对这个村庄产生了情感认同。结尾以梦境虚化处理,暗示胡蝶已经无法被解救。《极花》触及当代社会的严峻的现实问题,不仅仅是胡蝶的个人悲剧,也是城市化进程中整个乡村的悲剧。其中,《极花》的女性形象、意象、叙事空间以及与当代社会问题的联系都值得深入展开探讨。

一、《极花》中的重要意象

申霞艳 《极花》中有很多充满特殊寓意的意象,大家都关注到哪些重要的意象呢?

罗曼莹 在《极花》的访谈中，贾平凹说：我的小说喜欢追求一种象外之意，《极花》中的极花、窑洞、血葱、何首乌、星象、石磨、水井、走山、剪纸等等，甚至人物的名字如胡蝶、老老爷、黑亮、半语子，都有着意象的成分。其中，我关注到的是"窑洞"。因为"窑"在书中出现次数高达四百八十二次，远比其他两个重要意象——"极花"（九十八次）和"血葱"（八十次）的出现次数要高，可见"窑"这个意象对全文起着重要作用。"窑"象征着一个幽闭的洞穴，这与柏拉图在《理想国》中提出的"洞穴隐喻"有关联意味。设想有一组囚徒被禁锢在一个幽深的洞穴内，他们一生中所感觉到的唯一真实便是墙面投射的影子和洞穴内的回声。故事中的胡蝶便生活在"洞穴"般的禁闭空间之中："窑内空气不流通，窄狭，阴暗，潮闷，永远散发着一种汗臭和霉腐的混合味。"胡蝶亦是生活在洞穴中的"囚徒"。她面前的"影子"便是黑亮一家所允许她看到的——黑沉沉的夜空与乡村的荒原。之后，被囚禁了一年多的胡蝶首次走出了窑门，她居然看到了"窑"如男人的生殖器，说明"窑"具有鲜明的男权文化象征意味，"象征着生命和力量"。和千千万万的被拐卖妇女一样，身处父权中心文化之下的胡蝶们被男性施以枷锁和规限。《阁楼上的疯女人》说道："在深藏于地下的洞穴中生活的女性，显然是陷于父权文化对她们的性别身份作出的定义之中的。"事实上，在没有任何逃脱可能性的监禁里，胡蝶、訾米，还有更多被拐卖的农村妇女，她们的选择只有一个——向命运的悲剧低头。

申霞艳 能够用大数据来做意象统计分析很好。现实主义说典型人物时强调典型环境，生存环境对人物非常重要。窑洞是一个黑暗而封闭的空间，人的精神世界也会随之变得幽暗，时间感也相应萎缩，所以胡蝶会逐渐失去抗争意志。

罗曼莹 胡蝶的生存困境与精神转向就是在"窑"中发生的。父权制度下，"洞穴"衍生为男性压迫妇女的工具。男性一直是"洞穴"中活动的主导者。最初被关进窑中的胡蝶，曾歇斯底里地反抗着奴役般的苦痛生活，用出血的指甲在窑壁上刻着被拐卖的天数。她愤怒、尖叫、咒骂："啥才住洞窑土穴，是蛇蝎，是土鳖，是妖魔鬼怪，你们如果不是蛇蝎土鳖和妖魔鬼怪变的，那也是一簇埋了还没死的人。"窑中弥散的是地狱与恶魔的气息，她渐渐被肮脏的环境和幽闭空间的恐惧感给击垮。但是，在兔子出生之后，看着黑亮满怀壮志地说着：要给你们娘儿俩住上全村最好的窑！她竟也以一种顺从而安逸的心态去接受。伊利格瑞在《性别差异》中说道："整个世界都是他们的，男人处处是家。相反，从地球深处到辽阔的天空,他一而再、再而三地抢夺着女性的空间,作为交换,他为她买下一幢房子,把她关在里头,对她加上种种限制。"

刘德飞 你所说的"窑洞"是一个具体的窑洞,但是我们是否可以将目光拓展得更开阔一些,去关注那些禁锢胡蝶的看不见的"窑洞"?比如,胡蝶很小的时候父亲就去世了,母亲下田干活,只能将胡蝶留在家里。长大后,胡蝶随母亲进城,和母亲一起出去收破烂,遭到别人的羞辱之后,胡蝶不再随母亲一起出去收破烂,独自留在出租屋内给母亲洗衣做饭。最后被拐卖到西北山区,黑亮家将其关在窑洞里。这些看得见和看不见的"窑洞"都是对胡蝶的压迫,这个无形的"窑洞"压迫会让我们更深刻地理解胡蝶不幸遭遇背后的深层原因。

罗曼莹 无形的"窑洞"一直压迫着胡蝶,而在圪梁村的窑洞中,也有一个人对她的精神造成了看不见的压迫。刚才我提到的"洞穴"隐喻中,还有一个重要角色值得提及——哲人王。他是洞穴中第一个挣脱枷锁的囚徒,他将对真实世界的了解带回洞穴中,给予囚徒们"灵魂的转向"。《极花》中的老老爷像是一位"哲人王",他是村里辈分最高的人,是极花的发现者及命名者,亦是乡村中伦理和秩序的象征。老老爷拿了一张星象图给胡蝶,犹如一个哲人王在教导着一个蒙昧的囚徒,启示她:要找到属于自己的那颗星。最初,胡蝶的灵魂与精神在"洞穴"中被逐渐摧残,一直"寻不见属于我的那颗星"。然而,孩子出生后,她就找到了属于她和孩子的两颗星——在圪梁村中找到了人生的定位。其实,老老爷并不是真正的"哲人王",在充斥着男权文化的落后农村中,他只是其中一个摧毁妇女精神的同谋,以一种温和而残酷的方式"教育"被拐卖妇女去接受现状,在乡村中扎根。"后来沿着漫坡道往硷畔上走,我没有了重量,没有了身子,越走越成了纸,风把我吹着呼地贴在这边的窑的墙上了,又呼地吹着贴在了那边的窑的墙上。"胡蝶成了一个被抽走了灵魂的"纸人",单薄的她,空虚的她,怀念着现代的都市,而幽闭在落后的村中。

李清杭 "窑"是西北黄土高原上一种古老的居住形式,生存方式会形成与之匹配的文化和人生观。我以为极花是更为重要的意象,作家以"极花"为标题,同时也是全书出现的高频意象,从命名和出现频率来看,"极花"是非常值得探究的。极花大概是一种"类似于青海的冬虫夏草"的滋补圣品,圪梁村人们都趋之若鹜的致富手段,或许也是人类欲望的象征。为何取名为《极花》?想必与故事的女主人公胡蝶有着千丝万缕的关联。"胡蝶"一名不免使人想到是蝴蝶的化身，而蝴蝶与花本就是惺惺相惜的一对。被拐卖到西北边远山村的胡蝶既带有来自城市充满诱惑的气息，又拥有男人都无法拒绝的魅惑：精致美丽的面庞，白皙的肌肤，还有书中反复着墨的一双又长又直的腿。如此种种的结合体胡蝶在一群"柿饼脸，小眼睛"贫穷愚昧的光棍心中俨然是致命的性欲望的象征。这与极花背后的物欲便不谋而合。在村民们眼中，极花与胡蝶甚至是相对等的存在：来自城市的媳妇如极花一般弥足珍贵、求而不得，是黑亮家中的极花召唤来了胡蝶，终于给这座凋敝的光棍村带来传宗接代的福音。

申霞艳 不知道大家有没有注意到极花标本，是和黑亮娘的照片一起挂在窑洞，然后借黑亮的口说他的母亲是最美的女人，因为"长得干净、性情安静"。

李清杭 同时书中也提到"极花越来越少快绝迹了"，这也暗示着城市对乡村的掠夺：城市不断发展壮大，而农村在城市快速发展的吞噬下苟延残喘，渐渐凋敝、消失，湮没于城市化的浪潮中。而且作者在作品中有意地对乡下人和城市人画出鲜明的界限，如胡蝶对高跟鞋的执着与对城市的盲目崇拜，胡蝶娘始终坚守着自己农村人的身份而对女儿虚荣心态的蔑视等，都突显了城乡二者的不对等状态。

刘德飞 深入剖析每一个意象，我们能够发现它们都是建构叙事意图的"一砖一瓦"。在谈到"极花"时，就不能不面对"血葱"，两者就像阴阳对立的男女两性。血葱是站在男性的立场上，以生殖、繁衍后代为目的，诉说着诸如黑亮等一批农村光棍对于性、女人的需求，血葱代表着男性自我意识的建构，然而这种建构却是以对女性身心的践踏为基础的。虽然小说没有以血葱为名，而是以极花为名，似乎透露出某种女性立场，但这也只是似乎，在我们的文化传统中，花和女人的文化联系也都是以男性视角展开的。比如，女人如花、残花败柳、闭月羞花，因而，小说以极花为名从本质上来讲依然是一种男性视角，只不过作家赋予了极花不同的色彩，小说不以血葱为名，却行血葱之实。这与上面大家的讨论不谋而合。

李莉华 我觉得土豆也值得分析。"土豆"这一意象在书中并没有作为重点来描写，但它的出现也具有一定的意义。土豆是圪梁村主要的粮食，到了挖土豆的日子，许多外出打工或是怀着侥幸心理去挖极花的人都会回来。他们甚至把土豆作为供奉祖先的祭品。对于我们现代人，甚至是一些普通的农村来说，土豆是非常普通而又常见的农作物，对他们来说就如同"地里的金子"。这从侧面也反映出这个村子的极度贫困,甚至可以联想到很多偏远地区仍然存在这样的情况。由此可见,城乡的巨大差距,仍然是一个严峻的现实。

李清杭 我还想补充两个意象——白皮松和乌鸦。白皮松是西北地区特有的常绿乔木,老树的树皮呈灰白色,对它的反复勾勒不仅体现了浓郁的地域特色,与树上的乌鸦融为一体,更透露出悲凉萧瑟之感。实际上,这暗藏了一条反映胡蝶心理变化的线索:起先,被困于窑中的胡蝶经常瞥见窑外白皮松上的乌鸦每天"叽里咣嚓往下拉屎",使胡蝶一直心生厌恶。随着时间的推移,随着胡蝶对"已为人妻"生活的麻木到选择接受,她对窑外平常觉得分外纷扰的乌鸦也慢慢开始无视。末尾胡蝶在梦魇与现实中反复纠缠,在回城的渴求与对山村的惦念间撕裂,白皮松和树上嘈杂的乌鸦再次成为胡蝶眼中难以容下的"沙子",厌恶之感再次泛起,可见女主人公心中无限纠结之感。

申霞艳 其实我还关注到两个意象——高跟鞋和丝袜。贯穿小说的高跟鞋,本身就多少可以看成三寸金莲的替代物,高跟鞋绝不是对女性身体的解放,相反是使身体更好地"被看"。所以高跟鞋、丝袜多少都带有取悦男性的性意味。在《极花》中,高跟鞋先是被黑亮爹放到井上施以魔咒,使胡蝶安心,再也不能逃跑;后来成为胡蝶对城市最后的念想,当她听不惯金锁哭坟,就取出高跟鞋穿上。高跟鞋这样一个意象和书中多次提到的胡蝶笔直的腿联系在一起就成了性意象,只能"被看",又回到男权的窠臼中去了。

二、"围城"中的女性形象

申霞艳 《极花》在叙事方面所做的尝试是第一人称叙事,让胡蝶唠叨,作品中还有几个女性角色。你们发现她们精神可有共通之处?

李清杭 我对这个叙事方式很感兴趣,胡蝶念念叨叨的过程就是一层层揭开作家对现实中国的思索和阐释的过程。我们可以看到,对胡蝶的两次性经历和她生产过程的描写,贾平凹都运用了双重视角,所以胡蝶一遭遇到痛苦和凌辱之时便会"灵魂出窍"。一方面以她自身的视角叙述,另一方面用"上帝之眼"的全知视角描摹。这样的处理方法不但使人物形象有血有肉,也让人读到这些让人心寒的片段时更加揪心,极富感染力。而且全书唯一的两段性描写都浸满了血与泪,展现了胡蝶的心理状态的变化。在被囚禁于窑里近一年后,胡蝶在村民的合力压制下被吃了血葱的黑亮血腥、粗暴地占有了,此时备受蹂躏的她只是一具绝望的行尸走肉。当她发现自己怀孕,想方设法地想流产,经过老老爷的"指点"说"这孩子或许是你的药"后,终于寻见了夜空中属于自己和孩子的两颗星。进而逐渐接受现实,妥协,不再反抗、打闹,后来还主动要求与黑亮发生关系,着实是一个让人心寒的微妙过程。胡蝶是被驯服了,被逃不出去的现实所驯服了,更是被村里对待女人的"意识形态"所驯服而无力挣扎。

刘德飞 我认为作家试图通过对胡蝶形象的塑造来表达其情感倾向和精神向度。然而她的形象却依旧是传统的女性形象,而不是现代那种女性形象。可以说,胡蝶放弃了作为现代女性的主体性要求和对于加害者道德审判的资格。而且作家对于胡蝶的"被驯服"所表现出来的情感倾向与精神向度,不禁会使读者怀疑作家对于女性的态度是否真的像之前宣称的那样,对于女性抱有极大的尊重。

贾平凹曾经著文谈论过自身的经历和遭遇,他的内心深处隐藏着极强的自卑心理。我曾经看过这样一个观点:"这个商州之子的内在自卑和怯懦,巧妙地转换在那些富于母性的、善良柔顺的女性形象的塑造上。因为只有在这类女性形象身上,贾平凹才能找到生活的安全感,他才能发现自我生存的意义。"胡蝶在反抗到顺从的历程中,原初要追求的独立和自由的现代女性意识被作者一点一点抠掉了。所以我认为,作家是基于自己的理想模式和价值追求,对胡蝶性格的塑造体现了极强的控制性。胡蝶的每一步行动和决定都是服务于小说的主题内涵,所以,贾平凹笔下的胡蝶的性格总体上呈现出一种压抑的状态。也因为这样,作家基于自己的人生体验与价值选择,很难对胡蝶女性形象的现代意识予以认真思考,他对于女性的认识依然摆脱不了男权意识控制。再者,破落的乡村在一定程度上和作家的主体性具有同构性,作家和乡村有着血脉的联系。观照到作家对女性内心的矛盾,他只有在那些富于母性的、善良柔顺的女性身上获得自我生存的意义。同样,乡村也需要女人,而且要的是牺牲自我、成就他人的传统女性。从这个意义上来讲,作家的女性观也是造成小说批判性模糊的关键因素,这对小说思想价值的提升造成很大的损失。原本胡蝶可以站在道义的高度上控诉圪梁村对她的野蛮伤害,作家却偏偏让胡蝶"失声",反而让胡蝶在圪梁村面前低下了头,在这个世界面前低下了头。这样的文本处理,会使得加害者的野蛮残暴形象变得柔风细雨,成为读者留恋的一首乡村挽歌。

李清杭 我感觉比妇女的处境和命运更为不幸的是她们对于自己的遭遇

早已麻木，并试图把自己作为"过来人"的经验植入胡蝶身上。其中包括麻子婶的"苦心规劝"："我这一辈子用过三个男人，到头来一想，折腾和不折腾一样的，睡在哪里都睡在夜里。"訾米在面对兄弟分家时漠然的态度，她天然地就把自己物化了，"我只是个人样子！"这样的话这么轻易地讲出来，一字一句重重地落在胡蝶心头，她的女性意识也慢慢开始消解："黑亮希望我属于他，给他生孩子，我逃不脱他，他的孩子已经在我的肚子里生成，我也就生孩子吧：有了孩子，或许，我就不完全属于他了。"另外，书中写到黑亮爹热衷于做石头女人，光棍们对"她们"肆意猥亵的这一细节也从侧面折射了村子里的男权意识已经到了深入骨髓的境地。最终，胡蝶作为女性残存的独立和人权意识在昏暗的窑里遁入黄土中，随着寄予娘亲思念的极花消散在日复一日的无奈里，失去了自我，最终沦为了黑亮的附属品。

罗曼莹 麻子婶和訾米的形象也具有很大深入研读的空间。剪纸上瘾的麻子婶因为一次可怖的生育经历，在去拜老槐树时认识了一位老婆婆，学会了剪纸，从此将剪了的花花送给村里各户人。然而，她的"剪纸"并不仅是一种手艺，而是带有巫术的意味。对麻子婶而言，剪纸是一种"敬神"的形式，"贴上花花了神就来了"。胡蝶被关在窑里一段时间后，身心正经受着巨大的痛苦，情绪极端低落，这时麻子婶来了，对她说："你头痛那是鬼捏的了，我给你剪些花花，鬼就不上身了！"一张剪纸便能驱鬼散病，不禁让人感到荒诞。她在胡蝶的窑中到处贴着剪出来的小红人，要把魂招回来，之后不久，胡蝶竟怀孕了。胡蝶的孩子出生后，麻子婶要给他剪五毒贴肚裹兜以防止疾病。村中也传说着她的纸花花有灵魂，谁家里过红白事或头痛脑热担惊受怕，都去请她的纸花花。她所有的剪纸行为都带着驱邪和求福的目的，但是在拥有现代知识的读者看来，麻子婶的做法未免太可笑了。在一个缺乏医疗条件，精神和物质生活一样贫瘠的地方，巫术或许是能缓解人们精神危机、得到心理慰藉的唯一办法。

李莉华 麻子婶一生嫁了三个男人，也是因为这三段婚姻，让她失去了那种普通女性对于爱情的向往，也丧失了对感情的渴望。所以在发生梁崖坍塌事故时，她昏死过去，这从心理学来说是她在潜意识里不愿意醒过来。胡蝶曾感受到她是一个"无心无肺"的人，可以看出来，麻子婶对这村子的一切都感到无可依恋，只有沉醉于她的剪纸、通灵等。但她对同样遭遇不幸的胡蝶给予了关心和同情，她也许觉得胡蝶就是"年轻的她"。于是，她瞒着黑亮他们给胡蝶带来具有堕胎作用的"苦楝子",她也想帮助胡蝶减轻痛苦。但在另一方面,她也利用剪纸艺术"劝说"了胡蝶,要她安于现状,因为这都是命。所以麻子婶在这里是一个具有矛盾作用的角色。

申霞艳 麻子婶最能反映出贾平凹写作对乡村玄虚力量的依仗。在《极花》中,我们看到大量农业文明对偶然性法则的崇奉,比如诈尸、观星之类。胡蝶最终跟着麻子婶学剪花,实质是认同认命哲学;另一个女性訾米最终被兄弟俩当物来分与她对自己内在生命的忽视是有密切关联的。

罗曼莹 面对被拐卖的命运,訾米没有胡蝶那般抵触,而是迂回地接受。当东岔沟走山,立春、腊八两兄弟一起丧命,她没有因此趁机逃跑,反而积极营救其他买来的媳妇,送王云等人逃走。这也显现出一种人性的温暖,但我依然感受到了訾米向悲剧命运卑躬屈膝时的低叹与啜泣。

李莉华 依我看来,訾米虽然自愿接受了她的命运,但她对于其他被拐妇女是极具同情和关怀的。她也同情胡蝶,她在讨债中牵回来的母羊也给了胡蝶。对于村长和桂香的勾当,她也看不过眼,感到可鄙,甚至想要向村长家里扔砖头。可以说,她也属于"一个正义的化身"。

申霞艳 虽然胡蝶、麻子婶、訾米看起来各不相同,实质却殊途同归,她们就是这个封闭的村子的媳妇,受着男权的压迫,进而认同这种身份,沦为男权的帮凶。胡蝶被贩卖的悲剧就是一个从受虐到虐恋的过程。

三、《极花》的现实意义

申霞艳 大家知道贾平凹创作《极花》的时间刚好出现一则新闻报道:乡村女教师被解救又自愿回村子里去。被拐妇女儿童问题触及当代中国非常严峻的社会问题,大家于此有哪些思考呢?

李莉华 在《极花》的后记中,贾平凹谈到自己创作这部小说的缘由:十年前,他碰到一位老乡,老乡读完初中之后辍学的女儿遭受拐卖,被解救后甘愿回到那个农村。这是一个真实的案例。这刺激了贾平凹心里的某个点,继而创作了《极花》,所以说这部作品是紧扣当今拐卖妇女儿童话题的。

刘德飞 应该说《极花》所反映出的社会热点问题具有很强的指向性,拐卖妇女儿童事件的发生无时无刻不在刺痛着大众的神经,对于一个长期生活在城市家庭的人来说,很难想象拐卖妇女儿童这样的事情还能堂而皇之地频繁出现，同时也很难想象当代中国居然还有历史书上的前现代的农村图景，就是对于像我这样出身于农村的人来说，这样的场景也只是出现在爷爷奶奶的诉说中，更不用说亲身体验。

李莉华 同时，我们可以看到，很多媒体会经常曝光这类拐卖的犯罪案件，并且一些相关题材的电视剧、电影也不断在荧幕上呈现，如电影《亲爱的》和《盲山》。《极花》当中胡蝶的遭遇与千千万万被拐的妇女也是相似的，一开始，她们都顽强抵抗、誓死不从，多次尝试逃跑，在其"丈夫"及其"助手"的极力强迫下逐渐被软化，最后"被驯服"。

李清杭 我也看过《盲山》这部电影，我认为相比同样以女学生被拐的真实故事改编的电影《盲山》里白雪梅的行径，胡蝶的反抗意识就更显得苍白无力。影片中女主人公白雪梅由始至终都没有放弃过任何一个逃离的机会，甚至采取了举起菜刀砍向"丈夫"如此激进的做法。

李莉华 相对于白雪梅这个形象，胡蝶的塑造确实显得更无力，这样的矛盾冲突会相对弱化，这可能是贾平凹处理这部作品的一个欠缺。

罗曼莹 确实如此，贾平凹塑造的胡蝶是真诚、善良、美丽的，而黑亮专一、进取、勤劳，贾平凹意图捏造出一对男才女貌的模式化形象。拐卖妇女的不义前提被消解了，"男主外，女主内"的和谐生活状态被描绘得有声有色，这很容易让读者产生一种幻觉：他们生活在一起不也挺好的吗？局限于传统保守的思想观念，贾平凹再次把男耕女织的传统故事植入这本2016年最新出版的乡土小说之中，他对女性的认识依然摆脱不了男权意识控制。因此胡蝶命运的最终悲剧式走向是必然的，她不可能像《盲山》中的女主角一样自始至终地抗争，而是在贾平凹的传统男权意识操纵之下逐渐泯灭自我，软化自我，从而迷失自我。

刘德飞 小说反映了社会现实问题，但是小说弱化了社会现实问题的沉痛度，作品中黑亮与胡蝶男才女貌的古典叙事模式，在一定程度上弱化了现实问题的残酷性，同时也阻碍了读者对于这个现实问题的思考深度。只要将同期的两部类似主题的电影或者是新闻媒体的相关文章加以比较就可以得知贾平凹对于此问题的处理还是温和了许多。

申霞艳 在阅读作品的过程中我很迷惘，一度产生胡蝶与黑亮男才女貌的幻觉，甚至联想起《梁祝》的经典意象来，小说中说胡蝶前世是花，但我更容易想到"化蝶"，就像庄之蝶我们很容易联想庄周梦蝶一样。说来说去，贾平凹是过于迷恋我们的文化传统了。我们今天也很喜欢谈论传统的现代性转换，我们首先要意识到传统的复杂，尤其是困境和弊端，传统的果核是三纲五常，是等级制度，是"吃人"，这是整个20世纪一直在清理的对象。如果我们今天依然对传统不加辨析的话，那么"五四"这一代先知的努力便白费了。如果男才女貌的幻觉不能借叙事以驱除，男女平等就流于表面。语言往往会泄露人生观。

李莉华 除了这点外，我觉得被拐妇女儿童被解救之后的心理状态也值得关注。在《极花》接近结尾处，写到胡蝶迷迷糊糊地做了一个梦：她娘带着警察和记者来解救她，可回到城市后，各种新闻媒体只是在"猎奇"，试图揭开她的伤疤，她深觉"他们在扒我的衣服，把我扒个精光而让我羞辱"。媒体把胡蝶的伤口挖得血淋又惨痛，而没有考虑到被拐卖的妇女的内心创痛，缺乏一种悲悯的人性关怀。而梦中的胡蝶终于忍受不住这种被人不断挖开伤口的生活，最后重返圪梁村。可以联想到电影《亲爱的》，被拐小孩田鹏在被解救出来后视自己的亲生父母为陌生人，多年不见产生了隔阂，没有了言笑，只有见到视他为己出的养母才会露出真心的笑容。因此，田鹏的被"解救"反而是对他"亲情"的又一次割裂，这是值得读者深思的一个问题。贾平凹在《极花》中刻画了梦中的胡蝶回城之后的心理状态，体现了他作为作家的一种人文关怀，凸显了一种文学创作的社会价值，但是对于如何恢复这些被解救出来的妇女儿童后续的"正常的生活"，这无疑留给读者一个很大的思考空间。

申霞艳 联系电影来谈的确可以打开大家的思维，联系现实谈论也可以促进大家理解社会。

刘德飞 拐卖妇女儿童的极端现象的发生，总是夹杂着其他的社会问题在里面，公安行政执法的问题，城乡二元结构失衡的问题，社会集体冷漠的问题，教育的问题，等等，都是以这样或那样的方式参与拐卖妇女儿童的极端事件中去。对此类极端事件的条分缕析不可能仅仅局限于作家作品的单一分析，但若是尝试着去探究此类问题背后更深的原因，则需要另费一番功夫。

李莉华 所以不仅是被拐卖妇女的问题，贾平凹作品中所透露的社会发展的差异问题也值得深挖。近几十年来，随着城市的高速发展，城乡矛盾、贫富差距、男女差异的问题也渐而暴露。在时代大背景之下，"矛盾来自于强者对弱者的支配"，城乡发展的不平衡状况导致富者愈富，贫者愈贫，大部分有才干的人都涌进了大城市。而在乡村（尤其一些偏远落后的乡村），一些女性也不愿意再留在落后的地方。相比于城市中的男性，乡村的男性处境更显得低贱。同样在《极花》后记中，贾平凹也谈道：他曾到过一些偏远落后的村子里，发现这些村子里几乎都是光棍。胡蝶的丈夫黑亮也就是这类男性中的一个代表，他辛辛苦苦攒了几万块，就是为了买一个胡蝶这样的"媳妇"回家。

李清杭 贾平凹借黑亮之口点明了写作意图："现在国家发展城市哩，城市就成了个血盆大口，吸农村的钱，吸农村的物，把农村的姑娘都吸走了！"表面上旨在披露中国拐卖妇女这一恶行，实质上这只是一枚药引，最终直指城乡发展极不平衡的社会问题。贫困农村中男性的婚育问题也成为这一场旋涡中的"沙尘暴"，遮蔽住已然利欲熏心的"城市之眼"。

李莉华 所以对于土生土长的村民，类似黑亮这类贫困农村青年，贾平凹却缺少了对他们的"心"的挖掘。可以发现，即使在后记中，作者有提及中央政府关于建设社会主义新农村的文件，可是对于偏远落后的区域，那些青年男子的温饱乃至婚姻问题还是无法得到有效解决。作品中没有用过多的笔墨描写黑亮、半语子这些农村男性的心理状态，他们的精神世界没有被呈现在读者面前，很难挖掘其内心的无奈和伤感，这是有一点缺憾的。

申霞艳 我们对人物的同情还是反感跟叙述态度有很大的关系。

罗曼莹 我还想谈一下贾平凹在叙述方法上借鉴了水墨画的手法，试图达到中国传统美学物我合一的境界。贾平凹在后记中谈道："现在小说，有太多的写法，似乎正时兴一种用笔很狠的、很极端的叙述。这可能更合宜于这个年代的阅读吧，但我却就是不行。我一直以为我的写作与水墨画有关，以水墨而文学，文学是水墨的。"中国的水墨画与西方的油画在追求真实的价值指向上是大相径庭的，水墨画的真实是一种虚写的集合，油画的真实是一种极致的写实。因此，要追求中国式的真实，就得写意。写意是水墨画的本质精髓。一幅水墨画上品，要求艺术家通过有个性的笔触来展现，其中需要长期艺术训练的积淀和自我修养凝结而成的才气，"艺术家对自己、感情、社会、政治、宗教的体验与内心的修养互相纠缠"，从而画出一幅独一无二的作品。《极花》中无处不渗透着贾平凹浓厚的乡土文化情结：他对乡村发展的忧思，对村中不同人群生存状况的考量，对村中景物、意象、巫术和禁忌的关注，都是一种水墨画式描写的体现。

（原载《创作与评论》2016年第16期）

贾平凹：写胡蝶，也是写我自己的恐惧和无奈

舒晋瑜

贾平凹新作《极花》，发表于2016年第1期《人民文学》，即将由人民文学出版社推出单行本。他以为要写四十万字的篇幅，却只写了十五万字收笔。是故事并不复杂，还是与作家的年纪有关？总之，贾平凹在写作中用了减法，他似乎试图把一切过程隐去，试图逃出以往的叙述习惯。于是《极花》成了他最短的一个长篇，也让他收获了另一重经验。

《极花》中的极花，是冬虫夏草，它在冬天里是小虫子，而且小虫子眠而死去，在夏天里长草开花，要想草长得旺花开得艳，夏天正是好日子。

他喜欢在夏天里写作，他觉得自己如热气球般越热越容易飞起来。《极花》正式起笔于2015年的夏天，这个时候，先前他觉得不自在的文字变得得心应手，他曾经的激愤与悲哀变得从容平和。

《极花》讲述了一个发生在中国西北的妇女拐卖事件。小说的主人公胡蝶无意间落入人贩子手中，几经周折被卖到西北的一个小山村，她在那里经受种种折磨后，公安部门营救了胡蝶。然而胡蝶的命运因此彻底改变，她变得性格孤僻，少言寡语，她经受着周围人的冷嘲热讽，最终她选择继续回到被拐卖的地方……

中国现代文学研究会会长丁帆在阅读《极花》后提出问题，在长篇小说一步步远离社会和时代的今天，胡蝶们的悲惨遭遇固然值得我们深思，但是更加值得我们思考的问题却是：胡蝶们在文化巨变的时代潮流之中，她们能够蜕变成一个什么样的胡蝶呢？我们从她们身上能够体验到现实的困厄吗？我们从她们的体味中能够嗅到未来文化与文明的胎动吗？

这也是我们迫切想知道的。

中华读书报 您对于农民进城的思考在《高兴》《天气》等作品中都有体

现。那么在《极花》中,您的思考是否也有进一步深入?

贾平凹 现在的城乡在一起互动着,已经无法剥离,问题复杂得无法想象,你得不断地观察不断地思考,才能了解和看懂。这个时期的写作,如果还是写现实吧,材料极其容易,什么都可以写,主要是怎么写才能使你的心和笔得到自由,怎么写才能有你自己的声音和色彩。

中华读书报 《极花》的某些精神气质,和之前的《古炉》《老生》一脉相承。《古炉》中用剪纸艺术复活飞禽走兽的蚕婆,来到《极花》中成了剪纸上瘾的麻子婶。这些对民间形态的表现,成了您作品的标签。除了生活中确有这样的人物,他们在作品中承担着怎样的使命?

贾平凹 陕西北部以及山西、甘肃一带的高原上,是这几年我喜欢去的地方,那里的剪纸是天下闻名的,无数的艺术家都去过,有了相当多的作品,我一直想弄明白为什么在那里能产生这些东西并形成他们的生活形态和精神形态,在那样的环境中人之所以代代繁衍,神的力量在如何起支配作用?现在的城市被科技控制了。

中华读书报 那位半张脸被胡子窝住的老老爷,更是超乎一般的神人。他画的星象图,有什么格外的意义?

贾平凹 书中所写的老老爷,他是乡村的智慧,他的那些怪异,其实是人活着的原本的方法。

中华读书报 为什么在《极花》中,一再出现那么多笔画繁多的生僻字?从《老生》中的《山海经》,到《极花》里的禅语,中国传统文化的博大精深,有些被您直接植入作品,总担心对于读者来说太过高深。比如"天上的星空划分为分星,地下的区域划分为分野,天上地下对应着"——能谈谈您的用意吗?

贾平凹 农村的衰败已经很久了,而我这几年去那些山地和高原,看到好多村子没有了人,残垣断壁,荒草没膝,知道它们在消失。我们没有了农村,我们失去了故乡,中国离开乡下,中国将会发生什么,我不知道,而现在我心里在痛。我曾经取笑说,农村人死了,烧那么多纸钱,城市人死了,尸体立即送去了火葬场,而在家里设个灵堂,或者象征性地烧几张纸钱,那么在另一个世界或有托生的话,那城市人是最穷的。我在我的作品中,感情是复杂又微妙的,我不知怎么才能表达清,我企图用各种办法去表达,但许多事常常是能意会而说不出,说出又都不对了。

中华读书报 胡蝶代表了千千万万从农村走出来的姑娘，有一点点文化，一点点姿色，一点对爱情朦朦胧胧的向往和逐渐膨胀的虚荣……正如丁帆所言，从农村进入城市的少女胡蝶，哪怕是在收破烂的贫民窟里栖身也要追求现代物质文明的脚步，那一双从不离脚的高跟鞋，既是她对美的追求的象征，同时也是她试图摆脱农耕文明枷锁的一种仪式。我想知道的是，您写这些人物的心理，尤其是胡蝶，自己满意吗？

贾平凹 世上什么事情都在变，人的情感不变。不论是男人还是女人，内心最深处的波动是一样的。而且每个人都在为他人反映出整体的不同部分。看到了别人的善其实是我们的善，看到了别人的恶其实是我们也有恶。《极花》中写那个叫胡蝶的女人，何尝不是写我自己的恐惧和无奈呢？

中华读书报 作品中的人物，无论是买了胡蝶的黑亮，还是被拐的胡蝶、訾米，竟没有一个人物特别令人生厌。看到后来，连我也爱上了这个村子，虽然它贫穷愚昧，却有让人割舍不断的东西。作品让人思考农村的凋敝，思考文明的社会仍然有如此荒唐野蛮的诸多事件发生，却没有激愤和尖刻。您是以怎样的心态写作的？

贾平凹 当风刮来的时候你能怨怪树叶的飘零吗，能怨怪花草倒伏吗？写作是你能明白历史的整体又不明白你个人的具体，都知道人总是要死的，但当亲戚朋友突然去世又都悲痛不已。《极花》是一个关于拐卖的故事，但我并不单纯只写这个故事。

中华读书报 "减法"式的写作，对您来说是否也有格外的体验？

贾平凹 《极花》是我最短的长篇吧，因它就集中写了一个女人被拐卖后的禁闭的情况，它不可能写得长，把事情说完就行了，虚张声势的东西没有必要。

（原载《中华读书报》2016年2月24日）

文本分析
WENBEN FENXI

贾平凹长篇小说《极花》：中国城乡"红与黑"的水墨风俗画

丁 帆

无疑，三十年来的中国乡土人口大迁徙，给农村带来的是一些有灾难性征兆的后果：荒芜、空巢、女人、儿童……一幅幅失序画面构成了时代与社会的长镜头，更重要的是传统宗法伦理的颠覆和农耕文明秩序的丧失，往往让作家在中国经验的书写中失位和迷茫。因此，这些年来我们的许多作家总是习惯于站在一个道德的制高点上代底层穷苦大众进行社会控诉，这种自"五四"以来自上而下的"同情与怜悯"的美学抒情风格几乎成为百年来中国作家写作经验的宿命。能否打破这种惯性与魔咒，更进一步去思考那些不被众人所注意的暗隅里的人性呐喊呢？显然，贾平凹试图在《极花》这部作品中给出一个新的答案——在中国城与乡的轮回之中，写出一部人性深处自我搏战与修复的信史才是作家的终极目标。

我不能猜度作者起名"极花"的真实意图，但是我能够从这部作品中听到作者对异化了的人性进行反讽礼赞的阴冷笑声，直至发出真心的地下笑声。这种对恶之花的礼赞，在人性的层面上与司汤达的《红与黑》有着某种暗通之处，同时又与"五四"乡土小说的扛鼎之作《为奴隶的母亲》有着一定的血缘关系。但是，与上述两部名著所不同的，恰恰是乡土的巨变在这两部中外名著所没能表现出来的时代内涵——人在两种文明的格斗中呈现出的是一种失重的状态。打个比方，就像"极花"这种由植物变成动物，再变回植物的二次蜕变的过程，不正是小说"极花"的象征意义吗？如果将农村人比喻成植物，把城市人比作虫子般的动物，那么主人公胡蝶进行的两次蜕变，最终开出的那朵绚烂的极花，就分明预示了对人性的另一极的深刻反思和褒扬，而非陷入了那种非此即彼的平面化的人性书写之中。这就是作者将主人公胡蝶分离成客观的第三人称"他者"胡蝶和主观的第一人称的"我"的真实目的——让人物脱离作者和读者预设的轨道,在"庄生"与"胡蝶"之间游弋徘徊,才真正廓大了主题的内涵,向着哲学的高度攀升。这又不得不想起作者在二十多年前创作的《废都》,如果那里的男主人公还在"庄生"与"胡蝶"中找不到那个可以抵达彼岸的自我,作者只得将人物进行"文化休克",那么,在《极花》中,作者似乎找到了社会文化的病灶,为这乡土文明的末世开出了一副无可药救的偏方。

贾平凹在处理艺术与现实人生关系时往往是隐晦地表达他自己的文学价值观,这次他却明确地阐释出了他对文学创作观念的价值立场:"我们弄文学的,尤其在这个时候弄文学,社会上总有非议我们的作品里阴暗的东西太多、批判的主题太过。大转型期的社会有太多的矛盾、冲突、荒唐、焦虑,文学里当然就有太多的揭露、批判、怀疑、追问,生在这个年代就生成了作家的这样的品种,这样品种的作家必然就有了这样品种的作品。却又想,我们的作品里,尤其小说里,写恶的东西都能写到极端,而写善却从未写到极致?很久很久以来了,作品的一号人物总是苍白,这是什么原因呢?"带着这样的疑问,贾平凹实际上要解决的是百年来中国人的文化基因问题,明明已经向旧有的传统农耕文明举行了告别仪式,却又为何始终摆脱不了现代性给我们带来的文化困惑呢?

我并不以为贾平凹在《极花》中很好地完成了他所预设的对人性黑暗面的揭露,相反,我们在仅有的简单故事情节的描述中,甚至看到的是作者在黑色的主色调中调和出了具有反讽意味的红色色系,他把自己称之为的"水墨画"浸染在一种浓厚的乡土风俗之中,透露出的是一种使人烦躁焦虑的色块。喋喋不休、絮絮叨叨充满着乡土民俗的细节描写,往往使人陷入阅读的审美疲劳之中,然而,当我们将这些啰唆的细节描写上升到形而上的哲学层面时,你就会发现,作者是在完成一种外在与内在合一的文化作用力的塑造。

我始终在胡蝶的两种生活状态中进行着这样一种思考:一边是穷困、野蛮、原始、宁静的农耕文明;一边是奢华、文明、现代、喧嚣的城市文明。那个从农村进入城市的少女胡蝶,哪怕是在收破烂的贫民窟里栖身也要追求现代物质文明的脚步,那一双从不离脚的高跟鞋,既是她对美的追求的象征,同时也是她试图摆脱农耕文明枷锁的一种仪式。当她被拐卖绑架甚至被强奸时,表现出的强烈反抗与出逃的信念当然是一个人的正常心态,但是,作家并没有在常态的写作构思中止步,其诡异的、独特的构思打破了人们的惯性思维方式。在亦真亦幻的描写中,作者又让主人公回归到了那个非人般的生活语境当中,用那个名字叫"兔子"的孩子作为两种文明形态勾连的纽带,我想,这千变万化的社会与时代,最不变的就是人性,人性的力量有超越时代和文化的永恒价值。于是,作品在两种文明的挣扎中,尤其是在二度循环中获得了对人性在常态与非常态下的真实描写,才能够显现出它的独特的价值意义。

贾平凹写了四十年的乡土文学,总是在寻找新的突破口,我认为,他在形式上的变化再大也不会有太多创新,因为,人们看惯了他的艺术套路,尤其是陕西的风俗民情的描写。而读者期待的却是他能否在这个"最好的时代也是最坏的时代"里写出人性的大动荡来,显然,《极花》是具备了这样的主题素质的,但是,作品被反反复复、絮絮叨叨的风俗与琐碎的细节所淹没了,而故事的情节却没有充分地展开,这是令人惋惜的地方。尽管作者已经砍去了许多文字,只保留了短短的十五万字(这在贾平凹长篇小说中是罕见的现象),他"试图着把一切过程都隐去,试图着逃出以往的叙述习惯",但是,正是过程的屏蔽,导致了阅读的障碍,跳跃性的描写往往陷入了无谓的场景细节描写之中而不能自拔。作者明明已经意识到了主题内涵的重要性,但又忽略了对它更加深刻的发掘。"我几十年写过的乡土,发生巨大改变,习惯了精神栖息的田园已面目全非。虽然我们还企图寻找,但无法找到,我们的一切努力也将是中国人最后的梦呓。"作为一个艺术家,我们不能要求他像理论家那样去直陈社会和时代的好与坏、利与弊,因为他们是用"曲笔"来表达情感的,但是在情感的表达中,我们足可见出作家的价值观念的优与劣、高与低。亦如贾平凹自己所言:"当今的水墨画要呈现今天的文化、社会和审美精神的动向,不能漠然于现实,不能躲开它。和其他艺术一样,也不能否认人和自然、个体和社会、自我和群体之间关系的基本变化。"就此而言,《极花》要表现的思想内涵是再明确不过了。

在长篇小说一步步远离社会和时代的今天,胡蝶们的悲惨遭遇固然值得我们深思,但是更加值得我们思考的问题却是:胡蝶们在文化巨变的时代潮流之中,她们能够蜕变成一个什么样的胡蝶呢?我们从她们身上能够体验到现实的困厄吗?我们从她们的体味中能够嗅到未来文化与文明的胎动吗?

(原载《文艺报》2016年2月3日)

乡村书写与艺术的反转

——关于贾平凹长篇小说《极花》

王春林

在《极花》后记中,贾平凹曾经指出:"我关注的是城市在怎样地肥大了而农村在怎样地凋敝着,我老乡的女儿被拐卖到的小地方到底怎样,那里坍塌了什么,流失了什么,还活着的一群人是懦弱还是强狠,是可怜还是可恨,是如富士山一样常年驻雪的冰冷,还是它仍是一座活的火山。"从贾平凹自己在后记中的这种说法,我们即不难真切地感受到,作家追求的其实是所谓的象外之意,完全可以说是言在此而意在彼。而这,显然也就意味着贾平凹很好地完成了一种艺术的反转。所谓艺术的反转,落脚到这部《极花》中,其第一种意涵,就是把一个拐卖妇女的素材极巧妙地反转为当下时代乡村世界的写真。其中,既有城市化进程中乡村日益衰败凋敝的图景,也有自过去而一致传延至今的所谓乡村常态世界。

说到对于当下时代乡村世界的写真,需要强调的一点是,小说采用了第一人称的叙述方式,叙述者"我"同时也是小说的女主人公,即那位不幸被拐卖到"什么省什么县什么镇的圪梁村"的胡蝶。贾平凹在《极花》中正是借助于这样一位熟悉的陌生人的眼光,完成了对当下时代或一种乡村世界真实生存景观的描摹与书写。说到乡村世界,也有着生存景观截然不同的两种乡村世界。当下时代存在着两种对比极其鲜明的乡村世界,一种是带有突出官方色彩的所谓新农村,另一种则是面对着现代化或者说城市化的强劲冲击已经变得凋零不堪的衰败景观。贾平凹借助于胡蝶熟悉而又陌生的眼光所看到的圪梁村,只可能是后一种更具本质意味的凋敝乡村现实。

首先是生存条件的极度贫瘠。这一点,最突出不过地表现在饮食方面。为了千方百计地留住被拐卖来的胡蝶,黑亮家也曾经在饮食上大做文章:"黑亮仍是十天八天去镇上县上进货，回来给我买一兜白蒸馍，有一次竟还买了个猪肘子，我以为是要做一顿红烧肉或包饺子呀，黑亮爹却是把肉煮了切碎，做了臊子，装进一个瓷罐里，让黑亮把瓷罐放到我的窑里，叮咛吃荞面饸饹或是吃炖土豆粉条了，挖一勺放在碗里。"唯其因为吃食金贵，好吃食少，所以黑亮家才会把留住胡蝶的主意打在好吃食上。实际上，也正因为圪梁村的食物经常处于匮乏状态，所以每当有人过生日时村里人才会送粮食："十八的早晨，村里人却还是陆陆续续来拜寿了，他们没有拿寿糕，而是你提一斗荞麦，他捐一袋子苞谷，或是一罐小米和一升豆子，多多少少全都是粮食，嚷嚷着给老老爷补粮呀！这我从来没见过也没听说过，苦焦的地方可能就是以生日的名义让大家周济吧。"尤其带有苦涩意味的是，明明只有那么一点不多的粮食，但在村长嘴里却充满夸张色彩地变成了要"给老老爷补三万石粮"。正所谓"民以食为天"，当一个村庄的人们连起码的日常饮食都成为问题的时候，这个地方生存条件的极度贫瘠也就毋庸置疑了。

虽然地处偏远，生存条件极度贫瘠，但天高皇帝远的圪梁村却也一样接受着时代商品经济风气的习染和影响。比如，极花的发现与大规模采集，即是如此。极花是产于圪梁村一带的类似于青海冬虫夏草的一种虫子："长得和青虫一个模样，但是褐色，有十六只毛毛腿，他们叫毛拉。毛拉一到冬天就钻进土里休眠了，开春后，别的休眠的虫子蜕皮为蛹，破蛹成蛾，毛拉却身上长了草，草抽出茎四五指高，绣一个蕾苞。形状像小儿的拳头，先是紫颜色，开放后成了蓝色，他们叫拳芽花。"当青海那边的冬虫夏草价格疯涨的时候，圪梁村一带的人们忽然意识到他们这里的毛拉即拳芽花其实也是一种虫草。于是，在由老老爷把这种虫草重新命名为"极花"之后，也就开始了一个疯狂的采挖过程。"那是疯狂了近十年的挖极花热，这地方几乎所有人都在挖，地里的庄稼没心思种了。"本来就极为稀少的极花，又哪里经得起如此疯狂的挖采，很快地，这极花就被采挖殆尽了。等到贾平凹《极花》中胡蝶被拐卖到圪梁村的时候，挖极花的活动已经差不多宣告终结了，"生活又恢复了以前的状态"。极花之外，小说中的另一样重要物事就是血葱。圪梁村一带的血葱，虽然比别的葱个头小，却因颜色发红而被命名为血葱，有着效果极明显的壮阳功能。这就引起了立春媳妇訾米的强烈兴趣，她马上竭力鼓动立春与腊八兄弟俩去东岔沟种血葱："为什么不再种血葱呢，张老撑做了个大广告，得抓住商机啊！"就这样，立春和腊八兄弟俩就到东岔沟种起了血葱,而且还竟然把那一块地方称之为血葱生产基地。通过极花的采挖与血葱的种植这两个细节的描写,贾平凹一方面不动声色地渲染出了某种时代气息,另一方面却也犀利有力地揭示并鞭挞了人性本身的一种贪婪欲望。到后来,因地动而走山,圪梁村倒不要紧,种植血葱的东岔沟却被硬生生地横移了十里。山体横移不要紧,不凑巧的是,那一天晚上立春和腊八兄弟俩恰好就待在东岔沟里。这样一来,他们的惨遭厄运也就不可避免了。立春和腊八兄弟俩的不幸遭际,一方面固然再一次说明着所谓的"天地不仁,以万物为刍狗",另一方面却也带有鲜明不过的天谴意味。天谴者,何也?以我愚见,正是被所谓消费意识形态所激发出的人性本身过分的贪婪欲望。更进一步说,自打20世纪90年代以来便一时勃兴的商品经济,其实应该被归属到现代性的大范畴之中。这样看来,贾平凹对于商品经济的态度,其实事关作家对乡村世界与现代性之间关系的理解与判断。

然而,虽然也有诸如采挖极花与种植血葱这样的商品经济行为,但所有的这一切努力,却并不足以从根本上改变圪梁村的贫瘠状态。如此一种贫瘠状态,也就决定了一般不会有女性主动嫁到这个地方来。没有女性愿意嫁,那村子里的光棍就只能是越来越多。某种意义上说,小说所重点展示出的胡蝶的遭遇,也完全可以被看作是此类被拐卖者的共同遭遇。关于胡蝶这一人物形象,暂且按下不表,稍后会展开专门的论析。我们在这里试图追问的一个问题,就是到底应该如何理解看待如同圪梁村这样其实相当普遍的买媳妇行为。依照常理,拐卖妇女的行为不仅极大地破坏着社会的和谐稳定,而且也还严重地损害着被拐卖者的身心健康,无论如何都应该予以全盘否定。但一个关键的问题在于,拐卖行为的普遍化,与买方市场的庞大之间关系密切。假若说没有下家接手,那这些人贩子自然也就会丧失作案的动机与热情。很大程度上,正是无数个圪梁村的存在,方才构成了拐卖妇女的庞大买方市场。这样,到底应该如何看待圪梁村的买媳妇行为,也就成了一个不容回避的重要问题。对于这一点,贾平凹其实有着非常深入通透的思考:"拐卖是残暴的,必须打击,但在打击拐卖的一次一次行动中,重判着那些罪恶的人贩,表彰着那些英雄的公安,可还有谁理会城市夺去了农村的财富,夺去了农村的劳力,也夺去了农村的女人。谁理会窝在农村的那些男人在残山剩水中的瓜蔓上,成了一层开着的不结瓜的谎花。或许,他们就是中国最后的农村,或许,他们就是最后的光棍。"①

这里所牵涉的,实际上就是类似于圪梁村这样贫瘠地区的男性是否拥有城市或者富裕地区的男性同等的性权利的问题。对此,贾平凹不仅有真切的感慨,而且也有更尖锐的诘问:"城市里多少多少的性都成了艺术,农村的男人却只是光棍。记得当年时兴的知青文学,有那么多的文字在控诉着把知青投进了农村,让他们受苦受难。我是回乡知青,我想,去到了农村就那么不应该,那农村人,包括我自己,受苦受难便是天经地义?"②

贾平凹的《极花》,看似在关注表现拐卖妇女的社会问题,其实是要借此而写出当下时代乡村世界的物质贫瘠与精神痛苦来,是要以这种特别的书写方式为类似于圪梁村这样的乡村世界鸣不平。

曾记得大约半年前,笔者在北京评选第九届茅盾文学奖期间,曾经与友人在一起深入探讨面对着越来越咄咄逼人的现代化大潮,日益贫瘠衰败的乡村世界究竟应该向何处去的问题。一个带有共识性的结论就是,现代化或曰城市化的最终结果就是要彻底地消灭乡村。换言之,当下时代乡村世界的日益衰败凋敝,是社会发展演进合乎逻辑的一个必然结果。情愿也罢,不情愿也罢,如此一种结果都不会以任何个人的意志为转移。问题在于,面对着如此一种不可逆的社会发展大势,作家到底应该采取怎样的一种价值立场来展开自己的小说叙事。其他作家不在我们的讨论范围之内,就贾平凹而言,他所采取的其实是一种极其鲜明的站在农民一边的乡村本位价值立场。若非从此种精神价值立场出发,贾平凹就不可能敏锐地体察到当下时代中国农民一种切肤的内在精神痛苦。而贾平凹,之所以会近乎本能地站在农民一边,则与他一种自觉的农民身份意识存在着不容剥离的内在紧密关联。从社会学的意义上说,不久的未来时代里乡村世界就很可能会遭逢覆灭的命运,正如贾平凹自己所说:"或许,他们就是中国最后的农村,或许,他们就是最后的光棍。"但即使果真如此,我们也不能够以任何理由剥夺他们被小说艺术关注表现的权利。从这个角度来看,贾平凹能够坚执其一贯的乡村本位立场,能够在《极花》中实现一种艺术的反转,如实呈现当下时代乡村世界的衰败凋敝景观,其意义和价值绝对不容低估。

乡村世界的衰败凋敝之外,贾平凹在《极花》中也还有着对于乡村常态世

---

① 贾平凹:《极花》,人民文学出版社2016年版,第207页。
② 贾平凹:《极花》,人民文学出版社2016年版,第206—207页。

界一面的真切呈示。所谓"乡村常态世界",是笔者在关于贾平凹长篇小说《古炉》的一篇批评文章中率先提出的一个观点。在那篇文章中,我首先对于乡村世界描写展示过程中的现象层与本质层进行了明确的区别:"对于乡村世界,我的一种基本理解是,在时间之河的流淌过程中,有一些东西肯定要随着所谓的时代变迁而发生变化,我把这些变化更多地看作是非常态层面的变化。比如,鲁迅笔下民国年间的乡村世界,与赵树理笔下解放区或者共和国成立之后的乡村世界相比较,肯定会发生不小的变化,这些变化就被我看作是一种非常态层面的变化。相应地,在自己的小说创作过程中,着力于此种非常态层面描写的,就可以说是一种非常态生活层面的书写。然而,就在乡村世界伴随着时间的长河而屡有变化的同时,也应该有一些东西是千古以来凝固不变的,某种意义上,也正是这些凝固不变的东西在决定着乡村之为乡村,乡村之绝不能够等同于城市。这样一些横越千古而不轻易变迁的东西,相对于非常态层面的变迁,就显然应该被看作是一种常态的层面。在自己的小说写作过程中,更多地把注意力停留在常态的生活层面,力图以小说的形式穿透屡有变迁的非常态层面,直接揭示乡村世界中常态特质的,就可以说是一种对于常态世界的发现与书写。"①这种本质化书写所具体针对的那些长期以来凝固不变的东西,就是我所一力强调的乡村常态世界。

具而言之,《极花》对乡村常态世界的呈示主要落脚在老老爷与麻子婶这两个人物身上。从人物功能的角度来看,老老爷这一形象非常类似于《古炉》中那位四处给村人"说病"的善人郭伯轩。就对于乡村伦理的积极建构与维护而言,善人郭伯轩也罢,老老爷也罢,都可以被看作乡村意识形态的"立法者",或者干脆就被看作乡村的哲学家。他们两人之间的区别,大约就在于《古炉》中善人郭伯轩言语方式的处理上显得有点生硬,没有做到充分意义上的生活化。或许正是因为善人郭伯轩的这一特点曾经遭人诟病,所以,到了这一部《极花》中,在老老爷这一同质化人物现象的艺术处理上,贾平凹的表现就已经自然了许多。出现在叙述者胡蝶眼中的老老爷,很是带有一点奇人异相的味道:"这是一个枯瘦如柴的老头,动作迟缓,面无表情,其实他就是有表情也看不出来,半个脸全被一窝白胡子掩了,我甚至怀疑他长没长嘴。"按照黑亮的说

---

① 王春林:《"伟大的中国小说"(上)》,载《小说评论》2011年第3期。

法,这位老老爷不是某一个人的老老爷,而是圪梁村全村人的老老爷:"他是村里班辈最高的人,年轻时曾是民办教师,转不了正,就回村务农了,他肚里的知识多,脾性也好,以前每年立春日都是他开第一犁,村里耍狮子,都是他彩笔点睛,极花也是他首先发现和起的名,现在年纪大了,村里人就叫他是老老爷。"无论是开第一犁,还是彩笔点睛,这些都说明着老老爷在圪梁村地位的特别与重要。这地位甚至连村长在他面前都要退让三分。这方面不容忽视的一个细节就是,老老爷过生日的时候,村长居然会率领村人去给他拜寿。村长无疑是圪梁村世俗权力的最高代表,他对于老老爷的礼敬,其实意味着他对于乡村文化传统的一种敬畏。老老爷虽然不是神,但在圪梁村却总是如同神一样地被尊崇敬仰着。

大约也正因为老老爷在圪梁村地位的特殊,同时也缘于老老爷经常会以自己的智慧照亮包括胡蝶在内的许多圪梁村人的人生,所以,胡蝶才会产生一种奇特的感觉:"我抬头看着他,他瘦骨嶙峋地坐在那里,双目紧闭,和那土崖是一个颜色,就是土崖生出来的一坨。这么个偏远齷齪的村子里,有这么一个奇怪的人,我觉得他是那么浑拙又精明,普通又神秘,而我在他面前都成了个玻璃人。"之所以会生出玻璃人的感觉,是因为胡蝶觉得自己在阅尽人生的老老爷眼中毫无秘密可言,已经被完全看透了。事实上,每到关键时刻,能够以睿智的话语给胡蝶以人生启悟者,往往是这位看似高深莫测的老老爷。毫无疑问,这老老爷或者说诸如老老爷此类的人物,绝对称得上是中国乡土的精灵。此类精灵式人物的生成,乃是依靠了深厚的乡土文化长时间的浸泡与熏染。很大程度上,中国的乡土文化之所以能够从亘古而一直传延至今,正是依赖于此类精灵式人物的强力支撑。就此而言,老老爷们就无论如何都应该被看作中国广大乡村世界的定海神针。问题在于,面对着现代化的强劲冲击,乡村世界的衰微与溃败或者说最后的消亡,恐怕也都是无可逃脱的命定之事。伴随着乡村世界的不复存在,老老爷们自然也就失去了根本的立足之地。就此而言,贾平凹在《极花》中所真切书写着的,事实上又是一曲深沉哀婉的乡土文化挽歌。

乡土精灵老老爷,是圪梁村的定海神针,而那位看似神神道道甚至多少有点阴气森森的麻子婶,则是乡村世界神巫化特点的充分体现者。在乡村世界,一方面由于现代科学文明的匮乏,另一方面则因为缺乏宗教信仰,所以,人们便逐渐形成了对于所谓鬼神的信奉与敬畏。在乡村的日常生活中,人们难免会遭遇一些既有的知识所无法加以解释的神秘现象。既然无从解释，那就只能够把它归之于是某种由鬼神所主导的超自然力量作祟的结果。久而久之，一个人神鬼共生共存且三者之间的界限混沌不明的乡村世界，也就自然生成了。长期生活在这样的一个世界里，鬼神观念必然深刻影响到人们的基本思维与行为方式。质言之，我们这里所谈及的神巫化现象，就完全可以被看作鬼神观念发生作用的一种直接结果。说到乡村世界的神巫化特点，就不由得会让我们联想到当年那位被誉为书写表现乡村生活的"铁笔圣手"的作家赵树理，联想到他的小说名作《小二黑结婚》。《小二黑结婚》中，塑造最为丰满生动的两位人物现象，分别是二诸葛和三仙姑。多少带有一点巧合意味的是，在故事的发生地刘家峧，这两位居然都被称为神仙。虽然一真一假，但他们两位神仙称号的由来，却是因为他们或者坚信黄道吉日，或者"跳大神"给村人治病。尽管由于受到时代观念制约影响，赵树理较为简单地把二诸葛和三仙姑的行为都指斥为所谓的封建迷信而加以否定，但现在看起来，赵树理的相关描写其实应该从神巫化的角度去加以理解阐释。虽然并非本意，但赵树理的小说本身却在客观上证明着乡村世界的神巫化特点。到了贾平凹的《极花》中，最具神巫化特点的人物形象，很显然就是麻子婶。

　　小说中麻子婶"通神"后的神巫化行为，集中体现在为胡蝶"招魂"一事上。胡蝶一番挣扎反抗不成，被黑亮强行占有后，一段时间里显得神情倦怠憔悴，打不起精神。这时候，麻子婶就派上用场了。面对着黑亮爹用悬挂的葫芦招来的麻子婶，胡蝶本能地排斥："我说我头痛，拧身进窑就睡在炕上了。"然而，遭到冷遇的麻子婶却毫不气馁，她说："你头痛那是鬼捏的了，我给你剪些花花，鬼就不上身了！她也进了窑，盘脚就坐在炕沿上。"那一天，坐在胡蝶旁边的麻子婶，竟然一口气剪出了一炕小红人。用麻子婶的说法就是："有了小红人，就给你把魂招回来。"剪下一大堆小红人后，麻子婶和胡蝶一起把这些小红人全部用浆糊贴在了窑壁上。然后，这看似寻常的小红人便发生作用了："贴完了那些小红人，不知怎么，我连打了三个喷嚏，就困得要命，眼皮子像涂了胶，一会儿粘住了，一会儿又粘住了，后来就趴在炕上睡着了。"对于此种不无神异的情形，麻子婶给出的解释是："睡了，小红人一贴就睡着了。她还要乏的，浑身抽了筋地乏，这几天得把饭菜管好，甭舍不得。"多少带有一点灵异色彩的是，经过麻子婶的一番作法之后，胡蝶不仅果然觉得浑身稀瘫，而且也日渐驯顺起来。接下来，就是麻子婶在地动后的多日昏迷。多日昏迷后突然醒来，本身就带有明显的神秘色彩，这样的一种经历，就使得麻子婶越发变得神灵附体了："村里人都觉得麻子婶昏迷醒来后不是人了，成什么妖什么精了，而且传说着她的纸花花有灵魂，于是谁家里过红白事或头痛脑热担惊受怕，都去请她的纸花花，倒是老老爷那儿冷清了许多。"

麻子婶之外，胡蝶自己的灵魂出窍行为，也可以被看作《极花》中神巫化描写的一个重要方面。胡蝶的灵魂出窍，发生在她被拐卖到圪梁村之后的一次出逃行为失败之后："我的魂，跳出了身子，就站在了方桌上，或站在了窑壁架板上的煤油灯上，看可怜的胡蝶换上了黑家的衣服。""我以前并不知道魂是什么，更不知道魂和身子能合二为一也能一分为二。那一夜，我的天灵盖一股麻酥酥的，似乎有了一个窟窿，往外冒气，以为在他们的殴打中我的头被打破了，将要死了，可我后来发现我就站在方桌上，而胡蝶还在炕上。我竟然成了两个，我是胡蝶吗，我又不是胡蝶，我那时真是惊住了。直看着黑亮又从方桌上端了水给胡蝶喝，我又跳到了那个装花的镜框上，看到了灯光照着黑亮和三朵娘，影子就像鬼一样在窑里忽大忽小，恍惚不定。"在我看来，贾平凹所专门设定的胡蝶灵魂出窍的细节，其实有着一箭双雕的艺术效果。其一，当然是强有力地确证着乡村世界的神巫化现实，这一点毋庸赘言。其二，则是解决了一个叙事学上的难题。小说所采用的是第一人称的叙述方式，叙述者"我"正是主人公胡蝶。第一人称的叙述方式，是一种限制性非常明显的叙述方式，叙述者只能够叙述自己目力所及的人与事。一旦逾越这一范围，就属于违背叙事成规的越界叙事，也即一种无效的小说叙事。在《极花》中，最起码有两处打斗的场面需要作家发挥特别的叙事智慧。一个就是胡蝶试图逃走被抓回的这一次，再一个就是，因为胡蝶誓死不从黑亮，村人们便七手八脚帮着黑亮硬性占有了胡蝶。这两次打斗场面中，胡蝶不仅都是介入者，而且也都是受害者。身为受害者，胡蝶当然不可能对整个打斗场面作全方位的叙述。这时候，就迫切需要有第三者的眼光出现来顺利完成小说叙事。胡蝶的灵魂出窍行为，正好最大程度地满足了这种叙事要求。借助于灵魂出窍，胡蝶便可以一分为二，一个胡蝶被残酷折磨，另一个胡蝶则能够置身事外作冷眼旁观。这样一来，《极花》中的叙事难题，自然也就迎刃而解了。

如果说对于当下时代乡村世界的写真构成了《极花》中"艺术的反转"的

第一层意涵，那么，其第二层意涵，显然就落脚到了女主人公胡蝶这一人物形象的塑造上。依据作家在后记中的交代，胡蝶这一人物形象是有真实原型的，作为原型的贾平凹老乡那个被拐卖的女儿，被解救后不久又重新返回到了那个被拐卖的村庄。按照常理，一个被拐卖者，不仅应该对拐卖者充满仇恨，而且也应该对购买者满怀怨恨。但在《极花》中，最后的结果却是胡蝶重返了圪梁村。这里，贾平凹所面临的一个叙事难题，就是如何使胡蝶的这一心理转换过程成为可能。又或者，胡蝶的心理转换过程，很容易就能够让我们联想到心理学上著名的斯德哥尔摩综合征。所谓斯德哥尔摩综合征，出自发生在斯德哥尔摩的一个真实案件，是指在犯罪行为实施的过程中，被害者对于犯罪者产生了某种依赖的情感，受控于此种情感的受害者甚至会反过来帮助犯罪者。对于这一点，贾平凹自己也作出过相应的说明："但是，小说是个什么东西呀，它的生成既在我的掌控中，又常常不受我的掌控，原定的《极花》是胡蝶只是要控诉，却怎么写着写着，肚子里的孩子一天复一天，日子垒起来，成了兔子，胡蝶一天复一天地受苦，也就成了又一个麻子婶，成了又一个訾米姐。小说的生长如同匠人在庙里用泥巴捏神像，捏成了匠人就得跪下拜，那泥巴成了神。"胡蝶由对圪梁村的怨恨控诉而到后来的理解认同这一过程，也完全可以被看作斯德哥尔摩综合征的一种具体体现。贾平凹的自述，一方面在说明着胡蝶的心理变化过程，另一方面却也再一次印证着小说写作不可控特质的存在。

那么，受害者胡蝶到底为什么会重新返回到圪梁村呢？细细辨来，导致此种结果的原因主要有三。其一，是被解救后城市对于胡蝶的莫名戕害。由于有报纸电视对解救事件的大规模报道，胡蝶的故事在她所在的城市不胫而走流播极广。胡蝶被迫接受采访："但他们却要问我是怎么被拐卖的，拐卖到的是一个如何贫穷落后野蛮的地方？问我的那个男人是个老光棍吗，残疾人吗，面目丑陋可憎不讲卫生吗？问我生了一个什么样的孩子，为什么叫兔子，是有兔唇吗？我反感着他们的提问，我觉得他们在扒我的衣服，把我扒个精光而让我羞辱，我说我记不得了，我头晕，我真的天旋地转，看他们都是双影，后来几乎就晕倒在了椅子上。"在被采访时饱受羞辱不说，可怕处还在于她的故事在传播过程中的以讹传讹被扭曲变形："听说她被拐卖到几千里外的荒原上，给一个傻子生了个孩子？"被别人羞辱也还罢了，关键是自己的亲人也会对自己生出某种莫名的歧视。被拐卖的胡蝶本来是无辜的受害者，没想到，经过了如此一番折腾之后，反倒如同那位被打上红色A字的海丝特一样，身上被打上了特别的耻辱烙印。这一看似无形的耻辱烙印的存在，是致使胡蝶重返圪梁村的一个重要原因。其二，是她的儿子兔子的揪心牵扯。这就让我们联想到了此前老老爷曾经对胡蝶讲过的那句话："这孩子或许也是你的药。"料想不到的是，老老爷的这一句谶语，居然应验到了胡蝶身处极度困境的这个时候。

当然，更关键的，恐怕还是第三点原因，那就是在圪梁村长达数年的生活过程中，曾经一度坚决拒斥圪梁村的胡蝶，已经对于圪梁村产生了情感和精神的认同感。作为被拐卖者，胡蝶一开始是坚决拒斥圪梁村的。她之所以每一天都会在窑壁上刻道儿计算天数，之所以不管不顾地想着要逃离圪梁村，就是此种拒斥心理的突出表现。但她的这种拒斥心理在孩子呱呱坠地之后，却开始逐渐改变了。说到胡蝶的认同圪梁村，一个具有突出象征性的描写，就是老老爷启发她的"找星"过程。老老爷说："那你就在没有明星的夜空处看，盯住一处看，如果看到了就是你的星。"于是，胡蝶看星找星，便成了一种经常性的行为。一直到兔子快要出生前，胡蝶才在白皮松的树股子中间忽然看到了星："可就在我看着的时候，透过两个树股子的中间，突然间我看到了星。白皮松上空可是从没有过星呀，偏就有了星……"而且还不止一颗："一颗大的，一颗小的，相距很近，小的似乎就在大的后边，如果不仔细分辨，以为是一颗的。"这一大一小忽然被发现的星，在一种象征的层面上，显然象征着胡蝶和兔子本就应该是归属于圪梁村这块地方的人。借助于此种不无微妙的象征式书写，贾平凹所真切揭示出的，实际上正是胡蝶的精神世界深处对于圪梁村的认同感。至此，贾平凹《极花》中的艺术反转也就彻底宣告完成。在胡蝶的认同感背后，所真正起支撑作用的，毫无疑问还是贾平凹自己那种"我是农民"的坚定文化身份意识。

然而，一个不容忽视的问题是，《极花》中胡蝶的被解救，其实是女主人公自己恍惚中的一个梦境。关于这一点，文本中有明确的暗示。解救行为发生之前，胡蝶在炕上打着瞌睡："我是闭上了眼的，一闭上眼我就又看见了那个洞，这一次洞没有旋转，也不是小青蛙的脖子那样不停地闪动，好像我在往洞里进，洞壁便快速地往后去，感觉到这样进去就穿越了整个下午，或者是通往晚上的一条捷道。真的就是一条捷道，我走到洞的尽头后，一出洞，村口就出现了。"等到被解救后的胡蝶对城市与亲人彻底失望之后，坐上了返回圪梁村的火车。然后的一段描写是:"这一憋,把我憋得爬了起来,在睁开眼的瞬间里,还觉得火车在呼地散去,又在那个洞里,洞也像风中的云在扯开了就也没了。我一时糊涂,不知在哪里,等一会儿完全清醒,我是在窑里的炕上,刚才好像是做梦,又好像不是做梦,便一下子紧紧抱住了兔子。"这就与小说的故事原型形成了明显的区别。作为故事原型的老乡的女儿,是明确地重新返回到了被拐卖的地方,但到了《极花》中,从解救到最后的重新返回,却都变成了一种梦境。为什么会是这种情况?更进一步,作家如此一种处理方式,又传达出了贾平凹自己怎样的精神价值立场?又其实,借助于胡蝶的这一梦境,以及梦醒后娘和其他解救者并没有在圪梁村现身的描写,贾平凹给出的,事实上是一种具有突出开放性的小说结尾方式。如此一种开放性的结尾方式,传达出的就是胡蝶的一种矛盾心理。一方面,胡蝶当然是厌憎购买者,厌憎拐卖者,厌憎拐卖行为的;另一方面,在被拐卖与被解救的过程中,本就出身于乡村世界的胡蝶却又渐渐生成了一种对于圪梁村的认同感。但请注意,如此一种矛盾心理,实际上却更是属于作家贾平凹的。对于拐卖妇女儿童这样一种犯罪行为,贾平凹自然是深恶痛绝的,绝对是一种零容忍的态度。然而,一旦进一步触及如此一种拐卖行为得以生成的深层社会原因,尤其是触及现代性对于本来自足完满的乡村世界的严重袭扰和冲击,贾平凹的农民文化本位意识,自然也就会强烈地凸显出来,会本能地为乡村辩护。究其根本,正是作家如此一种不无尖锐的自我矛盾心理作祟的缘故,贾平凹方才为《极花》设定了这样一个开放性的结尾方式。然而,如果从艺术的角度来衡量,这样一种结尾方式的采用,却又显示出了某种鲜明不过的现代意味。极端一些,也可以说贾平凹的这种小说结尾方式,带有一种非常突出的先锋实验色彩。

(原载《小说评论》2016年第4期)

写出乡村背后的隐痛

——《极花》阅读札记

韩鲁华

叙事人物与叙事视角

也许是由于自《白夜》,尤其是《秦腔》之后,在阅读贾平凹的作品时,特别关注他的叙事人物与叙事视角问题。这次阅读《极花》也是如此。果然,《极花》的叙事,就选择了一个特定情境下的特定叙事人物视角——主人公胡蝶的讲述。由胡蝶而想到《秦腔》中的引生、《古炉》中的狗尿苔、《带灯》中的带灯、《老生》中的唱师。可以说,贾平凹新世纪以来每部作品的叙事人物都各不相同,独具特色风采。如果就叙事人物的特异性而言,引生、狗尿苔与唱师有相像之处:他们都是以非常态的生命状态去讲述故事。引生是个疯子,疯子换种说法就是神经病,属于不正常的人生状态。用一个在常人看来不正常的人——神经病来审视所谓正常人的生活,自然别有一番叙事意味在心头。于此,又想到鲁迅先生《狂人日记》中的叙事主人公狂人。鲁迅笔下的狂人可谓天下混沌我独醒,引生则是人皆无情我痴情。狗尿苔是个长不大(不是不愿长大,实在是无法长大,或者世事令其不准长大)却又独开天眼的人——他使人极易想到德国获得诺贝尔文学奖的作家格拉斯《铁皮鼓》中的叙事人物奥斯卡。狗尿苔与奥斯卡虽然所处时代、国度、文化语境各不相同,但他们似乎都身负民族根性的瑰丽梦幻。而唱师则是一个几乎成了人精的历史洞察者,他犹如一个超越并颠覆现实叙事时空的神人,在解构宏大历史建构叙事的同时,从另外一种视域建构起百年来中国历史的民间叙事形态。但是,他们几乎都不是故事的主角,或者说都不是站立在社会历史舞台中心的风云人物,而是被边缘化的体验者与观察者。他们的主要职责只是一种历史的见证人或者讲述者。但是，他们却是最为清醒的戳破历史神话与揭橥人生奥秘的人。他们共同的特质在于：身上都具有相当程度的神秘色彩，或者某种天外来客——天神鬼蜮的神秘性，他们既存乎现实生活之中，又超乎社会人生三界之外。也许以这样一种特殊的叙事人物之视域，能够把现实的社会人生状态，透析得更为清晰深邃吧。

显然，胡蝶不属此类特异的叙事者。

就既承担叙事又是故事主角，而且是以一个正常人的眼光来观察、见证的叙事而言，胡蝶与带灯相似——而且她们都是女性。从女性角度进行叙事，在贾平凹的小说创作中是极少见的。就他所出版的十五部长篇小说而言，顺便说一句，媒体将长篇自传《我是农民》视为长篇小说，有些研究者也如是说，纯属文体误判，《商州》《浮躁》《妊娠》由几个独立的中短篇组合而成，但各篇之间建立起一种内在结构逻辑，符合长篇小说的内在特征，故视之为长篇小说；《废都》《白夜》《土门》《高老庄》《怀念狼》《病相报告》《秦腔》《高兴》《古炉》《带灯》《老生》《极花》则名副其实，以女性作为叙事人物的作品，印象中大概就是《带灯》与《极花》。就当代文学创作来看，男性作家对于女性的叙事，大多都是从男性的情感立场来想象叙写女性，最终还是一种男性视域下的女性叙事视角。北方的男性作家尤其是如此，总有一种大男子主义的价值立场与精神情感在里面。贾平凹自然也是从男性作家立场来叙写女性的，但又有所不同。不可否认，《浮躁》《废都》以及《秦腔》等，都具有明显的男性中心的叙事嫌疑。但是，也应当看到，在贾平凹的身上，又具有非常明显的水性或者阴性的精神心理气质。从《极花》后记中极力推崇阴阳通体式的人物塑造的审美追求，就可以见出个中的缘由来。带灯尤其是胡蝶的叙写，不能不说对于女性的精神心理及其生命情感的把握，还是很到位的。也许，这与贾平凹身上所具有的水性精神心理气质有关吧。于此，又极易让人想到《聊斋志异》与《红楼梦》对于女性的叙写。《聊斋志异》与《红楼梦》也都是男性作家对于女性的叙写，标志着中国古代文学史的高度，可算是绝无仅有的了。

这里不得不说到胡蝶作为叙事人物的特殊身份——被拐卖的妇女。作品是以一个被拐卖妇女的眼光，来观察她被拐卖到的圪梁村的人与事，以及社会人文与自然生态环境的。而且，她不是如带灯似的可以自由行走着去观察或者参与叙事事件之中，而是以一个失去人身自由的、被强行限定在一定活动空间的身份在观察着、思索着。而窥视或者观察的洞口就是极具西北地域风情的窑洞的窗户——由内而外,由近及远,以及由物及人,由人及物,人物相融,构成了一个立体浑然的叙事意象世界。胡蝶作为叙述者观察的有限性与生活的广阔性,特别是天地自然的无限性,构成一种清晰而又茫然、于有限中昭示无限的叙事结构——以有限的叙事指向无限的天地空间。

  胡蝶作为叙述人的叙述,既是对别人,更是对自己的心灵。从某种意义上讲,与其说胡蝶是在向读者讲述自己的经历以及所感、所思,不如说她是在自言自语,在做着一种内心独白式的生命记忆叩问。由此进而引发思考的是,她的叙述从激愤转向平和,从抗拒抵达认同。不论是就人物形象塑造的性格逻辑发展,还是叙事者情感立场的迁移,如果仅仅以胡蝶女性情感心理之母性的发现做解,其说服力似乎还不是那么强有力。这背后应当说隐含着更为隐秘而复杂的原因。其中一个极为重要而隐秘的因素,是否与作家贾平凹的精神心理境界有关呢?或者,其间投射的便是贾平凹的心理气质与精神镜像呢?贾平凹的文学叙事从《秦腔》开始,平和、虚涵的特性越来越明显,他似乎试图从超越现实境遇,而走向更为广阔的人生—历史的虚涵叙事境界。这有如他所推崇的苏轼一样,不是消极的逃避或者极端的批判,而是在有意识追求"领悟到了自然和生命的真谛而大自在"[①]的文学叙事。于此,我们既可以感受到启蒙的人文关怀,更能够体味到超越启蒙之后的虚涵情怀。

  不仅如此。也许是神使鬼差,阅读中就忽然冒出些诡异念头:假如换个叙述者叙述,这部小说的叙事情况又将会是怎样一种情形呢?比如让老老爷去讲述胡蝶及其由此而引发的圪梁村的故事。老老爷也是整天坐在那里,他不仅把圪梁村的历史烂熟于心,而且对于外面的世界也是洞察如镜。更为重要的是,他观天、察地、醒世、悟道,天地人浑然一体。若以此人作为叙事者,恐怕最少会收到如唱师叙事一样的审美效果。或者,让胡蝶八十岁以后给孩子或一位采访者讲述,就如同日本电影《望乡》中阿崎婆那样讲述自己过去的隐痛,可能会使得作品的叙事更具历史人生的沧桑感、悲剧感与社会的批判力度。在阅读中,笔者甚至遐想:假如贾平凹在五十岁(完成《病相报告》的年龄)或四十岁(《废都》的写作年龄)叙写这个故事又会是怎样一种情景呢?可能会赋予胡蝶

[①] 贾平凹:《极花》,人民文学出版社2016年版,第210页。

更多的激愤,而平和融涵则会淡化得多吧。如若从阅读接受的角度来看,假如我是一个外国读者,又会怎样来解读这个叙事文本?或者从他所推崇的苏轼或者曹雪芹角度,就此作品他们之间又会进行一场怎样的对话呢?这也许是探讨贾平凹文学叙事中还需要深入思考的课题。

"他在说"与"我在想"

我真佩服贾平凹在叙事艺术探索上的胆量,他的文学叙事几乎到了肆无忌惮的地步。可以说,他几乎将什么都可以信手拈来融入叙事之中,而且做得如羚羊挂角,似行云流水。他的文学叙事越来越老辣,也越来越无规无矩。他似乎总是与现成的文学批评理论过不去。或者,总是要给文学批评出一些难题,让你无法用已有的批评理论条条框框去框套规矩。每部作品,他都在致力追求"这一种"叙事。

《极花》的总体叙事视角是"我"即胡蝶——一个圪梁村外来者的视角。因此,不免就带有一种探寻式的叙事特征,由开始的完全的陌生化,到逐步地熟悉化的过程。叙事开始,"我"作为叙事者对于这个陌生的环境,并不比读者知道的多,而是与读者一样陌生。这样,从叙事的推进来看,"我"是带着读者,或者与读者一道来窥探这个陌生的、令人恐惧的荒凉之地——黑亮家及圪梁村。

这些,似乎并无多少能够让人惊奇之处。而颇具匠心的是,作家竟在胡蝶的叙事中——讲述给别人听,忽然转换叙述人——由黑亮说给"我"听。这就是第二章"村子"的叙事。第二章"村子",基本的叙事方式是"黑亮说"。这是于作品叙事总体视角中套了具体叙事视角,可以说是在总体叙事中所追求的一种变调。在这一章总共用了九个"黑亮说",把黑亮家与圪梁村的基本情况做了介绍,让"我"也是读者对黑亮家及圪梁村有了个整体性的了解。但是,从文本的叙事情景来看,"黑亮"的叙说,不是面对公众,而只是对"我"一个人在叙说。这从黑亮希望胡蝶尽快熟悉并能够融入他家与圪梁村,更希望他与胡蝶能够沟通相融角度看,也是一种合情合理的叙事选择。故而"黑亮说"的叙述,又是自然而然地镶嵌在"我"与黑亮二人的对话叙事之中。表面看,二人的对话,胡蝶处处占着上风,掌握着主动权。黑亮是看着胡蝶的脸在说话——叙述。但实际上,胡蝶虽以抗拒的心态与黑亮对话,但是,能够与黑亮对话,并且耐着性子去听黑亮叙说家庭和村里的事情,这本身就是一种变化,这种变化中潜含的是胡蝶已被黑亮所裹挟。尤其耐人寻味的是在这一章的最后,当胡蝶大声喊道这里不是我待的地方时,黑亮说出一句看似非常平淡的话——待在哪儿还不都是中国,就不仅把胡蝶坚固的防线撕裂一个决口,而且把她的梦幻击得粉碎。这句看似平淡温和的话,却具有石破天惊的力量。于此,黑亮无形之中,已经遮蔽掉了胡蝶话语的所有意义。

关于贾平凹文学叙事整体的艺术建构,或者艺术追求,我总以为他是在创造着一种脉承中国古代文学叙事艺术思维与文化精神,又融会着现代文化艺术精神的意象世界。这种明确的叙事艺术追求,并非始于新世纪初的《怀念狼》,或者20世纪90年代初的《废都》,而在80年代就已经开始了。《天狗》《古堡》等,可说是他以中短篇所做的最初的比较成功的尝试,长篇小说《浮躁》是他有意而为的一次归总——虽然做得还不是那么尽善尽美,甚至有些地方的意象叙事建构还比较硬涩。但他在意象叙事艺术上的追求却是非常明确的,这正如他在《浮躁·序言二》中所言:"艺术家最高的目标在于表现他对于人间宇宙的感应,发觉最动人的情趣,在存在之上建构他的意象世界。"[①]这段话笔者曾在几篇文章中都做了引用阐发,因为在笔者看来,这是把握贾平凹文学整体叙事艺术建构的一个基本的理论支点。甚至可以说,贾平凹的文学叙事艺术思维,就是一种意象思维模式。不要以为他真切地关注于当下现实人生状态,叙写了极为细实的生活细节,走向了写实的叙事艺术路子,其实不然,他是在看似极实的叙写中,建构着极虚的精神境界,在以实写虚或者以虚写实、虚实相交相融中,建构起自己的意象世界。这一方面,新世纪以来被越来越多的研究者所关注。就此而言,世纪之交的《怀念狼》具有着特殊的意义,笔者也曾就此作的意象塑造与以实写虚等撰文阐述[②],于此就不再赘述了。

啰唆上面这一段话,目的在于为下面的论说提供一个基本前提。对于贾平凹具体作品的探讨,只有在对其整体意象叙事建构的前提下,才能更为清楚地探析具体作品的叙事艺术特征,对于本作中的"我在想"的叙事探析亦应如此。其实除了第三章"招魂"中"我在想"叙述语式,还有第四章"走山"中"比如"的叙述语式,都是非常特异的。

"我在想",是第三章"招魂"的叙事结构核心。从这一章题目"招魂"就

---

① 贾平凹:《静虚村散叶》,陕西人民教育出版社1990年版,第4页。
② 韩鲁华:《以实写虚 体无思有——〈怀念狼〉解读》,载《唐都学刊》2001年第3期。

可以感觉到,这一章的叙事更易于采取虚写的叙述方式。但是叙述却是从实而又实的当下现实情境开始的:胡蝶被抬进窑洞的那个晚上。这个晚上所发生的事情实叙之后,紧接着采用的是一种实中有虚、虚实相生的叙述,这就是"我"——胡蝶分离成两个:一个是现实中的胡蝶,一个是离开肉身的胡蝶——魂魄。"招魂",就是将魂魄召唤回到人的肉身,使之魂体合一。魂体分离的文学叙事在中国古典文学叙事中,是时常见到的,像《聊斋志异》《红楼梦》《西游记》等经典作品中,都有着极为经典性的运用。贾平凹于此,并非仅仅叙写魂魄离开人身肉体,就如同贾宝玉丢失宝玉而魂魄离体,是从他人的眼光来叙写的,也不是孙悟空魂魄离开肉体,到阎罗殿改阳寿等。而是让胡蝶自己的魂魄去观看自己的人体肉身,你可说这是一种魔幻叙事方式,但在笔者看来,这是更具有中国民间文化精神的叙事艺术方式。

其实,贾平凹以及莫言等作家富有神秘魔幻色彩的文学叙事,并非就一定是从拉美魔幻现实主义叙事艺术中移植过来的,而是源自对中国本土民间神秘文化艺术的吸纳。正是在这魔幻神秘性的叙事中,蕴含了具有现代文化精神的疑问与质询。何止胡蝶搞不清楚自己是谁,我们又有几个人能够真正搞清楚自己是谁呢?我们常常处于分裂状态,几个甚至几十个自己在撕裂着我们的精神与肉身。就是以启蒙者自居的知识分子,在天地人的茫然境遇中,又有几个能够确定自己就是自己呢?有意味的是"我是谁"的追问,在这里由城市而到了乡村,从知识分子而到了普通农民,这中间不也隐喻着一种中国社会现代性历史转型的韵味吗?

也许是人不能总处于分裂状态的现实所致,胡蝶在召唤自己魂灵的过程中,自然而然地进入"我在想"的状态。作品用了六个"我在想":第一个是"我在想我娘",这透露的是人在最为危难时几乎是出于本能地想到自己最亲的亲人——母亲,并由母亲自然而然地想到了自己在故乡的境况;第二个是"我在想出租大院",实际上是在回想自己所建构的城市生存梦想追求,蕴含的是城市膨胀中解构甚至击溃乡土生存所产生的巨大吸附力;第三个是"我在想小水池",叙说的是"我"透过出租屋窗子窥视房东的儿子青文,富有诗意的朦胧爱情梦幻;第四个是"那个晚上,我都在想:他把我留在他的相机里了",续写爱情梦幻,从叙述角度看,是现在的"我在想"之中,镶嵌了过去的"我在想",这增加了爱情梦幻的甜蜜度,同时也加重了爱情梦想幻灭的悲剧性;第五个"我在想"想的还是娘:"想娘在我失踪后肯定没睡个囫囵觉了",实际上还是"我"试图脱离魔境的愿景想象;第六个"我在想"是:"还想些什么呢?突然觉得想那么多都没有用啊,也就不愿再想了",这最后一个"我在想"是从梦想幻境回到了现实处境——一切梦幻想象都被现实打得粉碎。

非常富有意味的是,在"我在想"的叙述之中,始终交织着现实境况的叙述。也就是说"我在想"的梦境般的叙述,始终是基于黑亮家与圪梁村的现实境遇。在"我在想"的梦境叙事建构中,现实的圪梁村也在按照自己的生活逻辑向前发展着。强大的圪梁村的生活逻辑,将"我在想"的梦幻逻辑消融着,残酷地碾压着。

现实故事背后的隐痛

贾平凹在后记中说:"我实在是不想把它写成一个纯粹的拐卖妇女儿童的故事。"①不光作家,恐怕读者也不想读个纪实性的拐卖妇女的故事。那作家究竟要将《极花》叙述成怎样的一个故事呢?

第一遍读完《极花》,顺手在杂志上写下这么几句话:真实而荒诞、自然而尴尬、悲悯而温馨、简洁而蕴涵、清晰而混沌、疼痛而隐忍。后来又读了两遍,虽然觉得这部看似简单的小说,其间所要言说的隐喻意义可以说并不亚于此前几部五六十万字的作品,但是,第一次阅读的基本感受并未发生根本性的改变。结合后记中贾平凹对于创作过程的思考与阐发来看,其实《极花》就是表现在中国社会历史转型,特别是急速的城市化进程中,目下极易被忽视的乡村令人悲叹的另一种现实生存状态,并且将文本隐喻指向这种现实生存状态背后被埋没掉的隐痛。

说这是一个真实的故事,可以从贾平凹后记中所讲他老乡女儿被拐卖故事中得到印证:"他的女儿,初中辍学后从老家来西安和收捡破烂的父母仅生活了一年,便被人拐卖了。他们整整三年都在寻找,好不容易经公安人员解救回来,半年后女儿却又去了被拐卖的那个地方。"②从《极花》所叙述的胡蝶从被拐卖到被解救而最终又回到圪梁村来看,故事整体结构框架与他老乡女儿事件的基本过程,具有着相当大的重合。但是,这个故事框架也就是为寄寓作家深层的思考,

---

① 贾平凹:《极花》,人民文学出版社2013年版,第207页。
② 贾平凹:《极花》,人民文学出版社2013年版,第203页。

提供了一个喻体而已,其寓意则大大溢出了故事本身。同时,作品也依然非常真实细致地叙述了胡蝶被拐卖到黑亮家的生活状况,密集的生活细节流把生活本真茫然地呈现于人们面前,人物的性情心态犹如在显微镜下照得真真切切。这里极显出贾平凹细节描写的深厚功力。而且故事现实层面的叙述是那么真实、自然、流畅,这在贾平凹新世纪以来的长篇小说创作中,是较少见到的现象。《秦腔》《古炉》《带灯》还有《老生》的叙事,都存在着阅读障碍,公认的是比较难读。这一方面贾平凹也是清楚的,便希望读者静下心来慢慢地阅读。正是这种密集式的细节叙述,使得乡村生活得以原生本真的呈现:自然而又茫然,清晰而又混沌。

很显然,作家更为深切的关注点并不在社会表层的生活现象,而在呈现出乡村生存状态及其背后所隐含的极易被社会所忽视的隐痛。这个隐痛就是中国社会现代性历史转型的过程中,刺痛的乡村被极度城市化掠夺后的荒芜与凄凉,尤其是荒芜与凄凉中隐含的文化与人性的撕裂与变异、叩问与追寻。读者自然可以将胡蝶被拐卖当作一个悲剧故事去解读,也可以将黑亮等视为这一悲剧的主要制造者。但是,换一种角度来看,黑亮及圪梁村,包括村长在内,似乎也是在演绎着自己的悲剧故事,其间蕴含着更大的悲剧。村民们最为基本的生存需求都难以得到满足。

人之生存,主要需要三个方面基本条件的满足。一是要有基本的满足生命得以存活延续的物质条件,就此来看,可以说就是像黑亮这样圪梁村的能人,也只能是主要以土豆果腹,以最为原始的土窑栖身。虽然还有个具有现代意味的手扶拖拉机,却显得那么孤单。二是人们必须确保自己的族群得以繁衍,方能存活下去。这也是任何社会、任何人生命得以延续的最为起码的要求。而黑亮及其圪梁村的村民们恰恰在生命之种的繁衍上,出现了被迫断裂的危机。圪梁村的男人虽然生命力如同血葱一样超强旺盛,但是这里的女人却如同极花一样稀缺,几乎要绝迹了。正是出于生命之种需要保全延续,黑亮们方采取了买卖或者抢夺等粗暴的原始的或者前现代的方式,强行繁衍生命之种。三是文化的存续土壤。不论从哪种角度看,黑亮及圪梁村的文化主体,都不具有现代性,而是前现代文化生存状态。就此而言,与其说是城市掠夺了乡村的资源,不如说是现代文明在血腥地绞杀着前现代文明。前现代文明自然无法在现代社会历史进程中,得到自己存在的合理方式,于是就以原始的、野蛮的方式争取自己的存在地位,固守自己的阵地。人类历史文明的建立,不可避免地充斥着血腥,比如，美国的现代文明，最初就是在绞杀土著文明的血泊里建立起来的。即便如此，我们毕竟已是现代文明高度发展的21世纪，难道就必须像几百年前一样去对待前现代的乡土文明吗？

这里还隐含着一个问题：对于人性的历史建构叙述。人们在社会历史的建构叙述中，在强调历史发展的必然性、趋向性、合理性中，遮蔽或者摒弃了人性建构的合理性、公正性。衡量或者建构社会历史合理性中，还有一个维度那就是人性的公正性维度。尊重人性，使人性得以更为充分的张扬，应当是衡量一种文明不可忽视的价值坐标。这里强调人性历史建构的公正性，不仅是指充分尊重并保障体现现代社会历史趋向的人性的合理性，还应当思考前现代社会历史解构中人性的尊重与保护。以牺牲前现代文明状态中的人性，去实现现代文明状态中的人性，这能说是公正的吗？

极花、血葱与星空

正如前文所言，笔者认为贾平凹的文学叙事是一种意象叙事。关于贾平凹意象叙事的整体艺术建构，笔者曾做过如下表述："选择一个意象作为整体意象建构的核心，是《废都》之后贾平凹创造意象世界上的一个基本思路。这个核心意象具有统领作品整体意象建构的功能，它犹如一个向四方发散的烛光，又犹如联结四方的轴心，既有一种辐射作用，又有一种向心的势能，使作品叙说的具象化的人、事、物构成了一个完整的整体，使作品成为一种整体象征。……不仅有一个整体性的象征意象，而且创造出一个意象的群落。这个意象群落中的意象，既是各自独立存在的，成为一个于构成上自我封闭的意象结构。同时，它们之间又是相互联系、相互制约、相互依存的，构成了一个更大的意象体系，共同承担着作品中所要表达的作者之意。这就犹如百花园的花，每一棵既是独立的，又是相联系、相照应的，共同创造着春天的美丽景色。因此，要理解作品的内涵，就必须全面解读这个意象群体。"[①]

《极花》是融写实性与写意性于一体的意象叙事结构。如果说写实性的生活细节、场景等构成了一种事象、景象，那么，极花、血葱、白皮松、星空等则是物象；如果说事象的叙述具有真切的现实客观性，那么，这些物象则更具象

---

① 韩鲁华：《精神的映像——贾平凹文学创作论》，中国社会科学出版社2003年版，第61—62页。

征性与隐喻主体表现性。事象将意旨指向形而下的社会现实世界，这些隐喻性的物象则隐喻的是形而上的精神虚涵境界，这二者的交融共同完成了意象叙事的艺术建构。小说由六个部分构成：一、夜空；二、村子；三、招魂；四、走山；五、空空树；六、彩花绳。每一部分的题目，都是一个隐喻，也可说是一种叙事意象，而贯通整体叙事意象的作品的题目是极花。

《极花》叙事的核心意象是极花。极花是一种非常特异的生物，它具有植物与动物的两种属性："它在冬天里是小虫子，而且小虫子眠而死去，在夏天里长草开花。"[①] 极花具有多重的隐喻意义。极花与黑亮他娘的照片放在一起，自然极易让人想到对于黑亮娘谜一样命运的神秘隐喻，也可说是胡蝶命运的象征，更是一种女性及其生命的象征，自然也是乡村男女极度失调生存现状的象征，其间更蕴含了作家的一种情怀，一种立场，一种境界，一种对于天地人的体味。极花是极美的，但极花是由虫子蜕变而成的，这不也就是一种生命的涅槃吗？胡蝶被拐卖的生命历程，也是一次生命涅槃的过程。

血葱是与极花相对应的意象——男性的象征意象。血葱生长于西北大地，充满了野性的生命活力。圪梁村东岔沟的血葱最为旺盛，因为那里有一眼温泉。可是，圪梁村土生土长的极花在急速减少，濒临绝种；而血葱却是如此的旺盛，以近于疯狂地野性生长，处于严重失衡的生存状态。如果说女人是水，那男人就是山；女人是花，男人就是草；女人是美，男人就是俊。正如阴阳相生方能创造出这个世界宇宙万物来，男人与女人的相融，生命才能平和延续。所以，当没有女人时，男人再多，生命力再旺盛，最终也难以逃脱消亡的境遇。正如作品所述，漫山遍野难以找到几个极花，而血葱则在走山中被掩埋掉了。如果说极花是一株一株地消逝的，那血葱却是一种整体性的消亡。

《极花》叙事的隐喻性是极强大的。胡蝶被拐卖的现实故事，也不过仅仅是叙事文本的一个外壳，它里面裹藏的是对于天地人融为一体的天问。几千年前，中国第一位诗人屈原《天问》中所发出的追问，似乎在今天依然存在着。人、世界、宇宙，究竟是什么，至今依然困扰着现代人的生存。我们不仅一直在追问"我是谁"，而且还在探寻"我在哪里"——人的归宿在哪里。胡蝶在老老爷的引导下观看天象，寻找自己那颗星所在的位置。在没有观看到自己那颗星

---

① 贾平凹：《极花》，人民文学出版社2016年版，第211页。

的时候,胡蝶充满了疑惑,充满了幻想,也是那么执着地追寻着,当看到自己星辰所在的位置时,她一下子就从梦幻被打向了残酷的现实。

也就在看到自己星宿的那天晚上,胡蝶与黑亮完成了夫妻结合,后来生下了自己的孩子。也就在叙述胡蝶看到星的"空空树"的第五章,作者又一连用了六个"如今"叙述胡蝶。从"我在想"到"如今"的我在做,胡蝶似乎默认了自己的宿命。故事的主角是胡蝶,但导引主角的是老老爷;故事的主要事件是胡蝶被拐卖到圪梁村的见与思,而导引胡蝶进行看与思的则是老老爷所指引的星空。或者说密而实的现实故事,则被天空照得通透空灵,极富灵透之光泽。

反过头来看,从80年代开始,贾平凹就在探寻着打通中国文学艺术的经脉通道,并于思想精神上探寻与世界相融汇之境界。他曾经说乌云之上都是阳光。如果用形而下与形而上来说,在形而下的具体社会盛会及其人事上,中国与西方有着不同的显现,但在形而上的人类精神追求上,应当是一致的。就贾平凹新世纪以来的文学创作而言,他似乎更强调对于中国文学艺术传统精神的承续与发展。

在这部《极花》中,他更注重的是对于水墨画与苏轼艺术精神的吸纳。其实,这也与他文学叙事上致力于意象世界的创造的基本目标相一致。他说:"现在小说,有太多的写法,似乎正时兴一种用笔很狠的、很极端的叙述。这可能更合宜于这个年代的阅读吧,但我却就是不行。我一直以为我的写作与水墨画有关,以水墨而文学,文学是水墨的。"[①]

关于中国传统的水墨画,笔者确实识之极浅,不敢妄言。读现代美学泰斗宗白华先生深受启迪,他说:"中国的水墨画并不是光影的实写,而乃是一种抽象的笔墨表现。追求的'只是一个灵的境界耳'。"故此,在宗白华先生看来:"民族的天才乃借笔墨的飞舞,写胸中的逸气(逸气即是自由的超脱的心灵节奏)。所以中国画法不重具体物象的刻画,而倾向抽象的笔墨表达人格心情与意境。中国画是一种建筑的形线美、音乐的节奏美、舞蹈的姿态美。其要素不在机械的写实,而在创造意象,虽然它的出发点也极重写实。"[②]

在此我们更关心的是:贾平凹从中国的水墨画中得到了什么样的文学叙事启悟呢?首先是以写实为其叙事的基础,在写实中创造虚涵的意境。《极花》的叙事如同其他长篇一样,对于包括人、事、物、场景等在内的生活细节的刻

---

① 贾平凹:《极花》,人民文学出版社2016年版,第208页。
② 宗白华:《艺境》,北京大学出版社1997年版,第118页。

绘极为用功，可谓描述得力透纸背，无不深深地根植于现实生活的沃土。这一方面，有着相同乡村生活经历的笔者有着真切的生命情感的体验感受。这可视作以实写实。更为重要的是，有些民间传说或者浸透着文化思想意念，贾平凹并非采用夸张的笔法叙述，而依然是用实写的笔法进行刻绘，将那些富有虚幻的思想理念故事，刻绘得如同就在眼前真切发生的一样。这是以实写虚。不仅如此，他还以虚写实。胡蝶被解救的场景，以及最终又回到圪梁村的情景，从作品整体叙事情节结构以及胡蝶性格发展逻辑来看，都是不可或缺的，也是真实发生过的事实。但是，作家在此却采用了虚写——一种梦幻情景的叙述。其次，水墨画其根本特征说到底是在于写意造境。这也是中国文学艺术的一个根本特征。贾平凹借用当代水墨画家的话说："什么是写意，通过艺术的笔触，展现艺术家长期的艺术训练和自我修养凝结而成的个人才气，这是水墨画的本质精髓。写意既不是理性的，又不是非理性的，但它是真实的，不是概念。艺术家对自己、感情、社会、政治、宗教的体验与内心的修养互相纠缠，形成不可分割的整体，成为内在灵魂的载体。"[①]贾平凹"通过艺术的笔触，展现艺术家长期的艺术训练和自我修养凝结而成的个人才气"，与宗白华先生所言"民族的天才乃借笔墨的飞舞，写胸中的逸气"之见解有异曲同工之妙。

从《极花》的叙事来看，到处都是隐喻象征的陷阱，这陷阱也正是文本所叙之意藏匿的家园。因此，与其说《极花》是在叙述一个社会现实故事，不如说是在借现实故事，抒发作家长期的艺术训练和自我修养凝结而成的个人才性，叙写作家自己感情、社会、政治、宗教的体验与内心的修养，建构作家的内在灵魂。最终，这写意造境的深层，蕴含的是作家的文化人格建构。这一方面，便与贾平凹对于中国文人文化精神及其人格建构的认知连接在一起。

后记中贾平凹对苏轼推崇备至："苏轼应该最能体现中国人格理想吧，他的诗词文赋书法绘画又应该最能体现他的人格理想吧。……他的诗词文赋书法绘画无一不能，能无不精，世人都爱他，但又有多少人能理解他？他的一生经历了那么多艰难不幸，而他的所有文字里竟没有一句激愤和尖刻。他是超越了苦难、逃避、辩护，领悟到了自然和生命的真谛而大自在着，但他那些超越后的文字直到今日还被认为是虚无的消极的，最多说到是坦然和乐观。真是圣贤多

---

① 贾平凹：《极花》，人民文学出版社2016年版，第209页。

寂寞啊！"①贾平凹在此说得再明白不过了，他的文学叙事所要创造的艺术境界，所要建构的文化艺术人格，那就是"领悟到了自然和生命的真谛而大自在"。

由此，他规避"用笔很狠的、很极端的"文学叙事，规避着"大转型期的社会有太多的矛盾、冲突、荒唐、焦虑，文学里当然就有太多的揭露、批判、怀疑、追问，生在这个年代就生成了作家的这样的品种，这样品种的作家必然就有了这样品种的作品"，以期在"对积累性的，群体性的人格理想的建构"中，来完善艺术的自我，即实现"在这个群体性、积累性的理想过程中建构个体的自我"。②《废都》之后，从《白夜》始，贾平凹的激愤愈来愈少，表现出越来越多的虚涵精神境界。正因为如此，这部《极花》的文学叙事，超越现实境地的精神境界的追求，就那么突显。

由此忽然想到，有人提出中国当代文学之高原已经形成，但缺少高峰。高原上自然会长出山脉来，山脉出现了，山峰也就自然地耸立在那里了。山脉由诸多山峰连成，有山脉必然要有山峰。至于是不是人们心目中的高峰，那也就见仁见智了。贾平凹不是一座山峰，而是一架山脉，一架由诸多山峰构成的茫然山脉，一架透着灵性灵气的山脉。而他这架山脉，又是如此坚实地耸立在中国的平原、高原之上。

结文时，想到了歌德

阅读作品的过程中，想到了米兰·昆德拉，想到了古典诗词，想到了庄子。而在读相关研究文史资料时，忽然想到了歌德。于此并非是要强行将贾平凹与歌德进行类比或者比附，而是由此引发了些题外话。比如就创建一国一时代文学艺术而言，不同国度不同民族之文学，是否存在着某种相似性呢？比如美国曾经出现过所谓的西部文学，过了若干年后，中国也出现了西部文学。中国的西部文学可视为中国现代性历史进程中所出现的一种文学形态，那美国的西部文学是否也是其现代化历史进程中的一种文学形态呢？由此进而想到，歌德所处的时代，不也是德国从启蒙到现代化转型的历史进程吗？歌德之前有莱辛，同时代有席勒，而后有荷尔德林、海涅等，以及两次世界大战之后反思与探寻德国历史命运的作家格拉斯等。由此可见，歌德既不是德国社会现代性历史转

---

① 贾平凹：《极花》，人民文学出版社2016年版，第210页。
② 贾平凹：《极花》，人民文学出版社2016年版，第208—210页。

换开启者的作家,更不是终结这一历史转换的作家,但他却是将德国文学推向世界的时代文学的集大成者。

于是在想:莱辛、席勒都是非常了不起的大作家,他们对于德国文学艺术的现代性历史建构,作出了不可磨灭的贡献,使其不仅在德国文学史上留下重重的一笔,在世界文学史上,也是独树一帜的存在。但他们终归未能如歌德那样成为德国文学的集大成者。

作为一个世界文学史的存在,歌德是个巨大的、复杂的矛盾体。于此本该作出深入的探讨,但是,笔者缺乏广阔的世界文学史学术背景,自然也就谈不出什么深入新颖的观点来。为表达笔者的阅读感受,这里摘录专治德国文学史学者的一段话作答:"18世纪下叶,随着德国资本主义生产方式的逐步建立(内因)以及英、法等国强大的启蒙思潮的影响(外因),德国启蒙运动得到了开展。德国启蒙运动的主要代表、德国民族文学的奠基人莱辛,以他的文学理论和创作实践使德国文学跻身于世界文学之林。此后,德国文学出现了空前兴旺的繁荣局面,形成了第二个高峰时期。继启蒙运动后,德国文坛兴起了气势汹汹的狂飙突进运动,它的代表人物有赫尔德、歌德和席勒。接着德国文学进入了以歌德、席勒为代表的古典时期。在古典时期的后段同时存在的还有德国的浪漫主义文学运动。德国古典文学的四个主要代表人物莱辛、歌德、席勒和稍后的海涅,都诞生于德国文学的第二次繁荣时期。其中歌德则不仅是德国古典文学最主要的代表人物,也是欧洲文学史上为数不多的几个最重要作家之一,他的代表作——诗剧《浮士德》是欧洲文学史上几部最重要的文学作品之一。经过莱辛的开拓之后,歌德把相对落后的德国文学提高到世界水平。"[①]

显然,中国文学现代性历史转换与建构中,虽然出现了可以与世界文学平等对话的作家,但似乎还没有出现歌德这样的具有世界文学意义的集大成者的文学家。这也许正是当代中国作家所应当深入思考的吧。

不仅仅是作家,我们这些从事理论研究的人,也都应当好好深入地阅读研思一下歌德啊。

(原载《当代作家评论》2016年第3期)

---

① 余匡复:《德国文学史》上册,上海外语教育出版社2013年版,第3页。

贾平凹与《极花》

吴义勤

贾平凹先生的创作确实是对我们今天这个时代最好的馈赠,但可惜的是,我们的时代并不能很好地享受这份馈赠,有的时候甚至还会消化不良。笔者觉得,如果单纯把贾平凹作为一个时尚偶像来消费或追捧,也许并不是理解他对我们时代的贡献与意义的正确方式。我们可以追捧他,可以在各种场合把他作为明星一样对待,这都是他的文学成就带给他的应得的荣耀。但问题出来了,这是贾平凹真正需要的吗?贾平凹其实是个内向、木讷、不喜欢抛头露面的人,但明星式的待遇却让他躲无可躲。

笔者发现,我们这个时代对贾平凹真是充满了误解与矛盾:一方面夸张而狂热地歌颂贾平凹,另一方面又常有非常尖锐的声音来质疑他与他的作品,有的时候这种质疑与批判的尖刻程度甚至超过了我们理解的限度。我们今天面对贾平凹及其作品的矛盾心态值得研究。对一个文学明星的追捧,是一种精神上真正理解与共鸣的追捧,还是仅仅作为一种现象、一种功利的追捧?这是需要认真区别的。我们正在进入一个轻阅读、浅阅读、反阅读的时代,经常听到很多人对贾平凹的不满、批评与埋怨,说他的作品读不懂、读不下去。笔者想,从20世纪80年代走过来的人一定会觉得很奇怪,时代真是变了呀。读不懂、读不下去一个作家的作品,这是作家的罪过,还是我们自身的罪过?在20世纪80年代,不要问,一定是我们自身的罪过,我们一定会对读不懂的作家充满敬意,同时对我们自身修养的浅薄深感惭愧。而在今天,我们批判贾平凹的作品写得太琐碎、节奏太缓慢,读不懂、读不下去,理所当然,理直气壮,绝不反省自己,绝不会追究自身文学修养是否太低,对文学的热情是否足够。80年代的先锋小说到今天仍然有很多人读不懂,但80年代从来没有人会为读不懂先锋作品而去批评先锋小说、先锋作家,今天这个局面正好反过来了。

第一,对贾平凹的误解有很多的表现形式,其中有两种要特别警惕。对所读作品的所谓真实性的幻觉。笔者经常看到很多人质疑贾平凹作品的真实性。前几天，在北京一个私下场合，笔者还看到一位很优秀的青年作家慷慨激昂地批判《极花》如何不真实，说小说所写的事件根本不可能发生，逻辑上根本行不通、太假了。这其实是我们读文学作品时经常会犯的错误。读一个作家的作品是读文学自身还是读背后的现实？这是要区分的。我们不能把文学和现实混为一谈。贾平凹的作品仅仅从现实的角度去理解或者仅仅从背后中国经验的角度去理解，实际上是把他的作品局限了。文学作品可能脱胎于现实，可能来自现实很多很具体的经验，但是文学成为作品之后就已经超越了现实，就有了自足性，就有了自身的与现实不同的逻辑。因此，一定要从超越性的角度去理解文学作品，文学就是文学，它可以反映现实，但终究不是现实。这就和我们今天强调的对外文学交流、中国文学走出去一样。面对西方学者对中国文学的态度的时候，我们其实应有清醒的意识，西方大部分学者面对中国文学作品时，他们并不是真正在读文学，而是在读中国，他们只是希望通过中国文学作品背后隐藏的中国形象去阐释中国，而且他们需要的是文学作品中的中国形象符合他们对中国的他者化的理解，其实并没有把中国文学真正当成文学作品去对待。这在第一届中美文学论坛上，笔者感受特别深。美国学者大都把中国作家的作品完全作为社会学文本去对待，完全没有考虑这个作品在文学、艺术、审美上的追求，他们关注的只是中国形象。这种现象在今天中国的文学读者里也同样存在，纠缠于现实的某个问题以及所谓真实不真实的问题就是其表征。

第二，禁忌思维对贾平凹作品的误读。经常看到很多批评文章说贾平凹的作品趣味比较低下，喜欢描写生活中的屎和尿，说他的作品是屎尿横流，等等。在我们从前的文学禁忌思维里，文学确实有很多东西是不能描写和表现的。我们不应仅仅在现象层面上谈论这种描写的是非，而应认识其对文学作品审美建构的意义。有的时候，笔者也很支持对贾平凹的作品进行批评、争鸣甚至批判，但笔者希望这是深层次的批判，不要局限在表象层面上，要讲理，要有说服力。仅仅指出一个作品表层的问题，这不是我们所呼唤的批评精神，因为这些表层的问题就在那儿，看到它指出它很简单。比如，作品描写了一个人上厕所，或者描写了一些生活的脓疮，你认为这不好，这没有什么难度，太容易了。所有的人都能看出来，不专业的人都能看出来，这体现不出批评的真正力量。实际上，要真正批评贾平凹，就需要专业和敬业地对其作品阅读，有耐心地阅读，只有这样你才能指出贾平凹那些缺陷的来龙去脉，才能让人信服。笔者觉得，在今天的时代，对一个作家的耐心，其实就是表达对作家尊重和敬意的最好方式。

上面，讲的是贾平凹与我们时代的关系，下面再简单讲讲《极花》。笔者从三个对应关系来理解《极花》。

第一，坚硬与柔软。今天的作家处理的中国现实都是非常坚硬的现实，各种苦难、农村荒芜的现实，城乡冲突的现实，等等。这些现实很沉重、很坚硬，包括主人公胡蝶的命运也是很坚硬的，从乡下到城里再到农村，是何等鲜血淋漓的坚硬的一种现实啊。胡蝶的内心也是很坚硬的，她被拐卖到乡下去以后冷到冰也要有硬度，破到碎了也要像玻璃一样扎破轮胎。贾平凹对现实的批判性也非常强，对村长的批判，对当今整个中国乡土衰败现实的批判，都是很深刻和尖锐的。但小说本质上又很柔软，这个柔软来自对底层人物深刻的同情和怜悯，他是真正走进了这些人物的内心。胡蝶的形象，笔者认为实际上是"五四"时代娜拉在今天时代的新变体。娜拉走后怎样？这个在中国已经思考了一个多世纪的问题，贾平凹在新世纪又再次提了出来。娜拉走后怎样？胡蝶从乡村到城市再到乡村的历程，实际上给了我们一个很残酷的答案。只不过，贾平凹是以很柔软的同情和理解来面对胡蝶的。

第二，简单与丰富。贾平凹在后记里说得很清楚，这个小说来源很简单，就是一个妇女被拐卖的新闻事件，这么多年来这个事件一直在他心里发酵。但小说并不是简单的问题小说，其背后蕴含的内涵是很丰富的，不仅仅有风俗、乡土、人的命运等层面的内容，更有着自然、人性、现代性、城乡冲突等复杂的思考。新闻事件已经完全文学化了，文化的、哲学的、人性的、社会学的意蕴赋予小说兼具形而下和形而上双重内涵的丰富面相。

第三，现实与文学。贾平凹是一个对现实有超强敏感的人，笔者觉得他有非常好的现实触角，每天都像雷达一样搜寻着各种信息，因此他的小说总是有很强的现实性与时代性。贾平凹的高明在于，现实再强大，都不可能覆盖文学本身，对诗性和文学性的追求永远是其小说核心。比如，《极花》本来面对的是一个很苦难、很残酷的题材，但是《极花》这个题目本身却充满了诗意和象征性。看星星、望星空，胡蝶内心的变化本身是很文学性的。从最初的仇恨、诅咒到后来对黑亮的感情、对孩子的感情等等，非常符合人性逻辑。面对人性和诗性，胡蝶究竟会不会回来这样简单的现实问题已经变得没有意义。因此，对贾平凹的《极花》也好,对他的其他任何作品也好,首要的仍然是把其作为文学作品来对待,现实固然是作家思考问题的出发点,作品一经完成,就会远远大于现实、超越现实,再局限于现实的角度看问题就会不可避免地陷入作品的误读。

(原载《华中科技大学学报(社会科学版)》2016年第6期)

回不去的田园：《极花》之痛

孔令燕

从2007年开始，贾平凹几乎每隔一两年就有一部长篇小说问世，依次出版了《秦腔》《高兴》《古炉》《带灯》《老生》，今年则是读书日前夕新上市的《极花》，每部都保有了作家应有的水准和各自的血脉，让人惊喜。这样频密的创作量使贾平凹成为当代作家中绝无仅有的一位。每一部作品的上市，都引起圈里圈外的一致喝彩和惊叹。

作为与作家合作多年的编辑，每部新作一上市，被问及最多的，是编辑这本书的过程中有什么事情记得最深？贾老师一部接一部地写，有什么秘笈？这一部与他以前的作品相比有什么不同或特点？听说他还是纸笔写作，为什么不用电脑？如此等等。

仔细回想，从2003年第一次编辑他的中篇小说《艺术家韩起祥》起，再到后来的这些长篇巨著，每一部作品的约稿、期待、编辑、出版，逐渐从原先充满仪式感的舞台剧变成了润物无声柴米油盐的日子，随物赋形渗透到每一天的生活中，既无处不在又无迹可寻。认真梳理了一下，有一些关于写作，关于文学，关于作家的使命，关于《极花》的点滴事情，生动又安静地待在心中的角落，等着被捡拾和发现。

关于写作上的灵感和创作力。毫无疑问，灵感是文学创作的源泉，贾平凹曾说过："创作灵感确实是一种很神秘的东西，它不来就不来，它要来的话，你坐在那等着它就来了。我经常有这种体会，就像收藏一样，我自己爱好收藏，我家里摆满了很多乱七八糟的东西，常常是今天我收藏了一个图形的罐子，过上三个月、五个月，差不多另一个类似图案的罐子自然就来了，又收藏到了。"

与作家相识日久，合作出版的作品日渐累积，切实能感到写作的灵感在他的脑子里、心里、手上，如涓涓不断的泉水，从不停息，不停地流淌。不同的作品，只是阶段性地用纸墨之钵接上一钵，成书成形而已。而下一部的作品灵感，已经在捕捉酝酿的流淌中。《极花》后记中，他也如此表述了灵感之于写作的随性与诗意："我开始写了，其实不是我在写，是我让那个可怜的叫着胡蝶的被拐卖来的女子在唠叨。"

当然，只用灵感来解释作家创作的成就还是过于轻巧了，他沉声静气的勤奋与视文学为己命的坚忍更是令人感佩。众所周知，贾平凹进入文坛有四十余年，成名早、成就大、级别高，已经完全超越了常人所期待的名利双收，但是他还在写着，不停地写着。与他同时代出来、晚他多年出来的好多作家都早已搁笔不写了，他还在写。而且还是手写，用签字笔、用笔记本、用稿纸，一笔一画地在写。2011年出版的《古炉》有六十七万字，前后写了四年，修改了三稿。他在《古炉》后记中写道："我感激着那三百多支签名笔，它们的血是黑水，流尽了，静静地死去，在那个大筐里。"

正由于灵感的源源不断和作家的笔耕不辍，近些年贾平凹的创作规律大体可见，正在印刷出版宣传这部书稿的时候，下一部又在写作了。近些年的这几部书，《古炉》《带灯》《老生》和《极花》，新书发布会都是在北京举行，宣传最集中的大约一周时间，贾平凹会在北京度过。

在筹备发布会、媒体采访、人来人往的间歇，酒店的书桌上总如他在西安的书房里一样，摆着米白印绿色格子的五百字的传统稿纸，上面写满黑色签字笔写就的隽永浑朴的字迹，通常这就是下一部作品的手稿。这个时候，他的专注点已经不是正在宣传的新书，而是下一部正在创作的书稿。那本进入市场的新书，他已经从内心远离了，用他自己的话说："书一写出来，就是出版社、媒体、市场、读者的事了，和我没有关系了。"

但是，写作之于贾平凹并不是闭门造车式的自我宣泄，他时刻保有着文学的使命和悲悯，关注我们的时代和国家，关心身处其中的各种人的命运。他的作品恰切地承载了"文章合为时而著，歌诗合为事而作"的知识分子使命，他的系列小说完成了对中国社会现实的多维度书写。

在好多人眼中，贾平凹好像是个不善言辞、固陈守旧的人，如不愿意抛头露面地做活动，不愿意参加各种会议，不愿意上电视，不用电脑，没有微博微信，等等。其实不然，他时时保持着对新鲜事物的关注，这个国家、这个时代发生的所有的大事情，电视上、报纸上、网络上的边边角角的小事情，他好像都知道。在他看来，这些事情都是中国发展到这个时代所必然出现的结果，看似遥远无关,其实和我们息息相关。

"中国社会特别复杂,很多问题不一定能看得清楚,好多事情你要往大里看,好多事情又要往小里看。把国际上的事情当你们村的事情来看,把国家的事情当作你家的事情来看,要始终建立你和这个社会的新鲜感,对这个社会的敏感度,你对社会一直特别关注,有一种新鲜感,有一种敏感度的时候,你对整个社会发展的趋势就拥有一定的把握,能把握住这个社会发展的趋势,你的作品就有了一定的前瞻性,你的作品中就有张力,作品与现实社会有一种紧张感,这样的作品就不会差到哪里去。"

《极花》正是这样的作品。虽然从拐卖人口的事件入手,但作家的意图并不想把这个事件写成一个纯粹的拐卖妇女的故事,他关注的是飞速发展中的城市与乡村,发展与停滞中的巨大差距,尤其是身处在这个时代旋涡中的人的命运和处境。"我关注的是城市在怎样地肥大了而农村在怎样地凋敝着,我老乡的女儿被拐卖到的小地方到底怎样,那里坍塌了什么,流失了什么,还活着的一群人是懦弱还是强狠,是可怜还是可恨,是如富士山一样常年驻雪的冰冷,还是它仍是一座活的火山。"

这样的隐痛让作家寝食难安,好像只能写出来才算畅快。但是,小说完成之后并没有出现作家和读者期许的答案,《极花》只是呈现了这个时代中的痛楚,却无力找到消除痛楚的利剑,更为无奈的是,连造成痛楚的原因都模糊了。胡蝶是值得同情的,一个有点文艺气质的农村姑娘,刚刚来到城市寻梦就被拐卖了,卖到了中国西北一个叫不上名字的村子里,这里偏僻、穷苦、无望;但是作为买方的黑亮好像也很值得同情,他在那个世代贫苦的地方劳作、挣扎,娶上媳妇就是他的人生梦想,如此卑微、执着的梦想更加让人心痛。

这样的现实呈现让人更加恐慌,找不到批判的对象了。"这十年以来,乡土文学批判都没办法批判了,好像不知道批判谁,没有对象,想说没人听。这种痛没法跟人说,只有自己内心知道。"虽然小说是从拐卖事件、贫困山村的婚姻问题入手,但是,作家的真实目的,还是在写日渐凋敝的乡村。在贾平凹所有的作品中,几乎都能看出他对乡村生活、传统生活方式的纪念,早期的作品是田园牧歌式的清新描画,随着岁月见长,随着整个国家飞速发展,作品内涵增加了现实主义的硬度,而作为主体背景的乡村,却日益衰落、千疮百孔。这个特质,作家李洱评价得最为精到:"贾平凹的作品几乎全须全尾地保留了中国文化传统文化和乡村文明,保留了我们各种情绪、各种细节,它们如琥珀、如珍珠,将成为这个民族情绪的一个博物馆。"

《极花》是写乡土,贾平凹的所有作品都根植于乡土。"上几辈人写过的乡土,我几十年写过的乡土,发生巨大改变,习惯了精神栖息的田园已面目全非。虽然我们还企图寻找,但无法找到,我们的一切努力也将是中国人最后的梦呓。"

是为记。

（原载《光明日报》2016年5月10日）

《极花》：是丰厚的，也是轻逸的

施战军　何　晶

这部小说提醒大家一个事实，即使在当下中国如此充分发展的情况下，乡村仍然存在着前现代的生活状况和经济状况。《极花》是用风俗画的方式在写作，也客观地表现了前现代的中国场景。小说里经常出现一句话，"待在哪儿还不都是中国"，也就是说中国是复杂的，它不是单面可以描绘出来的。这样的保存着前现代场景的乡村，生活着的人们也不是黑暗一团的，也不全是阳光灿烂的，它是一种复杂的状态。

《极花》极其丰富，出现的植物白皮松、动物乌鸦等等，既是乡村景物的一部分，同时也带有一种寓言性，它似乎是一种隐喻。小说里的吃食比如独瓣蒜、南瓜、搅团等，带着一种浓郁的西北味道，这使得小说在情境上非常扎实。这是一般作家不具备的。许多作家描绘一种乡村场景或者农民进城等，我们往往看到的只有人物活动的本身，似乎这个人物是从照片上抠出来的，属于人物背后的景深的东西被作家们忽略了。有的作家在编故事的过程中会脱离情境，直接奔着人物而去，或者说他也根本不了解这种东西，这就会使得小说在真切性上让人有所质疑。而贾平凹的所有小说都能够非常真切地将人物和人物相关的其他物象丰富清楚地呈现出来，这是他的功力所在，他能够信手拈来。

同时，小说在处理主要人物和次要人物上，并不会因为要用力刻画主要人物就忽略次要人物。老老爷这个人物形象就是如此，作为乡村智者的存在他是复杂的。他为乡村的光棍、繁衍后代问题担忧，但又没有办法解决，他只能以看天象等方式来作出一点指引并为受连累者做疏导。在他的身上我们看到，这些乡村智者看世界的维度比今天的我们多得多，天、地、人的维度天然地存在于他们的心界。老老爷的形象在小说中是很重要的，前现代中珍贵的东西在他身上得到最大的展现，古老乡村的美好善意也遗存于此。

小说以"极花"而非"血葱"命名，是非常关键的一点。"血葱"是站在男性立场的以延续后代、生殖为角度来看待世界,而"极花"则表达了另一种生命观,它有一种对人的命运的体恤。"极花"似乎是一种女性立场,但隐现着作家更宽悯的情怀和人性立场。胡蝶这个人物联结着黑亮这样的光棍汉的生活梦想,也联结着麻子婶、訾米等女性共同体,还联结着老老爷、黑亮爹这些前辈人,古老乡村的天地观、生命观,蒙昧不觉中的良善与憨厚,都经过"受害者"的噩梦与奇遇相伴的身心之旅,成为有寄托的"极花"。

胡蝶最初极力抗拒,进而在老老爷等人的牵引下开始张望外界,她对这个地方的人有了一点同情,小说在短短的篇幅里将人物的心理变化塑造得非常清晰、丰富。我们不能简单地用逆来顺受来形容她,当胡蝶的身份转变为这个地方的妻子、母亲时,这个人物才真正复杂了起来。当她通过自己的智慧得到救助后,她回头想起那个乡村,最终由于母爱和对于那个地方的综合判断,我们隐隐约约看到她又回去了。她的归来不能简单地理解为她喜欢上这个地方,事实上她对于这个地方的厌恶小说里写得非常清楚,但可能是由于母性,也可能是她内心里预备对这个前现代中国的一角有某种参与,她回来了。在圪梁村生活着的人们,和这里生活的味道,有着一种独特性,它有一种吸引人的魅性。也许正因为这种魅性,胡蝶开始慢慢接受、沉浸在这里。这里有她生活的某种依据。

小说源自贾平凹现实生活里的一件事,但他并没有将这个类似于新闻事件的故事当作小说最重要的内容,它只是一个用来装下他想表达的东西的筐子而已。这就像一块土地,地里种什么,耕种者说了算。在这块地上,贾平凹不仅种下了胡蝶一个妇女的命运,他还种下了各种人的命运,最后长出来的是混生的、复杂的生命群像。胡蝶作为一个外来人,她与圪梁村的各种人物之间产生了接触,她作为一种异质性的存在与他们产生了各种各样的联系。她是小说的主角,也是圪梁村的观察者、见证者。她既是一个瞭望孔,也是一个显微镜,她具有各种功能,从而将这个地方活化了出来。

贾平凹没有将要写的这个地方定义为封闭、麻木、落后,他明白这些都是客观存在,这样的主题"五四"时期的乡村小说也早就写过了。他的高明之处在于,他不仅看到了所以然,他更写到了何以如此。他将乡村文化从古至今都挖掘得很深,更重要的是这些文化不是从一般的表述中来的,而是从一个人物被强行带入后与当地人、同样被强行带入的其他人的关系当中体现出来的。这些人物的命运和活动被裹挟在乡村风俗、文化、伦理秩序中,他们的压抑、冲动、释放都通过这个小说表现出来。贾平凹没有集中在一点上,他让一切自然地辐散。胡蝶被幽闭在一个窑洞里,但她却看到了这个窑洞所联结的乡村和它背后的大千世界,一个拥有着别样的生命状态的世界。从一个小的幽闭的方位,写尽了它的外围,生命的掣肘、挣扎,都被写得淋漓尽致,这是非常不容易的。贾平凹通过十几万字,写出了这个小说应该展现的所有东西。

《带灯》中,贾平凹将生动的乡村现实情境呈现出来,《老生》中他回到古老的情境中反照当代的生活,而《极花》是他写过《带灯》《老生》包括更早的《秦腔》之后发现的另一种真切的隐秘,在当代乡村人的生命处境和古老中国文化的融合、对底层生命的体恤、对现实中国的关切这几个方面,《极花》做得更成功。《极花》的人物性格逻辑、文化感显得非常充实,从这方面来说它是很丰厚饱满的一个小说,但贾平凹对小说写法的处理却很轻逸,这表明他在想法和写作方法上得到了一种平衡。《极花》思想含量很大,它复杂、扎实,富有魅力,丰厚与轻逸并存,2016年开篇刊登了这样的长篇小说,来自读者朋友和专家的反响很是热烈,《人民文学》的同事们非常开心。

(原载《文学报》2016年1月14日)

从逸事到叙事

——论《极花》乡土蜕变肌理的人性困境

金春平

21世纪中国社会最大的结构转型莫过乡村社群的城镇化，裹挟着对物质文明和都市景观的强烈渴望，农村人纷纷逃离乡土、涌向城市，沿着希冀和想象中的"远方"寻梦现代生活。物质资源的科技化、集约化，人的个体化、理性化，社会机制的资本化、法制化，本应是现代城市精神的理想模态。但是，由于中国文明形态的前现代、现代和后现代的共时共存的特殊语境，城市化进程并未孕育起成熟的都市精神和公民意识，农耕乡土文明所依持的儒家宗法制却在历史狂涌的潮流中分崩离析，从而形构为中国社会的特殊形态——残败的乡村与孱弱的都市。

贾平凹的《极花》以被拐卖妇女胡蝶的"离去—归来—离去——"的开放情节为契机，深度刻摹着中国农民的精神和心灵在这一社会历史转型中的阵痛和撕裂，先觉地探索着被城市化进程所遗弃的乡土世界的负重和沉滞的命运步履。与其之前的《秦腔》《古炉》《老生》等相比，贾平凹的《极花》试图从经验式写作向先验式写作抵近，以先锋姿态勾勒一幅"真实而残酷"的当下社会纹理，但又明显缺乏内在确认的自信来廓清城乡形态混沌融杂的未来路径，因而《极花》对人性幽暗的审视更为内敛，对乡村变异的言说更为寓言化，并以"日月盈昃，辰宿列张"为天地人的大道位序，展示城市与农村这对"阴阳二极"在现实、历史和未来中横亘存在的图景。社会历史和文化转型的理路和质感，并非抽象空洞的意识说教，而是浸润在日常生活叙事的肌理当中，贾平凹在既有叙事经验渐渐"失效"之后，试图构建"精神透视""人性深度"和"风景审视"相统一的新乡土叙事范式，为乡土人性具象塑形，为乡土文明悲惋志史。

复调性：乌托邦的幻灭与异托邦的复魅

近三十年来，现代化在中国大地生成着种种生活实践，但何为现代？如何现代？仍如绚丽的魅惑，成为国人追求却又不甚解意的乌托邦，最终"去乡土化"成为现代化的基本理解，于是"乡土与都市""农民与市民""传统与现代"的"对立"和"拮抗"成为乡土叙事的基本模式。但贾平凹在《极花》中，从城乡并存的历史和现实格局中，审视到的是乡土与都市两种文明形态互为表里的隐秘联系，洞察到的是两者之间精神内里的不可分割，正如"极花"冬季为虫、夏季为花的隐喻，当下的乡村与城市是人的生活的表里两面，"现代都市形态"仍然根植于"传统乡土本色"。

都市文明以其乌托邦妖媚对乡土世界进行着"精神侵略"和"文化诱惑"，集中体现为青春期的胡蝶对于城市的认同体验，虚幻的"城市身份"在他人的社会身份赋予中一步步构建起来。首先，胡蝶在农村经济日益凋敝的大势中怀着青春期少女的叛逆和特立走向城市，在城市女人的赞美、房东老伯的激励、对大学生青文的暗恋中，胡蝶开始了一系列城市身份的外表修饰和符号表征。但虚幻的自恋认同也蕴含着对都市空间的简化想象：以虚幻的心理自恋和外表蝉蜕对"乡下人身份"进行挣脱时，却用乡土伦理去介入和抵抗城市形态的种种症候，"新瓶与旧酒"成为胡蝶个体的最大悖论，孕育着连她都未必意识到的城市乌托邦的幻灭征兆。其次，胡蝶的城市认同在圪梁村又得到了进一步强化。村民因为她的"城里人""读过书""有文化"身份而充满了钦羡，而"我"对抗"失败处境"的唯一方式就是"我是城里人"的意念，以此保持着与乡村的疏离，并以虚幻的城市乌托邦想象消解着巨大的无助和孤独，对抗着乡村的庸常和窒息。但当胡蝶被解救回城市之后，惨痛的人生经历却成为都市消费的猎奇对象和娱乐谈资，连曾经在圪梁村享受到的拙劣的尊严和粗鲁的关爱都丧失全无。都市看客的心理、人性的冷漠，吞噬着胡蝶并未痊愈的精神之殇；发达的舆论网络，围捕和扼杀心灵的疼痛如此强大；在消费着胡蝶苦难经历的同时，也践踏着她人格的尊严——城市并不是生活的终极乌托邦。胡蝶重回圪梁村，是对现代城市异化景观的深度失望，城市以发达的物质包装乡土蒙昧伦理的反人性之法，城市同样也是有待启蒙的荒蛮之地，在孕育异化人性的涌动中正走向溃败。

与入城返乡和诗意乡村的叙事模式不同,《极花》直视着圪梁村的残缺和颓败,它是被遗弃的乡土社会真实存在的象征,是与城市化进程和现代性想象非同质的变异的空间载体,即福柯所说的"异托邦"。对于当下的乡村存在及其变迁,无根、漂泊、焦虑成为贾平凹乡村书写的基本审美心理,"中国离开乡下,中国将会发生什么,我不知道,而现在我心里在痛"①。"城市就成了个血盆大口,吸农村的钱,吸农村的物,把农村的姑娘全吸走了!"②《极花》解构着传统乡村的田园牧歌情调,展示着畸形的乡村现实:村镇官员的独断专横,基层组织的监管缺失,执法者的违法合谋。但转型中的圪梁村也是最后保有乡土精神丰饶和宗法伦理的文化缩影——尊卑有序、朴素情爱、乡土义理,这是几千年中国乡村秩序得以维持和运行的内在机制,这些被遗落的灰暗而凝滞的前现代文明碎片,充满着原始人性和生活形态的温存质感。在这个意义上,《极花》以圪梁村作为中国大地的空间异托邦基点,追忆着传统农耕文明的逝去,缅怀着原始而荒蛮、本真而偏激、自觉而蒙昧、保守而平淡的人际伦理和人性景观的逝去,痛惜着城市发展的巨大文明代价、精神代价和人性代价,质疑着这一现代潮流的历史合理性。

对城市文明缺陷的淡笔批判和对城市文明进步的含蓄认同,对乡村荒蛮的温婉批判和原始人伦的暧昧认同,构成了《极花》言说的多重声部复调。"入城而返乡"的戏剧化叙事背后,是贾平凹对城市的放逐了合乎人性伦理因子的乡土本质的深刻洞悉,进而传达着贾平凹对当前城市畸形发展的隐忧,"社会在进步文明着,怎么还有这样的荒唐和野蛮,为什么呢?"③而多声部的交织与辩驳也变相解答着他内心的疑问:农耕乡土母体在历史的前行中正褪去角色的蝉衣,但其人性伦理在后世的社会机体中继续存续着,以牺牲乡村精神促进城市化的单极发展并非正确的现代化路径,唯有人性的自由、生命的高贵、人格的尊严才是衡量一切进步的真理。

互文性:戏剧化意义生成的叙事修辞

《极花》源于贾平凹十年前的同乡倾诉和真实经历,逸事的道德立场非常

---

① 贾平凹:《极花·后记》,载《人民文学》2016年第1期。
② 贾平凹:《极花》,载《人民文学》2016年第1期。
③ 贾平凹:《极花·后记》,载《人民文学》2016年第1期。

明显：批判了都市大众和现代媒体对个体心灵的伤害，同情女孩不幸遭遇之时，更批判了女孩的蒙昧，是一个充满黑色幽默色彩的生活逸闻。如何新编这则逸事，实现真实向虚构、新闻向小说、逸事向叙事的思想深度和艺术广度抵达，恰恰是贾平凹在《极花》中的着力点，因此，将后记作为《极花》的前文本或潜文本，来透视贾平凹以何种方式新编故事，来"逃出以往的叙述习惯"①，进而将逸事的奇崛转换为心理嬗变的自然，实现生活戏剧化意义的人性理解，不失为切近文本叙事理路的有效方式。

首先，《极花》确立了从权威性讲述到自我心路的展示。前文本中的结巴老乡以他者视角讲述着女儿的抉择和家庭的劫数，道德判断在他的讲述当中裸露地凸显，根源于细微的生活实践，几乎不可能进入当事者的内心世界探寻其思想轨迹和事件机理，戏剧化意义的呈现只能停留于单一视域。而《极花》新编为主人公胡蝶的现实和心理展示，用生活截面的拖延来构建小说功能内涵的多样和幅度。前文本沉默的叙事者由被拐女孩胡蝶置换，并成为《极花》叙事的主体，因为胡蝶的存在和审视，展示的是当事者心灵世界的感受和认知，并在自我身份的悖论中，展示出乡土异托邦的生活内里，负载了更多的乡村生活重量，从而交织起了多声部的音调。同时，贾平凹以"成长视角""城市视角""记忆视角"作为审视乡村的窗口——"成长视角"让一切都处于流动当中，包括自我认同的内在辩驳，单纯和懵懂当中，圪梁村人的蛮健、淳朴、宁静都得以形象化；"城市视角"让圪梁村人的精神世界和生活状态在"我"眼中新奇而卑微、本能而平庸、绝望而无力；"记忆视角"展示着胡蝶的乡土感知，并与圪梁村的乡土现实进行参差参照，进而将乡土的诗意和沉滞并列，实现对乡土现实的立体化呈现。正是因为贾平凹让胡蝶成为第一叙事主体，从而实现了从事件表象突进到个体心理，完成了逸事的"戏剧化"向叙事的"自然化"过渡，消解着对被拐女孩返乡行为的启蒙批判，引导出了人性和心理的逻辑流脉。

其次，《极花》结构为叙述的在场和作者的隐退。为了消释新闻逸事所带来的"影响的焦虑"，必须透视到事件内部以及人物群体的心理。但如果叙事者由隐含作者调控而行，势必造成叙述者和隐含作者的合谋，无法达到思想和艺术的间离效果。而间离效果恰恰是虚构叙事阐释空间的生成场域，否则就成

---

① 贾平凹：《极花·后记》，载《人民文学》2016年第1期。

为隐含作者的宣言和发声。因此，在作品当中，胡蝶是最重要的叙事者，她的所见、所思、所感是小说中城乡日常生活的质地纹理，胡蝶的评价更是形成她自我考察和确立与圪梁村关系的话语中介。因为小说叙事的展示和评价的同步，她眼中的城市赋予和激发了她的向往、自卑和反省，她眼中的圪梁村因为有着她的评价而被赋予了沉重而淳朴的色彩基调。也就是说，作者力图局部性或意识性地控制叙事主角，但在展示命运图景之时，又遵从艺术化的心理无意识，不得不顺接着叙述者的个体口吻流动和虚设心理逻辑，陈述"我"视域中的城与乡、人与事、生与死的林林总总，从而以人物的自身情感和心理逻辑推进着叙事的行进。虽然贾平凹以隐退的姿态，尽可能地从客观审视乡土大地的变异和诡谲，可是对城市化和乡土性的双重犹疑，还是让他无法实现真正的"退隐"，在型塑了小说的复调声部的同时，也让他只能委托胡蝶的展示，来遮蔽自我难以厘清的理性和感性的纠葛缠绕，同时"隐"与"显"的无力也注定了《极花》必将会出现"它的生成既在我的掌控中，又常常不受我的掌控……小说的生长如同匠人在庙里用泥巴捏神像，捏成了匠人就得跪下拜，那泥巴成了神"①的结局设置。最后，《极花》并构为可靠的叙事与同情的控制。

《极花》既立足于拐卖的社会学缺陷层面的"现存维度"，同时也观照着乡土变化与城乡变异的"历史维度"，从而架构起农耕和现代两种文明交汇境遇下，对以胡蝶、訾米、黑亮等为典型的"进城农民""返城农民""传统农民"的个体心理和精神世界，辐射群体心理世界的"内心透视"。但是《极花》中贾平凹的意图显然并不止于此，它在透视群体心灵和人性变异的同时，还要描绘一幅中国乡村的"现在—未来"的方向图谱，显然，他将此观察和言说的重任交给了主人公胡蝶，而且为了达到对现实和生活叙述的一种"心理直觉呈现"，文本也只能选择胡蝶作为叙事主体——訾米是异化的城市归乡者，黑亮则是异化的乡土固守者，唯有胡蝶的乡土经历、城市体验和戏剧化结局，能承载考察乡土世界和乡土文明变迁的话语效度。因此，胡蝶就成为文本叙事的可靠者：无论圪梁村作为传统乡村的现代"遗址"，还是作为城市化进程中的"异托邦"，胡蝶的穿梭式心理体验和视域描摹，感知到的是两个生活世界和精神世界的隐秘关联以及表征断裂。同时，囿于贾平凹对当下乡土叙事经验的无力，他对乡土的

---

① 贾平凹：《极花·后记》，载《人民文学》2016年第1期。

留恋、哀号、痛苦、狂热、悲叹等复杂的情感,对乡土当中的每个风物、个体、生命都在叙事层面控制着自己的感情,因为"为获致同情而使用的修辞,其效果本身有可能使人错误地理解这部小说"[1],而"他这样做的原因,可能是他并不想取得惯常的同情效果"[2],因为没有可靠的叙述者或观察者为其提供证实,贾平凹就让胡蝶作为中心智力人物充当"面临的事情之可靠线索",也唯有如此,才能避免因为退隐作者的感情介入造成的叙事的不可靠性。过滤了主观主义,尽力保持客观、中立、公平的价值立场,让舞台上的胡蝶这位"可靠的叙事者"去展示艺术真实的心理嬗变和孤独境遇,"这种孤立可以用来创造一种强烈得几乎难以忍受的感觉"[3],而这种同情的控制和孤独的境遇,在《极花》中是以梦呓般的开放式结局作为控制的最后结果——归乡与留乡。也是在开放的结局中,贾平凹对乡土判断的控制最终归于悖论与放逐,完成了《极花》叙事的一种范式探索,"现在小说,有太多的写法,似乎正时兴一种用笔很狠的、很极端的叙述……但我却就是不行"[4]。

恶魔性:鬼魅的"风景"与逃遁的"心景"

文学作品中的"风景"涉及的是政治、经济、文化、自然等诸多因素的组合交织,"风景中古旧或衰老的成分(可能是人物也可能是建筑物),田间颓塌的纪念碑、珍奇之物如古树或'灵石',以及言语、穿着和举止的传统,逐渐加入这种世界观的生成"[5]。正是因为风景包蕴着文化表达、政治内容、民族博物志、审美冲动等诸多维度,风景的内涵得以深化拓展,从而可能"将'风景'的阐释上升到哲学命题的高度"[6]。《极花》对乡土生活和人世变迁的描绘,是通过一系列的风景以及由之拓展而来的风情画面来展示的。《极花》中的"现代"风景,注重叙事主体对风景的"现代性体验",并在体验的描述当中构建起了独特的小

---

[1] 韦恩·布斯:《小说修辞学》,付礼军译,广西人民出版社1987年版,第260页。
[2] 韦恩·布斯:《小说修辞学》,付礼军译,广西人民出版社1987年版,第286页。
[3] 韦恩·布斯:《小说修辞学》,付礼军译,广西人民出版社1987年版,第261页。
[4] 贾平凹:《极花·后记》,载《人民文学》2016年第1期。
[5] 温迪·J. 达比:《风景与认同——英国民族与阶级地理》,张箭飞、赵红英译,译林出版社2011年版,第81页。
[6] 丁帆:《新世纪中国文学应该如何表现"风景"》,载《徐州师范大学学报(哲学社会科学版)》2012年第3期。

说意义场域空间，承载着叙述主体的心理投射、异质文化心理体验呈现、人性困境的"心景"逃遁的叙事功能。

农耕文明和现代都市的差异风景，因为负载着异质化的质素从而进入现代审美对象的经验范畴。《极花》中的地方性风景和风情，是圪梁村具有地域性和实指性的符号系统，它是文学地方志的重要来源，也是文学审美性的美学资源。《极花》中的风景细节和风情场景，充当着文学叙事空间的基本质地要素，并通过叙事主体胡蝶的描述，成为其空间体验的外在心理投射具象。胡蝶被拐卖至圪梁村之后，一切村景都因她的孤独感、梦魇感、无助感而呈现出恶魔性色彩：拉屎的乌鸦、夜晚的老鼠、黑暗的星空、老旧的石磨——圪梁村景充满了压抑、灰暗、死寂、沉重、亦真亦幻、绝望阴郁；而当她回忆起入城之初的风景：城市的出租大院、情愫初萌时的小水池——一切都是如此欣喜、惊奇，着墨着梦想和希望的清新色彩。客体的自然风景，由于乡村与城市的审美实践空间发生差异，蕴藉着她在异质生活空间下的主观真实性，具有巨大的心理现实体验感，更加深隐地展示着胡蝶的"身份尴尬"：圪梁村的风景没有引起胡蝶的审美冲动，这个充满衰败之气和黑暗之色的圪梁村，已然成为当下中国乡村的缩影，是一段正在行进和远去的历史，可以凭吊却早已无根，它们无法承载胡蝶的精神家园；而城市风景在看似诗意的同时，伴随的则是冷漠的人情与圆滑的世故的人文景观，处处氤氲着难以逾越的个体心理沟壑。《极花》中的"风景"即使是自然风景也被赋予了丰富的象征内涵，成为叙述主体异质文化体验的心理投射，参与着叙事主体文化心理表达的叙事功能。

文学中风景空间的构建，是以人的观照为前提，"谁在看？""怎么看？""看什么？"是风景具有人文价值审视空间的基本视点，因此，风景除却"自然之物"所凝聚的人的心理嬗变投射和异质文化体验之外，人也是风景中的一种物象，"你在桥上看风景，看风景的人在楼上看你"，而人与人之间存在的审美距离和价值间性，让风景的审视可以上升到人文哲学的高度，这是《极花》风情画蕴含价值内涵的美学前提。小说风情画典型体现在圪梁村中人物的关系结构图谱：悲欢离合、生生死死、自尊自卑、苟且平庸、狂热疯癫……乡土的纯净与杂质交混着，人性本能与乡土道德媾和着，在胡蝶对圪梁村风情画的勾勒中，乡土的静默、变化、异化同时上演着或温情或狰狞的面目。一方面是以老老爷、黑亮爹为代表的传统乡村宗法制，一方面是以村长为代表的现代基层政治权力——乡村承受着"道德""政治""商业"等多重意识形态的挤压和撕裂;一方面是以黑亮等为代表的乡村文化的静守者,另一方面是以訾米等为代表的城市文化入侵者,乡村在物质解放和道德解构的浪潮当中,艰难地留存着前现代的人性法则,以此来中和"现代都市化的恶果"。

  胡蝶无法为视觉中的圪梁村的乡村风情画涂抹绚烂的色彩,忧郁、黑色、尖锐、苍莽、悲凉为圪梁村风情画的基本色调。但《极花》并未对乡村的变异、扭曲乃至荒诞的现实处境,做简单化的城市恶魔性原因的单一追溯和指责,因为"城市风情画"同样是变异的风景:都市消费文化吞噬着一切存在之物,人的苦难经历可以转换为商品消费奇观,人所面临的普遍的精神空虚和心灵荒芜,人格、尊严、同情、自立,全部被遗弃在消费狂欢当中,都市中"人在消费着人"的残忍及他们所面临的主体困境和信仰缺失同样触目惊心。《极花》不无失望地呈现出由乡村到城市,只是人走出困境又陷入新的困境的"围城之旅",而人性却始终是被社会发展所忽略的精神主题,鲁迅所揭示和批判的"看与被看"的人际模式也由前现代的乡村继续延伸到了现代都市,乡村与城市只是存在表征空间的不同,"人性的缺陷""文化的弊端"则有着惊人的历史相通。正因如此,胡蝶的身份认同一步步走向自我质疑、瓦解、解构和消弭——"我"是城市人还是乡下人?如果胡蝶选择返乡,我们看到的是她在逃避伤害时内心激起的生命之光,是源于母子无私的大爱,是源于对圪梁村这个被遗弃的龌龊世界仅存的尊重与温情的依恋,唯有如此,《极花》对文明转型时代的拷问才更具有人性的穿透、锐利与力量,而小说以梦境的方式提供真假难辨的"留守"与"返乡"的开放式结局,正是文明夹击下人的逃遁"心景"的精妙工笔水墨画,也是回答现代人与乡土精神如何联系的最好答案。

结语:"经验"的局限与"先验"的清晰

  《极花》延续着贾平凹一贯的对乡村变异的抒写对象取材,从《秦腔》到《极花》,他不断地探索力图突破自我,尝试越出对个人记忆和变化动荡中的乡土现实的经验叙事,但是不断衰退的中国乡村,既是以贾平凹为代表的当下乡土作家所必须面临的现实语境,也是他们在前现代、现代和后现代并存的文化语境下不得不解决的文化难题。贾平凹能够超越对农耕文明形态内部的"静态"描摹,从乡土变迁、社会机制、日常生活、生存本能、历史转型等方面全方位突进,从农耕和现代文明的差序格局的"动态"和"夹缝"视域出发,对个体和群体人的心灵世界和精神走向进行透视,从而抒写出"人性的永恒与伟大",这使贾平凹的乡土叙事具备了包容、高远和深邃的哲思内涵。而《极花》以"内心透视法",实现了从新闻逸事到小说叙事的"新编",表达着对"城市发展的乡村代价"这一涉及社会发展、历史走向、国家战略、文化现实问题的忧虑与痛切,并由此突进转型中的乡土人性和精神世界的内在肌理,逐渐"清晰"和"确立"了他的"超验性"乡土立场:"城市形态的乡土本色"和"城市和乡土的内在精神联系"的人文风景。《极花》是贾平凹破解"这个故事,我十年里一个字都没有写。怎么写呢"的艺术难题的探索性尝试,我们能感受到他的"另一种经验和丰收的喜悦"。

(原载《南方文坛》2016年第6期)

男性霸权下的绝望抵抗

——论贾平凹小说《极花》

彭岚嘉　杨　华

与贾平凹先生以往的大多数小说一样,《极花》延续了一贯的乡土主题,依然"叙说乡土人生,细呈现代文明转型时期的乡村困境与乡土文明的式微"[①]。但是,阅读《极花》的实践证明:对于这个世界的描写,作者并没有平均分配笔墨,而是有所侧重。相对于女性,作者更加关注男性,关注那些在乡土生活中煎熬、挣扎的男性,关注"小地方到底怎样,那里坍塌了什么,流失了什么,还活着的一群人是懦弱还是强狠,是可怜还是可恨,是如富士山一样常年驻雪的冰冷,还是它仍是一座活的火山"[②]。也就是说,身处旋涡中心,在《极花》里,读者充分感受到的是一个男人的世界,一个农民的世界。

一

毫无疑问,《极花》所呈现的世界是多元的,虽然只有短短十五万字的篇幅,但其内容仍然饱满,字里行间充满了不证自明和不假思索的生活写照。我们之所以从男性世界的角度思考问题,认定《极花》主要呈现男人的世界,除了小说通篇洋溢着的荷尔蒙外,还基于几个细节上的阅读串联。

首先是小说开头部分,黑亮娘过早离世,预示着作者企图建立一个男人的世界。黑亮娘是"村里最漂亮的女人",她"茶饭好,针线好,地里活也好",并且"长得干净""性情安静",世间最好的女子也不过如此,是理想化的女性形象。然而,为了让小说里的男性世界更男人,作者不得不忍痛割爱,黑亮娘这

[①] 张晓琴:《最后的水墨乡土——评〈人民文学〉2016年1期贾平凹长篇小说〈极花〉》,载《文艺报》2016年2月29日。
[②] 贾平凹:《极花·后记》,载《人民文学》2016年第1期。

一原本完美的女性在八年前就摔死了，只留下挂在墙上的一帧照片和一棵极花，空余黑亮父子的嗟叹和记忆。如果黑亮娘活着，不仅黑亮家是幸福的，就连圪梁村的男女世界也应该是调和的；黑亮娘去世后，"家里没了女人，这个家才败下来"，黑亮家的天就塌了，圪梁村的阴阳平衡也不复存在，只剩下男人的世界了。小说刚开始，唯一可以与圪梁村的男性霸权相抗衡的黑亮娘就不存在了，在某种意义上为塑造圪梁村的男人世界扫除了一切女性障碍。

其次是小说结尾，胡蝶放弃逃离，显示出作者认同这个男人的世界。在遭到极大的身心摧残后，本应毅然决然地选择逃离的胡蝶却出人意料地选择了坚守。这坚守会持续多久，是一辈子，还是等孩子长大成人，我们不得而知。但我们能够清楚地感觉到，胡蝶放弃逃离，与其说是母爱使然，"我有娘了，可兔子却没了娘，你有孩子了，我孩子却没了"①，是因为放不下孩子，还不如说是胡蝶放弃自己，"我没有了重量，没有了身子，越走越成了纸，风把我吹着呼地贴在这边的窑的墙上了，又呼地吹着贴在了那边窑的墙上"②，在男人的世界里飞来飞去，女性身份迷失，彻底认同了男人的世界。

最后，从建立到认同，小说处处展示着男人世界的残忍与暴烈。"作家的任务就是身历其境地设想每一件事，使虚构也能如个人记忆般栩栩如生"③，小说里有两处情节值得注意，一是胡蝶逃跑被抓，另一个是黑亮圆房。胡蝶好不容易瞅准机会逃跑，却被无情地拖回来，男人们用脚踢，用巴掌扇，即使头发被揪、胸罩被拽、身子赤裸也无人罢手，直到"感觉我那时是一颗土豆埋在火里，土豆皮啪啪地全爆裂，是一个瓷壶丢进了冰窟，冻酥了，咔嚓咔嚓响，成了瓷片和粉末"④。强奸胡蝶更是惊心动魄，喝了酒的男人们把胡蝶捆在条凳上，黑亮像疯了一样，"成了野兽，成了魔鬼……满窑里都是腥味"，胡蝶就像一只被剁了头的鸡，"突然地从案板上掉下来，狂乱地扑楞着翅膀而逃，无数的叫声和笑声，无数的眼睛在看着，没人肯帮，也没人说那里是墙旁边是门，鸡终于碰上墙倒在地上，最后成了人家的美味，留下来只是一堆鸡毛"⑤。两次大事件，圪梁村

---

① 贾平凹：《极花》，载《人民文学》2016年第1期。
② 贾平凹：《极花》，载《人民文学》2016年第1期。
③ 转引自余扬：《约翰·欧文：像狄更斯一样讲故事》，载《文学报》2008年7月10日。
④ 贾平凹：《极花》，载《人民文学》2016年第1期。
⑤ 贾平凹：《极花》，载《人民文学》2016年第1期。

里几乎所有的男人都参与其间，充分体现了男人世界的原始、狂野、粗暴、残虐、血腥和无所顾忌地征服。

二

严格来讲，《极花》里的男性世界，是以文化霸权的形式存在的。葛兰西认为，社会集团的霸权地位表现在两个方面，一是统治，即一个社会集团统治着它往往会清除或者甚至以武力来制服的敌对集团；二是智识与道德的领导权，一个社会集团往往领导着与其同类的和结盟的集团。[①]文化霸权不是一种天赐，不是一种将每一个人都吸纳的形态，而是要争得一种领导地位。它要求赞同，但并非不允许不同声音的存在；它需要遏制对立面，但并非要消除对立面。[②]换言之，作为一种认识论的实践原则，文化霸权的内部，存在着差异性甚至多元性。《极花》里，圪梁村的男性霸权在其推行过程中亦复如此，生发出不同的指向。一提起男性霸权，我们不由自主地就会想起自始至终弥漫在小说里的种种暴行，既有发乎自然的野蛮，也有借助公权的泄欲。胡蝶的遭际即为明证，无须细说。客观地讲，圪梁村全村的男人都有此种倾向，"村子里见天都有吵架的，吵得凶了就动手脚"，但以半语子、三朵和村长为最。半语子是麻子婶的丈夫，打老婆出了名的狠。按麻子婶的说法，就是"手里拿着什么就拿什么打她"，没有任何理由；按半语子自己的说法，就是"把他那妖精打了一顿，骨头打断了，在炕上躺着，不信你去看"，没有任何愧疚。三朵因媳妇逃跑，抓回来就打折了她的腿，又因丢失了家里的小母驴，"压住媳妇打了一顿。媳妇哭得泪汪汪，不敢还手也不敢还口，一条腿原本跛着，三朵又拿棍在她腿上搕了几下，腿就更跛得走不动了"[③]，没有丝毫同情和爱怜。这样的暴力，何等生硬啊，几乎是没有人性的霸权。更何况村长，利用公权力，在村子里欺男霸女、横征暴敛，连驼背了的桂香也不放过，真是赤裸裸的霸权。

小说里还有一类男人，以老老爷和黑亮爹为代表，在文化霸权的世界里以传统见长，他们的身份就像仪式一样，几乎以象征的方式存在。黑亮爹固守乡约，从不僭越家庭辈分，是一位老实巴交的农民。他有石匠的手艺，做石羊，做

[①] 安东尼奥·葛兰西：《狱中札记》，曹雷雨等译，中国社会科学出版社2000年版，第38页。
[②] 萧俊明：《文化转向的由来》，社会科学文献出版社2004年版，第236—238页。
[③] 贾平凹：《极花》，载《人民文学》2016年第1期。

石狮子，做石碾石磨等村里的各种用具，从不嫌累，也不叫苦，村里人的需要就是他的需要，村里人的尊重就是他的追求。老老爷是一个枯瘦如柴的老头，但肚里的知识多，脾性也好，他长期占据着村里的核心位置，他就是传统，他的威严不容撼动。大多数时候，老老爷就是村民的精神导师，他也有语录，比如"啥事情看不透了，就拿看小事情来看大事情，天地再大都能归结到你一个人，再拿大事情来看小事情，你又是天又是地了么"①，显然已经是"成精了"，充满辩证的味道，处在哲人的高度，区区霸权又算得上什么呢。但是，在村子里也不乏有人挑战这种来自传统的权威。赌徒毛虫就说过，"我认他了他是老老爷，不认他了就是狗屁"②，言语间很不恭敬。老老爷希望村里给神唱戏，也被村长硬生生回绝了。至于石头女人，其实并不灵验，大多数村民央求黑亮爹，不过是寻找心理慰藉而已，其权威早就打了折扣。

与传统男性霸权的式微不同，以黑亮为代表的现代男性霸权虽然被笼罩在暴力霸权之下，却具有无限的扩张性。黑亮又黑又瘦，却拥有两大现代性法宝：手扶拖拉机和杂货店。手扶拖拉机是圪梁村联系外界唯一快捷的交通工具，是现代工业化的代表；杂货店从镇上县上进货，可以满足村子里几乎所有的消费需求，是现代商业化的代表。黑亮因此而手头宽展，因此而受到村民羡慕，甚至在某种程度上因此而获得胡蝶的谅解。其实，村子里有一批青年人和黑亮一样，他们在现代性困境中苦苦挣扎，迈向男性霸权的多重河流。在传统与现代的交织中，黑亮们的出路到底在哪里？或许是小说的症结所在，也是我们从文化霸权角度出发解读圪梁村的男人世界的命意所在。或许可以说，黑亮就是《极花》版的"小二黑"，他浑身充满希望的力量，自己就是文化霸权（领导权）的化身。

三

谁对男人的世界最为熟悉？谁对男性霸权体会尤深？在阅读《极花》时，我们时不时会提出这样的问题，并且急切地想知道答案。女性，只有女性才能对男人们的所作所为痛彻心扉。只有站在对立面，男性他者才会被镜像，才会完完整整地显形。作者为什么要这么做呢？按照贾平凹先生自己的解释，这是

---

① 贾平凹：《极花》，载《人民文学》2016年第1期。
② 贾平凹：《极花》，载《人民文学》2016年第1期。

一次艺术表现手法上的冒险,即"试图着逃出以往的叙述习惯"①,把叙事主体变为女性,让女性引领读者游历男性世界。同时,为避免文化霸权协商中的无意识越位,又把叙事视角严格限定为第一人称,既折中了小说中本该出现的许多语言冲突,也削弱了男性霸权从领导蜕变为统治的可能性。应该说,让胡蝶说男人,是一次成功的艺术实践,女性的第一人称口吻给冷酷的男权世界增添了一抹亮色,令阅读小说《极花》成为一次"愉快的旅程"。

但是,男性霸权的多义性和复杂性,只有一位女性的"唠叨"还不够,还需要更多女性的出场。毫无疑问,男人们的生活世界需要女性,村子整体的存续也需要女性。"偏远的各方面条件都落后的区域,那些没有能力也没技术和资金的男人仍剩在村子里,他们依赖着土地能解决温饱,却无法娶妻生子"②,"买女人"成了圪梁村的男人们唯一的选择,他们从来不考虑也顾不上考虑女性的感受和处境。在圪梁村,男性所有的霸权都是相对于女性而存在的,一方面男人们分属于不同的权力位置,各自有不同的霸权类型,对待女人的态度也不尽相同;另一方面,女性面对自身的处境,出于不同的感受,她们的命运选择也是大相径庭。面对男性霸权,胡蝶痛定思痛,麻子婶得过且过,訾米自我放逐,三朵媳妇逆来顺受,都从不同的侧面反证了男权世界的复杂性。基于此,女性就不仅是男性霸权的附属品,而且是见证男性霸权之所以如此的一种背景,从而构成相对于男性的巨大存在,甚至是一种隐喻:没有女人,男人的霸权无从实现、无处施展,甚至连男人自身也将不存在。这是多么可悲的事情啊!

除了与女性世界的强烈对比外,小说里的男性霸权之所以疯狂,还与一种痛切的渲染有关。圪梁村的男人们都是清一色的农民,在农民身份的基础上,他们才会各自扮演不同的身份和角色,如老年人、父辈、年轻一代、打工族、村长、兄弟、村民、邻居、石匠、光棍等。"农民是永恒的人,不倚赖于安身在城市中的每一种文化。它比文化出现得早,生存得久,它是一种无言的动物,一代又一代地使自己繁殖下去,局限于受土地束缚的职业和技能,它是一种神秘的心灵。"③就是这样一群人,他们世世代代生活在一个"连绵不绝的黄土高原上的苦寒的村子",那里"吃食不宽裕,凉水也不够喝",那里"只有破破烂烂的土窑

---

① 贾平凹:《极花·后记》,载《人民文学》2016年第1期。
② 贾平凹:《极花·后记》,载《人民文学》2016年第1期。
③ 奥斯瓦尔德·斯宾格勒:《西方的没落》,齐世荣等译,商务印书馆1963年版,第208页。

洞和一些只长着消化器官和性器官的光棍们",窑洞里"空气不流通,窄狭、阴暗、潮闷,永远散发着一种汗臭和霉腐的混合味",他们是中国最后一批农民。在当代中国城市与乡村的较量中,胜利者是城市,失败者是乡村,城市以无与伦比的现代性力量,彻底铲除了农村赖以生存的根基。城市占领了一切,统治了所有,包括土地,包括人,包括满天繁星。居住在偏远的地方,吃不饱穿不暖,经受干旱、地震、滑坡的侵害,生活难以为继,这些都可以忍受。而不可忍受的是,最后的这一批农民,还要经受更大的苦难折磨,作为男人,他们娶不上媳妇,无法传宗接代,村子面临灭顶之灾,所有的希望只能是一种绝望的抵抗。

  以弱者的底色来渲染霸权,无视女性受辱,无视法律尊严,无视社会谴责,有站在男性立场上说话的嫌疑,却能够充分体现《极花》不以《血葱》命名的用意所在:男性霸权是环境使然,时代使然。文化霸权理论认为,霸权往往与多数人的利益相悖,大多数时候,霸权就是盲目和卑下的屈从的基础,"从主观上看,该屈从源自人在作出自身决断时的心理惰性和无能为力;从客观上看,它可以归之于受限制和无价值的生活条件的延续不绝"[①]。在这个意义上讲,《极花》里的男性霸权,又何尝不是对更大范围的霸权的屈从呢?如果真是这样,那我们看到的,就是一个"弱者的抵抗"的故事。

(原载《小说评论》2016年第4期)

[①] 麦克斯·霍克海默:《批判理论》,李小兵译,重庆出版社1989年版,第68页。

星光叹蝶影　彩纸挽花魂

——论贾平凹长篇小说《极花》中的三个隐喻

魏晏龙

引言

2016年《人民文学》杂志全文推出了著名作家贾平凹的长篇新作《极花》。该小说共十五万字,是迄今为止贾平凹长篇小说中篇幅最短的一部。和之前的《秦腔》《高兴》一样,《极花》又是一部采用第一人称叙事方式的小说,只是这个"我"却是和作者年龄相差甚远的青年女性,如此跨越年龄和性别的叙事于贾平凹而言是极富挑战性的一次。

《极花》讲述了随母亲初到城市落脚的少女胡蝶被自己的老板诱骗,拐卖到黄土高原上一个叫作圪梁村的偏远小村,被迫委身于敦厚善良却也愚昧无知的杂货店店主黑亮的故事。这样一个原本充满了悲情元素和刑侦情节的故事,一旦被融进贾平凹式的乡土叙事文本当中,便没有了夺人眼目的法律锋芒,不见了你死我活的善恶对抗,只有山路乡道间的嬉笑怒骂、碨畔磨盘边的驴鸣狗吠、城乡两头的希冀与企盼……如此这般地为小说中的各色人等和各样事体罩上了一层神秘且多彩的光晕,实现了作者在传统伦理与现代理性两端、物质写实与精神抽象之间、人性追索与现实隐喻层面又一次对于自我的超越。

"贾平凹是比较集中地体现民间精神的小说大家,也是承载乡土、关注社会变革,又不断寻求精神突围与灵魂救赎的作家。"[①] 在其诸多作品中,见微知著的贾氏隐喻已成为当代中国文坛极具辨识度的标签和符号。在这本《极花》里,夜空中璀璨的星光,桌椅门窗上灵动的剪纸,还有那如冬虫夏草、空谷幽

---

① 张德军:《文学人类学视域下的贾平凹研究》,载《兰州大学学报(社会科学版)》2012年第3期。

兰一般珍稀且美丽的极花成了文本基座和精神支撑。本文聚焦这三大隐喻载体，分加论述，以凸显此三者之间所具备的独特的审美质素及互相关联的深远意蕴。

一、星之语——希望与绝望之间的明灭

故事的脉络从硷畔上某座破旧窑洞的窗格间，随着胡蝶的视线向着尽可能的远方伸展开来，而那迷茫且无奈的视线定格的第一个具象的人物，便是老老爷。在贾平凹的近几部长篇小说中，总会有一位智者的形象贯穿于文本的始终，成为贾氏长篇叙事中不可或缺的文本坐标原点和传统精神标签——《古炉》中那个以善治人、择善固执的善人，《老生》里那位身在两界、长生不死的唱师，《极花》中智慧与神秘的迷人色彩闪耀在了瘦骨嶙峋、白须遮面、常坐在窑前磨盘上抬头看星的老老爷身上。老老爷本是退休的民办教师，在穷乡僻壤的圪梁村，他有知识，脾性也好，人们便把他看作智慧的象征。正是老老爷引导着胡蝶把目光从窑洞的窗格间投注到了白皮松上方的夜空，去寻找自己的归属——一颗自己的星。因为在老老爷看来，"地下一个人，天上一颗星"。初到圪梁村，还未获得人身自由的胡蝶曾和老老爷有过这样的对话："你肯定不是那闪动的星，我也不是，村里所有人都不是，我们的星只有在死后滑脱时才能看到。""我偏要看哩！""那你就在没有明星的夜空处看，盯住一处看，如果看到了就是你的星。""是不是我的星在城市里才能看到？""在哪还不都在星下啊，胡蝶。"①

抬头望星这样充满浪漫童话情结的语境，被贾平凹巧妙地嫁接到了一个被拐女子无助且挣扎的境遇中，让小说文本悄然进入一种异质审美的奇妙状态之中，成为《极花》叙事中的亮点之一。寻星也便成了被拐少女胡蝶在这个陌生的村庄支撑自己肉体和灵魂的唯一的也是最大的希望。是希望寻到，还是希望寻不到？若寻到了，是得到希望，还是失去希望？胡蝶的灵魂一直在半梦半醒之间挣扎，她似乎只在乎过程，而无心考虑结果。而当她在那个走山之夜竟然真的觅到了一大一小两点星光时，便立即确定大星是自己，小星是自己腹中黑亮的孩子。"我那时心里却很快慌起来，我就是那么微小昏暗的星吗？这么说，

---

① 贾平凹：《极花》，人民文学出版社2016年版，第12—13页。

我是这个村子的人了,我和肚子里的孩子都是这村子的人了?命里属于这村子的人,以后永远也属于这村子的人?"①胡蝶的彷徨、复杂且痛苦的心境被这一连串的问题映照得轮廓分明。有朝一日重返城市的希望,就这样被突然出现的星光硬生生地切断了,那颗象征着孩子的小星让她在一瞬间即品尝到了将永远在农村为人母和无法在城市为人女的双重绝望。当光明不能带来希望,唯一的选择也就只剩下重归黑暗。从那一夜起,原本狂躁、咆哮、恣意宣泄愤怒的胡蝶似乎接受了星光所传递的宿命的安排,变得逆来顺受,甚至开始主动去融入村里的生活。那白皮松上空的星光,未寻到时给胡蝶带去的是绝望中的希望,一旦寻到了,满眼却又是希望中的绝望。经历如此跌宕的痛苦该是怎样让人唏嘘不已的撕心裂肺?

在古今中外各种艺术的读解和文字的寓意中,不管是孤灯夜行之后的曙色,还是阴森铁狱上空的皎洁,黑夜里的孑然身影与其说都在苦苦地等待着日月星辰,不如说是在等待着代表希望的光线。而在《极花》当中,贾平凹反其道而行之,通过老老爷的慧语和胡蝶的双眼大胆地扼杀了这样的希望,这样不按常理出牌的叛逆审美意境熄灭了传统意义上的人文关怀在文学世界里夺目的精神烛照,让小说的叙事在闪耀着两点星光的黑暗中去摸索希望的棱角。老老爷的一句"在哪儿还不都在星下啊"的话寓意悠远,似乎一开始就预言了胡蝶这样被拐卖且将为人母的女子的共同命运。如此深邃的象征性书写,是贾平凹给了拐卖妇女这一在中国社会久久无法根除的社会痼疾的终极根源以静若秋水,同时也是振聋发聩的艺术注解。

在另一部以女性为主角的贾氏小说《带灯》的结尾,原本充满灵性与干劲儿的樱镇综治办主任带灯也无奈加入了上访人员的行列,恰似美丽的萤火虫熄灭了给人以希望的萤光,转而成了嗜血成性的丑陋皮虱中的一员。萤光熄灭,星光亮起,然而在带灯和胡蝶这两个女子周围,同样是漆黑一片。贾平凹式的明暗交迭的隐喻让小说文本在希望与绝望之间或终结或继续,让人揉眼叹息,回味无穷。

二、纸之韵——受控与掌控之间的缤纷

"我这一生大部分作品都是给农村写的,想想,或许这是我的命,土命,或

---

① 贾平凹:《极花》,人民文学出版社2016年版,第124页。

许是农村选择了我,似乎听到了一种声音:那么大的地和地里长满了荒草,让贾家的儿子去耕犁吧。"①在城镇化大踏步向前迈进的途中,传统的中国乡土生态已无可避免地走向了恶化及至崩溃。贾平凹的小说却依旧执着地以手术刀般从容精微的节奏解剖着黄土高原上乡村生活的家长里短、鸡零狗碎、麦垛炊烟,让乡土文学在三秦大地顽强地保持着旺盛的生命力。将陕西地方特色鲜明的民间艺术糅进乡土小说文本之中,于贾平凹而言,更是将这种生命力得以纵情地释放和蔓延。如在《秦腔》里,作为陕西戏曲瑰宝的秦腔豪迈同时也是苍凉地唱出了整部小说的魂魄;在《极花》里,古拙粗犷、寓意深远的陕西剪纸缤纷着斑斓着,迎风飘散于字里行间,让麻子婶这一小说中关键角色的形象跃然纸上,产生了让人眼前一亮的视觉感染力。

剪纸被贾平凹置于小说之中已非首次——《白夜》当中那个民间剪纸艺术家库老太太的形象让人印象深刻。如果说库老太太已经把剪纸当作了终身相伴的神圣事业,那么麻子婶则是将剪纸视为生命的外化和灵魂的寄托。与村里的被拐女子相比,已经历过三次不幸婚姻的麻子婶更是饱尝了命运的悲苦。她是圪梁村最早的外来户之一,多年前在村西梁上的神庙遗址的大槐树下认识了一个老婆婆,在老婆婆那里学会了剪纸后,麻子婶便一发不可收。这个充满了奇闻色彩的因由赋予了麻子婶以不同于村人的道性和神性。自麻子婶爱上了剪纸,成日剪不离手,剪了花花就送给村里各家各户,对家事不再上心,以至被丈夫半语子殴打。村里有人劝她为了家庭和睦,不要再剪纸了,她却说:"你上顿吃了饭下顿还吃,昨天吃了饭今日还吃,你吃厌烦过?"②把剪纸看得和吃饭一样重要,足见剪纸已成了这个已近古稀的农村老妇生命中的血液和养分,缺少不得。

自从认识了麻子婶,胡蝶便把她看作老老爷之外第二个可以沟通并且尝试信赖的人。她曾拗不过胡蝶的哀求,多次避开黑亮一家的耳目,暗中拿苦楝子树叶给胡蝶堕胎,因为她从这个被拐女子身上依稀看到了自己当年的影子,这也反映了麻子婶的善良秉性。就是这么一个善良的女人,却是命运多舛。与第二个丈夫的孩子因伤寒死在了逃难的路上,走投无路的麻子婶才辗转嫁到了圪

---

① 贾平凹:《带灯》,人民文学出版社2013年版,第354页。
② 李伟:《论近年来贾平凹乡土小说中的家庭伦理:以〈秦腔〉〈高老庄〉〈土门〉为例》,载《文艺争鸣》2014年第3期。

梁村。作为一个苦命的外来者,麻子婶痴爱剪纸似乎就不难理解:一方面她虔敬命运,因为她坚信是寺庙遗址里的老槐树让自己意外怀孕,诞下怪胎,同样也是在老槐树下她遇到了老婆婆,学会了剪纸,这是命运对她的补偿;另一方面她不相信自己的一生注定命薄如纸,她把各色纸张剪成各种形神兼备的模样,就是要以一剪之力把命运努力掌握在自己手里,变化成各种自己想要的形状。因为常去寺庙遗址,很多村里人便相信麻子婶"能代表神",而她在为胡蝶剪下小红人之后,胡蝶不但回了魂,随后还怀了孕。在走山后的坍塌的土石里被人挖出,昏迷了几个月,躺在棺材里却突然活转过来正常如初,可见在自命为剪花娘子的麻子婶身上,确实是有些神性的。而就是这样一个有神性的人,却常常被自己的丈夫半语子打得鼻青脸肿而无可奈何。凡此种种,都在证明麻子婶性格当中有着各种矛盾的交叠、冲突的交响。她在努力剪裁着命运的时候,也在被命运剪裁着。也正因为如此,在《极花》的人物谱系中,麻子婶显得重要而醒目。在教胡蝶剪纸时她曾说:"剪什么不能剪得太像,要剪得让人一看就知道是那东西,但又不是那东西,又像又不像,仔细一看比那东西还那东西。"[①]就好比一件艺术作品,太形象了让人失去想象的空间,太抽象了又让人觉得太费脑筋。又好比人生中的不幸,常常回味让人痛彻心扉,完全忘却又让人迷失自我,道尽了所有圪梁村乃至全中国被拐女子苦涩的心境。所以,麻子婶要让自己努力活得没心没肺,用她自己的话说就是"我这一辈子用过三个男人,到头来一想,折腾和不折腾一样的,睡在哪里都睡在夜里"[②]。从一个乡村老妇的口中,读者听到的却是如此智者之言。在贾平凹式乡土叙事所营造的传统文化的审美空间之中,艺术和生存的中庸之道便以一种水银泻地的自如状态在麻子婶的剪下翩翩飞舞、娓娓道来,让人掩卷长思,印象深刻。

三、花之魂——归宿与归属之间的拷问

圪梁村虽然偏远贫瘠,却以土豆、血葱和极花三大特产而远近闻名。而这三大特产中,因为形似青海的冬虫夏草,加之被人为赋予了比虫草更大的药用价值,这让先前无人问津后来被老老爷称为极花的毛拉草立时身价不菲。黑亮的母亲因供奉极花,不光自己成了村里最美的女子,还为黑亮招来了胡蝶这

---

① 贾平凹:《极花》,人民文学出版社2016年版,第156页。
② 贾平凹:《极花》,人民文学出版社2016年版,第75页。

么个漂亮媳妇，极花立时又成了村里光棍们不惜代价而苦寻的目标。这两个原因使得原本在圪梁村还有些数量的极花很快奇货可居，可遇而不可求。土豆作为圪梁村人的主食，满足了村人的基本生存需要，但也仅此而已。血葱有提高男女性能力的功能，却无法满足圪梁村的男人们对于异性和传宗接代的强烈渴望。唯独拥有极花，既可以使经济收入得以大幅增加，又可以满足一种望梅止渴般的精神需求，因此这种被虚构出来的小小花朵自然成了整个故事当中充盈着阴柔之美的文学象征和符号。

"你是该叫我老老爷了！我还不知道你的名字……""我叫胡蝶。""啊胡蝶，胡蝶可是前世的花变的。"①这故事开始时的一问一答，老老爷便道出了胡蝶与极花之间神奇而难解的关联与缘分。在整个故事的关键环节和起承转合之间，都能强烈地感受到极花极富感染力的隐喻气场和象征力量。"黑亮在镜框里装了极花就来了我，村里那么多光棍效仿着也在镜框里装极花，那么，我来寻的就是极花？我一下子从墙上取下了镜框，拆开来，拿出了极花，说：你就是我的前世吗，咳，我就是来寻你的？"②胡蝶这三个问题的答案似乎已经明确无疑，道尽了她和所有圪梁村里被从外地拐卖而来的女子们无奈且凄苦的宿命。偏僻贫穷的村庄里弥漫滋生的是血葱般原始的欲望。是贫穷压制不住欲望，还是欲望在挑战贫穷？这样的贾平凹式的悖论总是没有明确答案。禁不住城市里的物质生活和虚假繁荣的强大吸引，农村里的女人纷纷离乡背井，留下的只是一群走不出去的苦哈哈的光棍汉。老老爷给他们都起过名，猴子叫马德有，栓牢叫王仁昭，水来叫梁尚义，满仓叫王承仁……在他们身上，也的确或多或少闪现过仁、义、礼、信这些传统道德品行的优良成色，但是当这样一群基本被主流都市文明遗忘和抛弃的农村底层群体面对着对异性的渴望和传宗接代的压力的时候，道德甚至是法律的底线便会在他们的思想和观念里变得弱不禁风。作为拐骗犯的黑亮，在和其父调解立春和腊八对于訾米的所谓财产分割的过程中，竟然提到了婚姻法并以其为据，如此辛辣的讽刺实在让人哭笑不得。对于拐卖妇女这样的罪行，圪梁村里是长者麻木不仁，派出所所长视而不见，一村之长更是怂恿纵容。在如此所谓法不责众的恶劣氛围所搭建的温室之中，圪梁村的光棍们便像黄土高原上那一根根直愣愣的血葱，疯狂地生长着、茁壮着。

---

① 贾平凹：《极花》，人民文学出版社2016年版，第12页。
② 贾平凹：《极花》，人民文学出版社2016年版，第46页。

血葱蔓生的同时，留给极花的只有采掘后的凋零、荒芜后的消逝。那晒干后的缕缕花魂，被装入镜框，继续完成着自己承载欲望的无奈使命。胡蝶的魂魄曾多次离开躯体，站在相框之上，和那已经干枯的花朵合而为一。一脉香魂，归于何处，是作者在拷问着自己和这个社会的。逃离圪梁村，曾是胡蝶初来之时唯一且执着的渴望。在看到了自己的宿命之星，特别是生下了黑亮的孩子之后，这原本强烈的渴望便如放凉的开水，渐渐失去了最初的温度。及至与母亲重聚，被解救出村，重返城市，胡蝶得到的不是人们温暖善意的体贴和慰藉，相反，母亲要把她远嫁他乡的决定，媒体的过度曝光所衍生的关于她的各种好奇、猜疑、围观和嘲谑都让这个已经遍体鳞伤的小女子深深地体会到了城市的冰冷和漠然，也便有了最终从城市逃离，重返让她爱恨交加的圪梁村的选择。胡蝶不是《高兴》中那个即便在城市里没有找到归属也甘愿把城市当作永恒的刘高兴。刘高兴把自己的一个肾捐给了城市，而胡蝶却在城市里丢失了一颗心。重返圪梁村，胡蝶从外来变成了归来。此时的胡蝶，在贾平凹虚实交叠的叙事中时而梦、时而醒，辗转反侧，恰似一只伤痕累累的蝴蝶，挥动着残翅，重新投身于那张布满尘垢与血污的蛛网，营造着"城乡两处无着，花魂应归何处"的凄凉。故事以没有结局的结局，随着硷畔上的冷风，窑洞里的寒意，走向一片让人唏嘘的虚无⋯⋯

四、结语

作为中国社会长久以来难以根治的毒瘤，拐卖妇女儿童虽然时常成为社会和法律关注的焦点，却鲜少进入纯文学作家的创作视野。贾平凹此次的小说选题，既在意料之外，又在情理之中。"贾平凹坚守着他一贯的平民立场，但又突出知识分子的先锋意识，审视并批判现代化社会发展进程中农村伦理问题，以伦理意识承担着他的文学道德使命。"[①]严重扭曲的社会丑态，既然不能回避，就算不能消除，也应该给予文字的梳理和艺术的剖析，这对于一直以来从底层民间关注中国社会常态的贾平凹而言已经成为其文学创作的惯性常态。

"充满乡土'习性'的个性化审美经验与社会历史语境的融汇，使得贾平凹小说在建构自己的话语体系的过程中，既折射出新时期以来审美意识形态的诡

---

① 李伟：《论近年来贾平凹乡土小说中的家庭伦理：以〈秦腔〉〈高老庄〉〈土门〉为例》，载《文艺争鸣》2014年第3期。

异曲线,又始终潜变着一个具有独立品格和自我意识的创作者的精神诉求。"[①]在《极花》里,贾平凹构建了一个从细碎到浑成的文学世界,试图在传统与现代、理性与非理性、物质写实与精神抽象的三重语境之间找寻到最佳的契合点,以期解读中国社会的胡蝶们所面对的"要孩子没娘,要娘没孩子"的两难困境。这样的解读无须细想,本身就是困难重重。"这件事如此丰富的情节和如此离奇的结局,我曾经是那样激愤,又曾经是那样悲哀,但我写下了十页、百页、数百页的文字后,我写不下去,觉得不自在。我还是不了解我的角色和处境呀,我怎么能写得得心应手?拿碗在瀑布下接水,能接到吗?!"[②]胡蝶所面对的这样貌似非A即B的锥心抉择,让作者自然难于下笔,怎么都是一个难字了得。既然难,索性就把所有与两个选项有关的细如毫发的线索统统铺排在读者面前,以抓住读者的眼和心,进而作出自己的判断。既然无法做到"拿碗在瀑布下接水",就让读者去"遥看瀑布挂前川"吧。一部十余万字的《极花》,读来却是碎而不乱,浑然天成。只因有了那熠熠的星光、缤纷的剪纸和风干了的极花,此三者所深嵌的贾氏隐喻便仿佛无色无味的黏合剂,让一个看似凌乱且没有结局的故事变得顺畅自然、鲜活灵动,成了贾平凹乡土小说当中的性情之作、动人之作。这样一部作品对于2016年的中国文坛,也便像极了一朵绽放于崖顶、魂蕊相依的美丽极花。

(原载《西安石油大学学报(社会科学版)》2016年第4期)

---

① 王刚:《论贾平凹小说创作的审美视角与话语建构》,载《小说评论》2007年第6期。
② 贾平凹:《极花》,人民文学出版社2016年版,第208页。

无处安放的灵魂

——评贾平凹长篇新作《极花》

王万顺

在贾平凹的十几部长篇小说中,《极花》是最短的一部,除了主题内容发生改易,与其他作品相比没有多大区别性特征。否则,贾平凹就不能称其为贾平凹。但是也要承认,一部小说诞生,若说丝毫没有自己的特点显然不够客观,哪怕它只是发扬放大了某些特点,克服了某些缺点,甚或饱受批评招致争议。贾平凹是一个脚踏城市和农村两条船、现实感和幻灭感(不是理想)极强的作家,浓烈的民间思想或底层意识增加了贴地的重力,亦必然飞不起来。虽然贾平凹的创作道路几经转向,但他"一直是善于调整自己的作家,保持着足够的敏锐"[①]。这部小说一如既往地投入了作家对社会问题的敏锐度和关注度,叙写过程中又不自觉地沉浸到怀古念旧的趣味里,迷恋着难以名状的宿命论和天命观,散发出无可奈何的迟暮气息。纵观贾氏的创作历程,《极花》似乎回到了《秦腔》营造的挽歌氛围。不客气地说,这部小长篇是对贾平凹动辄三五十万字无节制笔法的一种否定,如果照这个样子写,过去的每部小说都要缩水三分之二强。

一、不期而然的吊诡人生

比之于非虚构的真实,笔者更相信不真实的虚构。近些年来,《人民文学》杂志大张旗鼓地倡扬非虚构写作,实绩有目共睹。那么,试问《极花》是虚构还是非虚构?发表之时没有标明。像其他长篇一样,在后记里,贾平凹介绍了创作动机、写作过程、自我感觉和文学理念,并对以前的创作遭受的来自外界的

---

① 黄平:《贾平凹小说论稿》,云南人民出版社2013年版,第152页。

批评质疑进行辩护。虽然短小，但作为非虚构文本对理解小说至关重要。于是小说和后记就形成了两个类似故事的参考对照。后记中老乡女儿被拐卖、被解救、又回到被拐卖村子的结局令人愕然，是小说的故事原型。今天来看，类似事件并不鲜见。被拐卖者心甘情愿为人贩子数钱，日久生情，皆有案例可查，如老鼠爱上猫剧情模式的影视作品也不在少数。所以，无论故事编得多么离奇，很难作为卖点吸引读者。贾平凹意识到了这一点，他说："我实在是不想把它写成一个纯粹的拐卖妇女儿童的故事。"① 尽管通过他所掌握的活生生的现实信息来看并不缺乏跌宕起伏的情节。既然如此，为什么还要重复书写呢？答案不难揣测，贾平凹的意图好像是对为什么会发生拐卖事件以及事件出乎意料的结局进行质询。

胡蝶是一个家境贫困的农村少女，父亲去世后，母亲无力承受抚养教育两个孩子的重担，只好让她退学，母女二人进城以收破烂为生。胡蝶渴望成为一个城市人，她有自尊心，爱美，甚至喜欢上了房东老伯上大学的儿子青文。可是现实存在的巨大差距让她备受打击，为了帮助母亲赚到更多的钱，不再受人歧视，她决定自己找一份体面的工作。但没想到的是，她在应聘时受骗，被拐卖到一个遥远闭塞、落后穷困、肮脏愚昧的小山村，成为青年黑亮买来的媳妇。她试图反抗，多次逃跑，都没有成功，并且遭到野蛮强暴，怀孕生子。渐渐地她屈服了，开始融入这个她恨之入骨的小山村。她依然惦念着母亲，盼望着自己能够被营救，回到城市，对暗恋的青文还抱有一丝幻想。也许是梦境，也许是梦想成真，她终于得救。在城市里，铺天盖地的新闻报道着警察英勇救人的事迹，记者频繁造访，让她诉说被拐卖的悲惨经历，她成为街谈巷议指指点点的对象。忍无可忍之下，她从这个城市出走，返回带给她不幸的小山村，回到了男人和儿子身边。

这是小说的故事梗概，叙述顺序则从她被囚禁在山村窑洞起笔，后面插入了被拐卖的前后经过。假如没有后记说明，胡蝶的选择确实有些不可思议，小说叙事也就显得不太可靠。对此，贾平凹没有做草率处理，小说线索遵循的是女主人公对待山村以及自己遭逢际遇的态度变化，从拼死抗拒到被迫接受再到主动投奔的过程，在这个过程中，她对山村人事有了全面了解，对个人命运也

---

① 贾平凹：《极花》，人民文学出版社2016年版，第207页。

进行了前所未有的深入思考。小说正是通过胡蝶这个女性来扫描周围世界,拐卖事件本身已经退居其次。选择胡蝶这样一个农村出身的女孩,要比选择一个城市女孩更具有感染力,因为胡蝶有着非常强烈的脱离农村摆脱农民身份的愿望,意外却让她从一个农村走向了另一个农村,完成了"农村—城市—农村"的充满吊诡的人生轨迹。设若将一个城市女孩放置在如此穷凶极恶的环境中,下场可能是两个极端,要么死去或疯掉,要么被逼屈从。即使是胡蝶这样的烈女,在受到凌辱重创的时候,也出现了灵魂出窍、恍惚若梦的精神失常状况。人是很奇怪的动物,胡蝶之所以再度返回,可以从母性母爱的角度来理解,但从小说与后记重点突出的文字来看,更是因为她看透了城市的冷酷与虚伪。因为偏见的鸿沟,从一开始她就不会真正地融入那座城市,只能被活生生地吞噬,也不会拥有尊严,恐怕也很难获得她所喜欢的大学生青文的认同。在改变了她预想的人生道路的那个小山村的情况则完全不同,如果她愿意就能够被村里人所接纳,像曾经声名狼藉的麻子婶、訾米一样活得自由,如老老爷所说在天空中找到属于自己的那颗星星。訾米也是从农村到城市打工的女孩,做了妓女,被拐卖到小山村,她说:"不管是从农村去的还是原本城市的,那里是大磨盘吗,啥都被磨碎了!"这句话内容丰富,对城市的批判也是显而易见的。胡蝶最初对她的话不以为然,当她被救回城市之后,才发现确实如此。其实,我们可以设想,假如胡蝶没有被拐卖,她在城市中会拥有什么样的未来?是不是也会像訾米一样沦为风尘女子?胡蝶从他人身上看到了自己将来的种种可能。另外,胡蝶精神上潜伏着浓厚的宿命论思想,这种思想可以是消极的,也可以是积极的,在这里对于认识自己以及人生命运有着重要的酵化作用,特别是在老老爷顺从天命的思想教化之下,她与山村的距离不断在拉近。

二、无法掩饰的城市偏见

小说作者把批判的锋芒指向了城市,控诉着它衣着光鲜底下的罪恶,视其为导致农村走向败亡的根源。后记中提到了城市化进程、农民进城、社会主义新农村建设、空巢老人、留守儿童等诸般社会问题,但这些问题不是小说家所要或者所能解决的,贾平凹也不能提出问题,分析问题,解决问题,只能把问题作为文学素材进行表现,通过文学性书写来打动人,引起人们的共鸣,或者对这一问题进行深入思索,从逸出乌合之众视野的角度,从常理之外的角度,从作为个体的人的心灵角度。但是积重难返的惯性思维让作家失去了理性,抑城市而扬农村成为不二定式。以其人之道,还治其人之身,小说透露出来的农业宗法文化偏见实际上具有更加强大的杀伤力——比如顺子爹以自杀的方式证明自己与儿媳之间的清白。胡蝶可以从城市返回山村,逃避舆论围剿,顺子爹能去哪里呢?八十多岁的张老撑把一个三十多岁的妇女搞怀孕,我们不仅没有看到对这种不伦之恋的道德谴责,村人还表现出羡慕佩服的态度,特别是对于血葱的壮阳奇效,给人们发展种植业的启示。人是不是有尊严,无论是在城市还是在农村,以不可选择的先赋身份来定义,是一种成见。

　　在贾平凹看来,远离城市文明的边远农村正濒临着破产的危险。为什么会这样?症结在人。青年人外出打工,比如像顺子这样的人打工不回,致使农村劳动力流失。值得注意的是,小说把问题的焦点集中到了女人身上。人要生存,首先要解决的是生理需求、吃饭、传宗接代。对于高巴县圪梁村来说,吃饭问题也没有得到很好的解决,连白面馒头都吃不上。在小说中,黑亮这一代的当地女性人物形象几乎没有出现,甚至连女孩都没有。通过人贩之手买媳妇形成了一种风气。没有买卖,就没有伤害。到底是什么原因造成了山村的这一怪现状呢?答案也是现成的:贫穷,外面的世界更精彩。就像村里人大骂跟人跑路的顺子媳妇:"村里的姑娘不肯内嫁,连做了媳妇的也往外跑。"所以,不管是山村的人们,还是贾平凹自己,对城里人充满了羡慕妒忌恨,似乎城里人是通过掠夺农村而发达富裕起来的。作家借黑亮的口说:"现在国家发展城市哩,城市就成了个血盆大口,吸农村的钱,吸农村的物,把农村的姑娘全吸走了!"如果从这个角度理解小说主题,并没有什么独到发现。早在《秦腔》的后记中,贾平凹已经痛苦地叩问过:"村镇里没有了精壮劳力,原本地不够种,地又荒了许多,死了人都熬煎抬不到坟里去。我站在街巷的石磙子碾盘前,想,难道棣花街上我的亲人、熟人就这么很快地要消失吗?这条老街很快就要消失吗?土地也从此要消失吗?真的是在城市化,而农村能真正地消失吗?如果消失不了,那又该怎么办呢?"[①]城市与农村、城里人与农民之间的不平等,这种观念在贾平凹没有走出农村的时候就已经植下了,谈到知青时他说:"他们在时代中落难,却来到乡下吃了我们的粮食、蔬菜和鸡,夺走了我们的爱情,使原本荒凉的

---

① 中国作家协会创研部编选:《2004年中国散文精选》,长江文艺出版社2005年版,第18页。

农村越发荒凉了。"①他不去追问农村为什么原本荒凉，而是简单机械地归罪于城市。在小说中，从城市拐卖妇女就演变成农村狙击城市的报复行为。作家流露出对传统民风民俗的留恋，对落后的乡村生活观念的欣赏，并没有多少批判之意，这些难道不是加剧山村衰败的原因吗？比如臭名昭著的一系列重男轻女思想，不仅造成了男女比例失调的恶果，还导致了新一代女性的出逃。

高深莫测的老老爷，极花的命名人，作为传统文化的守夜人，也不过是男性思想权威的代表。一方面他推崇类似道家顺从天命的自然法则，另一方面却极力维护着苟延残喘的山村秩序。他是个开口闭口讲"八谈"的道德君子，把"德孝仁爱，信义和平"字样刻在葫芦上，却容忍买卖人口的行径。他给自然生长的葫芦套上盒子，造成方的、三个肚子的形状，正是骨子里那一套扭曲的封建思想作祟，从他身上映射出来的是一个大大的象征男性的"太"字。他以智慧、威严形象示人，擅长使用伪装的实则是宿命论的思想蛊惑人心，比如他让胡蝶找到属于自己的那颗星，向她灌输人是地呼出的"气"理论，"啥事情看不透了，就拿看小事情来看大事情，天地再大都归结到你一个人，再拿看大事情来看小事情，你又是天是地了吗"。胡蝶涉世不深，是一个有着短暂城市生活的农村少女，难逃此种论调的影响，甚至无限崇敬。实际上，在山村跪拜的堂而皇之的"天地君亲师"牌位之下，女人是没有任何地位的。自从城市完成现代化进程之后，传统的或者腐朽的封建文化思想已经转移到了落后的农村，成为难以清除的痼疾，表现出民间藏污纳垢的一面。

三、挽歌气息的民俗书写

近十年来，贾氏的小说创作基本上处于一种刹不住车的惯性写作状态。在加速度中，他向着二十部长篇的数量冲刺，而不是向着超越前作的质量冲顶。《极花》完全可以看作《秦腔》《老生》等小说的续篇。且不说高巴县等字眼的雷同，从主题意蕴、人物类型、个性气质、叙事语言、恋污癖好等方面来看，非常相近。稍有不同的是文体结构模式，这只是完成小说的一种手段。何况《极花》采用的以第一人称进行单向叙述，中间穿插，又跳出第一人称视域以全景式进行关照的方法，与《秦腔》又是相同的。当黑家的那只木刻的鸡出现，"妖风"

---

① 贾平凹：《平凹自述：我是农民》，中国社会出版社2013年版，第31页。

刮起来的时候,《秦腔》的感觉来了。读罢小说,给人留下深刻印象的是作者对他所记忆或了解的陕西乡下民风民俗做了一次集中释放,是一种寻根式的失落拾遗。

小说涉及许多风情民俗描写,不仅仅是出于快感的简单胪列,实际蕴含着作家特别的叙述意图。胡蝶说她已经差不多知道了这个村子的许多讲究:"凡是谁家有人丢失,或是外出了久久不归,家里人就把这些人穿过的鞋吊在井里,盼着能寻到和早日回来。……比如手的中指不能指天,指天要死娘舅。在大路上不能尿尿,尿尿会生下的孩子没屁眼。夜里出门要不停唾唾沫,鬼什么都不怕,就怕人唾沫;稀稠的饭吃过了都要舔碗,能吃的东西没吃进肚里都是浪费。去拜寿就拿粮食,这叫补粮,吃的粮多就是寿长,拿一斗也可拿一升也可,但要说给你补一石呀给咱活万年。牙坏了或剃了头,掉下的牙和剃下的头发一定要扔到高处去。生病了熬药去借药罐,被借的人家要把药罐放在窑前路口,借的人家用完了要还回去,药罐也只能放到被借的人家窑前路口。养着的猪长着长着如果发现尾巴稍稍扁平了,就要用刀剁掉尾巴梢,扁平尾巴会招狼的。窑前的院子或硷畔上千万不能栽木桩,有木桩就预示了这户人家将不会再有女人。"给死去的人嘴里放铜钱,"这是给他去阴间的买路钱",阴婚,人死三年之后立碑,坐月子时身子底下铺上黄土,二月二放鞭炮起烟火,炒五豆(五种颜色的豆子,代表五毒,吃了百无禁忌),诸如此类。民风民俗是一种生活方式,而长期以来,民众生活在陈旧的模式里,他们和所谓现代的生活模式远远地隔离着。[①]只有旧的风俗存在着,村子才是村子。就像老老爷所说,人都得有名字,没有名字村子百年后就没有了。山村正是伴随着民风民俗的逐渐消失、淡化而日渐衰亡的。小说特别提到了一些正在消失的民俗,比如黑亮的杂货店所在的戏楼,已经十多年不唱戏,也不闹社火了。过去人们拜祭先人要用鸡鸭鱼肉和果品,现在则用麻子婶的剪纸代替。比如在《秦腔》中提到的那只木鸡,在重要场合才摆出来,只能看不能吃。木鸡作为象征物,作为一个诗学意象,实际上是农村走向凋敝的隐喻。另一方面,为了延续生存,根据需要,村子的人们也在制造着新的民俗,比如每年的二月二,老老爷就把准备好的彩花绳儿拴给村里人,意思是要把大家的命都拴上,保人畜平安;比如为了找到媳妇,人丁兴旺,

---

[①] 钟敬文:《钟敬文文集·民俗学卷》,安徽教育出版社2002年版,第559页。

让黑亮爹雕刻石头女人放到家门口,村子里已经有了几十个。从小村对男性生殖器(窑洞门窗的形状)的崇拜,到对女人的(石头女人)象征欲求,包括跪拜挂在墙上的镶了相框的极花,村子正以一种不可抗力走向无可挽回的没落。

  民风民俗笼罩着浓重的迷信色彩,人们认识事物也具有迷信思想,唯心,胡乱联系。例如,窑顶结出蜘蛛网明明是卫生状况不好、人迹活动少所致,却被认为是风水好,蜘蛛网是娲网,娲就是传说中的女娲,黑亮家自从有了娲网,好事不断,那一年他考上了镇中学,他娘去挖极花竟然一次挖到了十二棵,黄鼠狼没有叼走他家的鸡,他家的狗的寿命超过了十年,家里的毛驴比人还聪明。在贾氏小说中,神道思想非常严重,带有严重的魔幻现实主义的残留。例如,张老撑死了之后,"夜里老有一种鸟叫:翠儿——翠儿——据说那鸟是张老撑的阴魂变的,翠儿是那个妇女的名字"。胡蝶在激烈反抗的时候常常灵魂出窍,另一个胡蝶作壁上观,看到自己的肉体受难。后来她干脆有了一种特异功能,如梦似幻,能够说出从来没有见过和听说过的事情。诚然,这些都是因为突遭变故,担惊受怕,出现了分裂、幻觉、狂躁、臆想等精神失常的病症。每当她看到村长家里的电话就想偷偷地跟城里取得联系,到底打了没有,后来的营救行动是不是真的,这是大可质疑的,如此一来,她从城市返回山村的举动也就不能成立了。一百多年前,美国作家安布罗斯·皮尔斯的短篇小说《枭河桥事件》已经欺骗过我们一次。

四、结语:希望与绝望

  贾平凹的创作经历了从农村到城市再到农村的往返过程,到了《秦腔》前后处于徘徊不定的窘况。从秦腔的清风街开始,到《高兴》《古炉》《带灯》《老生》,他的视角即使是扫向了城市,其实还是在为农村寻找毁灭的证据。他也没有解决方案,只能为他痛心疾首的乡村扶起一块块墓碑。因此,他的小说一再被评论家冠以"挽歌"。挽歌却不是绝唱。贾平凹在小说中也尝试探讨过农村的发展前途,比如《老生》里面的老城村、棋盘村、当归村,特别是当归村的覆灭,它从改革开放初期开始进行的经济活动,是以破坏环境、消耗资源、牺牲食品安全为代价的粗放式畸形的发展模式,最后在疫情中化为灰烬。圪梁村是个尚未开化的山村,这里曾经出产类似冬虫夏草样的极花,因为滥采,几近绝产,而血葱种植还没有形成气候,可以说处于当归村的前期发展阶段;而且这里地理条件也很差，经常发生地震，每次都有人在地震中死去。对于它的未来我们完全可以预见，恐怕只能是以魔幻方式像马尔克斯笔下的马贡多、胡安·鲁尔福笔下的科马拉一样，在鬼影幢幢中像一阵风刮过消失不见。此类书写可以与今天新闻里呼吁保护传统村落的极端报道对比。贾平凹写城市、写乡镇、写农村，都是固守知识分子立场站在底层的位置，自诩"我是农民"的贾平凹其实并不真正了解农民。

贾平凹喜欢在长篇小说后面加后记，不过，阅读是读者的事，并不一定按照作者的指示来理解，贾平凹对自己作品的自陈聊备一说。我们能够看出，这部小说是贾平凹最不费气力的小说之一，没有那么折磨，笔者以为反倒更加可读了一些。虽然故事陈旧，披着拐卖妇女的皮，夹带的却是自己的私货。这部小说可以跟同期王安忆的《匿名》进行一番有意思的比较。《匿名》讲的是一个绑架的故事，《极花》讲的是一个拐卖的故事，但两者都对故事本身有意疏离，而是通过主人公的遭遇来表现作家的深层意图。两部小说的指向均是对于城市文明的批判，并且不约而同地撤向了再也无路可退的乡野，对于人的命运的思考也有相似性、普遍性。不同的是，贾平凹信仰的是民间传统的宿命论，而王安忆则是拔高到哲学层面进行形而上思索，前者能够找到既定的归宿，而后者则难免陷入荒诞，对人生存在持有否定的意味。特别有意思的是，贾平凹的主人公是女性，王安忆笔下的主人公则是男性，都不太多见。笔者认为，贾平凹对女性的了解超过王安忆对男性的了解，但是他们都选择了自己身上并不是真正了解的另一半来书写，多少给人力有未逮的遗憾。谁是谁非，谁高谁低，不好作出评判。可以这样说，贾平凹写了自己最拿手的东西，文笔相对简约，使他获得了仅仅是艺术上的进步；王安忆则不满于过去因陈的叙述方式，主动改弦易辙，在形式上特别是精神上进行大胆探索，尽管这种探索并不是太成功。从对待城市与农村的姿态来看，王安忆虽然把自己抛掷到了荒郊野外，欣赏乡村民间的原始力量，但没有放弃城市，那里有光，寄寓着希望，两厢之间交织着冥冥的联系；贾平凹正相反，从绝望的城市到无望的乡村，无法安放的灵魂何可告慰？其实，他早已是一个"失去记忆"的无根的人。

（原载《中国图书评论》2016年第6期）

综合比较

中国最后的农村

——《极花》论

何 平

《极花》是贾平凹最新的长篇小说,是一部女性被侮辱与被损害的戕伤史,又是一部直面中国传统村庄日渐消逝的近乎百科全书的断代史。《极花》选择逃离乡村去往城市却被拐卖到更偏僻乡村的农村姑娘胡蝶为叙述者,讲述地方"传统"文化和权威如何削弱和瓦解,乡村基层格局和配置如何变化,农村知识青年如何遭受现实与精神的挤压,善良而怯懦的底层民众如何成为施暴者和看客,最终缺少精神和信仰看护的中国农村如何成为涣散之乡并难逃暴力。中国农村的失落是20世纪90年代中期以来,贾平凹在《高老庄》《秦腔》《带灯》《极花》等小说集中书写的主题,对这个主题的持续而深刻的发掘和揭示,体现了贾平凹在文化、人性等维度的全面反思,彰显了作家是受苦"先知"、对温暖人性和乡村未来仍抱有期许的文学理想。

和近年贾平凹所有长篇小说一样,《极花》也有一个不短的后记——交代小说的由来、背景和写法等方方面面的问题。贾平凹长篇小说的后记其实已经是一种特殊的文学批评文体。他往往会将可能伤害到小说文体的,过于直白的说明、议论和抒情移置到后记。这样,后记和小说之间有了一种彼此发微的互文关系。借助后记贾平凹总是成为自己小说第一个到场的批评者,他的后记也因此成为我们对他小说进一步阐释的原点。《极花》的后记中,贾平凹说:"窝在农村的那些男人在残山剩水中的瓜蔓上,成了一层开着的不结瓜的谎花。或许,他们就是中国最后的农村,或许,他们就是最后的光棍。"[①]中国人对血缘家族十分看重,"一个传统的中国人看见自己的祖先、自己、自己的子孙在流动,就有

---

① 贾平凹:《极花·后记》,载《人民文学》2016年第1期。

生命之流永恒不息之感"①。由于客观上存在的区域发展差异,那些边远闭塞,没有赶上20世纪70年代后期开始的改革大潮,没有分享改革红利的中国农村经过痛苦的挣扎终于遭遇了生命之流的枯竭和断流。可以想见,一座座后继无人的中国村庄即将诞生,而后继无人,中国农村谈何重建和再生?从20世纪90年代中期开始,《土门》之后,贾平凹固执地记忆并书写城市化进程中颓败和凋敝的"中国最后的农村"。考察中外文学史,"最后"可能滋生挽歌文学,比如哈代、沈从文。贾平凹的《秦腔》就是这"最后"的记忆和挽歌的典范之作,但同样写农村颓败和凋敝,《极花》却不是《秦腔》那样的记忆和挽歌,而是克制和收敛乡愁引发的悲情,直面和逼视中国农村现实图景,诘问其何以至此的文化、人性等根源。贾平凹的《极花》是"激愤""控诉",也是"悲哀"的。② 是的,由一个乡村之子宣判中国农村的"最后"和死亡,其疼痛感可想而知。贾平凹却没有躲闪和退却,而是自觉地选择做中国最后农村的见证者和记录员。如果我们进而意识到中国农村之"最后"是一个缓慢延宕的渐衰渐亡的过程,那么,贾平凹的写作在中国当代文学格局中就有了一种与时偕行的"史记"意义。

一

  小说的虚构和想象不意味着小说不追问我们世界的真。贾平凹是中国当代文学少有的将自己的写作持续地建立在类似于社会学和人类学的精准田野调查之上的作家。他擅长由实入虚,以小地方想象中国的小说修辞术。田野调查的"实"是他写作的出发点。贾平凹认为:"生活有它自我流动规律,顺利或困难都要过下去,这就是生活的本身,所以它混沌又鲜活。如此越写越实,越生活化,越是虚,越具有意象。"③贾平凹用自己早年的乡村记忆和不断行走的田野调查获得的天文、地理以及人与人的关系秩序等"生活的本身",去建构一个个中国农村的地方,并且别有深意藏焉。因此,就像他的《秦腔》,"写得实,实到使读者在阅读时不觉得那是小说而真实经历了那个叫清风街的人人事事,同时以实写虚,大而化之,产生多义,有所寄托"④。而《极花》之虚与实,多义与寄

---

① 葛兆光:《中国思想史》第1卷,复旦大学出版社2002年版,第24页。
② 贾平凹:《极花·后记》,载《人民文学》2016年1期。
③ 贾平凹:《我心目中的小说》,载《小说评论》2003年第6期。
④ 贾平凹:《关于小说》,生活·读书·新知三联书店2015年版,第147页。

托,也不只是物象的象征意义——如极花之冬虫夏花与生命从冬日弱虫的凝定到夏花灿烂的转生,如"胡蝶"与庄子著名寓言有着隐秘关系的梦与真、灵与肉的迷离恍惚,而是从高巴县圪梁村这座小说家言的中国村庄天地人鬼博物志般的精准写实和描刻摆渡到更辽阔的"中国"。

确实,只要涉及现实题材,贾平凹的写作都是在充分的田野调查之后,《极花》也不例外。《极花》中,胡蝶被拐卖到圪梁村的故事母本来源于贾平凹"像刀子一样刻在我的心里"的"真实的故事"。可以研究一下"真实的故事"母本如何向《极花》小说述本的演变。贾平凹自己说,他"一直没给任何人说过"这个故事。贾平凹一个老乡的女儿,初中辍学来西安和收捡破烂的父母相聚仅一年,便被人拐卖。好不容易被解救后,女孩子却被媒体和闲人围观,指指点点,以至无法正常生存,留下字条,还是回到她被拐卖的村子。熟悉贾平凹的创作,应该发现这个他"一直没给任何人说过"的故事其实在《高兴》的后记里已经被讲述过一次。而且《高兴》后记讲述的拐卖故事,主人公似乎更接近《极花》的胡蝶。对勘《极花》与《高兴》后记讲述的故事,就能够发现,发生在现实解救过程中遭遇村民围堵的场景正是《极花》最后胡蝶被解救逃脱的梦境,只是《高兴》后记没有像《极花》那样交代被拐卖女孩解救回城之后的后续命运。对于《极花》,胡蝶被拐卖的故事母本来源是一个还是两个真实发生的故事,并不重要。重要的是,《高兴》后记讲述的拐卖故事是贾平凹调查西安捡破烂群体时发生的。根据对西安捡破烂群体扎实的田野调查,贾平凹写成了《高兴》。这之后,贾平凹又写出了《古炉》《带灯》《老生》,其中《带灯》《老生》都是在深入的田野调查之后写成的。但差不多过了十年,这个拐卖的真实故事却一直没有被贾平凹征用和调动创作出新的小说,直到《极花》。那么,贾平凹在等什么?《极花》后记交代了这部小说在贾平凹内心的沉潜和积淀:"以后,我采风去过甘肃的定西,去过榆林的横山和绥德,也去过咸阳北部的彬县,淳化,旬邑,那里都是高原,每当我在坡梁的小路上看到挖土豆回家的妇女,脸色黑红,背着那么沉重的篓子,两条弯曲成O形的腿,趔趔趄趄,我就想到了她……我就想到了她……我也就想到了她。"①心里藏着"真实的故事",行走在乡村大地,想象那些行走路上所见的底层农村妇女和记忆中故事女主人公之间的关系,这就

---

① 贾平凹:《极花·后记》,载《人民文学》2016年第1期。

能够解释贾平凹为什么说,故事"像刀子一样刻在我的心里"。

不仅仅是对故事女主人公命运和生命结局的关切,查阅《定西笔记》,还可以肯定的是《极花》中的那些地理、物理、风俗和人情等的"知识"和2010年的定西"行走"有高度的吻合度。更为重要的是,定西"行走"不但获得了《极花》所需要的"知识",而且捕捉到了《极花》的"农村的味","农村的味"是贾平凹小说植根中国大地的气息,贾平凹是在等待胡蝶在他的小说中丰满,也等待一个浸透农村味儿的艺术空间安放胡蝶的生命和生长。

二

贾平凹的写作不是城市楼头书斋的空想,而是不断的乡村大地行走。正是通过"商州系列"以来持续的行走,贾平凹目击到边远闭塞中国最后之农村的缓缓蜕变。接下来的问题是,作为虚构的小说,选择谁目击中国农村之"最后"呢?即谁是小说《极花》的叙述者。研究中国现代乡村小说的叙述者不只是一个小说技术问题,每一个不同叙述者的叙述声音都有着各自不同的身份和立场,以及与生俱来的擅长和局限。可以举的两个例子是:"荒村想象"是中国现代作家基于辛亥革命前后乡土中国现实的研判开创的母题,以鲁迅为代表的"五四"一代作家就集中书写过中国农村的凋敝和荒芜;但回望百年中国农村,除了凋敝和荒芜,也确实有过复兴和重生的时刻,20世纪40年代解放区作家笔下中国农村和农民的解放和新生感,同样是时代中国的农村现实。这不同时代中国农村废与兴的图景出自不同的叙述者,前者往往是游子兼现代知识分子的启蒙者,后者则是有文化的革命实践者。预设的身份和立场带来的是对中国乡村观察和书写的洞见,或者盲视——启蒙者放大中国乡村的荒原荒芜感,革命实践者则片面强调革命带来的中国乡村变革之"新"。如果仔细考察,这两类不同的叙述者其实和作者有着身份和立场的同一性。这种同一性使得中国现当代文学塑造了片面和偏见的中国乡村,大量目击却不能言说者心、眼中的中国农村没有被文学充分激活和释放,成为沉默无言的乡村。

贾平凹的写作几乎是与20世纪70年代末的改革时代同时开启的。在那个时代,共同的现代化梦想令知识分子与国家主流话语取得一致,贾平凹乡村小说的叙述者亦往往取与国家主流话语一致的改革立场,如贾平凹所说:

"1979年到1989年的十年里,故乡的消息总是让人振奋"①,就像他这一时期一部长篇小说的题目"浮躁",也如小说中的州河——"我的这条州河便是一条我认为全中国的最浮躁不安的河"②。时代是浮躁的,却有着光明必至的未来期许,所以"振奋"。当然,也会有困惑,但贾平凹却是一个乐观的理想主义者。短暂的好时光才二十几年就成了过去时的"黄金时代","就在要进入新的世纪的那一年,我的父亲去世了。父亲的去世使贾氏家族在棣花街的显赫威势开始衰败,而棣花街似乎也度过了它暂短的欣欣向荣岁月"③。贾平凹在很多场合说过,他的小说"老老实实地去呈现过去的国情、世情、民情",但问题是即使在改革开放一路高歌猛进的时代,"欣欣向荣"是不是唯一的"国情、世情、民情"?还是危机从一开始就已经暗自潜伏,只是因为他选择了改革立场而被遮蔽了呢?在以《小月前本》《鸡窝洼的人家》《腊月·正月》《浮躁》为代表的所谓改革小说中,传统中国农村成为改革的一个假想的对手而被置于审判台,以阻碍现代化的名义被宣判落伍和悖时,但即便如此,小说虚构和想象的中国农村并没有成为最后之农村,因为有一个想象的新农村来新陈代谢行将消逝的旧农村。

变化应该是在《白夜》《土门》到《高老庄》的"中年变法"阶段。贾平凹自己说,在世纪之末写完《高老庄》,他已经是很中年的人了。"我中年阶段的世界观就逐渐变化"④,"人在中年里已挫了争胜好强心,静伏下来踏实地做自己的事,随心所欲地去做,大自在地去做"⑤。所谓"随心所欲",所谓"大自在",就是不再被宏大的国家现代化想象所裹挟,而是充分尊重个人的观察和想象。基于对中国现实社会的认知,对已经到来并不断加剧的城乡对峙,贾平凹敏锐地捕捉到城市扩张中,中国乡村空前的溃退。我们或可意识到贾平凹这些创作是在世纪之交社会主义新农村建设或者乡村重建的时代背景下展开,并且意识到他给出的是一个个令人失望的答案——从《高老庄》对城市化有限的肯定,到《极花》借黑亮之口激愤地控诉:"现在国家发展城市哩,城市就成了个血盆大口,吸农村的钱,吸农村的物,把农村的姑娘全吸走了!"明乎此,我们能理解贾

---

① 贾平凹:《秦腔》,人民文学出版社2008年版,第541页。
② 贾平凹:《浮躁》,译林出版社2012年版,序第2页。
③ 贾平凹:《秦腔》,人民文学出版社2008年版,第542页。
④ 贾平凹:《高老庄》,2016年版,第392页。
⑤ 贾平凹:《高老庄》,长江文艺出版社2016年版,第395—396页。

平凹针对《秦腔》所说的："作家是受苦与抨击的先知，作家职业的性质决定了他与现实社会可能要发生摩擦，却绝没企图和罪恶。"①进一步，如果我们以《土门》为界，把贾平凹写中国农村的小说进行前后对读，会看到贾平凹是如何给传统中国乡村"平反"的，以及如何在《高老庄》《秦腔》《带灯》《老生》，包括《极花》当中书写着《小月前本》《鸡窝洼的人家》《腊月·正月》《浮躁》等改革小说的反题。但此时已经到了20世纪90年代中期以后了，城市化以无可挽回的姿势将乡村逼到了绝境。在《秦腔》书写中国农村挽歌之后，贾平凹从一个忧伤的抒情诗人，转而成为一个有知识分子风骨的、独立的批判现实主义小说家。《古炉》《带灯》《老生》《极花》就是这样沛然涌动着批判精神的现实主义之作。

贾平凹"中年变法"所变的还有他的小说观，在他看来小说就是"说话"："《白夜》的说话"，"它可能是一个口舌很笨的人的说话，但它是从台子上或人圈中间的位置下来，蹲着，真诚而平常的说话，它靠的不是诱导和卖弄，结结巴巴的话里，说的是大家都明白的话，某些地方只说一句二句，听者就领会了"②。同样取"说话"的小说叙事态度，《极花》"让那可怜的叫着胡蝶的被拐卖来的女子在唠叨"③。"说话"或者"唠叨"，从叙述者角度，其实是将居高临下的知识分子视角下移转交给底层民间普通人，而且这种视角的下移和转交应该理解为与贾平凹价值立场和文学观的互动："我的情结始终在现当代。我的出身和我的生存的环境决定了我的平民地位和写作的民间视角，关怀和忧患时下的中国是我的天职。"④有意味的是，贾平凹有几部小说的叙述者都是穿高跟鞋闯入乡村的城市女子——《高老庄》的西夏搜寻着村庄的碑文打捞乡村湮没的历史，《带灯》的带灯忧心着农村基层的政治生态，而《极花》的胡蝶则目睹了中国最后的农村和自己一起沦陷。如果把贾平凹这些小说作为一个整体来看，每个叙述者都从自己的通道抵达中国农村。贾平凹最大可能地避免对叙述者的垄断和专横，而是众声喧哗，让中国农村最大可能地敞开，从而也最大可能地通向中国农村之"真"。而且，从小说技术的意义上，贾平凹"说话"的小说实践也是在尝试小说多重叙事声音平等呈现的可能性。

---

① 贾平凹：《秦腔》，人民文学出版社2008年版，第546—547页。
② 贾平凹：《白夜》，华夏出版社1995年版，第386页。
③ 贾平凹：《极花》，载《人民文学》2016年第1期。
④ 贾平凹：《高老庄》，长江文艺出版社2016年版，第394页。

《极花》从一开始即充分展示贾平凹小说"说话"的魅力。胡蝶"唠叨"的都是现场感极强的村庄细事——极花的绝迹,金锁媳妇被葫芦豹蜂蜇死,顺子进城打工……除了这些,被最频繁"唠叨"到的还是农村性事——性饥渴和性匮乏。八十岁的张老撑吃血葱搞大女人的肚子;顺子一走四年,家里的媳妇竟生了孩子,以至村子里十几个光棍互相怀疑,最后却是顺子媳妇和收极花的男人私奔。胡蝶以一个村庄的异者"她"来看,绝迹、出走、死亡、性乱、私奔……圪梁村的末日来临。《极花》小说开始的时间正是生与死之间的"极期"。所谓中国最后农村之"最后"就是"极花"之"极",亦即"极期"之"极",对胡蝶,对圪梁村都是如此。值得注意的是,小说胡蝶的"她看"和"她唠叨",既是现实的,也是心理的。尖锐的痛感,使得每一个微小的细事都成为不能遗忘的生命时刻的痛点。恰恰正是刻下一百七十八道儿的深刻,胡蝶目击到农村的隐秘和疼痛,一个农村青年的性饥渴:

> 刻道儿旁边的美女图是用糨糊贴上去的,明显能看出那是一页挂历画,年月日被裁去了,只剩下一个美女像。美女从脖子到脚却好像被刀砍过,刀刀深刻,以至于把墙土都砍了出来。我问黑亮:你贴的?他说:我想要她。我说:你想要她你砍她?他说:我恨那女人不是我的。

中国当代文学写乡村性匮乏和性饥渴的扭曲和变态,《极花》不是最惨烈的,更极端的如曹乃谦的《温家窑风景》写精神失常、兽交、乱伦,等等,但贾平凹不取奇观或述异的态度,而是写性之于中国农村青年日常生活、生理和心理以及中国农村之未来和出路的影响,用笔"刀刀深刻"。

这是一座令人不安的村庄。老老爷说"这几年村子里净出怪事",可是,即便如此,表面上看,圪梁村仍然是一座命不该绝的有机的村庄,就像极花所暗示的。极花不似鲁迅在《失掉的好地狱》中所写"地狱小花,惨白可怜",而是极其美艳,"毛拉一到冬天就钻进土里休眠,开春后,别的休眠的虫子蜕皮为蛹,破蛹成蛾,毛拉却身上长草,草抽出茎四五指高,绣一个苞蕾,形状像小儿的拳头,先是紫颜色,开放后成了蓝色";但极花同样是死亡之花,是毛拉坟穴开出的花。贾平凹写村庄的死亡着眼村庄的"方生方死"。"生",我们可以看村庄的风水树,四棵白皮松精神勃发生机盎然。"绿树村边合",树是村庄的庇护。树在,则村庄的风水、精神在。因此,中国作家写村庄的由兴而废都爱从大树的斫伤和毁灭着笔,像阿城的《树王》、韩少功的《马桥词典》等都是如此。贾平凹对村树尤其属意,以至《高兴》的后记写完又写了后记二,专门记录老家的六棵树,这在贾平凹的写作生涯中是前所未有的旁逸斜出。在这篇后记里,贾平凹写侥幸活下来的树,怅惘地追念老家村子里"那些三十年间消绝的花草树木、飞禽走兽、农耕农具"①。《极花》还写到槐树。写槐树,胡蝶先"唠叨"圪梁村的创世传说,"世世代代的人都说,这里原来是个海子。他们的祖先就在海子里捕鱼为生"。海子里出了魔鬼魃,海子上升,洪水泛滥,神杀死了魃,海子变成荒原,魃的骨骼长出六个大梁,为了镇压六个梁长成熊耳岭那样的雪山,在每个梁上建了寺庙。"据老老爷说这些个寺庙当年香火很旺,村里人天旱了去祈雨,生病了去祷告,谁和谁闹了矛盾,争执不下,也都去寺庙里跪下发咒,你说:神在上,我要是做了亏心事,让五雷把我轰了!他说:神在上,我要是做了亏心事,让五雷把我轰了!"

说村庄之"生"还在于它有着自己生生不息绵延的地方性传统、传说和宗教。但贾平凹没有把圪梁村写成一个闭塞的化外之地,当代政治生活早也在此扎根,比如十年动乱时期对宗教活动和场所的取缔和毁弃,这出现在沿海发达地区,就像范小青的《香火》写过的,圪梁村这样的偏僻之地也劫数难逃,但这不影响宗教传统在圪梁村隐秘的存在和传承。胡蝶看到的村庄:鸡鸣狗咬,人声吵骂,炊烟袅袅,毛驴犁地,整个村庄并不像许多乡村小说渲染的死寂荒芜。那些屋舍器物——窑洞、石磨、水井一如往昔;做石活的黑亮爹和剪纸的麻子婶这些手艺人神思飞动;人们相信麻子婶受孕、学会剪纸以及昏迷后醒来如有神授成为剪花娘子的灵异故事;还有,生孩子身下铺黄土,炒五种颜色的豆子,拴彩花绳子,以及日常生活中无所不在近乎巫术的"讲究",维持了一村人生活在这里。

四

圪梁村,活着却濒临死亡。因为一座活着、运转正常的村庄,置身其中的每一个个体和各个阶层应该是秩序井然的。因此,所谓中国最后的农村当然是指既有村庄构成的失序,犹未重建。《极花》的圪梁村处于中国当代政治网络结

---

① 贾平凹:《高兴》,译林出版社2012年版,第307页。

构的基层和末梢。在这里,村长是"强势"的。他的"强势"一方面是因为他是乡村基层政治的代表,就像村长自己强调"镇政府任命我当村长";另一方面,他的"强势"是现实性的。小说的现实是他长期霸占着几个寡妇,而且拴子不在家时,也常去拴子家;立春、腊八是他本家的叔叔,他都敢纠缠啻米;他摆排起村里这几年的变化,是村子里买了六个媳妇。他对神灵没有任何敬畏之心。吊诡的是,他渎神尊法,事实上圪梁村在他的治下却法治废弛;而声称尊法不尊神的他却会率领全村人给老老爷拜寿补粮,祝老老爷万寿无疆。"村里人脆,不停地埋",他又让黑亮爹多凿石羊送病。

很显然,在圪梁村"强势"的不只是村长。王斯福研究中国当代村落"确认地方及其领导的制度",认为存在两种基本类型:"其中一种类型的制度只是基层政府的行政,另一种是由下而上的传统权威以及他们在文化知识与地位上的声望等级。"[1]圪梁村的村长自然是代表着前者,而老老爷则是后者。老老爷相信自己在圪梁村的权威和声望,也自觉地承担着他的责任:"我死不了的,村子成了这个样子了,阎王爷不会让我死的";"我不是一个人的老老爷"。事实上,大多数时刻,圪梁村人包括村长也服膺他的权威和声望。老老爷的"强势"是因为他是村庄共同信奉的传统权威,就像村庄共同拥有的传说、记忆和"讲究"等。"老老爷是村里班辈最高的人,年轻时曾是民办教师,转不了正,就回村务农了,他肚里的知识多,脾性也好,以前每年立春日是他开第一犁,村里耍狮子,都是他彩笔点睛,极花也是他首先发现和起的名",老老爷能写秦朝统一文字之前就有了的字,是一个文化传人。事实不仅如此,在圪梁村,老老爷是一个兼具家族长老、乡绅和巫等多重身份的权威和偶像。有趣的是,某种程度上,老老爷的世界观和贾平凹有着一致的地方。贾平凹认为:"古人讲,仰观象于玄表,俯察式于群形。这是我们活人的总的法则"[2];"一早一晚都在仰头看天,像全在天上,蹲下来看地上熙熙攘攘物事,一切式又都在其中"[3]。贾平凹参悟的活人法则以及天地人的秘密演化在圪梁村由老老爷执掌着。对天地,老老爷看历头,算年景,夜观东井:"天上的星空划分为分星,地下的区域划分为分野,天上地下对应着,合称星野。"对人间,老老爷给村里所有人都取过名,他

---

[1] 王斯福:《帝国的隐喻》,赵旭东译,江苏人民出版社2009年版,第325页。
[2] 贾平凹:《关于小说》,生活·读书·新知三联书店2015年版,第232页。
[3] 贾平凹:《高老庄》,长江文艺出版社2016年版,第392页。

以为"不起名那这村子百年后就没了";他在葫芦上写毛笔字,印德仁孝;当梁水来要像黑亮一样找到媳妇,想要把压制好的极花敬到中堂,老老爷说:"中堂是挂天地君亲师的。"对鬼神世界,他可以做梦问征兆。当瞎子叔腿疼,熏艾没有用,老老爷说"有鬼了"。不只是《极花》,贾平凹《秦腔》《古炉》等小说都有类似老老爷这样的地方传统权威,平衡着乡村的天地人鬼神秩序。

在《极花》的圪梁村,老老爷的权威是尊重和遵从长者的文化传统赋予并自然生长出来的。"革命"并没有能够阻逼村庄传统权威自然的汰选和生长,更没有将其剿灭。地方的传统权威老老爷一直发挥着作用(村人以为"树精"附体的麻子婶某种程度上也分担着村庄的地方传统权威)。他们共同维护着中国农村地方性的"另外的信仰共同体、另外的道德权威与安全感的来源"[①]。某种程度上的现实是,中国当代乡村基层政体和地方传统权威共同控制并影响着中国农村。《极花》走山的灾害发生以后,老老爷认为村庄接二连三的死亡和走山,是因为"十几年没有唱过戏或闹社火了",想让村长唱戏安神。在老老爷的世界里"唱戏不是热闹,也不是要谢忧帮忙的人,戏是要给神唱的,安顿了神,神会保佑咱村子的"。而村长则回应,"神在哪儿呢?哪儿有神?""生老病死很正常,走山是自然灾害"。但即便如此,《极花》的圪梁村地方性传统和传统权威隐秘地活着。而恰恰是改革时代以来,地方传统权威的作用不断被削弱。在贾平凹的思考中,正是因地方性传统消逝和传统权威失势,中国农村成为信仰缺失的"废乡"。早在《秦腔》贾平凹就思考并书写这种消逝和丧失。《极花》有一个细节值得玩味。毛虫去镇上两天,让瘫在炕上的爹不吃不喝,三朵伸张正义扯着毛虫来见老老爷,让他给老老爷认罪。小说写:

毛虫说:他又不是庙里的神。

三朵说:他不是庙里的神,但他是老老爷!

毛虫说:他能给我一碗饭还是给我一分钱?我认他了他是老老爷,不认他了就是狗屁!

因此,就像有人所忧虑的:"非集体化之后的农村出现了道德与意识形态的真空。与此同时,农民又被卷入了商品经济与市场中,他们便在这种情况下

[①] 王斯福:《帝国的隐喻》,赵旭东译,江苏人民出版社2009年版,第266页。

迅速地接受了以全球化消费主义为特征的晚期资本主义道德观。"①这种"卷入"和"接受",不只是物质层面的财富梦想——村民疯狂采挖极花牟利以至极花绝迹;立春带回来的訾米脑子活泛,种血葱经管温泉;黑亮拥有拖拉机、杂货店——也是圪梁村出现了"道德与意识形态的真空"。在《日常生活的启蒙者》的"乡土"部分,彻费恩和鲍辛格讨论了"边城僻壤"这个概念。他们认为"在很多方面'边城僻壤'是可以与中心同步的","在某些品质上,'边城僻壤'比中心还要发育健全"②。因此,圪梁村作为"边城僻壤",远离城市和政治中心不能解释它行将消逝成为中国最后的村庄。《极花》给出的真正原因在于:农村基层机构失范,是因为圪梁村村长渎神枉法、自私专横的各种妄为;同时,"晚期资本主义道德观"似乎也在导致传统权威的"失势"。更值得注意的是,小说写刘全喜、张耙子和黑亮他们想办血葱公司,村长知道后要插一杠子,而且提出他要承头。这意味着,农村新势力的崛起受制于贪腐的村长而被压抑和阻逼,缺少上升的空间,进而也无法带动乡村重生和重建。从中国农村未来看,重建村庄废弛的道德、法律和政治意识形态,等等,必须依靠这些被压抑的农村新人。

可以进一步思考,谁是贾平凹小说的农村新人?其实,贾平凹通过《小月前本》《鸡窝洼的人家》《腊月·正月》《浮躁》等小说里乡村"改革者"形象已经回答过这个问题。门门和禾禾从城市里汲取了新的价值观并在农村进行改革实践。在那个时代,城市只是他们力量的源泉和打开的新世界,这些新人最终要在乡村实现自己的成功梦,也要带动乡村的更生,就像《鸡窝洼的人家》的禾禾,他们在乡村的改革实践不断失败,但他们从来没有想过逃离生息的乡村。"农村青年已经成为一个重要的社会群体;相应地,青年文化已经在农村出现","青年文化的出现同时也展现了中国社会变革的一个重要方面,那就是农村社会的多样化"③。这用来指认20世纪80年代改革之初的中国农村是恰当的。但到了《极花》的时代,出生营盘村的知识青年胡蝶却是一个彻底的逃乡

---

① 阎云翔:《私人生活的变革:一个中国村庄里的爱情、家庭与亲密关系》,龚小夏译,上海书店出版社2009年版,第260页。
② 赫尔曼·鲍辛格:《日常生活的启蒙者》,吴秀杰译,广西师范大学出版社2014年版,第146页。
③ 赫尔曼·鲍辛格:《日常生活的启蒙者》,吴秀杰译,广西师范大学出版社2014年版,第146页。

者。她少时父亡,家贫,为她和弟弟读书母亲卖光几乎全部家当,接着又去城里打工捡破烂。胡蝶初中快要毕业辍学,她想的是"娘走了,我也从此再也不是学生"。于是,追随娘进城。她梦想"我已经是城里人了,我就要有城市人的形象",所以她要把娘收捡来的两架子车废品卖掉,五百块钱买了真皮的高跟鞋;她的爱情梦是出租院房东的儿子,一个读大学的城市青年。和胡蝶不同的是,圪梁村的知识青年黑亮并没有逃乡。黑亮形象接续的是贾平凹塑造的门门和禾禾等这些改革小说的人物谱系。《鸡窝洼的人家》的禾禾在村子里第一个拥有手扶拖拉机,取得养蚕事业成功的同时,也在乡村收获了爱情。20世纪80年代贾平凹的乡村是牧歌情调的,同时代的作家很多都是这样,比如张炜的短篇小说集《芦青河告诉我》。他们小说的乡村改革者在事业取得成功的同时,也和乡村里最优秀的女人缔结良缘。有意思的是,《极花》中的黑亮也是村子里唯一的手扶拖拉机的拥有者。很长时间里,拖拉机都是社会主义新农村的想象和象征,而且拖拉机联系着的往往是农村新青年的成长故事,无论是张炜的《拖拉机突突响》,还是莫言的早期小说《白鸥前导在春船》,皆是如此。可是《极花》的拖拉机手黑亮这个乡村知识青年,在圪梁村既没有事业上升的空间,他梦想中的血葱基地要依附于乡村政治权威的村长,而且也没有收获甜蜜的乡村爱情。黑亮和胡蝶,如果在贾平凹20世纪80年代改革小说中是最有可能产生乡村爱情的一对男女,不幸的是在新世纪却沦为一起拐卖妇女事件的施虐者和受害者。乡村基层政治和传统权威在乡村的危机和坍塌,新人难以真正和《极花》中村长这样的乡村政治代表剥离成为独立自主的新人,农村成为没有前途和希望的涣散无神的农村——这是《极花》里中国"最后"的农村。

可以想见,胡蝶出生的营盘村,也将成为另一个中国"最后"的农村。客观地说,胡蝶并不能算一个真正的城里人。《高兴》可以作为《极花》的一个前史,胡蝶就是一个"女版"的刘高兴,但"城里人"却成为她安身立命的精神支援。即使被拐卖后,她也不穿黑亮娘在世时做的布鞋——"我不穿,失去了高跟鞋就失去了身份"。在圪梁村,她有城里人的优越感。某种程度上,她活着的信念就是"我现在是城里人""我要回城市"。但当胡蝶发现自己和儿子的星星出现在圪梁村的上空,当老老爷说"地呼出的气是云,也是飞禽走兽,也是人",胡蝶也对自己城里人的身份产生了怀疑。仅仅指责胡蝶这个乡村的女儿对乡村的逃离和仇视是不公平的。为什么她宁可做一个城市的寄居者,也不愿意安居故乡？因此，中国农村之"最后"是城市吸走了乡村少女胡蝶，在乡的黑亮却难以发育为乡村新人。而且，社会阶层的固化，使得胡蝶即使曾经抵达城市，也无法在城市扎根。

五

很容易从国家法律立场识别胡蝶被拐卖的非法和不正义，但当这个故事被安置在一个行将涣散的村庄，将会激发出文学的潜能。在价值判断上，我们不怀疑贾平凹的法律常识。小说对拐卖妇女的非正义性没有任何的迟疑，这是他写《极花》的出发点和基本立场，也是《极花》笔调沉郁悲凉的来由，但文学会关注远比法律可以裁决的更复杂的人性以及人性寄生的文化和社会土壤。因此，贾平凹借助这个拐卖妇女的故事打开的是中国农村更多的秘密以及犯罪案件之下涌动的人性暗河。涣散无神的农村失去精神庇护和安全感，进而，所谓"晚期资本主义道德观"将会在中国农村长驱直入，彻底摧毁中国农村。在这种道德观左右下，老老爷代表的地方传统权威将会在挽歌声中退场。农村的新一轮资源和格局的配置将会在村长和黑亮这些新生势力之间展开。

《极花》中，胡蝶是城市与乡村以及圪梁村诸种势力的交汇点。就像《高兴》一写到背尸还乡，就有人联想到张扬导演的电影《落叶归根》，《极花》肯定也会使人想到导演李扬的电影《盲山》，但正如帕慕克所说："电影一如前现代文学叙事与史诗，多数时候并非从主角的观点，而是从外向、从远处去看片中的虚构世界。"小说则可以不这样，《极花》中，胡蝶是圪梁村——中国最后农村的目击者，也是自身命运和疼痛的目击者。"当小说人物游荡在一大片景致中，然后定居下来、与它紧密结合、成为其中一部分，这些都是让该人物令人难忘的行为姿态，安娜·卡列尼娜之所以不朽，不是因为她动荡的灵魂或是那一大堆所谓'性格'的特质，而是因为她深深沉浸在一片包罗万象的景致中，进而让这片景致透过她呈现出所有壮丽的细节。"① 有意思的是，这恰恰暗合了贾平凹《极花》"以水墨而文学"的叙事技术追求。贾平凹认为："我一直以为我的写作与水墨画有关，以水墨而文学，文学是水墨的。"② 其实早在写作《浮躁》的时代，贾平凹就有了类似的自觉，他曾经说过："中西的文化深层结构都在发生着各自

---

① 奥罕·帕慕克：《率性而多感的小说家》，颜湘如译，台湾麦田出版社2012年版，第124页。
② 贾平凹：《极花·后记》，载《人民文学》2016年第1期。

的裂变,怎样写这个令人振奋又令人痛苦的裂变过程,我觉得这其中极有魅力,尤其作为中国的作家怎样把握自己民族文化的裂变,又如何在形式上不以西方人的那种焦点透视办法而运用中国画的散点透视法来进行,那将是多有趣的试验!"① 所以,不只是《极花》,他的那些选取故事在场人物叙述视角的小说,比如《高老庄》《秦腔》《高兴》《带灯》等,都属于这种"散点透视法",或者"以水墨而文学"。

应该意识到,《极花》的"散点透视法",其"看者"胡蝶不是《高老庄》中乡村观光客西夏那样的悠闲景致的观察者和文化的打捞者,也不是《带灯》中带灯那样有着政府赋予权力的乡村基层领导。胡蝶是一个被拐卖者,她的"唠叨"固然建构了圪梁村百科全书式的村庄断代史,但同时胡蝶也是对自己被侮辱被施暴的伤害史的伸张和言说者。圪梁村是一个光棍扎堆的地方,有限的女性要么被城市"吸"走,要么被村长垄断和霸占。在这里,男女之间的关系已经原始化到性交和生育,女性被物质化,可以被买卖,就像兄弟分家"谁要柜子、箱子、方桌子和五个大瓮就不能要訾米"。而胡蝶年轻漂亮,读过中学有文化,还是来自城市,这些更刺激了圪梁村男人复仇的观看和施暴的"快乐"。小说写胡蝶的反抗、逃跑、被强奸、拴铁链的受虐过程,每一次性事都是一场针对女人身体、摧毁尊严的暴力侵犯。性的欢悦在这里被亵污,女性成为泄欲和生育的物质工具。

小说可贵的是,胡蝶不是一个屈服的受虐者,而是决绝的抗争者,一个对自己的命运逐渐清醒并关注的思考者。每一次施暴,胡蝶的灵魂都在场。胡蝶咆哮、捣乱、肆意破坏,胡蝶屈辱、愤怒、痛苦、无奈狂躁、灵魂出窍:"我的魂,跳出了身子,就站在了方桌上,或站在了窑壁架板上的煤油灯上,看可怜的胡蝶换上了黑家的衣服。"胡蝶的灵魂"游荡"体验着人间地狱。快一年,"这是我第一次走出窑来,像出了坟墓"。一个村庄对一个弱小女子的施暴,除了訾米和神神道道的麻子婶,无论村长,还是村庄的新人黑亮,整个村庄都成了施暴者或者看客,谁也没有对胡蝶提供哪怕是道义上的声援。事实上,相当长的时间内,无论是20世纪40年代的《小二黑结婚》,还是80年代的《被爱情遗忘的角落》,政府都给予农村青年追求自由的爱情强大的法律和精神支援,但悲凉的是

---

① 贾平凹:《浮躁》,作家出版社1991年版,第4页。

《极花》，镇政府任命的村长却是每一次拐卖妇女的参与者和获益者。

《高老庄》开始，贾平凹小说中的中国农村就潜藏着无尽的暴力。类似约翰·基恩所说，中国农村正在成为"暴力之域"，"在这个虚构的恐怖之域，一些人毫无忌惮地对他人的精神和身体施加残忍的暴力。他们看上去正在享受这个过程，流露出一种对残忍行为的嗜好"，"他们已经迷上了野蛮，相信暴力是必须的，而且认为自己永远是对的，所以他们认为自己有权随意运用暴力而不受处罚或制裁"[1]。《高老庄》村民对地板厂的冲击，《秦腔》最后的抗税风波（小说中暗示群体性的抗税是普遍事件，而不是孤立的个案），《带灯》涉及另外两场群体性的暴力——一次是元老海组织的，一次是田双仓组织的，小说中的这些群体暴力事件都有着民间正义的基础。如果我们仔细辨识这些小说，其暴力源头往往是因为我们时代城市对乡村的掠夺和不公正引发的。面对中国农村此起彼伏的暴力，作家往往会放弃启蒙立场的对穷人之恶的反思，转而选择与穷人站在一起，文学成为简单的抗议文学和控诉文学，比如张炜的《刺猬歌》。事实上，中国现代社会暴力植根在复杂矛盾缠绕的历史和现实大地，哪怕面对乡村正义诉求的暴力抗争，也不应该必然通向对暴力的美化。对待乡村暴力，即使是具有正义诉求的暴力抗争，贾平凹并没有简单地选择站在穷人一边，而是希望挖掘出乡村暴力背后的复杂性因由。

而且，贾平凹坚信我们世界的温暖性和神性，他在谈到沈从文时说过："善良而宽容的作家才能写出温暖的作品"，"沈从文以温和的心境，尽量看取人性的真与善"。[2] 而"说到神性，好小说都是有神性，也就是有精神的"，"沈从文写的下层社会人的日常生命状态，就探寻的是关于人的最为根本意义上的爱、真、美，他的小说才具备了生命力"[3]。事实上，胡蝶也感受到了圪梁村，尤其是黑亮一家和麻子婶身上人性微弱的良善和美好，小说写到许多人性闪光的温暖细节：村民给自杀的顺子爹料理后事让顺子尽孝；麻子婶、訾米等同样被损害的女性抱团取暖成为胡蝶微弱的精神支援；黑亮一家摧残胡蝶却又善待胡蝶，"以为我吃不下他们的荞面和土豆，就去了镇上给买了麦面蒸的白馍"。胡蝶临产

---

[1] 约翰·基恩：《暴力与民主》，易承志等译，中央编译出版社2014年版，中文版序言第2页。
[2] 贾平凹：《关于小说》，生活·读书·新知三联书店2015年版，第138页。
[3] 贾平凹：《关于小说》，生活·读书·新知三联书店2015年版，第139页。

瞎子叔还"讲究":"瞎子就把我抱起来,他一对胳膊伸直,硬得如同铁棍,竟然是平端着,而自己却把脸侧在一边,把我放在了我窑里的炕上","第一麻袋驮回来,挑了三颗土豆,都是小碗大的,敬在天地君亲师的牌位前"。可问题是,这些抱有人性真善美的芸芸众生恰恰却成为一场场暴力的参与者或者漠然的围观者。汉娜·阿伦特认为:"在当今时代,共同感的消失是时代危机的最确切标志。在每一场危机中,世界的一部分塌陷了,为我们所有人共有的某些东西毁灭了。共同感的丧失,就像一根探测杆一样,标出了塌陷发生的位置。"①当代中国还不止于"共同感的消失",而是城与乡之间,不同阶层和族群之间以及同一个阶层和族群之间互相嫌弃和撕裂,暴力更加剧了这种嫌弃和撕裂。胡蝶觉得村里有些人不是人,只是訾米说的"人样子","我若要再跟她交往,将来肯定和她一样,而我又没她那个性格,我只会沉沦得连个人样子都没有了"。现实却是令人绝望的"我不再有想法了,想法有什么用呢?黄土原想着水,它才干旱,月亮想着光,夜才黑暗"。小说以无尽的哀痛写到胡蝶从"我"对城市"想"到"学会"并顺应圪梁村的日常生活。需要进一步指出的是,胡蝶能够在圪梁村活下去的理由,不是因为被圪梁村的温暖性和神性打动,也不是因为找到了疗治伤害和安妥灵魂的确信,而是畏惧和恐惧。

《极花》深层的悲剧是,胡蝶和黑亮这些乡村知识青年的无路可走。敌意的城市和亡灵飘荡的农村无法安放他们,他们也无法和这样的城市与乡村休戚与共。视中国为圪梁村,黑亮说:"待哪儿还不都是中国。"而经过了从营盘村到城市,从城市到圪梁村,再在梦里从圪梁村被解救回到城市,再从城市漂流回到圪梁村伤痕累累的旅行,胡蝶说:"在中国哪儿都一样。"一个乡村新生代看不到希望也不愿安居于此的农村,才真正是中国农村最后之最后。看护圪梁村的精神和信仰的,不是村长,不是黑亮,而是渐渐失势和边缘化的麻子婶和老老爷——这些是需要我们深层思考、面对和亟待解决的问题。

(原载《文学评论》2016年第3期)

---

① 汉娜·阿伦特:《过去与未来之间》,王寅丽、张立立译,译林出版社2011年版,第167—168页。

真实性、现实感与纠结的文化心态

——读贾平凹的《极花》

彭正生

《极花》是一位被拐卖到西北高巴县圪梁村的女孩——胡蝶的倾诉和言说，既写了她的见闻感想、遭遇处境，也写了她的期望与失望、反抗与逃离。小说主要有两条结构线索：一条是胡蝶在圪梁村的所见所闻——村庄的风物、村民的生活方式、生存境况和生命状态，它以记录和呈现的方式来书写，是客观的、真实的和实录的；另一条是胡蝶的所感所想，完整地摹写了胡蝶对圪梁村、村民以及黑家人复杂的内心感受和微妙的心理变化，它以感性和表现的方式来叙写，是经验的、主观的和情感的。那么，在胡蝶这个内心充满矛盾的人物身上，在对以圪梁村为代表的中国乡土世界的复杂情感中，体现出贾平凹怎样的心态和思考？

一、"真实的故事"：《极花》的纪实性与时代性

一直以来，几乎每本贾平凹的小说都有一个"附属物"——后记，以它来交代小说的由来、原型和创作过程，《极花》也是如此。在后记里，贾平凹告诉我们它源自一个真实的故事：一位老乡，千辛万苦地寻找到被拐卖至异乡的女儿，经警方介入而营救归来，可是，她已与买她的男人生了孩子，最终又回到那个地方。如果我们稍加留意，就会发现这个故事早在他2007年的小说《高兴》的后记里就已记载。时隔近十年，这个"一直没给任何人说过"的故事始终"像刀子一样刻在"贾平凹的心中，如今，它绽放为《极花》。

《极花》是一部虚构小说，也是一部纪实小说。虚构是小说的文体特性之一，任何小说都是小说家想象的产物，似乎与纪实性构成矛盾关系。然而我以为，纪实性是小说家忠于现实的一种创作姿态，也是小说的一种真实性品格。

实际上，虚构也是在现实基础之上的虚构和想象，它也要体现出小说家的真实——几乎没有小说家不说自己的小说是真实的。在余华那里，《现实一种》和《活着》也是同样真实的。因此，虚构与纪实并不矛盾，它们都是小说这一极具包容性的文体的气质。例如，巴尔扎克对巴黎社会作全景式记录的小说，或者是司汤达以司法卷宗为蓝本的小说，都表明伟大小说的纪实品格与虚构质地并非格格不入。《极花》中，贾平凹以近乎实录的方式描画了一幅凋敝破败的当代乡土风貌：以窑洞为住宅的简陋居住状态，以挖极花、种血葱、植土豆为主的原始经济活动，终日吃豆糊、难得白蒸馍的贫苦生活状况。剪纸花、炒五豆、拴彩花绳等民间风俗的精细记述，则使小说像是一部兼具文献价值的风物志。而以拐卖妇女为原型的故事中，胡蝶的逃跑、遭受凌辱以及被强行占有，警方的介入营救，村民的围追堵截等情节几乎和案件记载、新闻报道一样。贾平凹正是以《极花》这种类似风物志、案件记的叙述彰显了小说的纪实性。反过来，《极花》的纪实性也反映出贾平凹直击现实、贴近地面的可贵精神，以及提纯生活素材和表达现实的杰出能力。而无视现实、在生活面前"闭了眼"、回避小说与社会的关系、缺乏真实性和纪实性恰恰是当下小说的问题之一。曾有学者将《带灯》视为"不同于《秦腔》《古炉》"的"风格的转变"之作，是因为其中"多了些生活质感，少了些艺术的技巧，多了些纪实般的叙述，少了些虚构的想象"。[①] 实际上，我们在读完贾平凹所有的长篇小说之后就会发现，除去《古炉》《老生》等少数几部历史题材的小说，自《商州》到《极花》，纪实性实为其小说一以贯之的特点。

不过，需要说明的是，我们谈论《极花》的纪实性，并不表示它缺乏叙述的技巧或缺少想象的能力。实际上，贾平凹是将小说的叙事技巧和想象融入了现实生活之流，凸显了生命之力。我们更不能将其视为新闻事件或法律案件的翻版——正如余华《第七天》出版之后，就有人无视小说家逼近现实的勇气、忧愤深广的批判精神以及大胆的叙事创新，而将其谬评为"新闻串烧"——若作如是想，同样误会了贾平凹的良苦用心。正如贾平凹所说："我实在是不想把它写成一个纯粹的拐卖妇女儿童的故事"。小说隐去娘寻找胡蝶的故事而避免了叙述的分散，也增强了以胡蝶为视角的叙事的情感穿透力和感染力；而以胡蝶的

[①] 王光东、毕会雪：《乡土旷野上的行走——贾平凹〈带灯〉带来的思考》，载《当代作家评论》2013年第6期。

心理变化为故事核心,则抹去了新闻和案件色彩,让饱满的生命感觉和复杂的内心世界得以呈现;此外,诸如将营救、逃离和归去的情节用梦境来叙述等,也都暗含深意。

《极花》还是一部描画时代面孔、折射时代心理的小说。它不但是关于老孙(孙见喜)老乡或作者(贾平凹)老乡的个体家庭的故事,更是一个"年代的故事"。在小说的后记中,贾平凹用一段关于当代水墨画的笔记表明了他的创作态度:"水墨画要呈现今天的文化、社会和审美精神的动向,不能漠然于现实,不能躲开它。"正如作者坦言,他关注的是"城市在怎样地肥大了而农村在怎样地凋敝着"。《极花》聚焦于中国城市化和现代化进程中的城乡关系,表现乡土世界发生的巨大裂变以及置身其中的人们的复杂心态。这无疑是一个重要、重大且突出、宏大的时代性话题。《极花》中的圪梁村显然是当下中国乡村世界的一个缩影,小说一方面全景描绘了它在城市化挤压下的凋敝状况(生活贫苦,村貌破败,村民思想落后,且一切转好无望),另一方面也尖锐地揭开了基层社会的权力失衡与扭曲(村长霸道颟顸,好色胆大,随意调戏并占有妇女)。此外,小说还沉重地表达出作者对被掏空的农村社会传统乡土伦理离散失序的隐忧:本村的姑娘渴望外嫁而又没有外地的姑娘愿意嫁入;全村光棍遍布,买老婆现象普遍;訾米与腊八、立春兄弟两人共同生活,轮流与他们发生关系……

文学是时代的产物,也是时代的镜子,优秀的小说概莫能外。托尔斯泰的小说被称为"俄国革命的镜子",屠格涅夫更是以小说参与时代思想的讨论。如果说,文学一直在追求可以穿透时空的永恒性品质,或者说永恒性是衡量和评价文学经典的标尺,那么永恒性就是经过了时间考验而积淀的时代性,两者是辩证而非对立的关系。举凡杰出的小说家都密切关注当下、感受时代脉搏。贾平凹的可贵之处在于他的小说始终坚定而执着地紧贴时代,敏锐地捕捉时代"气候",书写并思考时代,且能与时代共进。比如,《浮躁》描画了80年代城乡改革的画卷,《废都》表现了90年代初知识分子的生存和精神状态,《怀念狼》折射了20世纪末生态主义思潮,《秦腔》思考了社会转型下乡土文明的命运,《带灯》反映了新世纪基层社会的生活图像……可以说,包括《极花》在内的贾平凹的小说全景记录了80年代以来中国当代社会的变化,是一部形象化的当代史。

二、"另一种经验"的现实感:撕裂的生命痛感与两种乡村形态

在贾平凹的观念中,文学的"本质是写意",它"既不是理性的,又不是非理性的,但它是真实的,不是概念的"。小说不是抽象的理论和纯粹的观念,而是生命的艺术。它来自于小说家对现实世界的经验和体悟,并用形象化的方式来表达思想与情感。正因为人的内心是复杂的,世界也是多变的,它们不止一种面孔或一种形态,因此,小说不应该是概念的或抽象的,而应该完整地呈现丰富多样的生命和世界形态。这便是小说的现实感,即小说要表达的是建立在对细节熟悉基础上的"洞察实际的人与物之间关系"全部的、具体的和丰富的真实性,而不是像纯粹的理论那样"处理的是一般属性和理想化了的实体"。[1]因此,以赛亚·伯林强调和肯定"现实感是无可取代的",并认为正是由于屠格涅夫"生平大部分岁月里,他都痛切关心俄国教育阶层在道德与政治、社会与个人方面的争论"[2],而不是事先预设某种思想偏见,从而使其小说具备了现实感。

应该说,中国现代文学通过告别"文以载道"的文学传统,提倡"人的文学",从而使现代小说较之传统小说在题材上更多样、内容上更丰富,也更具现实感。但是,由于政治意识形态和传统思维惯性的双重影响,文学或因外力干预而俯就某种形势,或为主动表态而迎合某种意志,因此概念化和模式化的现象也一直存在。比如《子夜》创作过程中的涂抹和改写,《青春之歌》中的观念先行和以革命逻辑凌驾叙事逻辑。

《极花》完整地呈现了胡蝶的心灵辩证法。刚被拐卖到圪梁村的胡蝶性情狂躁,充满了对一切的憎恨感,守身立愿,坚信"这里不是我待的地方",也坚定表示"我肯定要离开这里"。慢慢地,她开始发现"这个偏远龌龊的村子"居然也有像老老爷这样"浑拙又精明,普通又神秘"的奇怪之人,并开始自我安慰和自我调适:"(因为)我厌烦着村里人,他们才这样的丑陋,我不爱这里,所以一切都混乱着,颠倒着,龌龊不堪。"怀孕后的胡蝶心理上更是发生了转折性的变化,她开始主动要求和黑亮亲近,而那根原本放在她和黑亮之间作为分界线

---

[1] 以赛亚·伯林:《现实感:观念及其历史研究》,潘荣荣、林茂译,译林出版社2011年版,第39页。
[2] 以赛亚·伯林:《俄国思想家》第2版,彭淮栋译,译林出版社2011年版,第308页。

的棍子的被拿走则象征着她和黑亮之间距离的彻底消除。她开始真正接受并融入圪梁村,她称呼黑亮的爹为爹,对人也"越来越随和客气",又学会了侍弄鸡、做搅团、做荞面饸饹、做土豆、骑毛驴,更"学会了做圪梁村的媳妇"。至此,小说完成了胡蝶的心理拼图。

《极花》还奇妙地叙述了胡蝶三次灵肉分离的离魂状态。第一次是她在首次逃跑被抓回之后,村民们对其进行野蛮凌辱:"胳膊上、后背上、肚腹上开始被抓,乳房也被抓着,奶头被拉,被拧,被掐,裤子也撕开了,屁股被抠",于是"我的魂,跳出了身子"。第二次是她再次逃跑被抓回之后,"成了野兽,成了魔鬼"的黑亮在村民的刺激之下粗暴地强行占有了她,"魂就从头顶出来了,我站在了装极花的镜框上"。第三次是她在生黑一的时候,"我这回是坐在了窗子的第三个格子上,看到了满仓娘,嘴里还叼着烟锅子,把胡蝶的两条腿分开了"。

通过小说对胡蝶微妙心理变化和三次离魂状态的精细刻画,一方面我们可以感受到尖锐刺痛的阅读快感,另一方面我们不得不赞叹贾平凹的才气,他何以身为男性作家却能如此真切地书写最隐秘的女性经验(贾平凹自己称之为"逃出以往的叙事习惯"的"另一种经验")?同时,小说中"另一种经验"的两个组成部分——心理变化和离魂状态——实际上也构成了充满张力、彼此共振且意义复杂的两套话语系统:离魂状态呈现了胡蝶身心的分裂状态,浸透着她撕裂的生命痛感,同时暴露了乡土的粗暴与野蛮;心理变化却展现了胡蝶由憎恶、痛恨到接近、融入乡土的心理变化和生命从撕裂到弥合的完整过程,显现的是乡土朴实可亲的另一副形态。正如有人准确指出的那样,小说里"生活着的人们也不是黑暗一团的,也不全是阳光灿烂的,它是一种复杂的状态"[①]。可以说,正是由于文本中包含的这两套话语系统,贾平凹既没有概念化地图解主流价值观,也没有预设固定的抽象理念,《极花》灌注了作者对生命和乡土的真实感觉、经验和体悟,具有强烈的现实感。

三、"离魂记":两个结尾与纠结的文化心态

一直以来,我始终认为小说怎样开头又怎样结尾意义重大。"头"往往是在给小说"定调子",比如高亢或哀婉;"尾"往往是在给小说"指路子",暗示小说

[①] 施战军、何晶:《〈极花〉:是丰厚的,也是轻逸的》,载《文学报》2016年1月14日。

的精神指向和阐释路向。例如,《金锁记》的开头奠定了小说苍凉的基调,《沉沦》的开头则表明小说将以感伤为情感底色,《药》的结尾隐藏着绝望之中对绝望的反抗,《围城》的结尾则强化了小说人物存在主义哲学意味上的生命体验。有意思的是,《极花》也有这样一个或者说两个耐人寻味的结尾。

如果按照后记或者故事的原型,小说的结尾是:胡蝶在那个夜晚见到了娘,并在派出所所长和报社记者的帮助下,成功地冲破村民的围追堵截,逃离了圪梁村,回到城南大兴巷的出租大院,终于和娘团聚。可是,媒体的偏题采访、邻居的猎奇观望、弟弟的无情、世人的议论等让归来的胡蝶越来越封闭和孤独,最终,她又登上回圪梁村的火车,选择归去。问题在于:如果反复细读小说,我们会发现,这个"结尾"其实并不是小说的真正结尾或实际结尾。小说中清楚地写道:"我一时糊涂,不知在哪里,等一会儿完全清醒,我是在窑里的炕上。"原来它不过是胡蝶在那个准备去见娘的下午抱着儿子黑一所做的一个梦。实际上,小说的真正结尾是这样的:

> 我站在黑暗里,还是没看见我娘……我终于不能再等了。我娘没来,訾米是搞错了,误解了,我娘怎能寻到这里来呢?我转了身往黑家走……眼泪就流下来。
>
> 我感觉流的不是眼泪,是身上的所有水分……我没有了重量,没有了身子,越走越成了纸,风把我吹着呼地贴在这边的窑的墙上了,又呼地吹着贴在了那边的窑的墙上。

这样,小说就有了两个似乎是相互矛盾的结尾:一个逃离了圪梁村见到了娘,另一个恰好相反。这又如何解读呢?

我们先来看"梦境"的结尾。虽然它不是小说的实际结尾,但它至少也暗示了一种结尾的可能性,或者说它本身也是一个期待的结尾。这个结尾暗含着一个以城市为对象的"归来"—"离去"(或者以乡村为对象的"逃离"—"返回")叙事模式。按照弗洛伊德的理论,梦是愿望的达成。这就意味着,在胡蝶的潜意识里,她深深地思念着娘,希望逃出乡村的困境回到城市的怀抱。可是,城市比乡村更偏狭、冷漠,因而,她还是觉得乡土才是自己的根之所在(小说中黑亮和胡蝶的对话就将儿子黑一喻为维系两人关系的根;訾米也将胡蝶生下孩子视为已经扎根,而自己则还是浮萍)。有人正是基于这个容易误会的"结尾"

将《极花》的内容读解成"尴尬的还乡与无奈的逃离"①。应该说,如果以"梦境"为结尾,小说确实表达了贾平凹一以贯之的对城市的批判、反思和对乡土的守望的文化姿态,并将乡村的颓败归因于城市的掠夺和侵占,一如小说中所写的:"现在国家发展城市哩,城市就成了个血盆大口,吸农村的钱,吸农村的物,把农村的姑娘全吸走了!"

这种叙事模式和文化立场很容易让我们想到沈从文。在一篇叫《丈夫》的小说中,他讲述了乡下丈夫探望在城镇谋生的老婆,因城里人的傲慢、狂毒而备受压抑屈辱,最后带着老婆返回乡土的故事。同样是"归去"的叙事结构,同样表达了对城市的反感。不过,虽然沈从文和贾平凹看待乡土文明和城市文明的取向基本一致,但态度又不完全相同。前者坚定甚至略带偏执地憎恶城市文明和都市人格,赞赏甚至夸大乡土文明和野性人格。他视城市人为生命力退化的群体,将其人格贬称为"寺宦人格"。即便是带有血腥色彩的乡土暴力,他也将其美化为生命野性和自然人性的显现。而后者则表现出更加复杂和矛盾的心态。应该说,在《商州》《废都》以及早期的一些中篇小说中,贾平凹笔下的乡土世界——商州风物纯净、幽美,人性天真、混沌又淳朴,是让人向往的世外桃源;而城市——西京则生活纷乱、嘈杂,人心浮躁、颓废和堕落。也就是说,贾平凹对乡土文明和城市文明的态度在那时还基本是明朗的,但是到《高老庄》《秦腔》,他对两种文明尤其是对乡土文明的坚守姿态开始越发变得复杂、摇曳和茫然。《极花》也是如此。

我们再结合"梦境"的结尾来看"真正"的结尾。根据文化人类学的观点,人类从脱离母体的瞬间就开始了永恒的漂泊之旅,渴望回归却终究发现一旦离开便永无可能再归去;从文化象征意义上来讲,家(母亲)是故土的象征,对母体的归属情结,象征着对故土的归依愿望。在《极花》的实际结尾中,尽管胡蝶梦寐以求,心心念念,但她最终还是没有见到娘,于是觉得自己如同在风中飘荡的纸片。这就意味着,对于胡蝶而言,故土(娘)在现实中已不可能归去(见到),只能在前述的梦境中实现。而圪梁村对于胡蝶来说,尽管生下黑一、身体似乎扎下了根,但是对她而言又始终是灵魂暂存寄居的地方,是梦境中渴望离开的异乡(小说中胡蝶也对儿子黑一喃喃自语,要带他到城市去,离开荒凉的

---

① 王新民:《尴尬的还乡与无奈的逃离——贾平凹长篇小说〈极花〉读后感》,载《文化艺术报》2016年1月13日。

圪梁村)。于是,胡蝶就面临着一个"期盼离开异乡,却又无法归到故土"的无法解脱的尴尬局面和悖论困境。或者,即便梦境成真,她见到了娘,情况又能如何?娘的希望是将她远嫁而远离是非流言,弟弟又冷漠无情——胡蝶幻想中的精神家园实已面孔模糊。这样,胡蝶便成了一个"双向"异乡人,是一个被故土彻底放逐的离魂。正如作者坦言:"我几十年写过的乡土,发生巨大改变,习惯了精神栖息的田园已面目全非。"

总体来说,《极花》既是一部生命的"离魂记",也是一部乡土的"离魂记"。贾平凹通过胡蝶的形象塑造和命运讲述,以及对圪梁村人情风物的描绘,呈现出撕裂的生命痛感,表现了心灵没有归依和寄托的漂浮感和放逐感,既有对朴实、原始、自然的乡土的眷恋,也有对野蛮、粗野、愚昧的乡土的批判。同时,对在城市文明挤压下日益颓败、凋敝的乡土文明的黯淡前景和危机表示出深刻的忧虑。可见,《极花》确实不是一部思想清晰、态度鲜明和指向确定的小说,它反映出贾平凹日趋复杂、暧昧的生命观和文化观。正如深知它的"接产者"——责任编辑杨海蒂所言:"复杂的心灵,难免有挣扎;巨大的智慧中,必然隐忍着巨大的悲痛。在反复的阅读与欣赏中,我不止一次起心动念:贾平凹,他内心深处到底沉积着什么?"[1]《极花》的模糊多义一定会让那些希望从小说中获得明确立场、坚定态度的批评家大失所望。此前,就有人批评说:"贾平凹并不是一个坚定的乡土文化守望者,他的姿态是犹豫和不彻底的,内涵也有着矛盾和犹疑,折射出他内在文化态度的迷茫和困顿……我们可以看到他整体上的文化姿态,却难以明确他的具体思想,即他到底认可什么文化内涵,维护什么价值立场?也看不到他站立在反思高度来分析和批判当前的社会文化变迁。"[2]在我看来,这种犹豫和不彻底、矛盾和犹疑恰恰是贾平凹小说的魅力。小说不是历史学或社会学教科书,也不是思想表白书或宣告书,它应该传达出的是对生活本质直观的敏感。正如以赛亚·伯林所主张:"我们在经验性的亲身遭遇中所体验到的关于人类生活与关系的复杂性、人类需求和欲望的无穷多样性与易变性,以及生命中机遇的作用,都不能与那种历史具有一个脚本和终极目标

---

[1] 杨海蒂:《〈极花〉恋曲与挽歌》,载《文艺报》2016年1月8日。
[2] 贺仲明:《犹豫而迷茫的乡土文化守望——论贾平凹1990年代以来的小说创作》,载《南方文坛》2012年第4期。

的信念相调和一致。"① 就像我们不可能看到完全一样的两片树叶，我们也不可能强求有完全一样的小说家。因个性和气质不同，有"将一切归纳于某个单一、普遍、具有统摄组织作用的原则"的"刺猬型"小说家，也有"追逐许多目的，而诸目的往往互无关联，甚至经常彼此矛盾"的"狐狸型"小说家。我想，前面的那位批评者大概应该是一位"刺猬型"的学者，他希望看到的是和他一样类型的小说家——这种小说家在中国文学史上实在是太多了，可惜贾平凹未能如其所愿。不管贾平凹是否是严格意义上的"狐狸型"小说家，我以为，试图在小说中寻找绝对的真理和固定的答案，不是扼杀了小说，就是找错了对象。

（原载《当代文坛》2016年第4期）

---

① 马克·里拉、罗纳德·德沃金、罗伯特·西尔维斯编：《以赛亚·伯林的遗产》，刘擎、殷莹译，新星出版社2009年版，第12页。

贾平凹的"问题写作"

——读《极花》

苏沙丽

贾平凹的小说往往有两副笔墨,一面是历史与现实的芜杂,人性恶,暴力纷争,杂乱破坏,一面则是传统文化的内蕴柔情,日常生活的琐细清欢,还有向上向善的人性人情美,这两副笔墨共同勾描作者对中国世相、乡土情状、人性人心的体察。《带灯》如此,《老生》如此,今年新出版的《极花》也是这样。《极花》看似故事寻常,情节简单,却在描述拐卖的境遇之下突显了诸种两难境地——主人公胡蝶被拐的经历是情、理、法的纠结冲撞,而拐卖事件的背后却隐藏着乡村更为悲凉的现实;我们看到,乡村只能以野蛮暴力来延续自己的"生命",人性的丑陋自私无以言表,但是,乡土大地仍然潜藏着我们所浑然不知的文化深义与伦理情感,我们难以用好与坏、进步与落后这样的字眼做简单的评判。这些驳杂画面都让这部小说变得丰厚起来,也正因为这些驳杂,相较之前体量庞大但旨意清晰的小说,贾平凹这一次以水墨山水画的轻逸与留白,写意的是乡土中国更为尴尬的艰难时局。

一

还记得新文学伊始,鲁迅是这样来定义乡土文学的:"骞先艾叙述过贵州,裴文中关心着榆关,凡在北京用笔写出他的胸臆来的人们,无论他自称为用主观或客观,其实往往是乡土文学。"[①] 他的理解不仅意在指出乡土文学是侨寓者文学,是客居异乡的人们因"乡愁"体验而回味的家乡的人事风景,而且也意味着一个普遍的视角——外来者,以外来者的身份还乡、探问。外来者代表着异

---

① 鲁迅:《〈中国新文学大系〉小说二集序》,见《鲁迅全集》第6卷,人民文学出版社1981年版,第247页。

域文明,不管他们是否有过置身乡村的经历经验,都受过城市文明的洗礼,彰显着异域的眼光。这也同样意味着乡村处于被看、被打量的叙事对象当中,更为具体地说,也就是处于现代城市文明的对照观看之下,乡土书写中传统与现代的视域由此衍生。与此同时,也生发出两种不同的立场,一是像鲁迅及文学研究会那样,以启蒙批判与社会阶级分析的眼光来试图拯救与改造乡村及传统文化,尽管这其中也有启蒙者自身的彷徨犹疑,对故土的哀伤留恋。二是像沈从文这样,用边地筑梦的方式来对抗城市文明及其对人性的异化,尽管这样的梦在现实面前多有千疮百孔之感,但终归留下了最后一个乡土幻梦。这两种立场在百年乡土文学中一直存在,并相互映照,体现着不同向度的现代性的焦虑。

然而,无论何种立场,乡村一直是一个被建构、被叙事的客体,而不是可任由自我言说的主体,言说自我的欢乐与忧伤,表明自我的意志与想法,甚至是与城市平等对话,而非仰望城市或者总是处于被鄙薄抑压的位置。但很遗憾,至少从新文学发端开始,不管有没有意识形态的指引,在城市的光照之下,大多数时候乡村就是这样一种落后的需要被改造的形象。

表面来看,《极花》也是外来者的叙述视角,胡蝶虽出身于农家,但天生有着对城市的向往,有着对美好事物的无限追求之心。她从城市被拐回乡村后,意识里最明显的对立也是乡村与城市,对于黑亮的村庄怀着深深的来自城市的敌意与好奇。她自始至终都保持着对城市的念想,还有在城市所留下的标记印象,哪怕是她后来已经融入了村庄的生活,比如她喜欢高跟鞋,"学会的东西很多很多了"[1],但是,她的视角所掩藏的意识形态的意味毕竟是有限的。

因而,随着胡蝶自身思想、经历的转变,由最初的敌意、反抗,试图逃跑,鄙夷村子里的一切;再到被凌辱怀孕被迫融入;到最后的主动融入,或者说不由自主地融入,参与到家里的事务中来,学会骑毛驴,做各种菜,为这个家精打细算地生活,用黑亮的话来说,就是学会了做圪梁村的媳妇……当她的叙事视角不断深入,我们其实看到的是乡村的日常生活、经济状况、政治生态、风土人情像电影情节那样一幕幕显现出来。更重要的是,也正因为胡蝶城市经验的有限性,还有她本身对城乡差别的认识只是存留在简单的概念当中,在叙述这些

---

[1] 贾平凹:《极花》,人民文学出版社2016年版,第170—171页。

乡村人事的时候，恰到好处地脱离了城乡巨大反差与对照的潜意识，脱离了被建构被涂抹色彩的可能性。从而，我们也有了再次认识乡土中国的可能性。

我们可以看到维系村庄正常运转的，一面是乡村社会日积月累的各种禁忌风俗，比如，二月二炒五豆，谁家丢了人，或外出久久不归，就把他的鞋子吊在井里。还有像老老爷、黑亮爹充当了维持村庄秩序的角色，老老爷在胡蝶看来总有几分高深莫测，他会观星象，看古书，写一个个笔画繁多的生僻字来表达原始而古朴的祝愿。他的经验里积累着太多乡风民俗，贯通天地古今。但是老老爷是一个沉默的角色，他不像《古炉》里的善人，给人看病时，用伦理道德来说病；也不像《老生》里的唱师，亲历时代嬗变，见过血雨腥风，他的唱词里记录着这些变或不变。黑亮爹是村里的手艺人，他会帮一家家做好女人石像立在家门口，寓意明显；村里的事务如分家之类，也仍需要他来主持。另一面，是以村长为代表的干部，这一伴随着现代基层政治出现的人物，无所谓用道德理想来树立自己的形象，也并没有实际的能力来操持村庄的发展。他能做的是帮助村里的光棍买媳妇，并作为自己的政绩之一；在种血葱时想要领头以分得更多的利润，以自己的身份权威来霸占乡村的资源，比如女人。

这其实是一个封闭，并没有自身能力也难以企望外在能力来帮助它运转跳腾的村庄，从村里的日常与经济生活就可知晓。土豆是日常主食，只不过是换着花样吃。村里少量的劳动力外出，大多数人会去挖极花卖钱，村里也有出现过一些其他经济形式，比如经营温泉，成立公司种植血葱，但都无法长久地进行下去。有限的见识、人性的自私与蛮横这些潜藏在意识里的东西也在阻止着村庄的发展。黑亮的杂货铺也是其中一种，但更像是一种自然经济状态下商品的简单交换。

这也是一个看不到出路的村庄，他们最大的焦虑来源于生理的需求，是如何延续血脉，而并非物质的穷困，对城市的向往而不得。他们居住的窑洞仍旧彰显着最为原始的隐喻，以远古文化的寓意来表达对生活丰足的愿望，其内在根基也仍然是匍匐于乡土大地，代表着农耕社会最为基本的欲求。

社会学家孙立平曾以"断裂"来形容20世纪90年代以后的中国社会，何为断裂？"就是在一个社会中，几个时代的成分同时并存，互相之间缺乏有机联系的社会发展阶段。"①不同发展阶段的部分组合成一个分裂的社会,如果说,以城市文明为标识的现代性是社会发展方向,那么可以说,胡蝶所在的村庄则是现代性所忽略的部分,是难以跟上社会发展节奏的部分。关键的问题是,我们如何来看待与面对这一个更为真实,或者说也是代表着更多普遍现状的乡村现实?我想,这也是贾平凹在小说里所思索的问题。艾森斯塔特在《反思的现代性》一书中提到,现代性产生了不同的主题,但没有一个主题像传统与现代之间的持续对抗这么重要:"一方面是现代性的文化,在特定的时空里作为霸权出现的启蒙运动的现代'理性'模型,一方面是被阐释为折射着特定社会的更'真实'的文化传统的其他模型。"②胡蝶被拐到的村庄其实就代表着更为真实与传统的其他模型,但在现代性的辐射之下,尽管它想要以自己的方式存在着,却越来越边缘化,只能苟延残喘地活着。

因而,我们不能忽视与胡蝶对乡土中国的发现相辅相成的另一个视角,即黑亮的叙事。黑亮勤劳能干,有想法,敢作为,但贾平凹在他的身上规避了时代青年的特质,也从未写过他对城市的任何想象及念想——当然,他也有对现代生活及器物的向往,如电灯、电视,也想要赚更多的钱——相反,他是一个极其维护乡村的人,并为那些久远的文化蕴意真心感到自豪。他可以心存愧疚忍受胡蝶的各种反抗吵闹,唯一不能容忍的是胡蝶对村庄的诬蔑;他也是一个极容易满足的人,当他有媳妇孩子,他自以为的世界似乎很是美好,他的理想代表着乡村人最朴实也是最基本的愿望:"好男人一生最起码要干三件事,一是娶媳妇生孩子,二是给老人送终,三就是箍几孔窑。"③他对身为乡下人的命运并没有胡蝶那么悲观,他以为在哪都是在中国,他理直气壮地将乡村的凋敝归罪为城市的发展与掠夺——可以说,黑亮代表他所在的村庄向世界、向城市提出了质疑,这个质疑不仅在于将乡村的败落如何归罪,也在于乡村沿袭远古经验的发展是否有着自身的价值,它是一味地蛮荒蒙昧吗?现代性的唯一标准是否就只是参照现代城市文明?乡下人的命运转折是否就只是进城?黑亮的疑问与质

---

① 孙立平:《断裂——20世纪90年代以来的中国社会》,社会科学文献出版社2003年版,第14页。
② 艾森斯塔特:《反思现代性》,旷新年、王爱松译,生活・读书・新知三联书店2006年版,第50页。
③ 贾平凹:《极花》,人民文学出版社2016年版,第172页。

疑，我想也是贾平凹的疑问与质疑。

在黑亮的叙事中，我们看到乡村的自在自为，同时在现代性感召下的挣扎、无力，也看到那些走出乡村的人并没有带来好的消息，金锁进城之后，一开始杳无音讯，最后现身却被怀疑偷了自行车；立春两兄弟进城后回乡，带回的是一个在城里生活过的媳妇，但现代文明无法给予他们真正的思想冲击……这让我想起贾平凹以往的小说，除了像高子路、夏风这样的知识者能够在城里过得风生水起以外，农民在城里的生活往往并不如意。金狗如此，他最后还是回到了乡村。高兴虽然对城市充满着美好的幻想，但最后五富死了，高兴背着他的尸体还乡时，看到的是更多乡下人的结局……

城市，或者说，现代性是乡村最后的出路吗？

二

《极花》叙事到后半部分，也就是胡蝶怀孕以后，虽还有着逃跑的念头，不忘瞅准时机打听一下所在的地理位置，或者伺机打电话，想要把自己的信息传递出去，但已是心有余而力不足。这时候贾平凹更多叙述的是她如何关注与参与家里、村里的事务，也就是从这个时候开始，胡蝶对自身命运的抗争似乎没有那么激烈，转向的是对命运的思索、诘问。比如，她在孩子面前的自言自语："兔子，兔子。我在这村里无法说，你来投奔我，我又怎么说呀。这可能就是命运吗？咱们活该是这里的人吗？为什么就不能来这里呢？娘不是从村里到城市了吗，既然能从村到城，也就能来这里么，是吧兔子……娘是不是心太大了，才这么多痛苦？娘是个啥人呢，到了城里娘不是也穷吗。谁把娘当人了？娘现在是在圪梁村里，娘只知道这在中国。"[①]

小说是以胡蝶的梦境来结束，她梦见母亲和公安干警来解救她，如愿回到城市，却最终无法适应周遭的冷眼、误解，而又重新回到黑亮的村庄。胡蝶的悲剧里有着更为巨大的来源于中国现实的悲剧，或许她的确也能走出被拐卖的偏僻村庄，但是走不出被拐卖的事实，走不出中国的世情人情。

然而，胡蝶最深层的悲剧恐怕还是再次沦为乡下人，再无从改变命运的悲剧。她最开始或许也想着用知识来改变乡下人的命运，但是家贫，父亲早逝，

---

① 贾平凹：《极花》，人民文学出版社2016年版，第155页。

只好将读书的机会留给弟弟。于是，在不用照顾弟弟的生活后，她跟随母亲在城里收废品。她是由衷地喜欢城市，喜欢用城里人的方式打扮自己，无法掩饰成为城里人的喜悦，尽管她只不过是这个城市的暂住者，尽管在城里她还是一个受人歧视的乡下人。但是，被拐卖一下子改变了她的人生际遇，从而彻底毁灭了她的城市梦。

她是想过自救，以各种方式抗争、逃脱，但是，她真正的出路在哪，救赎之路在哪，或者说，她以怎样的方式来达成与现实的和解，与命运来做和风细雨般的对话？现实的救赎之路当然是离开所在的村庄，逃脱被拐的命运，回到城市，这条路被自己的梦境给否决了。最为关键的也许还是如何认识乡土及其生活。当胡蝶开始自主地融入黑亮家的生活，认识这个偏远落后的村庄，开始熟悉当地的人情风俗、人性人心，她的内心慢慢地变得平静下来，柔和起来，或许她认识到这也是一种生活，而且是一种正当的生活，或许贫穷卑微，但也是应当存在，并有价值的。

我不愿对"胡蝶""极花""血葱"的意象做过多阐释，但我常感觉，胡蝶一开始对命运的激烈抗争，像是无数乡下人想要摆脱自身身份标识与命运的努力；胡蝶对自身命运的追问，像无数乡村和乡下人对自身命运的叹问。在现代性急风电掣般的感召速度下，在中国依然严峻的城乡二元制度之下，乡村的救赎之路，也就是发展的前路又在哪里？借胡蝶的命运来探问乡村的未来，这或许才是贾平凹想要用心的地方。

小说里我们感觉到贾平凹在给乡村不断地"祛魅"，我们需要认识一个真切实在的乡土中国，正如同在胡蝶的梦境中，她回到城市里，那些城里人对乡村的认识仍停留在野蛮蒙昧的想象中。正如胡蝶所一点点认识到的乡土生活的正当性——无论是那些维系乡村正常生活的禁忌礼俗，还是那些并不怎么崇高的生活愿望。那么，乡村这一社会结构及文化是否能在现代性的空间里赢得那么一席平等位置？贾平凹是尝试着给胡蝶，给村庄提出那么一条路径。然而，现代性仍然是对乡村最大的威胁，这或许就是小说中贾平凹借黑亮之口一味地将乡村的现状归咎于城市的原因，也是作者在后记中所追问的："拐卖是残暴的，必须打击，但在打击拐卖的一次一次行动中，重判着那些罪恶的人贩，表彰着那些英雄的公安，可还有谁理会城市夺去了农村的财富，夺去了农村的劳力，也夺去了农村的女人。谁理会窝在农村的那些男人在残山剩水中的瓜蔓上，成了一层开着的不结瓜的谎花。"①

但是，贾平凹给予同样关注的，关系乡村存亡的恐怕还是来源于乡村自身的东西，或者人性本然的面目，这也是他的困惑所在，人性的恶，暴力，未曾驯服的蛮力是那么寻常。当年沈从文同样将乡村的堕落归于现代性的到来，同样看到的是现代性对乡村的掠夺吞噬，对人性的破坏腐蚀，那些令人不安的因素原来有着如此巨大的破坏能量，他在《长河》里这样写道："表面上看来，事事物物自然都有了极大进步，试仔细注意注意，便见出变化中堕落趋势。最明显的事，即农村社会所保有那点正直朴素人情美，几乎快要消失无余，代替而来的却是近二十年实际社会培养成功的一种唯实唯利庸俗人生观。"②与沈从文不同的是，贾平凹并不认为人性人情美是乡村社会所独有保存的，将乡村视为唯一的净土，他更多看到的是乡村藏污纳垢，那些人性的丑恶并非来源于现代性的胁迫与影响。

近些年的作品，贾平凹都在有意探讨这样一个问题，《古炉》里作者将人性放置在动乱年代，看人性的自然裂变；《老生》里人性的恶与暴力也是随着情势的发展而显隐，但更多的时候人如同历史社会情境下被驯服的小动物一般，卑微地活着；《带灯》里村民的暴力也是普遍的，小小的纷争都可以让村民们揭竿而起，与此相应，政府对村民也不过是暴力执法。《极花》里至少三处写到群氓的暴力，看客的蛮力：一是，黑亮在村里人的"帮助"下，对胡蝶施暴；二是，黑亮与村长他们一起去买一个女孩，给园笼做媳妇；三是，訾米那儿来了几个女孩，却被几个村民看上，想要抢人把她们关起来做老婆。后两处虽然并没有正面描写到暴力的现场，事情也并未按照村民事先想象的那样发生，但同样意味着一种潜在的暴力。与《古炉》《老生》里写到的人性恶一样，《极花》里一旦危及自身的利益，昔日的温情不再，他们必也以一种残暴甚至是罪恶的方式进行对抗，或者加入施暴的群体中来。黑亮爹在村民及儿子的眼里都是道德的模范，有不少仁义之举，对胡蝶以礼相待，疼爱有加，但是在黑亮凌辱胡蝶、胡蝶试图挣脱自身命运的时候，他不正是那个带着平庸恶的、施暴的看客吗？是否也可以说，暴力的背后，乡村正在以一种更为血腥残酷的方式，以一种扭曲人性的方式来维系自己的烟火？

---

① 贾平凹：《极花》，人民文学出版社2016年版，第207页。
② 沈从文：《长河》，见《沈从文全集》第10卷，北岳文艺出版社2002年版，第3页。

然而，倘若要说到救赎，要说村庄的出路，这些人性内在的丑恶与肮脏，极容易爆发出来的人性恶的救赎希望又在哪里呢？《极花》里并没有说教的善人，始终良善如一的蚕婆，也没有阅尽世事的唱师，只有迷糊古怪的麻子婶，明智内敛的老老爷，他们都不承担任何道德力量的指引与希望的点化，他们能够安抚浮躁的灵魂，但并不能阻止并消除那些恶的念头。倘若说乡村内部的传统资源无法给予他们向上向善的动力，无从产生一个自我更新的机能，那么又怎能指望现代文明带给他们什么呢？贾平凹对人性的追问，也如乡村的未来一样充满着迷蒙之色。我想，对于恶的关注，对乡村藏污纳垢的正视，也正是贾平凹无法再像沈从文，或者像他早期的"商州系列"那样，维系一个山清水秀充满灵气的乡土世界，将乡土视为精神的栖养之所。

三

乡土文学发展到今天，其实已经有了很大的变局。于当下的乡土叙事，我想大致可以分成三类来看待，其一是像莫言、刘震云、阎连科这样，以后现代的鬼火来点亮乡土世界，他们的文学乡土不再有可以回味的风景风情，更多的是在追求一种乡土精神世界的神似，他们解构了乡土本身，也消解了现代文学传统上的乡土叙事。其二是像"70后""80后"作家，乡土只是作为一种可以忽略，只是用来点染的背景而存在，或者只剩下一些依稀用来谈论的历史材料，他们亦不在乡土之上建构什么，寻求什么。其三也就是像贾平凹这样，遵循的是现实主义的路径，对乡村的日子做着扎扎实实的记录，为乡村的衰微做着真真切切的歌叹。

将视野放置在百年乡土文学中，可以说，贾平凹的乡土书写早已自成格局。他是一个与时代同步的作家，80年代反映农村改革气象的《小月前本》《鸡窝洼的人家》《古堡》《浮躁》，90年代的《土门》《高老庄》，新世纪的《秦腔》《古炉》《带灯》，他的乡土书写不仅只是在聚焦乡土中国的常与变，更重要的是，他一直保持着对现状的敏锐观察，还有追问现实，对现实发问的权利。在他的探寻中，有一种乡土作家罕见的文化自觉，也就是去理解并在一个宽广的历史与社会视域中来考察费孝通所说的，从基层上看，中国社会是乡土性的。尤其是在他90年代写完《废都》之后，他整个观察转向的是乡村在现代性进程中的式微情状及其困境，开启的是由"废都"向"废乡"的这一乡土书写模式，甚至像乡村基层政治、上访、拐卖这样的敏感话题都成为他的写作内容，他不满足于只是描述和记录现状，回忆与书写历史，而是要去追问现象背后的陈因，是什么导致了今日的乡土裂变，是什么让人性如此狰狞。他不止一次在后记中提到过萦绕于内心的那些人和事，有着不得不说的冲动与责任，溃散的乡村，日渐消隐的历史往事。我想，在贾平凹的写作中是有着明显的为乡土作传、为乡土立言的意识，提出贾平凹的"问题写作"也就在此。

由"问题"而来的乡土写作其实并不陌生，乡土文学的肇始固然源于"五四"的"问题小说"，当时的作家在给社会开出"爱与美"之类的药方时，毕竟还是觉知其中的抽象与不切实际，而只有面向更广阔的大地，熟知的乡村人事，才能真正看到社会的病症，这是一种更为深广的问题意识。再说到赵树理，他在谈到对写作主题的确认时，是这样说的："我在做群众工作的过程中，遇到了非解决不可而又不是轻易能解决了的问题，往往就变成所要写的主题。"① 现在我们再来面对他那个时期的农村题材小说，可能多被诟病，以为是一种意识形态的演绎，然而透过那层意识形态的怪圈，其实我们看到的却是当时农村的真实现状。近年来非虚构作品的兴起，其中有一部分是在写乡土的实情，写作的冲动也正是因为虚构中的乡土无法再反映乡村的现实。而我们在贾平凹的作品中不仅还能找寻到"三画四彩"，还能真切地感知到这个时代乡村的剧变。

与贾平凹的"问题写作"相应的，我想最为重要的一点就是，他有解析乡土中国现状的能力。一方面，是他出色的写实功底，而且是以虚实相间的方式进行：对风俗禁忌、面食做法等细致描摹，对于胡蝶被关在窑洞里的感受、被黑亮凌辱时的身心疼痛、生孩子时的身体受难等，更多则是以飞升的想象，在各样的比拟中寻找一种感同身受。另一方面，他从未回避乡土中国的复杂性，不简化事实与生活，不固化人性人心的面目。由问题而来的写作，并非是像社会学家一样要给予一个清晰的答案，相反，他在呈现现象的多样性与模糊性的时候，出示的正是乡土中国的复杂性，既不回避伏贴于大地的艰辛卑微，也不无视精神世界的微末光芒；既不平面地速描一个人物形象，也不单一地呈现事件本身的面貌——我想这也是贾平凹并没有将胡蝶的经历单纯地写成一个拐卖事件的原因。从对胡蝶思想经历转变的叙述，到以她的梦境来结束，都可以看到

---

① 赵树理：《也算经验》，见《赵树理文集》第4卷，人民文学出版社2005年版，第124—125页。

贾平凹对中国现实及人性的深刻理解，他写出了胡蝶的反抗，也刻画了她的恻隐之心，比如，在黑亮与其他村民去做买卖女孩的交易时，尽管她内心纠结充满怨怒，但也不愿黑亮出车祸；到后来她融入黑亮的生活时，竟然也开始去察言观色，不愿让他太难堪，灵活地调和一个家的气氛……

将《极花》放置在贾平凹个人的写作史中，我们也能看到一种变化，这种变化由《老生》开始，尽管他所要书写的历史跨越百年，但不像《秦腔》《古炉》《带灯》那样追求繁复的书写方式，体量庞大，人物众多，多条线索交织。我以为，写作《老生》时，贾平凹开始"做减法"，小说选择以四个故事对应四个时期四个村庄，来反映乡土中国近百年的变迁，其间还穿插着《山海经》的风物志，生活的气息、小人物的悲欣，扑面而来，在血腥与革命、焦虑与无望的交替中来勾勒现代性进程中乡土中国的特质。与此相仿，《极花》在简单的事件与人物中，不但不缺乏小说所具备的可感知的情节、可触摸的人物，而且小说所应看到的社会物质形貌也是如此丰沛，更重要的是，借由胡蝶被拐卖的事件，贾平凹写出了沉重的乡土中国的世相；较之他90年代同样反映乡村境遇的作品，《高老庄》《土门》等等，《极花》的厚重与悲凉其实都已在字里行间。更为重要的是，他的问题与追问，我想，于当下的乡村社会，于当下的乡土文学，都有着不一般的意义。

（原载《创作与评伦》2016年第16期）

打工妹生存转向的文化隐疾与身份切问书写

——以贾平凹《极花》为例

许心宏

"讲故事的迷人之处在于它是从结尾开始。故事的结果令我们好奇,于是便发出问题,于是才从头讲起。"① 在此意义上,《极花》的迷人之处便在于小说结尾的惊奇上,即打工妹"卖与人妻"获救后又自愿返回拐卖之地"续作人妻",结尾的"迷人效应"驱动着叙事者"从头讲起"的勇气与力量。20世纪90年代以来,裹挟在农民工进城的文学叙事中,数以百篇的性别向度上的打工妹进城成了老中青三代作家关注的一个热点问题,拐卖妇女亦成为常见的一个叙事主题,并形成了"走出农村—走进城市—拐卖到农村—逃离农村—返乡或进城"的叙事模式。作为同一主题的文学叙事,《极花》既有模式化的再现,更有结尾的结构性突破,后者的农村婚配隐疾的问题代入感书写,凸显了城乡二元视角下农村婚配危机、乡土颓败、文化怨怼、情感偏向的农村问题书写。

一、结尾之问:婚配隐疾的时代叩击

新世纪以来,聚焦于小说与影视镜像上,产生过诸如胡学文的《飞翔的女人》、星竹的《中西部》、刘增元的《断伢子》、鲁人的《买媳妇》、严歌苓的《谁家有女初长成》、蒋韵的《北方丽人》、王安忆的《姊妹行》、贾樟柯执导的《盲山》、王海霞的《疼痛的农村》等作品。文本虽有小说、电影、报告文学的体裁差异,但均为打工妹被拐卖主题的文本叙事。首先,电影《盲山》与小说《极花》深层结构基本一致,差异仅在于叙事媒介与故事结尾有别,前者的剧情于女主人公

---

① 阿普尔比:《历史的真相》,刘北城等译,中央编译出版社1999年版,第246页。

获救后便戛然而止，后者于女主人公获救后则重返被拐卖之地。其次，《极花》与刘增元的《断侉子》的叙事主题与深层结构完全一致，但未能引起学界的批评关注；再次，上述作品的见刊或上映时间均早于《极花》，然学界批评与社会舆论远不及《极花》深广。究其原因，《极花》引发舆论关注的焦点在于故事结尾的另类，即胡蝶因拐卖被救后又重返当初被拐卖的村庄。在"逃离"与"复归"时间性与心态性的陌生化叙事中，前者为外力所迫，后者为内心自愿。生存转向的反常偏离了读者的心理预期，也有违于社会公序良俗，引发了结尾令人震惊的舆论冲击波效应。克默德在《结尾的意义》中曾指出："一个平铺直叙、结尾明显的故事似乎更像是神话，而不是小说或戏剧。"[①] 在此意义上，《极花》的戏剧性结尾便体现在"大团圆"对"小团圆"的背反上。"大团圆"指胡蝶的弃乡返城，"小团圆"指胡蝶的弃城返乡，逆向性的结尾设置，彰显了作者批判现实主义的创作姿态，开掘的是偏远农村婚配难题的历史隐疾书写及病理切问。

在"作者—文本—读者"的叙事修辞中，作者对《极花》女主人公生存转向的设置，似为拐卖妇女进行文学的合理辩护，引发了舆论界、批评界的不满与质疑。在接受美学上，网络舆论的印象批评与道德批评不能说毫无道理，因为起码是基于道义制高点发出的正义批评，但由此也产生了虚实叠加的舆论效应：一是反常态的结尾引发了读者的探奇心理，此为虚；一是写实主义的道德松绑凸显了农村病相的一种存在，此为实；虚实相生的叙事策略，一是达到了艺术效果的震惊效应，二是达到了舆论效果的反思效应，两者并行不悖相互照应。实际上，关于拐卖妇女的小说、影视、新闻叙述并非鲜见，但根植于中国现代化的历史进程与城乡社会发展失衡的历史语境，在文学的现实、虚构与想象的认知性叙事中，以胡蝶为代表的打工妹生存转向叙事，将问题的刀锋劈向了偏远农村问题的灰色地带。如果说"认识是小说的唯一道德"[②]，那么圪梁村的婚配危机作为偏远农村社会问题的一则隐喻，胡蝶的弃城返乡与含恨忍辱则为问题勘探式的发难性书写。

---

① 弗兰克·克默德：《结尾的意义》，刘建华译，辽宁教育出版社2000年版，第17页。
② 米兰·昆德拉：《小说道德艺术》，孟湄译，生活·读书·新知三联书店1992年版，第3页。

二、子嗣危机：乡土挽歌的证词

就《极花》中的圪梁村而言，村中女孩不愿"内嫁"，"外嫁"成了集体无意识的选择，适龄青年被判了"无妻徒刑"。在偏远西部农村光棍们的生理需求成了缺失性的想象存在，瓜瓞绵绵的子嗣焦虑亦如影随形，生理需求与因之而来的焦虑处于极限制约中。在人类生存与发展史上，制约人类生存的因素有很多，但有些则是关键性的，如婚配与生育问题，正如阿德勒所言："人类有两种性别——男和女。这是个体生命和人类命脉延续必须考虑的问题。"[①]据此，《极花》在极限困境的"拯救者"人物角色安排上，黑亮的父亲为符号化的象征性人物。在地方性传统思维中，他寄望于巫术思维的天人感应，期望通过雕琢石女像以盼村里的光棍们能娶上媳妇。在空间诗学上，圪梁村的村口作为一村的脸面所在，黑亮父亲在村口所立的石女群像便是现代版"望妇石"的隐喻。中国文学史上的神话传说、古典诗文中不乏"望夫石"的描写，但从古代"望夫石"到当代"望妇石"，这种由"夫"而"妇"的性别化颠覆，切问了西部偏远农村婚配难题的当下性存在。显然，巫术的幻想并不能改变历史积弊的沉疴，石女像仅为聊胜于无的慰安对象。但是，村落的延续也好，文化的传承也罢，文化的载体是人，没有了人一切都将成为无源之水。基于此，圪梁村作为西部偏远村落的一则隐喻，农村"剩男"的婚姻危机便是村落人口繁衍的危机。在危机无解的境况下，隐喻着圪梁村虽能"继往"却不能"开来"的社会现实，偏远的古老村落终处于历史性的颓败境地。据此，此前学术界曾将作者的《秦腔》视为乡土挽歌之作，那么距今看来未免定论得过早过急，因为《极花》的"子嗣危机"方为釜底抽薪的乡土挽歌的盛世危言，对"买妻"时弊的病理切问引发了社会舆论的冲击波效应。

在文本建构的"望妇—买妇—夺妇—妇返"叙事场景中，如果说"望妇"与"买妇"刺伤了现代人的心理优雅与身份高贵，那么"夺妇"则固化了偏远农村婚姻现状的荒蛮与悲怆。胡蝶出逃被抓后，村里光棍借醉酒之名肆意猥亵，意淫式宣泄着生理压抑的焦渴。但是，缺失的欲望终是欲望的缺失性存在，对他者的施虐自证的是自我人格的猥琐、肮脏与低矮。在无可突围的生理焦渴中，

---

① 阿德勒：《自卑与超越》，黄久儒等译，武汉大学出版社2015年版，第6页。

兽欲的狰狞放逐的是自我的生存图景，当然一时也无更好的生存选择，因而夜幕下解救胡蝶的"救人"与"抢人"争夺战中，村里人认为是抵抗"入侵者"的正义战，于是魔怔一般手持简陋的农具加入了"夺妇"队伍，其情其景悲壮荒蛮，彼时彼地人道与非人道、正义与邪恶、犯罪与情理陷入黑白相间的灰色地带。基于小说的全知叙事视角可知，在城市一方的解救行动获得成功之际，农村一方的圪梁村则处于溃败境地。诚然，无论在法律层面抑或道德伦理层面，拐卖妇女皆有违于法律正义与道义良知。但同时也带来一个难题，即在法律与道德完胜之际，农村的婚配危机又将何以解决？或者有办法解决吗？如果说无力解决或没办法解决，那么生理需求与生存诉求也只能由"出身原罪"的他们自己承受，余下的就是文化精英、启蒙者对其投去的忧患与悲悯之情，但留给圪梁村的则是荒寒彻骨的心理暗伤，无药可救、无计可施却也是灰暗的生存现实。

基于结构主义空间诗学解读，《极花》表层写"望妇—买妇—夺妇"事件，深层隐喻的是城乡社会发展失衡的婚配资源的人口争夺。在无力阻挡的城市化面前，圪梁村的"夺妇之战"乃圪梁村人集体仪式的失败表演，也是无力回击现代化征召的历史表现。在社会问题史的反溯中，20世纪90年代以来，在中国城市化、现代化、工业化进程中，农村人进城成为历史最强音，向城市进军、向城市求发展成了集体无意识的生存选择，而裹挟在生存迁徙的民工潮中，性别向度上的打工妹进城为其一个重要分支。在趋势而动的历史洪流中，因求学、打工、婚嫁等原因向外走的态势无可回转。据此，"望妇石"不过是戈多式等待的心理幻景，"夺妇"仅是西西弗斯式的徒劳与无望。在打工妹向外走时代性生存选择中，农村适龄婚配的女性资源严重匮乏，娶妻生子注定成了圪梁村适婚青年的人生奢求。在此情境下，精英的启蒙视角顿然失效，社会的批判声音绵软乏力，乡土的根祖文化严重退化。据此，圪梁村的出路在何方？有路可走吗？有路可走又怎么走？从现实的沉重到文学的构想，对作者对主人公生存转向的设置，在激发读者义愤填膺的道德批评之后，转而回归至问题关切的当下之问与理性思索。当然，这并不代表圪梁村拐卖人口的"远水解近渴"便具有合法性，但合理合法的解决方案又在哪里呢？

三、城乡情感：具象化的复仇意识

首先，内外有别的文化心理结构。村人皆知黑亮"买妻"却也无人举报，原因在于告发后便与"买家"结成世仇，更会遭致村里人的集体攻讦与排斥。在乡土熟人社会的地缘、血缘关系中，"差序格局"信任有别的人际观、亲疏远近的人伦观等，使得空间之维的"村里"与"村外"内化成了内外有别、等差有序的伦理实践与观念依循。在此意义上，黑亮既然"外买"了媳妇，那么在外地与本地、城市与农村、远与近的结构化、亲疏化的空间心理中，形成的是外地人与本地人、城里人与农村人的文化心理屏障，使得对外的保守秘密成了集体性的"道义"遵从。如此行为的民间一致性虽披着道德温情的外衣，但本质上则是缺乏现代法治思维的助纣为虐。乖谬的是，如此的伦理要义却畸形地存在着、延续着。费孝通先生在《乡土中国》一书中曾指出："中国乡下佬最大的毛病是'私'，就是所谓城里人，何尝不是如此。"① 据此说来，"不道义的道义"则是"各人自扫门前雪，莫管他家瓦上霜"自私自保的心理体现。在此文化心理作用下，小我取代了大我，自私心击败了公德心，彼此的苟且相安使得民间潜规则的心理得以达成。退一步来说，当地的管理机构知情却"视而不见"。基于官民互隐的历史性潜规则，暗自契合的行为逻辑体现的是"民不告，官不究"观念的历史性存在，终使"不道德"的"道德"击败了"道德"的"不道德"，习焉不察却又深以为然的平庸之恶助推了身边人、身边事悲剧的惯常发生。

其次，城乡等差的复仇心理结构。胡蝶从城市被拐卖至圪梁村，就空间结构诗学的城市与农村而言，圪梁村乃中国城市化进程中被遗忘的历史角落；就人物角色功能而言，胡蝶被拐卖至圪梁村，意在设置一位性别化的"受难者"与农村婚配难题的"见证者"。在"黑屋"的囚禁之所，黑亮对胡蝶的性侵遭到了胡蝶的誓死反抗，不过黑亮转而在自慰中寻求满足，如此的自亵乃压抑化、粗鄙化、荒蛮化农村病的呈现。然在欲望谷底的反弹中，黑亮最终还是强暴了胡蝶，内中的细节描写确实有碍观瞻，但在把有价值的东西毁灭给人看的悲剧叙事过程中，兽欲的狰狞戳破了诗意乡愁的文化记忆，激起了读者视觉与心理的不适感与诅咒感，拆解了乡下人既有的文化面影。在占有性与征服性思维逻

---

① 费孝通：《乡土中国》，北京出版社2004年版，第28—29页。

辑中，黑亮的施暴心理逻辑是先占其身再占其人，折射出的是一己文化心理的可悲、可憎与可怜。因为，在小说的全知视角中，胡蝶本是农村人，却自称城里人，因而在"农村"的黑亮占有"城市"的胡蝶时，这种赤裸"性战"的叙事隐喻，释放的是枪炮对着玫瑰的征服感、满足感与快意感，潜隐的心理幽暗则是"农村"对抗"城市"的历史性复仇情结，折射出心理接纳与地理排斥的内在矛盾。在本然的欲望逻辑与乔装的社会逻辑的矛盾冲突中，体现在文学性上，抽象的空间复仇难以具象化，于是借以人写城性别化的空间想象，将城市想象为缺失性的女人意象，继而建构出占有城市女人即为征服城市他者的文化隐喻。在以黑亮为代表的农村人集体无意识的复仇心理中，一如黑亮自言："现在国家发展城市哩，城市就成了血盆大口，吸农村的钱，吸农村的物，把农村的姑娘全吸走了！"[①]据其陈词，它既再现了黑亮们的城市敌意感，又印证了黑亮们无力招架城市化进程的历史沮丧感，根因在于意念性与行为性的占有与征服并不能改变乡村中国转向城市中国的历史发展趋势，相反则是堂吉诃德式的荒诞与滑稽。但是，在其闭锁心理的自鸣得意中，再现的又是自以为是的复仇快感。

  再次，复仇的建构与解构。作为胡蝶爱恨交织的丈夫，黑亮的"黑"与"亮"呈现出人物心理与行为的矛盾性。就黑亮的人性善恶而言，再现了时间过程化的人性觉醒与悔悟意识。在文学的审美自由与人文关怀中，黑亮强暴胡蝶后顿生悔愧意识，这也如其名黑暗中一丝光亮所寓之意。黑亮与胡蝶本都是农村人，差异仅在于出生于不同的农村而已，因而对胡蝶的占有、征服不过是对身份同类的霸占与欺侮，而当初抱定征服城市女人的复仇快感便显得意义虚空。非但如此，解救至城市后只因个人隐私被媒体曝光，使得胡蝶原初的城乡情感发生了根本转变，继而放弃了成为城里人的人生目标，自甘命运返回到了异乡的故乡，继演"孩子的娘、丈夫的妻"的人生角色。兴许，小说的惊奇之处即在于此，内中别人的城市的生存绝望与心理内伤不言自明。退一步来说，无论是逃离农村还是城市败退，抑或是重返异乡的他乡，胡蝶都是被侮辱者与被伤害者，在其被动的非主体选择中，她无从选择的就是跪着原谅那个并不美丽的世界。在城乡双向文化逡巡中，城市的丑陋与农村的藏污纳垢成了沉默的黑

---

① 贾平凹：《极花》，人民文学出版社2016年版，第9—10页。

色风景,最终在硬的软的外在世界的身心监禁中,胡蝶监禁了不甘寂寞与平庸的自我,此为其退守性生存笃定的忍辱与慈悲。

四、身份胎记:"败城"叙事的情感偏向

新世纪以来,贾平凹的《高兴》《秦腔》《带灯》等作品,叙事对象锁定于"问题农村"。在"农民真苦,农村真穷,农业真危险"的"三农问题"语境下[①],作者直逼"问题农村"的创作姿态令人敬畏,体现在拐卖女胡蝶的"还乡母题"创造性书写上,《极花》所述的"城市是别人的城市,不是农村人的城市"的城市败退情感格外沉郁。在文学虚构与现实可能之间,作者的退守性心理无非如此:一是胡蝶在城务工就能安营扎寨于城市吗?二是身为打工妹的胡蝶成为城里人的可能性有多大?三是暗恋城籍房东家的大学生仅为爱情而非婚姻,总之她所想象的正是她所绝望的。再看小说中訾米与胡蝶的对话描写:

訾米:"你是哪个城市的?"

胡蝶:"省城。"

訾米:"干啥工作?"

胡蝶:"爹娘有个店面。"

訾米:"哦,你是真正的城里人,把他的,哪像我走出农村了又回到农村。你来了也好,不管是从农村去的还是原本城市的,那里是大磨盘么,啥都被磨碎了!"

不难发现,訾米的表白不过是作者叙事声音的代理,反证的是作者一以贯之的城市厌弃心理,如此心理曲线一直贯穿于《废都》《高兴》《高老庄》《秦腔》等小说文本中。实际上,胡蝶与訾米本都是农村人,但胡蝶却谎称自己是城里人,谎言自慰意在掩饰出身卑微的现实。如此自欺又是反抗"出身原罪"的心理体现。正因如此,胡蝶身处囚禁之地亦未放弃生存与身份"脱域"的努力。获救后本有成为城里人的一线希望,却成了新闻媒体妖魔化的"被看、被说"对象。在大众传播学上,"社会新闻,向来是追求轰动效应的传媒最钟爱的东西"[②],据此,如果说"坏新闻就是好新闻",那么"成功解救拐卖妇女"的新闻便足以诱发读者的猎奇心理与围观心理,然媒体人在挖深挖透事件真相的背后,

---

① 李昌平:《我向总理说实话》,光明日报出版社2002年版,第20页。
② 布尔迪厄:《关于电视》,许钧译,辽宁教育出版社2000年版,第14页。

更想从胡蝶"口述史"中开掘更多关于拐卖过程、非人遭遇的陈述,意在抛出更多的新闻看点。但是,新闻的朝生暮死在引起社会舆论效应后便被人遗忘,而当事人的心理伤痕却历久弥新,同时加深了农村污名化的舆论印记。显然,作者批驳了所谓有文化教养的现代人,那就是既然不会尊重人又何来理解人?再就是,在成功解救背后尚有更多未被解救历史困厄的痛与伤。于是作者将一记耳光赏给了表征现代文明的记者。在城乡二元、"三农问题"语境下,商业化、谄媚化、猎奇化的媒体报道,使本就没有发光点的农村更成了地域歧视的对象,也更加重了农村问题的标签化与污名化。

在中国城乡二元社会结构中,社会现代化呈现出"不平衡性、二元结构稳定性"等特征,正因如此,中国城市化史本质上就是一部农村人进城史。20世纪90年代以来,《外来妹》的热播,使外来妹、打工妹等人物群体逐渐浮出历史地表。但是,在老中青三代作家的大合唱中,体现在打工妹拐卖主题的文学叙事中,逐渐形成了拐卖妇女主题的文学书写,常见的叙事模式便是"走出农村—走进城市—拐卖到农村—逃离农村"。如此机构化、模式化、过程化的文学叙事,深埋着城市敌意心理,衍生出城市愤恨的斜坡效应。如是社会心理失衡的生成机制,源于社会问题违背了道德期望,而造成社会问题的最大原因,则是农村社会化过程的失败,在于城乡社会发展的历史性失衡。基于此,在对待城市及城市文明上,《极花》中女主人公胡蝶生存选择的退守,闪现出作者的城市敌意与历史愤慨之情,内中的身份与心理依据便是"我是农民"。在此向度上,无论是作者抑或作品中的主人公往往与城市文化貌合神离、相互拒绝,如此文化心态的形成,源于叙事视角的目的意向性设置,即选择性审视的是城市文化丑陋性的一面,而背对城市的创作心态早在《废都》中就有着纲领性的思想体现,如此的城市观漠视的恰恰是城市社会发展的历史进步性,而《极花》的"返乡"叙事便是如此文化心理的又一体现。

五、结语

《极花》中女主人公胡蝶生存转向的反常化设置,打破了主流新闻报道与此类小说叙事"大团圆"结局的常态,激起了阅读界与批评界的围观与探奇心理,实现了偏远农村婚配难题、子嗣延续、乡土没落、社会心理隐疾以及城市复仇意识的文化书写。胡蝶从"进城求生"到"败处寄生",她所爱的又是她所恨的,她所恨的又是她不得不接受的,如此的爱恨纠葛成为打工妹生存镜像的一种体现。如果说"小说家们也都是最热切的社会学者"[①],那么《极花》大时代的非主流叙事,叩击了偏远落后农村的历史困境,证明了作者的社会关切与责任担当,同时也难掩作者一贯背对城市的创作姿态与身份自卑。

(原载《重庆师范大学学报(社会科学版)》2018年第3期)

---

① 艾本斯坦:《势利》,晓荣等译,社会科学文献出版社2007年版,第18页。

《极花》的乡村叙事与意义建构

孙英莉 陶 颖

贾平凹的《极花》延续了他20世纪90年代以来小说中传统与现代、城市与乡村对立冲突的创作主题和"密实的流年式的叙写"等特征。小说中作者人格对象化的叙事视角,对当代农村现状的全息纪录,对城乡文明的再反思以及"微观写实"和"宏观写意"相结合的叙事风格,都显示出贾平凹小说创作上的不断努力与自我创新。《极花》取材于真实的拐卖妇女事件,以被拐少女为作者代言人,叙述中国当代农村生活现状以及由此引发的对人性、现代性和城乡文明的思考。

一、乡村叙事视角:从被拐少女到胡蝶

据贾平凹自述,《极花》是根据他一位老乡女儿被拐的真实经历创作而成,他老乡女儿"初中辍学后从老家来西安和收捡破烂的父母仅生活了一年,便被人拐卖了。他们整整三年都在寻找,好不容易经公安人员解救回来,半年后女儿却又去了被拐卖的那个地方"[①]。既然是以拐卖事件为素材创作,按常规构思,小说应该围绕着被拐少女如何被骗,发现被骗后如何想方设法逃跑,买主如何强暴、殴打、关押她,被拐少女的父母在这三年中又是如何苦苦寻找女儿以及最终又是如何成功解救这一线索来写,然而《极花》没有这么写。贾平凹显然不想把《极花》写成小说版《盲山》或《亲爱的》,"因为我是别人弄啥我就不爱弄啥,就是这秉性"[②]。

那么贾平凹面对这则真实事件又以何种视角切入和构思的?《极花》在保持故事架构与贾平凹老乡女儿的遭遇基本一致的前提下,以被拐少女胡蝶的主

---

① 贾平凹:《极花》,人民文学出版社2016年版,第203页。
② 贾平凹、韩鲁华:《虚实相生绘水墨 极花就此破天荒——〈极花〉访谈》,载《当代作家评论》2016年第3期。

观视角,叙述她被拐偏远山村后的遭遇,展示她所看到的外部世界和经历的内心隐痛。实际上他老乡女儿被拐发生在十年前,他为什么十年里一个字都没有写,因为他"实在是不想把它写成一个纯粹的拐卖妇女儿童的故事"①,更重要的是他不能理解"社会在进步文明着,怎么还有这样的荒唐和野蛮"②。这些年贾平凹跑过许多地方,他发现"深山里一个村子一个村子的都没有人了,好多学校都合并了。……因为跑的地方多了后,就想这个农村,它不是说有某一个问题,它是整个衰败,它是整个没有人。它一个村一个村为啥没人?男男女女都到城里去了。……留在村里的男的,男的毕竟要顶家立业,还要养活老人,根本找不下媳妇。这个事情,到这个时候突然让我想起当年拐卖的事"③。可见,当今农村的凋敝与衰败正是贾平凹创作《极花》的动因,即"关注的是城市在怎样地肥大了而农村在怎样地凋敝着"④。换句话说,《极花》仅以拐卖事件作为情节框架,重点反映当今农村的生存现状,正如他所言,"拐卖的事,我不把它当作一个故事来写,我把它当作一个角度来写,以这个为叙述角度,一个突破口,要反映目前农村这种状况……就透过这看目前的边远中国农村的那种生存状态,那种人性"⑤。他还说:"这个故事就是稻草呀,捆了螃蟹就是螃蟹的价,我怎么能拿了去捆韭菜?"⑥显然,他是要用拐卖妇女这根稻草捆农村现状这只螃蟹。

贾平凹以拐卖妇女事件为切入口展开叙事,其好处在于能增强小说的观赏性,能制造话题效应,扩大小说的社会影响力。更为巧妙的是,贾平凹放弃全知叙事视角,选择被拐少女胡蝶作为小说叙述者,能使他对农村所做的观察,特别是对城乡冲突的思考都借胡蝶的眼光和内心独白在小说中自然地呈现。具体而言,以胡蝶作为小说叙述者有两个作用:

首先,胡蝶在小说中具有双重身份,既是城里人又是南方农村人,无论她是以城里人的眼光还是以南方农村人的眼光打量西北农村都会是一种外地人

---

① 贾平凹:《极花》,人民文学出版社2016年版,第207页。
② 贾平凹:《极花》,人民文学出版社2016年版,第205页。
③ 贾平凹、韩鲁华:《虚实相生绘水墨 极花就此破天荒——〈极花〉访谈》,载《当代作家评论》2016年第3期。
④ 贾平凹:《极花》,人民文学出版社2016年版,第207页。
⑤ 贾平凹、韩鲁华:《虚实相生绘水墨 极花就此破天荒——〈极花〉访谈》,载《当代作家评论》2016年第3期。
⑥ 贾平凹:《极花》,人民文学出版社2016年版,第208页。

的眼光，这就有介入者的味道在里面。实际上贾平凹创作《极花》的原动力也正是基于他对当代农村现状的新发现。因此，胡蝶在小说中的角色就类似于导游，为读者的西北偏远农村之旅不断提供详细解说。

其次，胡蝶在小说中还起到作者代言人的作用。李遇春教授把贾平凹四十年的小说创作历史划分为三个阶段，并认为："从《浮躁》到《废都》、从《秦腔》到《老生》，贾平凹走过了一个循环，这正是一次'立乡—离乡—归乡'的精神之旅。"[1]十分巧合的是，《极花》中的胡蝶不仅与贾平凹身份类似（出身农村，居住城市），而且也经历了"农村—城市—农村"的人生轨迹，这是否意味着贾平凹与胡蝶有着惺惺相惜的感慨？这种巧合让胡蝶给贾平凹代言成为可能："我开始写了，其实不是我在写，是我让那个可怜的叫着胡蝶的被拐卖来的女子在唠叨。"[2]贾平凹曾说过，"做起了城里人，我才发现，我的本性依然是农民，如乌鸡一样，那是乌在了骨头里"[3]。胡蝶是一个矛盾而分裂的人物形象，她成为贾平凹人格化的能指。面对城市，她是矛盾的。作为农村人，她向往着城市，即使栖居在贫民窟也要努力学习做城里人，但城市却先后两次伤害了她，先是被拐卖到西北偏远山村，然后又是遭遇媒体的围观暴力，最后她以回到被拐山村表达了对城市的不满。面对农村，她也是矛盾的。当她被拐到圪梁村后，她每天都希望看到她的星："这个夜里我先是并不抬起头，在心里祷告：今夜里让我看到星吧，今夜里一定会看到星的。"但是，当她看到自己的星后又很失望，"我压根没有想到在我看到星的时候是如此的沮丧，也不明白我为什么竟长长久久地盼望着要看到我的星"。她从誓死反抗到被迫接受再到主动投奔圪梁村的心路历程，经历着灵魂的挣扎，表现了她对农村矛盾的心态。而她在农村的三次离魂（分身）叙事，更成为她精神分裂的隐喻。学者傅异星指出："传统与现代的冲突是一个鲜明体现在贾平凹身上的文化现象。"[4]贾平凹在接受《秦腔》访谈时说："我在写的过程中一直是矛盾、痛苦的，不知道该怎么办，是歌颂，还是批判？是光明，是阴暗？"[5]《极花》何尝不是？贾平凹对农村与城市、

---

[1] 李遇春：《守望与变革——论贾平凹四十年小说创作轨迹》，载《湖北大学学报》2016年第1期。
[2] 贾平凹：《极花》，人民文学出版社2016年版，第211页。
[3] 贾平凹：《秦腔》，作家出版社2005年版，第560页。
[4] 傅异星：《在传统中浸润与挣扎——评贾平凹的小说》，载《文学评论》2011年第1期。
[5] 贾平凹、郜元宝：《关于〈秦腔〉和乡土文学的对谈》，载《上海文学》2005年第7期。

传统与现代的冲突主题以及他面对城乡矛盾而纠结的心态，成功地缝合进胡蝶这一人物形象中。

但是，以拐卖妇女事件为突破口展开叙事也让贾平凹付出了一定的代价，因为它很容易让读者误以为是拐卖妇女的"问题小说"。事实也确实如此，小说一经发表就引起巨大争议，一些读者认为《极花》隐含着为拐卖妇女辩护的倾向。小说中的黑亮作为施害者（收买妇女），一方面被塑造成城市发展的受害者，另一方面被塑造成善良体贴的好丈夫。或许正是这两方面的原因，读者指责《极花》隐含为拐卖妇女辩护的倾向（一方面为拐卖找客观原因，一方面在道德上美化收买妇女者）。且不说一些新闻报道中出现过拐卖妇女被解救时，因为"丈夫"的好而不愿回家的事实，就是退一步讲，文学难道就等同于现实？吴义勤教授就指出对贾平凹的误解有诸多表现形式，其中之一就是要特别警惕对所读作品的所谓真实性的幻觉："读一个作家的作品是读文学自身还是读背后的现实？这是要区分的。我们不能把文学和现实混为一谈。"①

二、乡村叙事图景：从农村全息图到城市镜像

《极花》以全感官的扫描方式和鸡零狗碎的细节铺陈对当今中国偏远农村的生存状态和风土人情进行真实记录，为读者呈现出一幅具有浓厚的乡土气息和生活质感的中国农村全息图。作为时代的见证者，贾平凹以尖锐的批判意识和深切的悲悯情怀记录了圪梁村的风貌、人情、人性。可以说，他以《秦腔》为故乡树起一块碑子，如今他又以《极花》为中国当代偏远农村树起一块碑子。

小说描写了荒僻、贫穷、落后的前现代农村——圪梁村，村民的生存状态堪忧：这里的人住在阴暗、潮闷、不通风的窑洞里；这里没有通电，至今还是点着油灯；这里水资源匮乏，洗脸时"水只盛一瓢，勉强埋住盆底，得把盆子一半靠在墙根才可以掬起来洗脸"；这里的人一天三顿都是土豆；"这里到镇上开手扶拖拉机得四个小时，步行得两天"。这里更为严峻的问题是乡村的凋敝、窳败，人口稀少，许多男人娶不上媳妇，那些光棍忍受着性的苦闷，借石头女人以求精神慰藉。为了解决婚姻和传宗接代的困扰，这里发生着拐卖妇女的悲剧。对中国偏远农村生态的真实性记录，是《极花》重要的人文价值所在，因为"或

---

① 吴义勤：《贾平凹与〈极花〉》，载《华中科技大学学报（社会科学版）》2016年第6期。

许,他们就是中国最后的农村,或许,他们就是最后的光棍"①。

小说还描写了圪梁村的古风习俗,如"儿子娶回媳妇了就得作践要当公公的爹,将他的脸抹得越脏越好","谁家的媳妇过门后迟迟没怀孕,村里人就在秋收时要从任何人家的庄稼地里偷摘些东西塞到谁家媳妇的炕上"……《极花》堪称当代文学作品民俗书写的典范,如果贾平凹没有对农村生活的亲身经历和深入了解,不可能描绘出这幅具有人类学文献价值的风俗画卷。

小说还成功刻画了黑亮、黑亮爹、瞎子、老老爷、村长、麻子婶、訾米、立春、腊八等一系列鲜活而又各具典型代表的农民形象,成为中国农村社会结构的缩影。老老爷是作品中除黑亮外着墨最多的,也是被赋予多重身份的一位重要人物。老老爷是圪梁村宗教领袖式的人物,代表着乡村伦理及其信仰世界的坚守,"每年立春日都是他开第一犁,村里耍狮子,都是他彩笔点睛"。老老爷还是一位民间知识分子形象,是传统儒家文化的代表,他"年轻时曾是民办教师,转不了正,就回村务农了,他肚里的知识多",他给村里人起名都有着儒家伦理色彩,诸如马德有、王仁昭、杨庆智、梁尚义、李信用、刘孝隆、梁显理等。老老爷身上还有着道家文化和道教思想的影响,他信奉着元气论的生命观,认为"从气眼里出来是生,从气眼里又进去是死";他还懂占星术,常坐在磨盘上观星象。除了老老爷外,还有中国民间巫术文化和民间艺术家代表麻子婶,农村基层干部代表村长,民间助产士代表满仓娘,妇女购买者代表黑亮,被拐妇女代表訾米,以及市场经济影响下的农民商人代表立春和腊八。这些人物涉及政治、宗教、文化等各个领域和农业、商业、医疗等各个行业,小小圪梁村可谓"麻雀虽小,五脏俱全",成为社会历史转型期传统伦理秩序与规范受现代文明冲击的当代农村社会缩影。

全息图原指用全息技术拍摄而成的图片,它的一个重要特点是能够记录物体的全部信息。笔者之所以把《极花》称为当代中国农村全息图,是因为它的价值和意义远不止于对农村生存状态、民风民俗和社会结构的简单描摹,而是蕴藏着丰富的人性、人情以及对农村文明和城市文明的辩证思考,正如吴义勤教授所言,"小说并不是简单的问题小说,其背后蕴含的内涵是很丰富的,不仅仅有风俗、乡土、人的命运等层面的内容,更有着自然、人性、现代性、城乡冲

---

① 贾平凹:《极花》,人民文学出版社2016年版,第207页。

突等复杂的思考"。

在建构当代农村全息图时,作者始终保持着辩证的思维去探索乡村的人情和人性。一方面,圪梁村严重偏离现代文明的轨道。这里农村基层政权形同虚设,村长不仅纵容村民拐卖妇女而且参与拐卖;这里的人野蛮粗鲁、下流龌龊;这里的人蒙昧无知,迷信思想根深蒂固;这里"人人都是是非精,都是关不严的门窗,都是人后在说人,人前被人说,整日里就没少几场吵骂",吵得凶了就对骂,全骂的是男女生殖器的话。但另一方面,这里的人淳朴善良,麻子婶为帮胡蝶堕胎而被打断了骨头,訾米像姐一样待胡蝶。乡里乡邻间互帮互助,充满着温情。顺子爹自杀后,村民们替顺子料理后事。东沟岔走山后,村民们都去为立春和腊八救灾。他们还有着乐观豁达的精神,当訾米跪在那里扒石头下的土,扒得十个指头蛋都出血时,村民们就去拉她,并劝她说:"回吧,生有时死有地,全当立春腊八的坟就在这里,多大的坟,皇帝的坟也就这么大啊!"

《极花》在某些元素上能看到《盲山》的影子,比如杂货店、拖拉机以及訾米等其他被拐妇女,但在人物形象设置以及对城乡文明的思考上则显示出与《盲山》的巨大差异。《盲山》中的黄德贵被塑造成十恶不赦的农民,人物形象单一扁平,但《极花》中的黑亮被塑造成复杂立体的形象,他是个剥夺胡蝶人身自由的坏人,但又是个对胡蝶温柔体贴的好人。贾平凹在接受访谈时也表示:"实际上,哪有好人和坏人,都是好坏人,人都是混合型的人。"[①] 在《盲山》中,李杨站在城市本位的立场,以启蒙者的姿态打量和审视农村的野蛮与蒙昧;但在《极花》中,贾平凹站在农村本位的立场,既揭示农村的罪与恶,也反思城市的过与错。乡村全息图在记录农村信息的同时也潜藏着城市信息,成为一幅诊断城市疾病的镜像图。

小说还从侧面反映出城市文明的病态以及城市对农村的负面影响。例如,城市对极花的大量开采导致圪梁村的极花绝迹,表明城市工业文明对农村生态的破坏;农村商人代表的立春和腊八不把訾米当人对待而是当财产来瓜分,透露出城市商业文明的自私自利和对人性的扭曲;拐卖妇女经纪人在人口交易时临时变卦,指涉城市商业文明中的诚信缺乏与道德沦丧……而《极花》故事末尾胡蝶的一场梦境,更是成为城市镜像的形象化呈现。胡蝶被解救回城后遭到

---

① 贾平凹、韩鲁华:《虚实相生绘水墨 极花就此破天荒——〈极花〉访谈》,载《当代作家评论》2016年第3期。

媒体的不断追问，她不但没有得到社会公众的关爱和精神抚慰，反而遭到媒体围观暴力的伤害，"我反感着他们的提问，我觉得他们在扒我的衣服，把我扒个精光而让我羞辱"。值得玩味的是，贾平凹并没有把胡蝶的被解救、回城、返回圪梁村的整个过程处理成真实发生的事情，而是以虚写（梦境）的形式委婉含蓄地表达了他对城市文明的批判，给城市留有一份尊严，这再次体现了贾平凹面对城市矛盾和犹豫的心态。

三、乡村叙事风格：从微观写实到宏观写意

《极花》不追求戏剧化的叙事风格，有意淡化情节甚至没有情节，按照日常生活的自然流程，书写生活琐事，呈现出散文化结构与原生态风貌。在具体叙事技法上，近似于全程实寻和全息扫描的方式，呈现出微观写实的叙事特征和浑然一体的视觉效果。这种原生态的书写方式被李遇春教授称为"微写实主义"，并认为新世纪的贾平凹的写作以"客观冷峻的叙事姿态，将内心强烈的批判情怀转移到外在客观的高密度写实艺术中"[①]。

微观写实的叙事风格并非《极花》中首次出现，90年代的《废都》就初见端倪，随后不断成熟，《极花》是这一叙事技法的进一步推进与深化。微写实主义之"微"包含时空两个维度的"微"，具体表现在空间上叙事密度大、时间上叙事节奏慢两大显著特征。譬如：

> 从那以后，窑门是再也没有从外边挂锁，我是在窑里一听到毛驴叫唤，就出来坐在硷畔上。几时的风，使葫芦架的一根支柱歪了，藤蔓的一角扑塌了下来，但还吊着葫芦，葫芦干硬如骨。一只乌鸦从土崖顶上飞回来，快要到白皮松上了，却突然如石头一样坠下来砸烂在磨盘上。两只鸡在抢夺着一条蚯蚓，蚯蚓不是东西了，拉直了像一根柴棍。瞎子背着篓又要外出了，他在踏下左脚时听到了叭嚓一声，忙跳开来，差点摔倒，一只蜗牛还是稀烂在那里了。风在吹，吹歪了黑亮爹窑上冒出的炊烟，风箱噗嗒噗嗒地响着就停下了，黑亮爹好像在说：老鼠钻到风箱里了。炊烟由白变黑，从窑门口涌出来流向硷畔沿，那里荆棘乌黑，晃动

[①] 李遇春、贾平凹：《走向"微写实主义"》，载《当代作家评论》2016年第6期。

> 着挂着的塑料袋和纸屑。到处都有着尸体，到处都有亡灵在飘浮。我看着各个窑洞门，那真的不是我在窑窗里看成的蘑菇状了，是男人的生殖器，放大的生殖器就竖在那里。

这段写的是胡蝶从窑洞里出来后坐在硷畔上所看到的外部世界和内心活动，全部是带有主观色彩的景物描写。这段只有三百五十五个字，却依次描写了窑门、毛驴、葫芦架、藤蔓、葫芦、乌鸦、白皮松、磨盘、鸡、蚯蚓、篓、蜗牛、风、炊烟、风箱、老鼠、荆棘、塑料袋、纸屑、尸体、亡灵、生殖器二十二种景与物，叙事密度大，就像一系列的特写画面剪辑在一起。

> 硷畔上能看到的还有石磨和水井，石磨在右边，水井在左边。他们说这是白虎青龙。石磨很大，两扇子石头合着，就是个嘴咬噬粮食，可能是年代太久了，推动石磨只推动的是石磨的上扇，上扇被磨薄了仅是下扇的一半厚，再磨粮食就得在上扇上压一块石头增加重量。水井的石井圈也已经很老，四周都是井绳勒出的沟渠儿，绞动时轱辘上那么一大捆绳放下去，放半小时，然后又是近一个小时往上摇，连声咯吱，像是把鬼卡着脖子往上拉，拉出半桶带泥的水。

这段详尽地描写了石磨和水井是如此古老和破旧，也加入了胡蝶的一些想象，如把石磨的两扇子石头合着拟人化为"就是个嘴咬噬粮食"，把摇水比喻成"像是把鬼卡着脖子往上拉"，几乎全是静态的景物描写，叙事节奏趋于停止状态，也像是一系列的特写画面组接而成。因此在当下快节奏生活与微时代表达背景下，《极花》对当今读者的阅读习惯构成挑战，只有那些进入虚静状态的读者方能读懂作者。

考察贾平凹微观写实叙事特征的形成，会发现有两个重要的原因。从客观层面来讲，它是现实世界复杂化、多元化和多义性的反映；从主观层面来讲，它是贾平凹现实主义艺术追求和文学审美观发生转变的体现。自90年代以来，贾平凹开始摆脱批判现实主义的束缚，转向不加雕琢的原生态书写。《秦腔》访谈中，他说："活到五十以后就不'显摆'了，以前铺排的，过后一想，都幼稚得很。把一切都端出来，是什么就是什么。"

《极花》在微观层面是写实的，但在宏观层面又是写意的。贾平凹在《极花》访谈中提到他的小说主要是借鉴西方的现代思想，而在技巧上借鉴中国的绘画、戏曲和文学诗词，并且自觉地"把现代的东西和传统中国古老的那种东方美学结合到一块"①。他说的"现代的东西"指的是人文意识，即写人，写人性，批判社会，而传统中国古老的那种东方美学指的就是对意象和意境的追求，即写意。李遇春教授说："贾平凹已经领悟到了新的长篇小说艺术秘诀，即原生态地书写日常生活的流动过程，在高度写实的基础上追求整体性的意象效果。"②例如胡蝶从窑洞里出来那段，前后出现二十二种景物，不禁让人联想到马致远的《天静沙·秋思》，都是通过一系列意象的组接构成某种意境。

《极花》中写到的许多实物，表面上是实在之物，深层上又是意象之物。贾平凹在接受访谈时说："我的小说喜欢追求一种象外之意，《极花》中的极花、血葱、何首乌、星象、石磨、水井、走山、剪纸等等，甚至人物的名字如胡蝶、老老爷、黑亮、半语子，都有着意象的成分，我想构成一个整体，让故事越实越好，而整个的故事又是象征，再加上这些意象的成分渲染，从而达到一种虚的东西，也就是多意的东西。"③极花和血葱是小说中两个重要的意象。极花类似于青海的冬虫夏草——"县上镇上有了专门从事极花的公司，而各村也就有了各村的收购员，收购了送到县上镇上"，结果这里的极花越来越少并濒临绝迹。可见，极花是农村女性的精神象征与命运写照，农村的女人像极花一样大量地流向城市，于是留在农村的女人也像极花一样濒临绝迹。血葱是圪梁村的特产，它能增强男人性功能，而在东沟岔因为有暖泉的水，"血葱就长得好，种植面积不断扩大，号称是血葱生产基地了"。可见血葱与极花对应，是农村男性光棍的精神象征与命运写照。

《极花》中的宏观写意除表现在意象群的建构外，还表现在传说、传奇叙事、巫术叙事、离魂叙事和梦幻叙事等神秘魔幻的色彩和意境。《极花》中海子与魃的故事，张老撑的阴魂变鸟，血葱壮阳，紫皮土豆治皮肤瘙痒，麻子婶槐树下怀孕和"死"而复生，老老爷的星野观，胡蝶的三次离魂和宿命般的命运……无不使小说笼罩着一层神秘氛围。小说中的许多梦境，诸如王结实向他爹托梦要媳妇，胡蝶梦见红狐狸，梦见她娘，梦见旋转的洞等，也为故事增添了虚幻缥

---

① 贾平凹、韩鲁华：《虚实相生绘水墨 极花就此破天荒——〈极花〉访谈》，载《当代作家评论》2016年第3期。
② 李遇春、贾平凹：《走向"微写实主义"》，载《当代作家评论》2016年第6期。
③ 吴娜：《贾平凹：写作是一种生活方式》，载《光明日报》2016年4月15日。

缈的意境。小说末尾解救胡蝶那场戏，在具体情节和细节上贾平凹采用微观写实的笔触来写，读起来悬念重生，给人异常真实的感觉，但整个过程却采用宏观写意的虚化处理，变成了胡蝶的一个梦境。《极花》中神秘魔幻的审美追求，除了与贾平凹受拉美魔幻现实主义文学的影响有关外，还与他出身于农村，受道教和巫术文化的影响有关。

《极花》在叙事风格上表现为微观写实与宏观写意的有机结合，这种看似矛盾的写作风格，却因贾平凹在文化价值观上的矛盾与纠结、迷茫与困顿而得以相互统一。贾平凹观察世界和思考问题的方式是全面辩证的，《极花》的切入视角就是明证，而在《极花》中的一些人物身上也能看到印记，譬如，刘全喜说塑料碗比细瓷碗用得长久，然而老老爷却说："一般的情况是那样，如果把细瓷碗当宝贝保存起来，它比塑料碗木碗铁碗都要寿命长。"正是因为他对世界的洞悉与了悟，造就了他矛盾与迷茫的世界观。贾平凹曾说："现实的枝蔓特别多，我想把生活的这种啰唆繁复写出来。不知道是谁说的，'最分明的最模糊'，越分明的地方越模糊不清。"[①] 于是他用微观写实手法呈现了世界的混沌与暧昧，天人合一与物我两忘。

小说中三句颇有诗意和哲理的话，更是成为他混沌世界观的注脚："待在哪儿还不都是中国""在哪还不都在星下啊""睡在哪里都睡在夜里"。而无论是意象的建构，还是神秘意境的运用，这些宏观写意的手法既符合乡村感受世界的独特方式，又能使小说形成一种虚实相生、亦真亦幻的美学效果，契合了贾平凹面对传统与现在、城市与乡村时所持的矛盾、犹豫、徘徊的文化心理。

（原载《小说评论》2017年第3期）

---

① 贾平凹、郜元宝：《关于〈秦腔〉和乡土文学的对谈》，载《上海文学》2005年第7期。

沉重的命题　轻逸的叙述

——关于贾平凹的《极花》及其他

谢文芳　陈国和

卡尔维诺在《未来千年文学备忘录》中特别推崇小说叙事的"轻逸"之美。他认为："文学是一种存在的功能，追求轻松是对生活沉重感的反应。"[①]这种"以轻击重"的叙事策略，有利于深入生活底层，直面现实问题，同时又能超越生活本身，探析人类生存世相和叙事艺术的可能性。一百多年来，乡土中国最大的现实之重就是乡村的现代化转型。如何书写这一艰苦卓绝的转型之痛成为历代作家不断探索的重要命题。贾平凹的《极花》直面此沉重的命题，站在民间的立场上，采取轻逸的叙述呈现乡村现代化转型之艰，流露了矛盾、犹疑的文化心理，丰富了新世纪乡村小说的创作。

一、沉重的命题

乡土中国现代化进程主要是乡村城市化和农业工业化。乡村城市化不仅仅是国家战略，同时也是现代化的必然结果。乡村城市化进程也是城市日益扩张的过程。一方面乡村接受城市文明的影响，乡村生活条件和经济条件日益好转；另一方面乡村温馨文化生态、诗情风情的消失又是那样让人感伤、缅怀甚至不安。乡土中国所特有的文化传统、人文精神、乡土情怀和审美理想形成独特的"乡土文本"，而它本身所特有的宏大、深厚、稳定的叙事规范规训着作家的叙事。也许小说不能解释这种现代化进程的对与错，但是，它能用形象的语言呈现和表达这种感伤、缅怀和不安。这种对乡村的"回望"既有作家自己过去的生活经验和文化记忆，也有作家在乡村中国现代化进程中的文化矛盾和心

[①] 卡尔维诺：《未来千年文学备忘录》，杨德友译，辽宁教育出版社1997年版，第19页。

理焦虑。当然，也有作家对乡村迷茫而又眷恋的情感态度。

自辛亥革命开始，城市化进程的速度越来越快，而关于城乡关系的叙述也越来越多。鲁迅乡土小说、"五四"乡土小说、"问题小说"、左翼乡土小说、京派乡土小说等对这一题材都有大量描写。鲁迅《阿Q正传》中阿Q因为"恋爱风波"进城务工，乃至做贼，最后阴差阳错参加辛亥革命而招致杀身之祸。老舍《骆驼祥子》中朴实的农民祥子，进城拉车逐步堕落，最后破产。"十七年文学"和"文革文学"中书写农民进城的题材较少，即使像《创业史》中徐改霞到省城当上了纺织女工，也是因为在火热的合作化乡村里爱情失意，充满遗憾来到城市。新时期，路遥的《人生》中高加林人生的两难选择令读者揪心不已，其内核的问题还是城乡冲突。以往乡村小说作品如《创业史》《艳阳天》中，乡村生活的描写常常成为诠释意识形态的素材，而不是时代情绪和生活现实的真实反映。这些小说在贴近生活的同时必须阐释生活，生活真实和本质真实往往相悖。随着时代的进步，乡村政策的调整，这类小说主题先行、图解政策的弊端已是路人皆知。丰富日常生活细节的缺失、真实时代生活情绪的空洞成为这类小说遭人诟病的主要地方。

新世纪以来，随着进城务工人员的增多，打工文学的掀起，农民进城叙事呈现出繁荣的景象，如鬼子的《瓦城上空的麦田》、尤凤伟的《泥鳅》、陈应松的《太平狗》等。尽管这类小说表现手法形态各异，但在主题上又有某种一致性，集中表现城乡关系的冲突、农民身份的失真以及乡村的坍塌等等。乡村小说则不断调整文学与现实的关系，捕捉社会生活的时代信息。现实主义冲击波、新左翼文学等思潮的兴起都显示文学不断自我超越的巨大潜能和不懈的努力。

一百多年以来，中国现代文学的发展，不同时代作家一直致力于关注社会现实，揭示日常生活细节和社会发展趋势的内在关联，把握历史内在生活肌理，用文学艺术再现丰富的日常生活细节，同时通过这些复杂生活细节描写来揭示当代社会和时代发展的趋势。

同样是书写农民进城或者城乡关系，贾平凹将笔墨集中在乡村这一生活场景，书写底层农民在乡村现代化进程中的命运和挣扎，"写关于人本身的事，写当代中国人的一种精神状态，力求传递本民族以及东方的味道"[①]。贾平凹的文

---

① 贾平凹、穆涛：《平凹之路——贾平凹精神自传》，青海人民出版社1994年版，第65页。

学起步就涉及乡村题材,《满月儿》中性格迥异的乡村姐妹给人留下了深刻的印象,而80年代的《腊月·正月》《小月前本》《鸡窝洼的人家》以及《浮躁》等,聚焦改革开放后乡村社会和时代情绪的变化,为作者赢得了极高的声誉。毫无疑问,贾平凹是一位现实感极强的作家。新世纪以来,《秦腔》《高兴》《古炉》《带灯》《老生》和《极花》等这些小说一如既往地聚焦乡村题材,关注社会转型过程中的城乡关系、乡村生存世相以及农民心理裂变,发掘人物内在个体生命的独特感和神秘感。

《极花》写的是一位初中毕业生胡蝶,初到城市投奔捡破烂母亲的曲折经历。胡蝶不甘于重复上辈的命运,急于摆脱乡村桎梏,成为城里人。胡蝶按照城市人的审美来生活,学城里人走路、染发,喜欢小西服,喜欢高跟鞋,暗恋房东的大学生儿子。但是胡蝶因轻信他人介绍工作的谎言,被拐卖到西部黄土高原贫穷、闭塞、落后的山村,开始了一年多被囚禁的生活。在见不到阳光的窑洞里,胡蝶用指甲画出一道道刻痕来记录光阴的流逝。直到胡蝶被强奸怀孕,这种非人生活才得以结束。随着新生命的孕育和降生,胡蝶慢慢适应了这里的生活。但是离开这个至今没有电,好像没有任何现代文明气息乡村的念头一直吞噬着她的心灵。因为城里出租大院里有她的母亲,有她暗恋的大学生,有她最初的对城市的梦想。一次偶然的机会,胡蝶拨通了电话,并最终等来了母亲和上门解救的警察。可是,再次回到那个出租屋,胡蝶却无法回到最初的生活。没完没了的采访不断揭开胡蝶的伤疤,同时她不得不接受旁人的指指点点。母亲也认为胡蝶的最好出路是远嫁他乡,并为她选定了身有残疾的男人。而胡蝶却一直感应着自己孩子的哭喊,最终偷偷地买了回到那个窑洞的车票。胡蝶由农村人蜕变为城里人,再又返回乡村,并最终留在乡村。无疑,胡蝶由乡村走向城市,再由城市走向乡村的命运曲线具有象征意义。极花由植物变成动物,再又蜕变为植物的过程本身就是意蕴丰富的意象。农村人是植物,城里人则是蜕变为虫子的动物。

新时期以来,广大农民在城市文化和乡村文化的冲撞中处于失重状态。近年来,社会主义新农村的建设也取得了巨大的成就,极大地缓解了城乡之间的矛盾。但是,毋庸置疑的是,社会主义新农村建设往往选择那些基础条件比较好,"离城镇近的、自然生态好的、在高速路边"的乡村作为典型、示范,而偏远、落后农村的生存环境仍然堪忧。一些没有能力和资金的男人剩在农村,依赖土地解决温饱却无法娶妻生子。我们精神栖息的田园已经面目全非。一方面,我们震惊于胡蝶被拐这一事实,为此感到激愤与悲哀;另一方面,我们惊愕于黄土高原的贫瘠与落后,为此感到痛心与同情。《极花》表面上讲述的是乡村女孩被拐卖的故事,实际上却是借助这种特殊的逆城市化行为,表达作者对城乡夹缝中人群的深重关切。

胡蝶的命运让人唏嘘不已,而所谓"最美乡村女教师"郜艳敏也有着相似的经历。这种让人震惊而又痛心的现象为什么屡屡发生?米兰·昆德拉在《生命中不可承受之轻》中说过:"在永恒轮回的世界里,一举一动都承受着不能承受的责任重负。"

面对沉重的生命和世界,人将何为?艺术将何为?

二、轻逸的叙事

卡尔维诺说过:"表现我们的时代曾是每一位青年作家必须履行的责任。……源于生活的各种事件应该成为我的作品的素材;我的文笔应该敏捷而锋利。然而我很快发现,这二者之间总有差距。我感到越来越难于克服它们之间的距离了。"[①]卡尔维诺写作之初遇到的问题,也许是许多作家都遇到的难题。作家如何把握文学与社会热点素材之间的距离?面对混沌纷乱、复杂多变的生活,小说何为?作家面对如此丰富而密集的现实题材,文学的力量又是如此纤弱而不堪重负。

对这种现代化幻象的有效把握成为新世纪作家必须解决的重要命题。如何进行有效叙事,怎么形象地描述时代的变化,采取怎样的叙事策略?新世纪以来,诸多作家对这种叙事策略进行了创造性的探索,如苏童的《黄雀记》、格非的《驰向黑夜的女人》、迟子建的《群山之巅》等。在这些艰苦卓绝的探索中,贾平凹显得特别耀眼。贾平凹在直面现实的同时,采取刚柔相济或者说以轻写重的叙事策略,从而使苦难与诗性形成特殊的张力,使得小说散发出灵性的光泽。文学是一种存在的功能,追求轻松是对生活沉重感的反应。这种叙事策略就是用大量的日常、琐碎、平庸的生活故事来铺排社会的面貌、时代的声音、乡村的肌理。生活的沉重与复杂,心灵的创伤与无奈往往被急速变化的现代化幻

---

① 卡尔维诺:《未来千年文学备忘录》,杨德友译,辽宁教育出版社1997年版,第2页。

象所遮蔽。

一直以来，贾平凹努力尝试通过以实写虚的方式呈现纷乱混沌、意蕴丰厚的意象形态。他所创造的行而下的具象世界更为逼真、琐细和写实，而形而上的理性世界则更为隐蔽和耐人寻味。贾平凹主张以实写虚，用真实朴素的句子去建构浑然多义而又完整的意象。他认为"最容易的其实是最难的，最朴素的其实是最豪华的。什么叫写活了？逼真了才能活，逼真就得写实，写实就是写日常，写伦理"。他从国画中悟出写作的技法。在看似写意，其实写实的笔法中写出"世情环境苦涩与悲凉"，写出"人物郁勃黝黯，孤寂无奈"。这种审美追求显然不同于当下某些作家的审美追求。"现在小说，有太多的写法，似乎正时兴一种用笔很狠的、很极端的叙述。这可能更合宜于这个年代的阅读吧，但我却就是不行。我一直以为我的写作与水墨画有关，以水墨而文学，文学是水墨的。"水墨画具有鲜明的民族特色，水墨相调，干湿浓淡，层次分明，具有泅湿渗透的特殊效果。同时由于水墨、宣纸交融渗透，有利于表现意象的表达，让人产生丰富的想象。当然，"当今的水墨画要呈现今天的文化、社会和审美精神的动向，不能漠然于现实，不能躲开它"，"不能否认人和自然、个体和社会、自我和群体之间关系的基本变化"。贾平凹的小说喜欢追求一种象外之意，《极花》中的极花、星象、石磨、血葱、水井、何首乌、走山、剪纸等等，甚至人物的名字如胡蝶、黑亮、老老爷、半语子，都有着意象的成分。贾平凹"想构成一个整体，让故事越实越好，而整个的故事又是象征，再加上这些意象的成分渲染，从而达到一种虚的东西，也就是多意的东西"[①]。

陈思和先生在分析《秦腔》时认为一般现实主义小说描绘的是"人世社会"，是"人为的故事"，"通过描写人间的故事来展示其抽象本质"，是"历史的哲学的现实主义"。而《秦腔》使用了"法自然现实主义"的创作方法，描绘"自然形态的人世社会"，"真实无讳地把当下社会的自然记录下来"。[②]陈思和先生和笔者一起讨论《极花》时，特意提醒注意贾平凹乡村小说"法自然现实主义"的自觉追求。在《极花》中，这种法自然的现实主义艺术主要表现为轻逸的叙事。通过日常生活细节的大量描写构建生活场景，反映人世的变迁。贾平凹隐身于叙述者背后，以胡蝶的口吻进行叙述。但吊诡的是，胡蝶在叙述进

---

① 吴娜：《贾平凹：写作是一种生活方式》，载《光明日报》2016年4月15日。
② 陈思和：《论〈秦腔〉的现实主义艺术》，载《西部》2007年第4期。

程中由一名被拐妇女的控诉,不知不觉地转变为乡村妇女的絮絮叨叨、自说自话。胡蝶采取全息体验的方式叙述她的遭遇,全方位展示了她目力所及的外部世界以及内心的煎熬。这种体验方式是否有着当下充斥各大卫视的真人秀的味道呢?胡蝶从拼命反抗、极力出逃的愤怒到怀孕生子、求救得救后的犹豫徘徊,最后在圪梁村白皮松的上空找到了属于自己和孩子的星星。显然,这里的星星是一种文化意象,象征胡蝶内心的乡村认同。

胡蝶第一次来到城市为自己买的东西就是镜子,一有空就在镜子前照自己的高跟鞋,对着镜子说:城市人!城市人!而被关押在窑洞里的胡蝶不愿意看到自己潦倒、憔悴的样子,不愿意接受自己被困于偏僻、贫穷、绝望的乡村的事实,打碎了黑亮家的镜子。每次经过拖拉机的后视镜看到鬼一样的自己就丧气。唇红齿白、白嫩水汪的准城市女孩变成了皮肤黑黄、目光凶狠、头发枯干的乡村妇女。为此,她总是把后视镜用泥巴糊上,而老老爷却每次都是偷偷地或者说不经意地用袖子将后视镜抹干净。老老爷用"人看天,天也在看人"来开悟胡蝶,从此胡蝶不再拒绝美丽,涂脂抹粉,洗脸梳头。这种细节的描写惟妙惟肖地表现了胡蝶的心理变化和爱美的天性,同时也书写了老老爷等老一代农民生活智慧的深奥与博大。"一个国家的文学作品,不管是小说、戏剧还是历史作品,都是许多人物的描绘,表现了种种情感和思想。感情越是高尚,思想越是崇高、清晰、广阔,人物越是杰出而又丰富有代表性,这个书的历史价值就越大,它也就越清楚地向我们揭示出某一特定国家在某一特定时期人们内心的真实情况。"[①]

贾平凹在日常生活的轻逸叙事中反映了乡村生活肌理。贾平凹从以自我为中心的情绪和感情的控制中解脱出来,学会克制,让内在的激情之火,清明澄澈、玄寂幽深,而不是遍地野火、烈焰腾空、徒炫人眼。将这种情绪和感情放到合适的位置,放到众多的人事和世界之中,从而达到洞察世界的目的。

三、民间的立场

所谓立场就是人们在认识问题、处理问题时所处的地位、所持的态度。立场决定思想和行为,即使处于同一时代,面对同一事物,立场不同,人们的思考

---

① 勃兰兑斯:《十九世纪文学主流》,张道真等译,人民文学出版社1997年版,第2页。

路径、行为方式也迥然不同。立场与一个人的世界观、价值观和审美观有着密切的联系。立场不同的作家，在叙事形态上也表现出极大的差别。有的作家往往从政治立场出发，试图阐释政策的合理性和合法性，如乡村合作化制度之于《创业史》；有的作家则从精英立场出发，试图启蒙广大底层农民，拯救其于水深火热之中，如"五四"时期的乡土小说。而90年代以来，诸多的乡村作家采取民间立场，关注底层的生活形态，如莫言、贾平凹和阎连科等。民间立场导致作家选择民间化的叙事形态，而民间立场又是一个内涵非常丰富的概念，有着不同的阐释维度。事实上，在具体的文学创作中，不同的持有民间立场的作家，在叙事选择上也表现出极大的不同。

出于政治动机、精英动机的叙事，往往有比较明确的价值判断，反对什么，提倡什么，批判什么，弘扬什么，憎恨什么，歌颂什么都清楚明白，立场坚定，旗帜鲜明。而民间立场的叙事动机则不同，它显得模糊、缠绕、纠结，甚至有些矛盾，从而使得民间立场的叙事表现出含混性的特点。贾平凹的叙事同样具有鲜明的含混性。胡蝶屈辱的经历却承载着黑亮这样的乡村青年的生活梦想，也连接着老老爷、黑亮爹等老一辈农民的天地观和命运观。当然，胡蝶的命运也是麻子婶、訾米等女性的另一种想象。正是因为胡蝶的命运纠结了贫瘠土地上这么多底层农民的情感，才使得读者对这种拐卖妇女的行为很难甚至不忍进行大义凛然的呵斥和鞭挞。底层农民梦寐不觉的善良与憨厚，"受害者"的噩梦与奇遇相伴的疲惫之旅，鱼龙混杂、泥沙俱下的民间世态，成为当下繁华盛世的生存寓言和深沉的文化意象。人性的幽微、乡村的困境、时代的矛盾，在贾平凹博物志、风俗志的描述中得以呈现，在贾平凹慈悲的情怀中得以描绘。

现代化进程中的城市张着血盆大口，吸走农村的资源，当然也包括农村的姑娘。留守在贫瘠乡村的光棍们会不会注定是被忽视的群体？胡蝶刚到圪梁村时感觉圪梁村混乱、颠倒、龌龊不堪。"觉得人世有许多人其实并不是人，而是野兽。"黑亮是个"丑陋的流氓"，村人都是柿饼脸、小眼睛。后来自己感到疑问："村子里有没有好豆子，黑亮是好豆子还是坏豆子？"孩子出生后，胡蝶慢慢接受了圪梁村。而城市对乡村的想象是"贫穷落后野蛮"，黑亮是"老光棍""残疾人""面目丑陋可憎，不讲卫生"，想象他们的孩子"有兔唇"。而实际上黑亮聪明、善良，对胡蝶知寒知暖，有生活追求。黑亮经营杂货店，从镇上进一些村人需要的日用品以及农药、化肥等，同时收购当地的土特产如大豆、大蒜和南瓜去镇上卖。由于勤劳、头脑灵活，黑亮家是全村日子过得最好的。即使像訾米、立春和腊八这类人也有可取之处。张老撑每天吃血葱，八十二岁还能生子。他们在这里发现了商机，积极种植血葱。显然，贾平凹对圪梁村充满了悲悯和同情，这种悲悯和同情甚至使人们忘记了拐卖妇女的不法行为本身。

贾平凹试图通过胡蝶絮絮叨叨的叙事治愈乡土中国现代化进程中城市鲸吞蚕食乡村时的惊慌和失重。所谓叙事治疗是指"治疗师通过倾听他人的故事，运用对话引导的方法，帮助叙述者寻觅遗漏和隐蔽的片段，是内心积压的问题外显化，从而引导当事人重构积极故事，唤起他（她）发生人格转变的内在力量的过程"①。胡蝶从拼命想逃到纠结是否要逃，到最后回到这个混乱、颠倒、龌龊不堪的乡村，不仅仅是她重新适应了乡村的生活，也不仅仅是因为有了孩子而对乡村有了情感的羁绊，更主要的是她最终认同了这个生活共同体，体悟并发现自己是这个乡村夜空中的一颗星。当然也有像麻子婶这样对生活的理解：折腾不折腾一样的，睡哪里都睡在夜里。《极花》中有一个情节特意表达了胡蝶或者说作者的心迹。黑亮一家人惊喜于何首乌成活了时，胡蝶"扭头看见西边坡梁上有了一片火红的山丹花"，"细看时那不是山丹花，是一小树变红的叶子，再看又是一树"。黄土高原上山丹丹花开红艳艳，这种鲜艳色彩的对比，表露了胡蝶内心深处的无比渴望。

沉重命题的轻逸叙事本身就是一种失重的状态，民间的创作立场含混的叙事动机，使得《极花》的意蕴丰富而多义。贾平凹对现代化进程无疑是持欢迎态度的，无论是早期的《小月前本》《鸡窝洼的人家》还是新世纪以来的《秦腔》《高兴》《古炉》和《带灯》等小说。但是，作者面对剧变的乡村现实束手无策，乃至只能一声叹息也是事实。纽曼认为人类意识的成熟条件来自主观和客观的分离经验。"每个人内心发生一种与无力感相伴随的不安的感觉，就需要有办法来消除这种感觉——就是借助催眠和致幻，回归到主体客体未分化的状态。""这里被唤醒的是被'逻各斯'（logos）压抑下去的'秘索思'（mythos），即神话的力量。"②伴随现代化进程而生的"无力"和"不安"，往往只有在诗化的土地中得到应有的抚慰。大地是贾平凹谛听自然、审视自我、警示人类的伦理观。胡蝶逃离城市、回归荒野的还乡之旅，正是社会转型期个体自我身份的寻找和确认。

---

① 叶舒宪：《文学人类学教程》，中国社会科学出版社2010年版，第83页。
② 叶舒宪：《文学人类学教程》，中国社会科学出版社2010年版，第81页。

贾平凹这种民间的立场同时表现在乡村风俗的描写上。如圪梁村有二月二的风俗。二月二龙抬头，大地解冻，万物苏醒，有灵性的都醒来早。同时，一些虫子也从地里出来，为了避免伤害人，就要放鞭炮烟火，炒"五豆"（黄豆、黑豆、绿豆、红豆和白豆），五豆即五毒代表蛇、蝎、蟾蜍、蜘蛛、蜈蚣，炒着吃了，人就百无禁忌。二月二拴彩花绳，村人的命都拴在一起，一年里就人畜兴旺，鸡犬安宁。还有谁家过门的媳妇迟迟没有怀孕，村里人就要在秋收的时候从任何人家的庄稼地里偷摘些东西塞到谁家媳妇的炕上。

与贾平凹之前的小说一样，他往往津津乐道于神秘文化的描写。如胡蝶是前世的花变的，胡蝶对着窗口许下心愿，干枯的极花果然获得灵念，被风吹开了，花瓣摇曳。当然，更能表现出贾平凹民间立场和文化选择的还是对于老老爷的刻画。老老爷在乡村中的地位和权威超过"庙里的神"，也超过村长。老老爷信仰"八谈"，也就是"德孝仁爱，信义和平"。老老爷给村里所有人都取名字，具有命名权。老老爷依照《内经》给村人治病，在葫芦上裱上"德"字送人，告诫黑亮爹"一时之功在于力，一世之功在于德"，"地呼出的气是云，也是飞禽走兽树木花草，也是人"，"人一死也就是地把气又收回去了"。重视天地贯通，天地对应，天上一颗星，地下一个人。天上的云和地下的水纹路一样，鸟在天上是穿了羽毛的鱼，鱼在水里是脱了羽毛的鸟。来到圪梁村后，虽然胡蝶和老老爷面对面对话的机会不多，但是胡蝶每一次心理态度的转变都离不开老老爷的开导。胡蝶这种心理态度的转变何尝不是贾平凹所希望的读者态度的转变？

投入大地，融入荒野，亘古的乡村神话和大地的痴情涤荡着作家面对恶败城市文明的怨愤。这种文化的坚守和溯源是否真的能化解人们的现代化焦虑呢？这种站在民间立场上的轻逸叙事是否真的能化解现实之重呢？当下乡土中国的蕴含会随着现代化进程的推进而更丰富、多元，乡村小说也将在民族文化资源中吸收更为丰富的营养书写转型期独特的中国经验。

（原载《湖北民族学院学报（哲学社会科学版）》2018 年第 6 期）

关系视域下的空间认同

——评贾平凹的《极花》

朱 妍 赵 倩

城市化是国家建构现代文明体制的必然趋势，契合了经济结构调整的战略目标。城市意味着丰富的物质资源和健全的服务体系，因此，大量的农村人口迁移到城市，乡村中的女性在现代文明的吸引下纷纷涌入城市，乡村空间中的性别格局严重失衡。贾平凹的《极花》书写了乡村女性资源匮乏语境下的妇女拐卖问题，作品以内聚焦的视角立体式展现了城乡空间的关系结构和逻辑秩序，揭示出被拐卖女性胡蝶在差异性空间形态下的主体抉择，以悖反式寓言凸显了型塑女性身份的结构要素。

《极花》以空间化的并置手法展示了被拐卖女性胡蝶在城乡空间中的日常生活实践，勾勒出胡蝶行动意向的正当性逻辑，言说了女性在空间场域中的身份认同和情感归属。空间蕴含于创造和存在的行为中，主体的生命进程与空间生产密不可分[①]。空间提供了实践活动的场域，是观照行为主体的重要维度。在社会的现代化进程中，城乡空间呈现出失衡的结构秩序，城市作为主导性空间将乡村挤压到边缘性的区域，与富足理性的城市空间相比，乡村世界闭塞壅滞，不仅物质匮乏，更远离现代文明体制。《极花》中的女性胡蝶跟随母亲从乡村来到城市谋生，她渴望融入城市空间，幻想凭借自己的能力在城市立足，然而，涉世未深的她在第一次求职时就被拐卖到贫瘠的乡村——圪梁村。在圪梁村，她遭到黑亮的强暴并产下一子，圪梁村封闭的空间企图吞噬胡蝶在城市空间的身份想象，黑亮以性暴力的方式强迫她归附于乡村的空间秩序，胡蝶竭力抗拒着乡土空间所承载的伦理身份，拒斥了圪梁村的关系结构和文化秩序，但兔子的

---

① 包亚明：《现代性与空间的生产》，上海教育出版社2003年版，第88页。

出生重构了胡蝶的社会关系，母亲的身份赋予了胡蝶安全感和稳定感，在践行母亲责任的行为过程中，她逐渐接纳了圪梁村的生存模式和道德契约，认同了归属于乡土空间的伦理身份。母亲的营救使胡蝶逃脱穷困愚弱的圪梁村，再度回到了城市空间。胡蝶被拐卖的经历成为媒体报道的议题和舆论关注的焦点，城市空间的公共意见和媒介暴力将胡蝶悬置于孤立无援的状态，城市的排斥及母亲的本能使胡蝶最终选择回到了被拐卖的乡村。贾平凹认为，"认同是文本的关键词，身份和位置决定了人的生存状态"[1]。主体的身份认同源于空间关系和社会角色的建构，胡蝶回归乡村的行为意味着对乡土空间中社会关系和伦理职责的认可。《极花》通过胡蝶的自主性抉择审视了城乡差异性空间形态下的场域关系及主体的身份建构。

一、合法性认同：城市身份的诉求

"合法性认同是由社会的支配性制度所引介，以合理化它们对社会行动者的支配。"[2]在国家的经济转型期，城市凭其资源优势侵蚀了乡村的均衡格局，居于主导型和支配性的空间状态，城市化战略促使农村人口向城市大规模迁移。胡蝶与母亲迫于生活压力，从乡村场域涌入城市空间，作为社会性产物的空间具有成员区隔的特质，行为者在社会中的位置由不同的资本向度所决定。胡蝶迁徙者的身份预设了她在城市空间的关系位置，胡蝶与母亲的社会象征资本匮乏，他们生活于城市的底层，以收捡破烂为生，居住在城郊的出租大院内，物质生活简陋，话语权力缺失，在社会系统中，她们被排斥到国家的保障体制之外，隶属于城市的边缘性群体，城乡二元结构体制阻滞了她们融入城市的愿景。然而，胡蝶渴望融入城市文明体制，希冀获得城市空间的认可，她以城市人的生活方式为其行为参照，对自我的形象进行重塑。主体的空间欲望被抽象化为消费物品，她将母亲收废品挣来的钱买了高跟鞋和穿衣镜，按照城里人的行为习惯，刻意走内八字步，学说普通话，染黄头发，穿小西服，服装、语言作为社会的象征符码，是社会成员思想的载体，承担了身份表征的功能。时尚的外显形象寄托了胡蝶的身份想象和空间认同，彰显出城市空间对胡蝶的行为牵制。城

---

[1] 毛亚楠、贾平凹：《〈极花〉不仅仅是拐卖和解救的故事》，载《方圆》2016年第6期。
[2] 曼纽尔·卡斯特：《认同的力量》，夏铸九、黄丽玲等译，社会科学文献出版社2003年版，第4页。

市空间充斥着缤纷的商品和前卫的装束,以胡蝶为代表的迁入者享受城市生活的便利,对流行性符号亦步亦趋,他们期望融入城市,成为实至名归的空间成员。城市空间的支配性经济秩序规约了胡蝶的角色认同和形象表征,行为模式的趋同性演绎出胡蝶对城市身份的合法性诉求。

"空间里弥漫着社会关系"[①],社会关系是影响身份认同的重要因素。胡蝶凭其秀美的身姿和善良的品性在城市空间建构了良性的关系网络,卖破烂的女房主称赞胡蝶的美貌并赠送她衣服,房东老伯认可胡蝶的外显形象并将她的身份列入城市人行列,房东老伯的儿子青文主动向胡蝶提供力所能及的援助,在胡蝶的权益遭到侵害时,他借助人脉资源使问题迎刃而解,胡蝶获取了所在社区城市居民的赞许和接受。心理学家威廉·詹姆斯提到,由于人类对自身价值的判断有一种与生俱来的不确定性,因此,我们的自我感觉和自我认同完全受制于周围的人对我们的评价。社会关系中他者的赞许与关爱诱发了胡蝶对自我城市身份的想象,在交往互动中她感知到城市身份对自我的价值意义,她期待在城市体制中寻觅到自我的归属空间和关系位置。

二、计划性认同:乡村身份的建构

计划性认同指社会行动者基于获取的材料,建立一个新的认同以便重新界定他们的社会位置。城市寄托了胡蝶的乌托邦梦想,城市的生活方式已渗透到胡蝶的日常行为中,在都市的消费语境下,她建构了自我的社会关系网络,她企望融入支配性的结构空间,但生活经验的匮乏却彻底颠覆了胡蝶的城市身份想象,她被拐卖到西北高原上苦焦干旱的圪梁村,以三万五千元的价格被卖给村民黑亮做媳妇。圪梁村是典型的农耕文明体制下的边缘性地方社区,处于国家法治管理体系的真空地带。胡蝶来到圪梁村后,被禁锢在黑亮家的窑洞里,狭窄闭塞的窑洞作为乡村的建筑元素,成为规训个体的空间围场,是乡村权力秩序的图式化构形。胡蝶被置于监视和区隔的操控之下,作为弱者,她无力逃脱乡村的封闭式场域,一次次的抗争换来了男性群体围观下的公开施虐。在圪梁村,法律效力丧失了约束机制,身体的暴力被赋予合法性,女性主体的身心遭受到践踏和凌辱。

---

① 包亚明:《现代性与空间的生产》,上海教育出版社2003年版,第48页。

野蛮鄙陋是胡蝶初到圪梁村时的印象，她漠视与黑亮的婚姻契约，拒斥着乡村空间中的伦理身份，幻想逃离乡村空间，摆脱被强加的妻子角色。但是儿子兔子的出生却重塑了胡蝶对乡村空间的想象，尽管兔子是在胡蝶极不情愿的心境下出世的，但兔子却宛若润滑剂，使胡蝶与圪梁村的关系从原有的紧张状态逐渐趋于和缓。血缘是稳定社会结构的重要力量，是身份识别的生理基点，血缘的认同衍生出对与之相关的社会关系的融入。乡村空间的伦理结构建基于血缘的亲近和地缘的关联，胡蝶在获拥母亲身份之后潜移默化地认可了圪梁村的社会关系，"新的社会身份发展出一系列的社会关系和行动规则"[1]。胡蝶与黑亮在亲子关系的驱动下，共享彼此的经验，同谋有序的生活，构筑了稳定的家庭关系。"一个人会渴望同人们建立一种关系，渴望在他的团体和家庭中有一个位置"[2]，人类在本能上抗拒个人化和社会原子化，倾向于在社群组织中满足本体的安全归属需求，胡蝶在生活的磨砺下逐渐消除了身体的警戒和心理的防御，适应了圪梁村的行为习惯和价值信仰，与圪梁村村民建立了社会关系统筹下的情感关联。圪梁村搭建了身份归属的平台，"身份是社会成员在社会中的相应位置"[3]，亲子关系赋予胡蝶安全感和归属感，使胡蝶确立了自我在关系网络中的独特位置，以兔子为辐射原点，她认可了母亲、妻子和儿媳的伦理身份，并遵从特定身份所衍生出的权责义务和行事规则，自发地融入圪梁村的结构秩序中。

中国乡土社会重视人伦纲纪，在差序格局中建构了社会关系网络和道德行为准则。礼治秩序是圪梁村的价值导向，乡民以此为基点拓展出互助型的社会关系。在恶劣的生存境遇下，圪梁村村民为避免灾祸中个人的无力，建构了隐形的民间互助机制，协力对抗生活的无序。儒家的礼治文化聚合了主体的行为，提供了人际交往的精神纽带，构成了乡民的思维惯习。"惯习具有稳定性和历史生成性，它产生于社会制度，是各种经验组成的体系，是生存的客观条件内化于行为者的性情倾向。"[4]圪梁村的价值取向源于客观化的社会结构，简陋的地理环境孕育出协作式的生活经验，儒家的道德延承衍化为实践活动的正当

---

[1] 张静主编：《身份认同研究：观念 态度 理据》，上海人民出版社2006年版，第8页。
[2] 亚伯拉罕·马斯洛：《动机与人格》第3版，许金声译，中国人民大学出版社2007年版，第26页。
[3] 张静主编：《身份认同研究：观念 态度 理据》，上海人民出版社2006年版，第4页。
[4] 布尔迪厄、华康德：《反思社会学导引》，李猛、李康译，商务印书馆2015年版，第171页。

性逻辑,促进了社会救助网络的建构。圪梁村的伦理内涵重在捍卫乡民基本的生存权,有效防御生活中不可预期的风险,村民通过互惠互济的方式维护群体成员的利益福祉,胡蝶认同了圪梁村的价值原则,根据社群的信念体系建构了关系网络,确立了自我的空间身份。在村中发生灾祸时,她以微薄的力量为受困之人提供物质支持和精神安慰,对空间伦理的自觉遵守是型塑主体身份的重要因素,胡蝶在互助型伦理氛围的感召下,践行了圪梁村的道德意涵,获取了自我身份识别的观照镜像。

"社会关系是空间得以表达的必要前提。"[①]空间是社会关系运作的媒介,社会关系承载着空间的组织构架,是身份认同的合理表征。乡村空间的"星"意象成为胡蝶身份认同的想象性依据,《极花》中"星"意象的或隐或现与胡蝶的心理状态密切相关,胡蝶视域中的"星"从无迹可寻到朦胧迷离再到清晰可辨,彰显出胡蝶被拐卖后的心理轨迹和思想动态。初到圪梁村时,胡蝶眼中的夜空漆黑如墨,毫无"星"的征兆,她无法在禁闭的空间中寻找到自己的"星",此时的胡蝶对圪梁村是极度排斥的,她本能地抗拒被强加的乡村媳妇这一空间身份。然而,在胡蝶怀孕之后,她却突然无意间看到了白皮松上空的两颗星,"两颗星在那里,已经不闪烁了,一颗大的,一颗小的"[②]。天空中"一颗大的,一颗小的"星星分别代表了身处圪梁村的胡蝶和她腹中的胎儿,这两颗星星朦胧飘忽,隐喻着胡蝶精神世界的迷失和自我身份的悬置。胡蝶对自我的身份归属是迷惘混沌的,"我这气又来自哪里……是有着钢筋水泥高楼的车水马龙的那个城市,是这个连绵不绝的黄土高原上的苦寒的村子?"[③]胡蝶困惑于自我的归属空间,她的意识在城市与乡村之间游移,漂浮的心理状态加剧了主体身份的模糊性。胡蝶生下兔子后,她于繁星中观测到先前发现的两颗星,星星散发着红色的光芒,耀眼明亮。在胡蝶产子之后,母亲的本能使她放弃了逃离乡土的幻想,她逐渐适应了圪梁村的生活模式,认同了在圪梁村的身份角色,身体力行地实践着村规民约,夜空中闪亮的星寓意着此时胡蝶明晰的身份定位,她接受了自我的空间角色,自觉地遵循着圪梁村既定的伦理规则,心态日趋稳健平和。

胡蝶通过观测夜空中"星"的生态迹象来审视自我的生命状态,主客相通

---

① 包亚明:《现代性与空间的生产》,上海教育出版社2003年版,第97页。
② 贾平凹:《极花》,人民文学出版社2016年版,第123—124页。
③ 贾平凹:《极花》,人民文学出版社2016年版,第95页。

的思维方式体现了圪梁村的文化价值观，契合了中国传统天人合一的认知方式，反映出农耕文明尊崇自然、倡导人与自然相依共生的心理结构。农业文明生产实践的需要铸造了圪梁村天人合一的文化意识，《极花》展现了乡村的敬天思想和天人感应的文化取向，村中逢年过节要供神奉祖，把剪的花花贴在花朵瓜果上用以敬神，在村中发生走山的灾祸后，老老爷动员村长去请剧团，希望借助唱戏来安顿神灵，保佑村庄趋吉纳祥。圪梁村天人感应的思想影响了胡蝶对自然与生命的体认方式，她在万物同一的认知范畴内感悟内在的生命形态，通过对自然的观照来预设和展望人生图景，在天道秩序中寻觅自我的归属空间。在初次看到白皮松上空的两颗朦胧的星时，她由外在的客观意象联想到了自我的生命归属，"我和肚子里的孩子都是这村子的人了？"①在产下兔子后，夜空中的星星明晰可辨，闪亮的星隐喻着身份归属的确定性，"星"的存在形态预示着胡蝶的人生路径和价值抉择，在天人合一观念的浸润下，她最终接受了圪梁村的伦理秩序，认同了妻子和母亲的身份角色。胡蝶对自我在圪梁村的空间身份经历了拒斥、犹疑、接纳的心路历程，其意识的流变源于中国传统天人相通的心理积淀，物我一体的思维模式为胡蝶乡村空间的社会身份提供了文化学意义上的依据。

三、拒斥性认同：乡村空间的回归

"拒斥性认同是由在支配的逻辑下被污名化的处境/位置的行动者所产生的。他们以相反于既有社会体制的原则为基础而生存，并建立抵抗的战壕。"②胡蝶被解救出圪梁村后，回到了开放型的城市空间，记者将胡蝶被拐卖事件视为媒体宣传的噱头，依凭主观臆断对事件进行了虚拟的想象，"拐卖到落后野蛮的地方、男人是老光棍残疾人、生了个有兔唇的孩子"等信息成为媒体报道的选择性因素，公众单向性地接受了被媒体歪曲化的视界。

"舆论首先通过刻板成见才能传播"③，刻板成见作为舆论的传播工具，广泛

---

① 贾平凹：《极花》，人民文学出版社2016年版，第124页。
② 曼纽尔·卡斯特：《认同的力量》，夏铸九、黄丽玲等译，社会科学文献出版社2003年版，第4页。
③ 伊丽莎白·诺尔-诺依曼：《沉默的螺旋：舆论——我们的社会皮肤》，董璐译，北京大学出版社2013年版，第154页。

地掣肘着公众的想象空间，公众视域中的胡蝶被贴上耻辱的标签，被拐卖的经历成为其人生的污点，她为此承受着公众的嘲弄与奚落。英国哲学家约翰·洛克把法律分为三种类型，一是神授的法律，二是世俗社会的官方法律，三是判断美德和罪恶的定则即是关于舆论和声望的法律。约翰·洛克关注意见和名望法则对人们日常生存产生的普遍性影响。人类作为社会性动物，倾向于享受周围环境的积极性评价，需要在所属的共同体中获得好的名声。胡蝶回到城市空间后，由于传统贞节观的作祟，她饱受周边公众的非议和指责，负面评价控驭了社会的意见气候。公共意见作为不成文的法律具有心理上的制裁力，当胡蝶被讥讽和嘲笑的态度包围时，她丧失了自主交谈的话语权，陷入孤立无援的境况。公众的舆论将其隔离在道德的审判台上，"人们对于被隔离的恐惧要大于对犯错误的恐惧"①。社会性本质使人们依赖于周围环境的意见态度，人类无法在被隔离、被孤立的状态下生活，公共意见的控制力使胡蝶丧失了在城市空间建构人际关联的支点，因日常社交网络的断裂，胡蝶最终选择回到被拐卖的圪梁村。行动者根据关系规则定义自我利益和身份，并将其正当化为值得追求的价值、原则和规则②。城市空间舆论的挟制使胡蝶无力在现存体制中建构和谐的伦理关系，而乡村稳态化关系网络中所蕴含的身份角色及权责期待构成空间认同的本质性因素。因此，在向城求生的时代浪潮下，胡蝶反其道行之，她从主导性的城市空间回到边缘化的乡村秩序，通过沉默的反抗打破了规范化的行为预设，依从乡土的文化理念型塑了自我的空间身份。

空间认同源于主体对社会关系的体验，强调的是心理维度的身份归属。《极花》借助胡蝶的认知视角对城乡世界的关系结构进行了客观化诠释和情感性体认，有效建构了维系空间认同的意义来源。贾平凹通过对胡蝶空间身份的追问，观照了城乡的生存状态，彰显出强烈的现实参与意识。《极花》中的空间叙事流露出乡土地域的生命情怀，文本以身份表征的寓言筑了乡土文化的伦理平台，有效抵抗了城市空间的话语暴力，隐喻了现代化进程中传统道德秩序的合法性及乡土空间的价值意义。

(原载《怀化学院学报》2018年第6期)

---

① 伊丽莎白·诺尔-诺依曼：《沉默的螺旋：舆论——我们的社会皮肤》，董璐译，北京大学出版社2013年版，第89页。
② 张静主编：《身份认同研究：观念 态度 理据》，上海人民出版社2006年版，第80页。

在历史与伦理的悖反中审视《极花》

昌 切

《极花》发表不久便招来劈头盖脸的批评。为趋于没落的乡村唱挽歌和为拐卖妇女的犯罪行为辩护,是批评者为它罗织的主要的两大"罪状"。没有问题,这两大"罪状"既有言证,即作家在《极花》的后记中有关城市残酷压榨乡村的清晰表白;也有物证,即作家在《极花》中对圪梁村人买囚媳妇、"性侵"胡蝶、诋毁城市而同情乡村之类的情节精致稠密的描写。我的问题不在这里,也不在批评者的动机何在、动力何来,而在批评者从怎样一种视点进入《极花》这样的文学作品。切莫小看了视点,"横看成岭侧成峰,远近高低各不同",视点不同,视域、视景便大不一样。视点直接关系批评者所持的立场、观念、态度和方法。

就其实质而言,批评者进入《极花》的视点应该是现代性。从现代性看《极花》,怎么看都会不顺眼,都会生出不适的感觉来。它忤逆城市化或现代文明的进程,漠视现行法律,以隐含的男权意识歧视女性,非人性,侵人权,反人道,道德观念陈腐,情感倾向偏执。现代的对面是传统,城市的对面是乡村,文明的对面是野蛮。传统现代化,乡村城市化,野蛮文明化,这是近几十年来中国正在经历的一个社会转型过程。但是,《极花》偏要反着来,它眷恋传统、情倾乡村乃至美化野蛮,也就是说,作家为伴随这个社会转型过程而来的乡村的凋敝衰败痛心疾首,不惜以传统的伦理律扭曲现代的历史律,在艺术上反拨中国社会的现代化进程,把这个进程彻底地道德情感化了。

然而,《极花》毕竟是一件艺术品,艺术品毕竟有自己审美的性质。我以为,从审美(现代性)的视点进入《极花》,看它如何艺术地表现处在社会结构性转换过程中的圪梁村的亚原生生态,如何以"后倾"的艺术姿态衔接批判现代性的文学传统,是可以看出它的好处和价值来的。问题也许有点复杂。这种复杂性不仅在于作品呈现给我们的是历史与伦理二律悖反的状态,而且在于作品所体现的与现代历史律相悖的伦理律是老中国不死的精灵。凭恃与这种伦理律相关联的传统的审美旨趣写作,贾平凹无论如何也不可能写出那些批评者理想中的与现代历史律或现代性吻合无间的乡村现实。

前不久,贾平凹在华中科技大学做过一个讲座。他在讲座中把文学最基本的问题归结为"写什么"和"怎么写"。他说,"写什么"关乎作家的"胆识和趣味","怎么写"关乎作家的"聪明和技巧"。他认为"这两者都重要",但"当社会在追逐权力和金钱,在消费和娱乐,矛盾激化、问题成堆,如陈年蜘蛛网,动哪儿都往下掉灰"的时候,在强调写什么的同时,"更应该强调怎么写"。那么,就先来看看贾平凹"写什么"吧。

贾平凹写的不是他先前写过的西京、商州,不是高老庄、土门,而是位于地广人稀、荒凉贫瘠的黄土高原上一个巴掌大的村落——圪梁村。黄土高原在数百万年前曾经是大片大片的湖泊即当地人所说的海子,经历积年累月的风沙堆积和地壳运动,地表逐渐隆起,形成了峁、塬、梁、坪、沟、壑的特殊地貌。黄土高原有两种典型的地貌类型,一种以塬为主称塬梁沟壑型,一种以峁为主称峁梁沟壑型。峁呈圆形或椭圆形,塬为平坦的地面。圪梁村人显然生活在峁梁沟壑之间。这里的自然资源极其匮乏,气候极端恶劣,地质灾害频发,乡民生活极度贫困,与珠三角、长三角、京津唐地区的乡村没有一丝一毫的可比性,甚至比不了贾平凹十分熟悉的关中和陕南的乡村。马克思认为,吃穿住行是人类生存的基本前提,是人类从事其他一切活动的出发点。圪梁村人照明靠的是煤油,吃水靠的是深不可测的井,吃的是土豆、荞麦、苞谷和各色豆子之类的粗食,住的是类似于洞穴的窑……这里风沙暴虐,干旱枯燥,地震多发,人生得丑陋多是些畸人……这些,在《极花》中有相当精彩的描写,笔者在一篇专文中有比较细致的分析,恕不在此赘述。世世代代生活在如此劣质的一种自然生态环境之中,经年与天交往、协调天人而形成的地缘关系或社会生态,怎么可能与那些发达或欠发达地区的乡村相提并论。这是一个靠天吃饭、自给自足、古风充盈的自然村落,润滑并维护这个自然村落的社会生态系统运行的,不是在现代文明社会通行的那些生活或行为的法则,而是从老中国沿袭下来的与这种社会生态相适应的那样一种"意识形态"。

圪梁村的政权形同虚设,自治自理,自助互助,是维持它的社会生活正常进行的基本形式。那个霸着村子里好几个寡妇,常年披着件外衣显摆的村长,但凡遇到大一点的事情,也跟普通村民一样,得到那个全能神一般存在的老老爷那里去讨说法,他的最大职能竟然是帮着村里那些苦命的光棍买媳妇。老老爷不掌有实权却握有时势,通晓天上人间的一切。这个人物身上隐喻着圪梁村人几乎所有的生存奥秘。圪梁村与外面的世界并非没有交流,但仅限于黑亮从城里拉回些日常生活用品,村里的人弄点稀有的极花卖到城里,村里凡是有点能耐的人去往城里打工不再回头,城里的妓女被榨得油尽灯枯不得已"下嫁"给村里的男人,人口贩子把在城里谋生的女人拐卖到村里。这种交流完全是不对等的,城乡之间在物质和精神上存在巨大的差距。这种差距大大强化了圪梁村人对于城市无比仇视的心理。那个从城里来的耷拉着一对布袋奶的叫訾米的妓女说:"不管是从农村去的还是原本城市的,那里是大磨盘吗,啥都被磨碎了!"黑亮说:"现在国家发展城市哩,城市就成了个血盆大口,吸农村的钱,吸农村的物,把农村的姑娘全吸走了!"熊耳岭突然刮过来一阵狂风,三朵说:"这是妖风么,狗日的妖风!老老爷,这是不是从城市刮来的?×他娘的风!"三个人说,四个惊叹号!哀叹加哀怨,愤恨加咒骂,却无可奈何。这是作家代圪梁村人发出的发自内心的敌视城市的感情。圪梁村还是那个圪梁村,并不因为有这种微不足道的交流而发生实质性的变化,亘古如斯,一切如常,时间在这里是静止的,历史在这里毫无意义。訾米的男人遇难后,代她家料理后事的是黑亮爹。黑亮爹对付拒不屈从的儿媳胡蝶,变着法子囚禁,请来能人麻子婶苦口婆心地规劝,请来六条汉子吃酒后帮助黑亮强行上胡蝶的身,请来心灵手巧的满仓娘为胡蝶接生。为村里人起大名的是老老爷,把本地的冬虫夏草命名为极花的是老老爷,教黑亮爹以德服人的是老老爷,为胡蝶指明人生定位和方向的还是老老爷……老老爷就像老中国沟通天人的巫师、整饬乡村社会秩序的乡绅,有条不紊地打理圪梁村事无巨细的一切的,是老老爷而不是那个徒有虚名的村长,老老爷才是圪梁村真正的主宰、主心骨。

试图在如此封闭的一个世界里寻找什么现代性,无异于扯着自己的头发上天,在大海里捞针。用现代性来指点并数落这个封闭世界的种种不是,实在是一件太简便、太轻松、太奢侈也太滑稽的事情。在圪梁村,除了胡蝶以外,就没有人知道什么叫人性、人权、人道,什么叫男权中心社会、女权主义、性别歧视,什么叫"拐卖妇女""婚内强奸"。跟他们讲理性,讲文明、先进、进步,讲人身自由、人人平等、人格独立,讲社会公正、正义,牛头不对马嘴,完全是乱弹琴。这里真正管用的,是唯有那个老老爷能够说出个道道来的那幅天地对应的星象图,是村头上那座供人祈福消灾弭祸的寺庙,是"天皇皇,地皇皇,我家有个夜哭郎,过路的君子念三遍,一觉睡到大天亮"那样的民谣,是夜里出门要不停地吐唾沫、给人拜寿要用食粮、猪的尾巴长扁平了要用刀剁掉它的尾巴梢、掉下的牙齿和剃掉的头发要扔到高处之类的讲究(禁忌),是为老人送终、箍窑、娶媳妇生娃以接续生命脉络的孝道,是供奉天地君亲师的牌位,是信从礼义仁智信的"五德"。圪梁村人不是用深奥的文字而是用简明的行动,在书写着他们承袭下来并已习以为常的世界观、人生观和行为准则。

胡蝶在被拐卖到圪梁村做了黑亮媳妇以后,一直死活不屈从,坚决不让黑亮上身,每天在窑壁上刻道道挨日子,动不动又哭又骂摔打东西,总是在寻找合适的机会逃离。黑家不得不对她严防死守,捆住她的双脚,把她禁闭在仅凭一窗透亮的窑洞里,黑亮爹每晚都蹲守在窑洞外,黑亮家的狗每天都在硷畔巡视。这种苦日子一挨就挨了将近一年。黑亮爹终于忍无可忍了,请来村里的六条汉子吃酒,让他们帮助咬过血葱、灌过烧酒脸涨得紫红的黑亮"强暴"了胡蝶。按照现行法律,购买、囚禁、性侵胡蝶是三宗罪,是不可饶恕的大恶,按照儒家伦理,这三宗罪一宗也不成立,反而是人生必行的大善。而在儒学经典《孟子》里,最大的不孝是"无后",最刻毒难听的话是"其无后乎"。"断子绝孙",这句如今仍然在中国好多地方流行的骂人的话,兴许就是"其无后乎"的孑遗。硬咬着牙花好几万块钱"娶"来的媳妇,居然不让上她的身,天底下哪有这样的道理!所以,强行上胡蝶的身,在协助者那里就成了义举,在黑亮那里就成了善行。传宗接代,续生延命,这是"大孝",是做媳妇的必尽的义务。"大孝,天之经、地之义也,民之行也。"这个说法来自《孝经》。《孝经》视孝为"德之本""教之源":不娶媳妇无子嗣,是悖德忘本的大不孝;娶了媳妇无子嗣,不啻为天大的耻辱和笑话。黑家可是丢不起这个脸面,担不起这个罪名。后来胡蝶怀了黑亮的孩子还是思谋着出逃,老老爷对她说:这孩子或许也是你的药。这话说起来玄乎,听起来明白,意思无非是:你怀了人家的孩子就是人家的人,就认了这个命吧。

胡蝶从抗婚到从婚认命,有一个心理转换的过程。在这个心理转换的过程中起决定作用的,是老老爷手绘的那幅星象图,是老老爷对胡蝶"神启"般的开导。那幅星象图出现在作品第一章"夜空"的末端。此章可视为整个小说的纲,是胡蝶命运转折的枢纽。老老爷对胡蝶说：星空对应着地域，星对应着人。但胡蝶听不懂，看不明白。他教胡蝶在没有明星的夜空中看星，说你看到的那颗星就是你所属的星。这是谶语也是伏笔。草蛇灰线，伏笔于千里之外。千里之外在第四章"走山"，谶语在这里应验了。此时胡蝶已经怀上黑亮的孩子，孩子已经能够在她肚子里抡胳膊踢腿。还是在老老爷那里，还是在繁星闪烁的夜空下，老老爷向胡蝶耐心地讲解那幅星象图，告诉她，在五诸侯和水府的下方各有四颗平行排列的星，那就是井，说"东井照着咱这儿"。胡蝶回到住处，透过白皮松看一向没有明星的夜空，突然就惊悚地看到了星，再定睛看，竟是紧挨着的一大一小两颗星，又突然惊悚地意识到，那两颗星岂不正是她和她肚子里的孩子。接着是自问："我就是那么微小昏暗的星吗？这么说，我是这个村子里的人了，我和肚子里的孩子都是这村子的人了？命里属于这村子的人，以后永远也属于这村子的人？"再接着是主动要求黑亮扔掉床上那根隔开她与黑亮的棍子，即刻自解了衣裤吊上黑亮的脖子，一场被作家看成艺术的酣畅淋漓的性爱不期而至。此后虽仍存出走的念头，但既已知天意不可违，命本该如此，也只好认了。认命后的胡蝶与淳朴善良的圪梁村人和睦相处，学着做这做那，学会了像他们一样过日子。黑亮的"总结"精辟而意味深长："你最最重要的是学会做圪梁村的媳妇了。"多么神奇的老老爷！多么神秘的星象图！神秘吗？对于现代人来说，神秘，神秘得不可思议；对于圪梁村人来说，则像吃饭睡觉一样稀松平常。在现代人眼里，天是天，地是地，星是星，人是人，各行其道，互不相干；在圪梁村人眼里，天地相通，星人相应，万物有灵，"三才"互动，天人感应。其实，那幅星象图不过是古传三垣四象二十八宿星象图的一个简本、一个天上的人间，老老爷对它的解释不过是循了古来例行的通则，老老爷据以给出的谶语不过是应了古老的占星术。

  在我的印象中，贾平凹的笔下还从来没有出现过"蛮荒""陈腐"到这个地步的乡村社会生态。从《满月儿》到《浮躁》，从《黑氏》到《高老庄》，从《土门》到《带灯》，这些小说所写的，无一不是在城乡结构转换中发生变动的乡村。圪梁村却"我自岿然不动"，依然滞留在过去的生活世界里。这真实吗？真实，非常真实。查看点相关的资料就能知道，黄土高原至今还保留着它固有的所有特征。前述圪梁村那些恶劣的自然现象，圪梁村人那种贫困"蒙昧"的生存状态，如今在陕北、吕梁、陇东和西海固依然随处可见。中国的自然资源分布极不均衡，尤其是东西部，差距大得令人瞠目结舌。官方的统计数据显示，国家认定的五百九十二个贫困县全部位于中西部，其中西部就占去三百七十五个。按世界银行的标准，中国现有贫困人口近两个亿。在急剧城市化的过程中，中西部难以数计的乡村日渐式微，秋风萧索，一派荒凉的景象。残留在"空心村"的，除了空巢老人和留守儿童，就多是些娶不起媳妇、讨不到男人的畸人。近几十年来，乡村的家族伦理文化相继复兴，佛道复活，神道巫风复燃，与城市的传统文化热持续升温交相呼应，相得益彰。"扶贫""支教"，"脱贫""脱昧"，任重道远。

贾平凹在《极花》的后记中说，十年前在倾听一位老乡讲述他的女儿如何被拐卖、如何被解救又如何重返乡村的真实故事以后，他特意去了一趟西安市公安局，得知该市每年仅备案的失踪人口就达到数千人之多，惊恐得目瞪口呆。现有的一个说法是：现实往往要比文学更为残酷。这个说法放到贾平凹身上倒是挺合适的。《极花》展示出来的只不过是冰山一角，而且是经作家擅长的写意手法处置过的冰山一角。以意度真，亦真亦幻；以虚写实，虚实相生，现实中的苦难就这样被超越、被艺术化了。超越却并不失真，形变而神似，就像麻子婶剪下鬼斧神工的纸花花。这是灌注作家的胆识和意趣的真，是作家对所储存的生活素材进行提炼加工后所形成的艺术上的真。圪梁村只是一个艺术村落、一个残酷现实的艺术镜像。这个艺术镜像所集中映射的，是翻版的老中国的乡村现实，与现代性压根儿就沾不上边。

提到了写法，再来看看贾平凹"怎么写"，顺理成章。还是视点的问题，"怎么写"取决于怎么看。参照其他作家相关的写法做点比较，也许会看得更清楚。

先看鲁迅。与贾平凹不同，鲁迅是思想型作家、启蒙主义者，现代性正是他进入乡村现实的视点。同样是关切和表现乡村的现实，他们在关注重心、人文关怀和艺术表现上大不一样、大异其趣。鲁迅关注的重心是在世界经济一体化趋势中浙东乡村颓败的现实，关怀的是人性自觉、人格独立、主体意识觉醒，是以"人的解放"为核心的现代人道主义精神，表现的是乡村人惨遭非人的传统文化噬食而毫无知觉的麻木不仁和愚昧无知。《祝福》里面的祥林嫂，《明天》里面的单四嫂子，就是这种沉溺于传统文化并被它无情噬食而浑然不觉的人物形象。祥林嫂与鲁四老爷其实是"一家人不说两家话"，因为他们都崇奉天命，拜祖祈年，讲究礼数（礼教），遵从古训。就此而言，噬食祥林嫂的，既是他人即鲁四老爷，也是她自己。单四嫂子与祥林嫂同属一个文化族群，可谓命运与共。与鲁迅完全相反，贾平凹以"乡下人"自许，情倾乡村，情系乡村人所承载的传统文化，为乡村的凋敝唱挽歌，为乡村人的不幸鸣冤叫屈。胡蝶与祥林嫂虽然也同属一个文化族群，却因为作家进入视点的不同而有了完全不同的命运：认了命，诚心做一个圪梁村人，直至做成了另一个麻子婶、一株珍稀的极花。对待祥林嫂和单四嫂子，鲁迅是"衷悲所以哀其不幸，疾视所以怒其不争"；而对待胡蝶，贾平凹则是悲则哀之而无怒不伤，用"理解的同情"的温润眼光善待她的不幸、美化她的"不争"。在不争上加引号是想表明，在贾平凹的心里，在胡蝶的身上，根本就不存在鲁迅意义上的不争。

再看路遥。路遥走的是柳青的写作路子，即时刻关心政治大局，注重社会发展的大势（历史必然性），在社会发展的大势中观察、洞悉和表现乡村的变动和乡村人的人生选择。从大处着眼，从小处落笔，以小见大，这是一种管中窥豹或一叶知秋的写法。路遥生长于黄土高原，他的代表作《平凡的世界》和《人生》写的就是黄土高原。他的写法是依形就势，顺势而为，所以，与他笔下的乡村和乡村人的命运相映衬的，是从"文革"到"文革"后国家大政方针的变化，以及由这种变化所引起的社会变动的大背景。《平凡的世界》里面的孙少安与《创业史》里面的梁生宝，就像是从一个模子里敲出来的，他们都是乡村英雄、时代偶像或"新人形象"，只是前者是家庭联产承包责任制的形象化身，后者是农业合作化运动的形象代言人。与路遥完全相反，同样是写黄土高原，同样是写城乡结构转换中的乡村，贾平凹的做法是逆势而为，反搓绳子，有意与历史必然性唱对台戏。在我看来，在贾平凹的女性人物谱系中，作为传统文化的一个象征符号，胡蝶是另一种性质的"新人形象"。作家写胡蝶从抗婚到从婚的心理转换，写她从逃离到归依乡村的人生选择，从中足以见出传统文化在作家心目中有着怎样的魔力。他把胡蝶当捆缚"螃蟹"的"草绳"来写，为伴随城市的"肥大"而来的"栖息精神的田园"的"坍塌"忧心，为与乡村人与生俱来的传统文化的逐渐流失担忧，留恋乡下母亲做的天下最可口的饭。明明知道这是"最后的梦呓"，却知其不可为而为之，设身处地地为胡蝶着想，把无望的文化企望寄寓在胡蝶的身上。以上带引号的文字均出自《极花》的后记。怎么想就怎么说，贾平凹没有也不需要遮掩什么，没有也无必要讳言其"后倾"的艺术姿态。

以"后倾"的艺术姿态写作的作家，在中外文学中并不少见。18世纪末19

世纪初德国的浪漫派、英国的湖畔派、法国的巴尔扎克等,中国现代的沈从文、当代的张承志,都是怀念过去、魂归自然、梦回乡土的"向后看"的作家。人各有别,差别还不小,但有一点是共同的,那就是逆历史潮流而动,在审美的意义上批判现代性,寄情并寄望于正在现代化进程中逐渐消逝的文化传统。德国浪漫派反法国、反启蒙,湖畔派反唯功利主义、反唯科学主义,巴尔扎克刻画都市人的恶欲劣行,张承志把京城比作人粥稠密、臭气烘烘的僻地,沈从文揭露都市上流社会体面人伪善丑恶的嘴脸,都是以过去的文化为对立面、为参照系的。考虑比较的效果,为论述方便计,这里仅以两位中国作家为例。

从艺术姿态上看,我以为,贾平凹可以把张承志视为知己、同道。张承志说过,西海固是他的精神圣地。这个被联合国粮食开发署列在最不适宜人类生存榜单上的僻地,却被张承志誉为自己精神上的"首都"。西海固的自然生态环境与圪梁村几乎无异。据说在这里掘井,得掘进到几十甚至上百米才能见水。这里另有一种更原始的蓄水方式。张承志在散文《回民的黄土高原》中写道:"挖一口大窖,接一夏天雨水,冬天女人们背上筐远上深山,一筐筐背来积雪倾入窖内——一冬的雪水供明年一春的饮用——你能理解吗?这种违反居住规律的居住,这种死境中的生存,这种细菌万种发酵发臭的窖水居然哺养着一支最强悍的中国人——你还能相信科学吗?"对在"这种死境中"求生的人讲科学,如同对圪梁村人讲人权,纯粹是无稽之谈。这支"最强悍的中国人"千百年来在"死境"中顽强存活下来所仰赖的精神支柱,是被张承志理解成"中国式的、黄土高原式的、穷人的、异乡人"的伊斯兰教。这与支撑圪梁村人生存的儒教神道异曲同工,具有同等的功效。与张承志描绘的西海固一样,圪梁村也不是一个现实世界中的地理名词,而是一个艺术世界中的精神符号。张承志的长篇小说《心灵史》所抒写的,是经张承志的道德情感濡化的哲合忍耶这个尚存十来万教民的教派的精神史。同理,《极花》所抒写的,同样是经贾平凹的道德情感濡化的圪梁村人的精神状态。这种艺术上的精神史,这种艺术上的精神状态,同根共祖,发源于同一种社会现实,这就是,城乡结构的转换扩大了城乡之间在物质和精神上的鸿沟。怎么看决定"怎么写"。他们看待社会现实的唯一准绳,是道德情感化寄存在穷人身上的过去的精神。因此,他们对于城市与乡村的价值判断是倒过来的:城市物质富足而精神贫困,乡村物质贫困而精神富足。他们共同的做法是:弃城就乡,"掊物质而张灵明"。张承志"以笔为旗",

抗击城市物欲滚滚的浊流,捍卫乡村"清洁的精神"。贾平凹诅咒城市靠压榨乡村养肥自己的霸道行径,温习乡村伦理的温馨气息。张承志生性强悍,艺术风格雄浑,贾平凹性情温和,艺术风格婉转,不像是一路人,但是,他们视点相同,艺术姿态一致,都喜欢背道(历史必然性)而驰,借乡村乡民的酒杯浇自己胸中的块垒,舒展自己的精神怀抱,更像是"同路人"。

贾平凹的另一个"同路人",是在性情和艺术风格上与他多少有些近似的沈从文。已经有不少人注意到他们在艺术上的联系,写过一些专题性的比较研究论文,甚至有人认为贾平凹是沈从文在当代中国的传人。沈从文"亦慈亦让",亦倔亦韧,多少年前就拿自己当"乡下人"看了。"乡下人"自有"乡下人"对付世界的习性,用他的话来说,就是保守,爱土地,认真执拗,"傻头傻脑",总是不合时宜,有违世俗情理。多少年后,沈从文罗列的这些习性,照例出现在同样以"乡下人"自居的贾平凹身上。沈从文怎么写翠翠的湘西,贾平凹就怎么写胡蝶的圪梁村,"傻头傻脑"地贬城褒乡,厚古薄今,与历史必然性拧着来,与现代文明对着干。写出来的当然不会是一个模样。相形贾平凹更在意儒教和神道巫风,沈从文更向往道家风范,更亲近"道法自然"中的"自然"。这个"自然""混沌如鸡子",自在自为,自然而然。他早些年营造的那个湘西世界,元气充沛,到处是野性的生趣。在这个世界里生活的形形色色的乡下人,就多是些"自然人",生命与自然融为一体,随四季轮转。这个世界简单明了,没多少礼数,没那么多规矩,缺了些教化,少了些教养,不需要什么心机,似乎无关乎理性,也无关乎现代文明。翠翠,还有柏子等人物,清新朴素,说做随性,来得那么自然,一如湘西的青山绿水。翠翠是湘西的翠翠,湘西是翠翠的湘西。翠翠的湘西绅士太太不懂,正如绅士太太的都市翠翠不懂。他们是两种人,生活在善恶妍媸分明的两个世界。作为住在城里的"乡下人",沈从文并非只是单纯地描写和赞美翠翠的湘西,被他暗地里拉出来垫背的,实际上是绅士太太的世界。因此,肯定翠翠的世界也就暗含了否定绅士太太的世界的意味。这种意味用学术语言表达,就是以美启真(自然),抑恶扬善,非理性,反文明,用审美现代性批判现代性。写出来的确实不是一个模样,"怎么写"却是一模一样。道理很简单,贾平凹和沈从文同以"乡下人"自称,同有一种视点,同有一种艺术姿态。贾平凹所衔接的,正是从沈从文到汪曾祺一路过来的乡土文学传统。

依我有限的认识，中国现代乡土文学，大概存在三种传统。一种以鲁迅为代表，或可称作启蒙传统。启蒙视野中的城乡是对立的，分别代表文明与野蛮、先进与落后、进步与保守两极。晚清以来的殖民化加剧了城乡分化，沿海地区城兴乡衰的现象尤其明显。乡村衰败的景象一再出现在鲁迅及其追随者的笔下。鲁迅写乡村的衰败，取"前倾"的艺术姿态，所以不唱哀歌，不出颂词，而集中笔力批判"国民劣根性"。按今译，"国民"应为"民族"。民族的"劣根性"，实为传统文化的"劣根性"。另一种传统似可以茅盾为代表，或可称作左翼传统或革命传统。革命视野中的城乡也是对立的，也有上述分别。茅盾写乡村的衰败，也取"前倾"的艺术姿态。最大的区别是：前者注重思想，后者注重政治。戴着政治的有色眼镜看乡村的衰败，茅盾看到的是中外、城乡相关互动的历史大趋势。他在20世纪30年代创作的"农村三部曲"，写老通宝辛勤养蚕、种稻却"丰收成灾"，写多多头觉醒后"揭竿而起"，是想说明，在帝国主义的压迫下，在世界性的经济危机中，在被纳入世界市场的中国，城乡格局的改变不可避免，乡村的破产无法挽回，农民的出路只有一条，那就是奋起反抗。老通宝和他的儿子多多头都是政治符号，一个象征乡村的过去，一个象征乡村的未来。我相信，柳青和路遥是茅盾忠实的继承人，继承的是革命传统。他们"怎么写"，前文已有明确交代，多说无益，这里只补说一点。梁生宝和孙少安也是政治符号，象征乡村的未来，而象征乡村的过去的政治符号，则是他们的前辈，如一心依靠个人奋斗发家致富的小生产者梁三老汉，死抱着失势的权力不放的田润叶她爹、老村长田福堂。毫无疑问，在柳青和路遥的心目中，乡村从过去走向未来，是不可逆转的历史发展的必然趋势。

与此相反，我们从沈从文以至张承志和贾平凹那里所看到的，是反感并反拨历史发展的必然趋势。反感是道德意义上的反感，反拨是审美意义上的反拨。这也是一种传统，一种与上述两种传统判然有别，以沈从文为代表，或可称作审美传统的传统。《极花》的问题根本不是思想认识或历史观的问题，而是审美的问题，或者说了，是作家如何艺术地表现历史真实的问题。历史真实是什么？是历史与伦理二律悖反，是以"恶"为动力推进历史。"恶是历史发展的动力"，这是黑格尔、马克思和恩格斯等思想家共同认定、为我们所熟知的一个老命题。恩格斯说："恶是历史发展的动力，这里有双重的意思，一方面，每一种新的进步都必然表现为对某一神圣事物的亵渎，表现为对陈旧的、日渐衰亡的、但为习惯所崇奉的秩序的叛逆;另一方面,自从阶级对立产生以来,正是人的恶劣的情欲——贪欲和权势欲成了历史发展的杠杆,关于这方面,例如封建制度的和资产阶级的历史就是一个独一无二的持续不断的证明。"双重意思相关,历史进步必定要破坏旧秩序并连带亵渎维系旧秩序的"神圣事物"即纲常伦理,唤起并激化"人的恶劣的情欲"。以"恶劣"修饰"情欲",是基于道德判断。道德沦丧与历史进步互为消长,道德完善与历史进步恰成反比。历史进步犹如文明是一柄双刃剑,有它的负面作用,代表不了人类的全部追求。人性本恶,旧道德也必定不都是"神圣的事物"。

我们看到,前列那些"傻头傻脑"的作家,专看历史进步的消极面,以善对抗历史进步,反驳历史必然律。他们守护的善不一定都是美德,但反对的恶一定都是恶欲劣行。贾平凹所守护的就不一定都是美德,但这并不重要,重要的是他以传统的审美旨趣、以精湛的艺术手法真实地表现了在城乡结构转换的过程中黄土高原乡村的现实。这种现实经由艺术转化并未失真,并未改变历史与伦理二律悖反的结构,背离历史发展的普遍规律。

历史律与伦理律分居两端,贾平凹与《极花》的批评者各执一端。前者执伦理律否定历史律,后者执历史律否定伦理律。看历史,前者是反顾,后者是前瞻。前者恶待城市,善待乡村,去恶从善,为善趋美,追求美善合一的艺术境界。后者则视城乡兴衰为历史进步,为现代社会必经的历史阶段,反对维系旧有乡村秩序的"神圣的事物",反对为乡村的凋敝唱挽歌,而无视审美现代性,无视从沈从文到贾平凹一脉相承的审美传统。这就是二者分歧的要害所在。

(原载《文艺争鸣》2017年第6期)

在现实与想象中纠葛：
贾平凹《极花》的叙事艺术

程　华

秘鲁伟大的作家加尔克斯·略萨认为，任何虚构文学都是"由想象力和手工艺技术在某些事实、人物和环境的基础上树立起来的建筑物"①。这么说来，当作家对某一现实生活中的素材发生兴趣，并要依此素材完成一件虚构性的文学作品时，他要做的工作就是如何发挥想象力，使这件紧贴现实的素材飞起来，使想象和现实融合。贾平凹近几年关于农村题材的作品都是指涉现实的，他也总能借助文学手法，在现实和想象之间进行很好的调度，这部《极花》也不例外。原始素材是作者十年前听到的真人真事，对类似社会新闻事件的想象和编织需要高超的技巧，《极花》不论是叙事视角的选择，还是超越现实的叙事，以及作品中象征和隐喻等暗示手法的使用，都有想象力参与其中，作者借助这一系列叙事手法，企图完成对真实事件的超越，同时在想象的背后，注入作者对人生内容和社会历史的思考。

一、限制叙事视角及其现实指涉

小说一开始即透过女主人公胡蝶的视角描绘出这样一幅画面：金锁因为媳妇被蜂蜇死而疯了，顺子爹因为儿媳妇被外地人拐跑而自杀，这两件事的背后就可看出这个近乎封闭的圪梁村里弥漫着非同一般的空气，男人们对女人的非正常死亡或离去的恐惧。这是现实农村生活的实景呈现。农村的消亡一部分是因为撤村并乡城镇一体化的发展，另一部分是在那些贫穷偏僻的乡村，因为种种原因未在城里谋生的男人逐渐沦落为光棍而在人们的视野里消亡。贾平凹是

---

① 马里奥·巴尔加斯·略萨：《给青年小说家的信》，赵德明译，上海文艺出版社2016年版，第18页。

从人种难以繁殖为继的层面，关注光棍村，也从这里打开缺口，引入被拐卖妇女胡蝶的故事。当农村的女人们不愿回到出生地，待在村子里的光棍会以掳掠的方式，维系自身及村子的生存与延续，这是真实的事件。这真实的事件背后似乎有这样的声音：这种野蛮掳掠的暴力行为，是传统农村在现代化背景下挣扎与反抗的一种方式。贾平凹用文学的方式，将城市与农村并置在这个时代面前，也并置于读者面前。

胡蝶，因其波折的经历，被贾平凹赋予极丰富的想象。同时，也在叙事层面具有其他人物不可替代的作用。胡蝶作为千万离乡者的一员，见证了城市化不可摧毁的力量；胡蝶又以非正常的方式被暴力裹挟到农村，充当生殖繁衍的工具；在这个大时代下，胡蝶这个形象就成了农村最后走向灭绝的见证者；在文学的想象中，胡蝶也成为联系城市和农村两种文化力量的关键人物。在小说中，圪梁村是胡蝶被拐卖进的村子，如果把圪梁村看作中国最后一个农村，那么这个村子里的文化生态是值得关注的，小说通过猴子、黑亮等人说明农村找不到女人，是因为城市将农村的女人都卷走了。这也说明，作者其实欲将胡蝶作为农耕文明和城市文化在最后较量中的见证者，从而思考城乡发展何去何从。作为见证者的胡蝶，就是叙事的关键元素。如何叙事，才能提供如亲历般的真实经验，作者选取了以胡蝶作为第一人称限制叙事视角。贾平凹在和韩鲁华的访谈中谈道：

> 写《极花》的时候，也想用个第三人称来写，第三人称的好处就在于它可以铺开来写，但是写着写着就觉得毕竟拐卖如果把它铺开来写，它就是一个单纯的故事，这个故事不可能涉及更多面，这个故事不可能涉及我刚才说的整个农村的这种情况。那就换个第一人称，就只能把篇幅写小，这个故事情节简单，主要是心理的东西，心理的东西在写的时候，就写短一点，就以她这个眼光，看她在村子里看到的一些情况，就这样写。所以这一切都要看你想写啥，再者题材就把你决定了。

小说以胡蝶的视角叙写其在圪梁村经历的事实。胡蝶作为被拐卖妇女在圪梁村经历的惨痛经历无疑是兽性对人性的摧残，作者突出了群体势力对胡蝶个人身体的戕害。小说中两次写胡蝶身体遭暴力侮辱：一次是胡蝶企图逃出窑洞，被村里的光棍们凌辱，在胡蝶的眼里，他们已经变成了一群狼；一次叙写黑亮在全村人的帮凶下，凌辱和占有了胡蝶。胡蝶作为黑亮买来的媳妇，在小说中是在群体力量的帮助下，完成了生殖和繁衍的行为，突出群体的兽性和残暴。在农村和城市的对抗中，这种群体参与的嗜血的暴力暗含农村的衰微。

贾平凹绝不仅仅在叙说对女性凌辱的暴力行为，暴力的背后是城乡文化的较量，包含在较量中呈现出的复杂的文化和心理因素。胡蝶被拐卖和禁闭后，自身所遭到惨痛对待的事实，主要是以圪梁村光棍们的行为呈现出来。作者运用暗示和隐喻的手法，突出了男人们的内心焦虑。小说中出现的血葱，可以激发生殖的力量；黑亮父亲雕刻的石女人，也是村民对女人的臆想，这都"暗示了性苦闷在农村的普泛性、焦虑感"[①]，村民们集体对胡蝶的暴力性侵犯，也未尝不是男性欲望无法实现的一种报复性心理。作者透过女性视角，正视圪梁村的男人们的现实问题，将城市与农村的对立与冲突表现出来，农村的野蛮性存在，未必没有城市文明的压迫与侵犯，圪梁村光棍们的现实生存是通过正常的渠道找不到媳妇，因而也就会有胡蝶们被拐卖、被凌辱以及被禁锢的事实。贾平凹从两性层面，凸显村庄的灭绝，这是一种关乎人性、关乎历史也关乎文化的独特而深刻的视角。经济贫穷，文化落后，导致女人们离乡出走；为了避免村子的灭绝，就会产生灭绝人性的交易和野蛮兽性的行为；人性的野蛮和道德的沦丧是城市文明的压抑，这是恶性循环的结果，这也是贾平凹所关注的落后农村的现实存在。

二、民间文化资源与小说的超越性想象

如何叙事才能使作品既指涉现实，又具有超越现实的力量，这是对作者虚构能力的考验。如若只是纯粹叙写胡蝶在圪梁村的真实经历，作品因为贴近现实无法承载更多的思考。贾平凹之前的作品，多用非正常人的视角达到一种超越现实的叙事和想象，比如《秦腔》中疯子引生的视角，《古炉》中的儿童视角，《老生》中能穿越生死的唱师的视角，非正常人视角的运用，突破了现实的拘囿，可以承载更多想象的空间。在《极花》中，胡蝶是一个受过初中文化教育的正常人，胡蝶眼中的事实，比较近于生活真实，胡蝶作为第一人称限制视角还是很难发挥出更多超越现实的想象内容。

[①] 杨友楠：《二元结构的设置与个人立场的悬搁——对贾平凹长篇小说〈极花〉的一种解读》，载《文艺评论》2016年第11期。

一个作家的文学想象，总是受制于其思想认识和对文学的看法。莫言作品中充满奇幻的历史传奇，源于具有奇幻文学源头的齐文化背景，动荡的民间历史和传奇故事能激发莫言的创作欲望。贾平凹的文学接受与传统文化渊源颇深，其对民间道德和传统文化思考较为深入，传统和民间文化资源能给贾平凹提供更多的文学想象。比如《极花》中关于"分星分野"的插入，和《老生》中《山海经》内容的大段插入有异曲同工之妙。再往前追溯，《秦腔》里秦腔片段的插入，《古炉》里善人说病文字的插入，这些素材多源自民间，恰说明贾平凹的文学创作特征。在现实的叙事中加入奇幻的想象，和将现实叙事纳入悠远的历史和深广的民间一样，都是文学的超越性想象。贾平凹的小说多取材现实，如若从现实素材讲故事，容易使人对号入座，故事很难超越现实，这种具有民族历史特点或是具有民间文化含义的意象，充当小说叙事内容，与故事紧密联系，与人物和情节自然粘合，不仅使当前故事具有悠远的民间与历史意蕴，也是一种超越性的想象，给作品增添迷离神秘的意味。

　　老老爷关于"分星分野"的论述，出现在胡蝶被禁闭在窑洞里六个月后，顺子爹死后，全村人都去吊唁，胡蝶被禁闭在窑洞，与窗外的老老爷对谈，老老爷说："天上的星空划分为分星，地下的区域划分为分野，天上地下对应着，合称星野。"① "分星分野"的论述在作品里是很自然的揳入。胡蝶被蒙着眼带入圪梁村，在现实中，其对自己处所的认知是蒙昧的。引入"星野"的说法，时间上可回溯，空间上可定位，还与中国远古的民间有了联系，这样的艺术设置和安排，就拉长了作品事件背后的历史空间和隐喻空间，就像《老生》中的《山海经》一样，具有历史渊源的文化意象的插入，如同站在历史的高处俯瞰历史，贾平凹通过艺术构思，让其作品具有丰富的表现和阐释空间。

　　在胡蝶的视野下，老老爷的思维和城市文明的思维相对立，是一种反现代的思维观念，比如：

　　　　瞎子看天，拴牢说："他看天？他能看见天？"老老爷说："天可是看他么。"……我往好豆子里捡坏豆子，老老爷说，你往出捡好豆子么……黑亮买来瓷碗，刘全喜喊叫让我挑碗，老老爷说，不是人挑碗，是碗要挑选人。

---

① 贾平凹：《极花》，载《人民文学》2016年第1期。

老老爷代表的思维观念不是从人的维度看天地与自然,在他那里,是天地神人共同存在于一个世界之中。老老爷说:"地下一个人,天上一颗星。"天地人间,万物有灵,人的精神世界在现代社会尤其需要神的照护。在胡蝶受到屈辱,魂魄不能安位时,神的力量就显现出来。小说中,老老爷让黑亮他爹找麻子婶为胡蝶招魂,招魂的方式是将用纸剪成的小红人贴在房间各处,剪纸原本是祭祀鬼神的方式,是一种与神对话的方式,最后使胡蝶神情安然。老老爷说:"戏是要给神唱的,安顿下神了,神会保佑咱村子的。"对神的敬祈,这使老老爷的形象更像是民间的巫者。氏族时代,巫师是与神鬼沟通的法师,巫的作用如同君王,"巫君合一"是氏族文化时期的巫史传统。[1]贾平凹之前的作品中也出现过类似能与神灵沟通的巫者,但其旨在营造神秘的氛围。自《古炉》中的善人,《老生》中的唱师,以及《带灯》中自始至终的寺庙线索,再到《极花》中的老老爷,贾平凹的兴趣已经不是在作品中营造巫的氛围,而是在思考民间宗教对医治现代人心的作用。老老爷身上的天地神人一体的整体思维观念更为贾平凹所看重,其将天地人纳入大自然中,有生态反思的意识,还有更为素朴的民间宗教意识。

作为民间巫者的老老爷,同时也是乡村的智者,其智慧的背后有民间道德和传统文化的支撑。他"按照仁、智、德、义、信、孝、理等给村人起名","每年还用毛笔撰写笔画异常繁多的古汉字送给村人,寓意各种吉祥幸福。每年二月二,老老爷把用五彩的细线编成的彩花绳儿,一一拴在全村人的手上,寓意平安兴旺"。[2]老老爷就如同李泽厚先生所说的巫史,起着沟通天人、凝聚人心、保持秩序的作用,他是圪梁村里的精神治愈师。

胡蝶经过暴力蹂躏后的精神归位正是受到老老爷的影响而发生变化的。胡蝶怀孕后,在圪梁村的上空找到了属于她和孩子一大一小的两颗星,也就在找到自己归属的星之后,胡蝶的生活中有了光:

> 我看着我的身子,在窗纸的朦胧里是那样的洁白,像是在发光,这光也映得黑亮有了光亮,我看见了窑壁上的架板,架板上的罐在发光,方桌在发光,麻袋和瓮都在发光,而窑后角的凳子上爬着了一只老鼠,老鼠也在发光。

老老爷连同他的民间智慧和乡土文化,作为想象性的存在,成为贾平凹用以

---

[1] 李泽厚:《由巫到礼释礼归仁》,生活·读书·新知三联书店2015年版,第18—33页。
[2] 梅兰:《〈极花〉:巫史传统下的和解与暴力》,载《华中科技大学学报》2016年第6期。

对抗城市对农村的压迫的一种方式。老老爷作为超越现实的想象，也给我们更多的思考，在科技现代化的今天，在人类的生殖繁衍都成为危机的现代，人应该获得怎样更好的存在？是在利益的世界里蝇营狗苟，还是获得精神的栖居？在物质和精神的天平中，是物质更为强大，还是精神更为重要，现代人需要为人性注入什么力量？老老爷身上所具有的天地神人整体思维观念值得我们思考。

三、结构的象征和词语的隐喻

胡蝶作为《极花》的绝对主角是毋庸置疑的。她是小说的叙事者，又是悲剧命运的经历者。加诸在她身上的惨痛经历一方面以实景描绘的方式呈现出农村无以为继的现实；而她在圪梁村的所见所感，作者以想象参与其中的叙事方式又使她有了遥望星空的梦想。被拐卖的胡蝶到底该何去何从，无论如何，贾平凹也要给胡蝶一个选择。

贾平凹在小说中写到胡蝶做了一个梦。梦，在贾平凹以往的作品中是很少涉及的，特别是将梦作为结构性的支撑元素，在《极花》中还是第一次。要通过叙事因素完成作者对现实的认识，可以有很多技巧，比如之前说到的叙事者的设置，超越性想象，但以主人公做梦方式进行叙事则是比较直接表现作者对故事的思考。

梦在小说的结尾出现，主人公胡蝶梦见被家人从被拐卖地解救回来，但不堪忍受在城中村的生活，又回到被拐卖地。这和贾氏听到的现实故事如出一辙。在《极花》的后记中，贾平凹叙述了小说的素材来源，作者十年前听到老乡的女儿被拐卖后，家人历经千辛万苦将女儿从被拐地接回，没想到女儿又回到被拐地。现实生活中的真实事件为什么会在作品中以梦境的方式处理？这就体现出作者的叙事技巧，是讲述真实的被拐卖妇女的故事，还是借助这个故事，讲述超越故事本身的作者对故事和生活的思考？如果对梦这个叙事形式进行分析，"梦"的形式，就是文学叙事的手法和技巧，作者想要借助梦这种潜意识的心理呈现，完成他对胡蝶命运的设定，表达他对整个作品所要呈现的主题思想的思考。

如果对梦中内容进行分析，那么，这就涉及一个非常关键的词——"回去"。"回去"是关涉胡蝶命运的重要的关键词，对"回去"的想象和思考，在很大程度上，是对人物的思考，也是对主题的探索，是贾平凹处理、想象以及借用这个素材进行文学创作最重要的一个词语。对于主人公而言，如若回到父母家，这是大部分读者的共同愿望，那么社会正义得以伸张，但这就成为一个纯粹的社会事件。对"回去"的处理，贾平凹没有如常理所见，而是想象胡蝶回到了被拐地——圪梁村。到底是什么原因促使原始素材的主人公回到封闭野蛮的地方？这是作者审慎思考的，而他的小说，其实就是要通过胡蝶被拐卖的事实，揭示这背后的原因，同时，也是站在更开阔的地方，对农村与城市做进一步的文化观照。

贾平凹说："《极花》中写那个叫胡蝶的女人，何尝不是写我自己的恐惧和无奈呢？"[1]贾平凹多年以来的创作，始终未曾离开过农村，也始终对老百姓的生存充满忧患。在《秦腔》中，他通过秦腔衰微影射了传统农耕文化的没落，也触碰到农村的现实，农村的年轻人逐渐远离农村，土地荒芜，农村逐渐成为空心村。贾平凹在写完《高兴》后，面对记者采访时，他几次说明，城市终归不是农民的家，农民的根据地依然在农村，农村要发展壮大，还需要农民自己的力量，所以在作品里，五福死后，刘高兴背尸还乡，不仅仅是草民恋土、魂归故土的说法，而是从那时起，贾平凹就通过小说情节，表达他对农村现状的思考以及农民命运的探索。写完《高兴》的十年之后，面对他熟悉的农村现状，在农村城镇化的必然趋势下，通过胡蝶的经历，宣示作者这十多年的思考。圪梁村，或许是最后一批农村，将面临着族户的绝种而无以为继，这种绝种比经济的贫穷更可怕。

城市文明在发展的过程中，也是社会现代化和经济市场化的过程，人们的观念逐渐趋于"利"而舍去"义"，导致了现代性的野蛮。"现代性的野蛮是从人类为自己谋利这个角度来讲的。现代性所有的义，是用利来解释的，义是相对的，利是绝对的，是最高原则，资本主义是有史以来最激烈的社会思潮，它摧毁过去的一切，使世界荒原化和简单化。"[2]以利为本的工具理性与美好的人性、人情愈来愈远，人的素朴的道德情感被人的私利欲望控制，这也是近代以来人类道德的堕落、社会的邪恶和苦难的根源。在《极花》中，胡蝶叙写梦中被母亲解救回来，面对城市小报记者和周围人的异样眼光，作者写道，"我觉得他们在扒

---

[1] 舒晋瑜：《贾平凹：写胡蝶，也是写我自己的恐惧和无奈》，载《中华读书报》2016年2月24日。
[2] 张汝伦：《狂者的世界》，载《南方人物周刊》2012年4月20日。

我的衣服,把我扒个精光而让我羞辱"①。比起圪梁村的农民们用暴力摧残身体,精神上的侮辱更为痛苦而难以弥合,贾平凹在后记中也谈道:"这些失踪的妇女儿童,让人想得最多的,他们是被拐卖了。这些广告在农村是少见的,为什么都集中发生在城市呢?偷抢金钱可以理解,偷抢财物可以理解,偷抢了家畜和宠物拿去贩卖也可以理解,怎么就有拐卖妇女儿童的?社会在进步文明着,怎么还有这样的荒唐和野蛮,为什么呢?"②作为现代知识分子的贾平凹,他看到了社会剧变过程中人们道德的沦丧。

乡村的衰亡是必然趋势,但胡蝶在梦中选择衰亡的乡村,是贾平凹在这里看到了乡村在衰亡过程中,仍有温情的一面,而这恰是城市过度发展中被忽略的。优质文明在发展过程中,对农耕文化的破坏力是巨大的,作者借助胡蝶的眼睛,通过老老爷的一系列行为说明,圪梁村中残存着的传统道德和民间风尚是不应被席卷而毁坏的。如同上节所述,对于传统民间道德,贾平凹在他的小说创作中有坚定的引线。从《秦腔》中的秦腔,到《古炉》中的善人说病,以及《带灯》中的寺庙,这都是贾平凹在农村颓败和没落过程中对传统思想文化的想象。这种想象,在《极花》中也是以隐喻和象征的方式出现。比如,极花——象征传统民间道德,这个原本的虫子,经过冬天的蛰伏,也可以蜕变成花。极花或许是贾平凹对传统和民间道德在现代社会的想象,它在具有巫史身份的老老爷身上得到集中表现,并得到主人公胡蝶的认可,在城市化的快速发展中,极花虽然很难找到,但谁又能否认传统在现代化的转化中不需要经历阵痛?

(原载《文艺评论》2017年第12期)

---

① 贾平凹:《极花》,载《人民文学》2016年第1期。
② 贾平凹:《极花·后记》,载《人民文学》2016年第1期。

《高兴》与《极花》：左翼传统下的另类底层写作

周燕芬　李　斌

十年前出版《高兴》的时候，贾平凹在后记中讲了自己经历的一个故事：在西安拾破烂的老乡夫妇的女儿被拐卖到山西五台县的一个小山村里，经过多次努力，最终将女儿解救出来。但在解救过程中，当地村民围追堵截解救人员，并高喊："我们为什么就不能有老婆？买来的十三个女人都跑了，你让这一村都灭绝呀。"女儿虽跑了出来，但她生下的不足一岁的孩子却没能抱出来。女儿回到了父母身边，却又失去了自己的儿子，生活看似回到原位，但女儿从此不肯见外人了。[①]《高兴》写的是农民刘高兴进城拾破烂的故事，而这个发生在另一个拾破烂农民身上的拐卖妇女真实事件，却像刀子一样刻在作家的心里，"每每一想起来，就觉得那刀子还在往深处刻"[②]。终于在近十年之后，贾平凹用另一本小说《极花》，将这个积郁在心底的故事讲了出来。尽管《高兴》和《极花》之间，贾平凹还创作出版了《古炉》《带灯》《老生》三部长篇小说，但依然不妨碍我们将《高兴》和《极花》这两部相隔十年的小说联系起来研究，作家放不下的这个故事中，蕴含着他一直以来对离土农民及其生活命运的急切关注和痛切思考，这十年中，"城市是怎样地肥大了而农村在怎样地凋敝着"，底层农民如何在涌入城市后艰难追求生存和认同，而命运又如何于不期然中让他们重新面对家园不再的乡村。《高兴》和《极花》在题材内容和情感思绪上的内在关联，引发出比较研读的可能，也因此可以探讨所谓底层写作在时代社会的急剧变迁中，逐渐深厚和更为复杂的思想承载。

《高兴》写从农村进城捡破烂的刘高兴，《极花》写跟随母亲来到城市、却

[①] 贾平凹：《高兴》，作家出版社2007年版，第446—448页。
[②] 贾平凹：《极花》，人民文学出版社2016年版，第204页。

不幸被拐卖到更偏僻乡村的胡蝶。胡蝶的母亲也以捡破烂为生，她们和刘高兴属于一个群体。刘高兴和胡蝶都来自农村，向往城市，但又生活在城市底层，他们渴望成为城里人却不被认可同时又遭命运捉弄。所不同的是，刘高兴是一个"乐天派"，总以乐观自信的态度面对人生苦难，虽不排除有时用自欺欺人的阿Q心态来应对精神困境。胡蝶是单纯善良的农村少女，因轻信而被拐卖击碎了她对未来的美好憧憬，她恐惧、愤怒、抗争直至绝望，最终被迫接受苦难生活。两部小说在叙述风格上看似差异较大，前者俏皮、幽默，后者凝重、悲苦，一个是"笑中带泪"，一个"欲哭无泪"，内在深刻的悲剧性却是一致的。在叙述手法上，两部小说都用了第一人称平民式的叙述视角，以自我映现的语言形式强化了对底层人生诉求的认同，并赋予刘高兴和胡蝶理想的人性意涵与人格光彩。从20世纪30年代以来形成的左翼文学潮流到新世纪底层写作这一传统脉络下观照贾平凹的创作，《高兴》和《极花》将会因其迥异于前人的艺术探索，显示出独到的思想和美学价值。

一

《高兴》以"我"（刘高兴）的口吻讲述"我"与五福、黄八、杏胡、朱宗、石热闹等一批以捡垃圾为生的拾荒者在城市的生活经历和命运遭际，以及"我"与妓女孟夷纯的爱情故事。《极花》以"我"（胡蝶）的口吻叙述"我"被拐卖到偏僻农村后的苦痛抗争和悲惨处境。这种第一人称叙述方式即是故事由小说主人公"我"讲述，作者似乎隐匿在故事背后但同时又与故事中的"我"合二为一，有效地拉近了作者、作品、读者间的距离，体现出贾平凹作为农民写作而非为农民写作的民间立场。从底层出发，将民间文化作为自己精神灵魂的栖息地，使自己融入乡土民间，多一份对乡土社会善恶美丑的尊重和理解[①]，是作为农民写作的精髓所在。历史地看，文学的民间化、底层化这一命题由来已久。"五四"时期以白话取代文言的新文学运动，首次拉近了知识分子与平民百姓的距离，二十世纪二三十年代的"革命文学"与"大众文艺"论争，又一次强调"普罗文学"为大众发声，40年代《在延安文艺座谈会上的讲话》发表后的"工农兵文艺"，再次要求作家向工农兵学习，为工农兵服务，甚至成为工农兵一分

---

① 参见王光东：《民间：作为中国现当代文学研究的视野与方法》，东方出版中心2013年版，第173页。

子。^①可事实上,"五四"一代知识分子的启蒙叙事体现的多是知识分子的价值观念,以其自觉的启蒙意识和审美眼光打量底层民生,作品多呈现社会现实的黑暗、残暴和农民的愚昧、麻木,知识分子启蒙视角下的为农民写作,是否会因为缺乏对乡土社会的深刻理解而对农民的真实人生有所遮蔽?是否会以其强烈的否定情绪和批判精神,而伤及农民的生存自信和情感自尊?不懂底层的底层写作,固然出于良好的初衷和理想的设计,却未必一定获得底层的认同,这是值得我们今天认真反思的。而二三十年代的"革命文学"或"普罗文学"也多以知识分子教诲民众的声音占上风,40年代以后的"工农兵文艺"又因强烈的意识形态和革命性倾向而将人民大众塑造成了抽象的政治符号,真实的人性善恶与底层生活却无法呈现。那么真正大众化、民间化写作何以可能并何以更新发展?贾平凹向来以"我是农民"自称,他虽不到二十岁就来到西安读书,此后一直生活在城里,但他多次强调自己身上无法抹去的农民气质,"我这一生可能大部分作品都是要给农村写的,想想,或许这是我的生命,土命,或许是农村选择了我,似乎听到了一种声音:那么大的地和地里长满了荒草,让贾家的儿子去耕犁吧。不写作的时候我穿着人衣,写作时我披了牛皮"^②。

广义而言,贾平凹新世纪以来小说创作的关注点基本都在凋敝的乡村和底层农民身上,但《高兴》与《极花》的特别之处,在于创作主体的作为农民与对象主体的作为农民之间的身份叠加,从而凸显出底层写作的另类艺术效果,这一切,又都起因于作家对第一人称"我"的叙述视角的寻找。在《高兴》后记中,贾平凹记录了创作过程中几易其稿的艰辛,"考虑起书稿中虽然在那么多拾破烂人的苦难的底色上写着刘高兴在城市里的快活,可写得并不到位,是哪儿出了问题,是叙述角度不对?我当然还没有想得更明白,但已严重地认为小改动是不行的,要换角度,要变叙述人就得再一次书写……急匆匆返回西安,开始了第五次写作。这一次主要是叙述人的彻底改变"^③。不难推测,《高兴》的前四稿应该是第三人称叙述,但作者猛然觉得这样显然与刘高兴们的真实生活有些许"隔膜",便当即将刘高兴变为"我",于是读者也和作家一起变成了刘高兴,讲述自己作为拾荒者群体中的一员在城市底层生活的喜怒哀乐。任何形式

---

① 参见南帆:《曲折的突围——关于底层经验的表述》,载《文学评论》2006年第4期。
② 贾平凹:《带灯》,人民文学出版社2013年版,第354—355页。
③ 贾平凹:《高兴》,作家出版社2007年版,第450页。

的探索或方法的变革，深层起作用的是作家的思想观念，叙述人的改变根本上说是作家身份立场的转变，即由"为谁说"变为"谁来说"，这就造成《高兴》区别于一般底层文学写作的重要特征。

小说中，刘高兴和五福等人因其谋生手段和社会地位，处处遭受歧视，但刘高兴始终保有一种城市主人翁的感觉，他认为自己有城市人的气质，甚至比那些城市人更具备成为城里人的资格。刘高兴常说，城里人和乡下人智慧是一样的，所不同的是乡下人经见得少而已，某些时候他还会嘲笑城里人的迂腐小气。以拾荒谋生的刘高兴和五福们的生存环境和物质条件无疑十分艰苦，而在一般写作者或知识分子笔下，类似题材多会被处理成一个十分悲苦的故事，底层人物的悲惨遭际引发读者深深的怜悯和极大同情，从而归结于揭露社会不公和批判现实黑暗的创作主旨。但《高兴》另辟蹊径，农民刘高兴身上有一种可贵的自立精神和平等意识，他处境贫穷地位卑微，可他并不自轻自贱，反而能"苦中作乐"，不但说话处事富有智慧和幽默感，即便身处逆境也能坦然应对、化险为夷。整部小说也因此有幽默诙谐而无轻贱油滑之感。这种建立在"苦难的底色上"的幽默，让沉重窒息的现实增添了几抹亮色，也带给读者笑中带泪的审美体验，这比任何简单的揭露和批判都来得深刻，来得让人心灵震颤。贾平凹的《高兴》正是在这一角度上迥异于现代知识分子启蒙叙事、政治叙事和革命叙事，成为本真意义上的底层写作。

十年后，贾平凹在《极花》中再次将自己安放在女主人公胡蝶视角上，让胡蝶这样一个被认为是被侮辱与被损害的底层年轻女性，焕发出健康明亮的人性光彩。胡蝶来自农村，跟随在城市捡垃圾的母亲生活。和所有城里女孩一样，她爱打扮、爱漂亮，喜欢穿高跟鞋和小西服。她也渴望爱情，对房东老伯的儿子青文深有好感。但命运无常，在一次以介绍工作为名的诱骗犯罪中，胡蝶被拐卖到了偏僻的农村地区，成了单身汉黑亮的媳妇并生下孩子。胡蝶一直拒绝服从，设法逃脱，但无奈最后的解脱只是一个梦境，她最终接受了黑亮和这个村子。小说同样以第一人称"我"作为故事的叙述者，"我"在独白中讲述胡蝶的悲惨遭遇和屈辱感受，以及逃脱无望后接受命运安排的心理变化。作品没有借用受害者胡蝶的口吻一味谴责、控诉拐卖妇女的犯罪行为，而是通过黑亮引出另一个有争议的话题："我骂城市哩……现在国家发展城市哩，城市就成了个血盆大口,吸农村的钱,吸农村的物,把农村的姑娘全吸走了!"[①]一个更加沉重的现实问题摆在了人们眼前,城市化进程中农村的荒芜衰败,青壮年劳动力大量流失,"那些没能力的,也没技术和资金的男人仍剩在村子里,他们依赖着土地能解决着温饱,却再也无法娶妻生子"[②]。谁都无法否认拐卖妇女是犯罪行为,可谁也无力解决偏远落后地区男人的娶妻生子问题。当自然状态下的伦常和法律都无法解决这一尖锐矛盾时,人们便冲破现实的约束去"解决"问题,这就为拐卖妇女的犯罪行为提供了市场。贾平凹并没有站在文明、道德和法律的制高点上裁定拐卖妇女的犯罪行为,作家也无力承担这样的职责。其实作家笔下"可怜的胡蝶"的悲惨遭遇,那些无知无畏、透出人性阴暗残忍的场面,已然昭示了作家的人道判断和价值良知。恰恰因为叙述者"我"与胡蝶的同一立场,那种美好人性遭遇摧残时的痛苦和绝望,才表现得那样触目惊心。然而贾平凹清楚地表明自己实在是不想把《极花》写成一个纯粹的拐卖妇女儿童的故事,作家真正的用意,是要通过胡蝶被拐卖这一事件,写出贫困的乡村世界在落后闭塞和城市化的掠夺之下,终于面临全面塌陷无以为继的悲苦情状,写出底层农民的绝地反击和由此造成的更深重惨烈的自我伤害。小说被深刻的社会矛盾和道德与人性的尖锐冲突所覆盖,集恐惧、隐忧和无奈为一体,哀伤气息弥漫在字里行间。

显然,作家面对的不再是简单的城乡对立或者贫富对抗,贾平凹不可能重复传统的社会批判性叙事模式,也早已走出了简单的道德化书写。善与恶、美与丑构成的二元对立思维,很难透视到乡土变故中出现的种种异象,贾平凹甚至放弃了惯用的繁复笔墨,"用减法而不用加法","把一切过程都隐去",只让单纯而美好的胡蝶说话,人生世相的复调性与胡蝶理解人生的单一性,形成了鲜明的反差。通过胡蝶的叙述我们发现,她由开始的拒绝、抗争,到后来的妥协、接受,心理发生了巨大变化,胡蝶悲叹的不仅是自己的遭遇,也是这个村落的命运。作家与胡蝶一起悲叹,从激愤、控诉到忧伤、无奈,再到理解和包容。甚至在拐卖者和被拐卖者之间,读者感受到一种犹疑暧昧的态度。这是《极花》的一个痛点。只有拉开距离,提醒我们小说非政治非道德也非法律判决,小说只是小说,是从心底长出的忧思和悲悯。从《高兴》到《极花》,作家以特殊的

---

① 贾平凹:《极花》,人民文学出版社2016年版,第9—10页。
② 贾平凹:《极花》,人民文学出版社2016年版,第206页。

小说形式一再申述自己的平民立场,以"我是农民"的主观视角建构出现代知识分子启蒙叙事或政治叙事之外的平民叙事。

二

贾氏平民叙事的同时产生了另一种艺术效果,新的农民形象在《高兴》和《极花》中被创造出来。刘高兴和胡蝶都来自落后的农村地区,又生活在城市最底层,却并没有因此丧失他们纯良的精神品质。刘高兴乐观、自信、大方、幽默、善良、富有同情心和责任感,执着追求自己的爱情,这是以往的启蒙叙事或革命叙事中很难见到的农民形象。刘高兴聪明、精于心算,喜欢看戏、吹箫,穿衣干净整洁。进城后他把自己的名字由"刘哈娃"改成了"刘高兴",他觉得名字很重要,"大东西名字都大,小东西名字都小,蚊子叫小咬,虎才叫老虎……现在到了西安,另一片子天地了,我要高兴,我就是刘高兴,越叫我高兴我就越能高兴"①。他对五福身上的陋习有清醒的认识,五福第一次来西安端起面碗的吃相令刘高兴非常尴尬。刘高兴来到西安就自我认同是城里人,自信乡下人并不比城里人缺少智慧。当五福、黄八收垃圾时被挡在机关家属院外面,刘高兴用他机智和幽默的语言说服了门卫。在当保姆的翠花受到主人的骚扰还被扣了身份证时,刘高兴和五福一起挺身相助、打抱不平,但当他捡到装有手机和磁卡的钱夹子一心想奉还主人时,对韩大宝想趁机勒索的想法立刻报以鄙视。还有刘高兴因不能丢下同伴五福而谢绝了老板韦达让他去公司当门卫的好意,而五福、黄八他们得知孟夷纯为了帮哥哥破案不得已当了妓女,又一起凑钱帮助孟夷纯……作家笔下的这些底层人,干活最脏最累还处处遭受歧视,但都心地善良、相互帮扶,劳动者灵魂的干净和人格的高尚,在《高兴》中体现得非常鲜明。小说最用力的地方是写刘高兴的爱情故事,刘高兴一直收藏着一双高跟鞋,因为他相信会在这个城市中遇到自己心爱的女人。当他得知令他魂牵梦绕的孟夷纯却干着最见不得人的"职业"时,刘高兴遭受了情感的重大打击,然而再次与孟夷纯相遇,了解到孟夷纯的悲惨遭遇和无奈处境后,妓女孟夷纯在刘高兴心中依然美丽而圣洁,他把深爱的女子比作锁骨菩萨:"这菩萨在世的时候别人都以为她是妓女,但她是菩萨,她美丽,她放荡,她结交男人,她善良慈

---

① 贾平凹:《高兴》,作家出版社2007年版,第19页。

悲，她是以妓之身而行佛智，她是污秽里的圣洁。"①为了爱情刘高兴倾其所有，不惜一切代价解救陷入困境的孟夷纯，刘高兴知道，"在这个城里，我是真正有一个女人了，这个女人也真正地有了一个人：刘高兴！"②一个底层农民能为自己的爱情信念而抛弃一切世俗观念，他的真挚和痴情感动了孟夷纯，也征服了无数读者。

作家并没有掩饰刘高兴身上的一些固有习性，我们熟悉的那种盲目自大、自欺欺人的阿Q式精神胜利法，或许在很多时候也是刘高兴应对人生苦难的有效武器，但刘高兴却一定不是贾平凹笔下的另一个阿Q。贾平凹曾经真诚地对人物原型刘高兴说："刘高兴，如果三十多年前你上了大学留在西安，你绝对是比我好几倍的作家。如果我去当兵回到农村，我现在即便也进城拾破烂，我拾不过你，也不会有你这样的快活和幽默。"③所谓底层意识和平民视角，在贾平凹这里常常表现为一种换位思考，他以自己的人生体验告知世人所谓高贵者和卑贱者之间，有时候只是一线之隔，可能只是命运的捉弄，才让他们生活在完全不同的两个世界。刘高兴没有自轻自贱，也不欺软怕硬，他的自尊、自爱，他的善良、正义，他对平等和自由的追求，让评论家和研究者深感阿Q阐释模式的失效。其实，鲁迅的深刻和伟大在于他所发掘的阿Q精神，既潜藏在人性的幽暗处，成为"无处不在的灵魂"，也超越了农民群体甚至超越民族国家，成为人类自我反省的一面镜子。贾平凹在小说中展示的是农民中的优质分子刘高兴，他代表的是人性中健康光明的一面，是人类面向未来的信心所在。刘高兴性格的主导倾向既非阿Q式，也非左翼革命文学中因循守旧的一类，刘高兴是"五四"文学、左翼革命文学到新世纪底层叙事一路走来，中国农民形象链条上出现的一个全新文学形象，尤其和新世纪以来以悲郁沉暗为主调的底层文学相比，贾平凹寄托了自己美好人格理想的这个刘高兴，反而以一种另类的明亮色彩引起人们的格外关注。

以同样的思路解读《极花》中的胡蝶，她让我们想起贾平凹早年作品中那些清纯如水的美丽少女，如果时间能够回转，农村没有像今天这样破败，农民不用到城市漂泊谋生，胡蝶还会像《满月儿》《小月前本》中的满儿、小月一样，

---

① 贾平凹：《高兴》，作家出版社2007年版，第268页。
② 贾平凹：《高兴》，作家出版社2007年版，第366页。
③ 贾平凹：《高兴》，作家出版社2007年版，第451页。

守着安静的村庄,也守着甜美的梦想。然而胡蝶的命运被时代和现实彻底改变了,她走进贾平凹三十年后的小说中,成了一个被侮辱、被损害的女性形象。但作家没有让苦难生活改变胡蝶与生俱来的性格美质,来到城市,她觉得自己就是城市人,她学说普通话,学着漂亮打扮,穿高跟鞋和小西服;她对房东家上大学的儿子青文怀有青涩朦胧的好感,沉浸在对未来美好生活的遐想中。然而命运无常,胡蝶被拐卖到偏远落后的高巴县圪梁村,突如其来的变故让她开始了与命运和邪恶的抗争。胡蝶被卖给黑亮做妻子,她被关在窑洞里,每天都在窑壁上画一条道,以此度日。"关闭起来的我……狂躁,咆哮,捣乱,肆意破坏,把被褥扔到地上……用脚狠踢凳子"①,胡蝶极力寻找机会逃跑,却遭到全村男人的毒打和踩躏,即便遭受这样的屈辱,胡蝶仍然拒绝服从,不让黑亮接近,以生命的代价维护自己的身体和尊严不受侵犯。她目睹村里男人继续拐卖妇女的行径,也为那些逃脱的女孩感到庆幸。但在胡蝶被拐卖的第三百零三天,可怕的事情还是发生了,村里六个男人帮助黑亮对胡蝶实施了强暴,从此以后"我觉得我已经死了",更令胡蝶不堪的是她怀孕了。胡蝶不无绝望地对自己说:"我是来自老家的,来自城市的,我之所以到这里是气飘了来的,偶尔飘来的……我肯定要离开这里。"②胡蝶始终在追问自己的命运,始终向往生命中的爱与自由,始终不放弃不沉沦。但孕育生命的过程改变了胡蝶,对身边同样不幸的村民的同情让她慢慢卸下盔甲,她与黑亮和邻里的关系慢慢缓和了,她甚至非常仪式感地拿走隔开她和黑亮的那根木棍儿,主动以一位妻子的身份和黑亮生活在一起。胡蝶是妥协了,但胡蝶依然坚守内心的尊严,面对一个曾经强暴自己的丈夫,她依然要争取自己的权利,要表明自己是自己爱与性的主人。孩子出生了,胡蝶似乎死心了,但她仍然悲叹:"兔子,兔子……咱们活该是这里的人吗?为什么就不能来这里呢?娘不是从村里到城市了吗,既然能从村到城,也就能来这里么,是吧兔子?……我这么说着,我的兔子一直不回答我……我的眼泪骨碌骨碌往下滚。"③这充满了辛酸无奈和对命运无常的悲叹,唤起读者无限的悒怅。与刘高兴不同,胡蝶毕竟是弱女子,以自己的力量无法掌握自己的命运。胡蝶的认命,是底层弱小者不得已的选择,但同时是农村姑

---

① 贾平凹:《极花》,人民文学出版社2016年版,第11页。
② 贾平凹:《极花》,人民文学出版社2016年版,第95—96页。
③ 贾平凹:《极花》,人民文学出版社2016年版,第155页。

娘的善良天性使然。作家写了太多胡蝶遭受的屈辱和伤害,也写出了胡蝶的生命中如蝴蝶一般美丽动人的心灵瞬间。面对胡蝶的无辜受难,作家在小说中对乡村社会广袤的同情引来人们对其思想立场的质疑。回想当年的满儿或小月,今天为何变成了伤痕累累的胡蝶?问罪悲剧从何而来的时候,想必作家也是满心伤痛,不能说小说完全没有批判意向,但显然作家觉得简单的谴责和批判不是小说的目的,小说只按小说的逻辑向前走了,结局似乎是出乎意料的,也正如作家所言,小说常常不受他的掌控,荒谬、无解与不合理,也正是小说的合理性所在。胡蝶命运的走向,刷新了我们对农村女性形象的审美经验,胡蝶也因此以她的另类光彩位列于贾氏小说的人物画廊之中。

由于社会阶层分化日趋严重,农村人口涌入城市成为底层打工者,底层文学应运而生。有研究者认为,从强调阶级对抗、反抗阶级压迫的"普罗文学""无产阶级文学""工农兵文学"一路走来的左翼文学传统,以其大众性、底层性的特征,成为新世纪底层文学创作的经验资源。当社会不断发展变化,已有的文学观念面临现实的挑战时,"底层"概念的出现,显示出左翼文学复苏潮起的迹象[①]。底层文学的兴起实际上与20世纪左翼文学有一脉相承之处,但二者又有巨大的区别,底层文学以揭露、批判社会现实为思想指向,这是新世纪底层文学的总体特征。贾平凹的《高兴》与《极花》出现在底层文学再次兴起的时代,但与上述底层文学表现出很大的不同。有论者指出"出版于2007年9月的《高兴》,加入了彼时方兴未艾的'底层文学'的大合唱,重新叙述了一个'乡下人进城'的故事……作为著名作家的贾平凹,在'文学潮流'中写作的同时,也和'文学潮流'本身展开了批判色彩的对话。某种程度上,《高兴》是'底层文学'潮流的异类"[②]。所谓相异主要指异于底层文学悲情的叙述风格,《高兴》充满了诙谐、幽默甚至俏皮的味道,没有剑拔弩张的对抗,没有含着血泪的控诉。刘高兴也与以往底层文学中所塑造的被迫出卖劳动、身体、尊严甚至生命的人物形象不同,而表现出自信、乐观、风趣幽默的性格特征。《极花》虽与《高兴》在风格色调上有明显差别,但小说同样也没有用大量的篇幅去展现胡蝶的血泪控诉,正如贾平凹自己说:"原定的《极花》是胡蝶只是要控诉,却

---

① 参见李云雷:《如何扬弃"纯文学"与"左翼文学"?——底层写作所面临的问题》,载《江汉大学学报》2006年第5期。
② 黄平:《贾平凹小说论稿》,云南人民出版社2013年版,第154页。

怎么写着写着,肚子里的孩子一天复一天,日子垒起来,成了兔子,胡蝶一天复一天地受苦,也就成了另一个麻子婶,成了又一个訾米姐。"①胡蝶由顽强抗争到妥协认命,心态发生了巨大变化,这正是贾平凹以极大的悲悯情怀去理解农村千千万万的黑亮们现实处境的必然结果,而胡蝶与黑亮、与圪梁村、与命运的最终"和解",使小说浓重悲剧性有所冲淡。这使得《极花》与通常底层文学的悲情叙事在审美旨趣上形成背离,成为底层文学中的异类。在《高兴》与《极花》的两篇后记中,贾平凹都说到了想换一种写法的愿望和"逃出以往叙述习惯"的努力,实际效果正如他所期待,"喜悦了另一种经验和丰收"。从文学史的视野去看,贾平凹的探索提供了底层写作新的叙事维度,从而拓展和丰富了左翼文学的艺术传统。

(原载《中国文学批评》2017年第3期)

---

① 贾平凹:《极花》,人民文学出版社2016年版,第212页。

论《极花》与《望春风》的日常生活诗学

关　峰

新世纪以来，随着底层写作、打工文学等创作潮流的涌现，贴近市井和大众的日常生活诗学越加繁盛起来，特别是在长篇小说领域。究其原因，不能不归结到相对承平而有活力的时代。经济增长带来的生活水平的提高使得全社会能有更多的时间与精力去关注最大多数的平民世界，探究"金字塔"基础的奥秘。如果说中华人民共和国成立后三十年是社会主义的政治和革命时代的话，那么二十世纪八九十年代以来不妨称为改革开放的日常生活时代。长篇小说的繁荣无疑标志了这一时代在文学上最有影响的成就。莫言的获奖及成功得益于僵化史诗模式的反拨，同样，贾平凹和格非在长篇小说上的实验和创造也是日常生活诗学的体现。同在2016年发表的《极花》和《望春风》就是上述实验和创造的最新硕果。

一、高潮或主体的日常生活化

《极花》延续了贾平凹长篇小说在结构上的特点，即对高潮的建构。拿无垠的大海来比，高潮可谓海上的仙山，再现了奇特的景观，《古炉》和《带灯》是如此，《极花》也不例外，蕴含了贾平凹平淡而又绚烂的长篇小说制衡美学。

事实上，《极花》对高潮的处理并不像此前作品那般明晰，因此也就不无可议之处。小说的叙事主人公是一位名叫胡蝶的女性。她虽有中学文化，却不幸遭拐卖，从打工所在的城市被骗到偏远贫穷的高巴县圪梁村。从那里"到镇上开手扶拖拉机得四个小时，步行得两天。到县上那更远了，开手扶拖拉机得七个小时，步行得四天"。就是这样的荒僻之地，却让誓死反抗近一年的受害者模糊了底线和防线，沉入了日常生活的川流之中。表面看是被强暴和怀孕的结果，实际上贾平凹写出了日常生活的厚望。作为物质的身体就范的结果是精神上的认同。果然，知道自己怀孕的胡蝶适时地在老老爷的导引下看到了属于自己和孩子的星,从而坚定了她命里"属于这村子的人,以后永远也属于这村子的人"的想法,以至在解救她的最后关头及此后都节外生枝,发生了意料之外的变故。是孩子和日常生活的潜能,还是派出所所长的解救壮举拯救了胡蝶,贾平凹并未明言,但梦的方式正是他内心迷惘的表征。

《极花》大可以处理成正邪较量的故事:或是胡蝶的智慧、坚强,或是派出所所长的足智多谋、英勇顽强。不过,实际上却正相反。胡蝶放弃了为自我辩护的机会,干脆与"被拐卖的那个地方"的极花相合;后者更被作了"水墨画"化处理,这个"全市的英雄所长"竟然连姓名都没有。贾平凹没有在放大和致敬"正能量"的地方大做文章,而是弱化处理。实际上,作者还故意加入了办案经费的细节,有意无意地昭示了生活本身的残酷。正大光明之处固然来得痛快,但接下来发生的事情却让人哭笑不得。对胡蝶而言,社会好奇的是"我是怎么被拐卖的,拐卖到的是一个如何贫穷落后野蛮的地方,问我的那个男人是个老光棍吗,残疾人吗,面目丑陋可憎不讲卫生吗?问我生了一个什么样的孩子,为什么叫兔子,是有兔唇吗?"对隐私的嗜痂之癖和阴险打探是野蛮和卑劣的表现。贾平凹的笔触显然深入到了种族和时代的根处,响应了鲁迅小说的传统。贾平凹的故事既有真实的素材作依据,更为重要的是,还有他自身的问题谱系,如他在《极花》后记中所说,"我关注的是城市在怎样地肥大了而农村在怎样地凋敝着"。面对城市化进程不可阻挡的后果,贾平凹的忧虑也许不合时宜,但正是这份执着,才警示了不能预知的危险,提醒了日常生活的宽广和通达。

与观照当下现实题材的《极花》相比,格非的《望春风》对共和国的审视就敏感多了,也许是写完了"江南三部曲"的第二部《山河入梦》还意犹未尽的缘故吧,格非借《望春风》扩大了"文革"日常叙事的影响。之所以把《极花》与《望春风》并论,很重要的一个原因是它们都以困惑或迷惘的方式加入了时代和社会的喧哗与骚动的合奏之中,只不过前者表现为女性的迷失,而后者则二重唱了男性的悲歌罢了。通过传记的方式,格非树立了两座英雄纪念碑。这纪念碑是对正义和人性的追悼。写父亲的第一章俨然人道主义的案例,父亲赵云仙极富人格魅力。在普遍凝重而肃杀的硬化社会里,赵云仙和儿子之间的关系充满了人情味。虽被村人称为"赵呆子""大呆子"或"赵大呆子",给人算命又被称为"大仙",但正是这算命的从业才使他谙熟人情物理。"天命靡常"这节就通过给野田里村一对年轻夫妇的算命烘托了父亲的精明和睿智,树立了民间智者的形象。"预卜未来"一节则进一步渲染了父亲的慈爱和宽厚,如"不管在什么地方生活,最重要的是要了解那个地方的人,越详细越好",及"不能老是从自己的立场来看一个人,要学会从别人的立场看问题"。上述人生智慧未尝不是对民族精神和非物质文化遗产的保护。正是这种日常生活经验的传承,才造就了古老传统和悠久历史文明的永恒和辉煌。父亲在变通庵的悬梁自尽,是他对自身人格和尊严的誓死维护,也是他个人的悲剧。难怪送行的葬礼如此惊心动魄。儒里赵村"大人小孩无不落泪",连平时反对父亲最力的农会骨干梅芳的泪水也"掉落在我的额头上,顺着我的鼻梁往下淌"。天地之所以仍然"清明、周正和庄严",原因恐怕也正在于此。

如果说审父和弑父是对父亲的放逐,是某种清算或解放的话,那么《望春风》的父亲之死则恰恰相反,意味着家庭和伦理秩序的破坏,亲情和温暖的不再。源于父亲的"小呆子"的我的外号也说明了我同父亲一样与这个社会的格格不入。随着第二章德正要做的第三件大事"死"的到来,我也被推上了风口浪尖。正如父亲临死前告诫的那样,要是遇到什么自己应付不了的急事时,大事找德正,以示信托。从某种意义上说,德正正是父亲的继续,是社会尚可信赖的证据。德正在小说中最突出的行动是做了三件大事,即1969年的儒里小学(向阳小学)正式落成;开出了一片新田;患上了白血病,几乎与判定死刑无异,所谓正在做"死"这件事。赵德正造福于社会,留给自己的却是病痛和苦难。他的奉献精神虽是崇高,但在作者笔下却并非神圣不可侵犯。相反,伴随着他的不乏质疑和反对的声音,如小学的建成在异议者梅芳看来就大可怀疑,因为"这学校早不建,晚不建,等到他们家矮冬瓜长大了,到了入学的年龄,嘿,这学校也像变戏法似的建成了"。同样,新田的计划也在一波三折中才告实现。具有讽刺意味的是,德正的善举并没给他带来好运,反倒让他得了一种怪病:"只要一闭上眼睛,他就能感觉到,有一穿红衣服的小孩,躲在他背后,朝他冷笑,窸窸窣窣地跟他说话。"这种英雄与反英雄双线并行的对立化处理显然并非内耗,应该说是格非在有意制造张力,以期达成与日常生活的和解,构建日常生活景观。寓崇高于日常,这是格非的时代书写,也是《望春风》的魅力所在。

二、叙事的日常生活化

正如《秦腔》中的叙事者张引生的疯癫象征了贾平凹关于社会变革的命名

和按语一样，以女性身份和视角出现的胡蝶也给《极花》的世界带来了细腻和温婉。如果说《带灯》中的女主人公以萤火虫般的微光映照了现实世界的话，那么《极花》中的胡蝶则带给人们无尽的迷惘和沉思。无论是细腻和温婉，还是迷惘和沉思，都与胡蝶的日常叙事有关。

作为一部十五万字的聚焦拐卖案的长篇小说，《极花》的重心显然是在乡村传统常态的建构之上。胡蝶发现自己的星星的过程实际上是寻根和归乡的过程。一个残酷而又严峻的事实是，城市才是拐卖案的真正元凶，正如黑亮所痛骂的那样，"城市成了个血盆大口，吸农村的钱，吸农村的物，把农村的姑娘全吸走了！"也如訾米所说，城市是大磨盘，"啥都被磨碎了"。贾平凹对农村的倚重同样是他日常生活诗学的基础。胡蝶从农村到城市的迁徙无异于一次逃脱，与她被解救后从城市到拐卖地的第二次逃脱相比，更充满了欺骗和虚幻。农村的粗鲁和戆直却是健壮的，所以贾平凹才大写了胡蝶和訾米融入农村生活的过程。对于她们而言，城市正是欲望的代名词。胡蝶被人叫作"破烂"，而訾米更是沦为妓女，躲避不了欲望消费的命运，无异于物自身。只有到农村，到了最真实和朴实不过的土地上，她们才被需要，才被还原成为日常生活的身份或主人。

和男性立场不同，女性叙事天然地具有反中心、反崇高的日常生活性质，表现在《极花》中更是显著。除上述因孩子兔子而造成解救过程的波折和延宕外，更为重要的是贾平凹对女主人公所处环境的情感和态度。虽然呈现了破败和荒芜的废村景象，但在贾平凹看来，这一切的根源却都在城市，都在传统乡村秩序的破坏。就像闻一多所期望的中西结合的宁馨儿一样，贾平凹也在原始强力的男性姿态上改变和塑造了偏见，拐卖和贫瘠并非山村的标签。有意思的是，上城打工的胡蝶仅仅是在自恋的状态下才保持她与城市之间的关系，重新回到城市的她并没有体验到新生的喜悦，反而陷入更大的苦恼和抑郁之中，倒是包括黑亮爹、黑亮叔和黑亮在内的圪梁村蛊惑着她。第五部分"空空树"中的六个"学会"就细腻地写出了她在侍弄鸡、做搅团、做荞面饸饹、做土豆、骑毛驴等方面的劳绩，实际上即是她日常生活化的蜕变历程。第四部分"走山"中的六个"比如"、第三部分"招魂"中的四个"我在想"也有异曲同工之妙。不管过程如何缓慢、如何艰难，但不容否认的是，贾平凹正是要在这猎奇的故事躯壳内吹进直面受难乡村的精气，意在打捞和拯救，重奏日渐消失的日常生活乡村牧歌，不消说，贾平凹并不乐观，残酷的自然和人为灾难正是他沉重的暗示，也是他沉痛的悼念。

《望春风》显然富有象征意蕴，但格非的处理不仅是对宏大史诗叙事模式的改写，更重要的是，他还深入历史现场，感受日常生活的温度和脉搏，从而实现日常生活的召唤和还原。格非对小说的戏剧性极感兴趣。在谈到卡夫卡时，除指出卡夫卡的写作"起源于个人和他面对的世界所构成的紧张关系"外，他还认为"其巨大的功绩在于，他改造并重建了传统小说的'戏剧性'结构"，即"不受因果律的限制"[1]。另一位美国作家雷蒙德·卡佛之所以受格非赏识，也因为"对叙述的戏剧性的一种改造"，即悬念和"事件之间的'暗中联络'"[2]，两者在《望春风》中都有所体现，堪称解构或祛魅的后现代主义手法。以算命为业的赵云仙和村主任、朱方公社党委副书记赵德正或自杀或病危的结局无疑是"不受因果律的限制"的产物，而像第一章"半塘"结尾牵涉父亲"戴天逵是怎么跟他圆梦的，那个坐在船头的尼姑到底是谁"的问题时，文本却故意遮蔽，留置悬念。至于父亲和春琴的关系，赵德正与王曼卿的关系，高定邦、高定国兄弟与梅芳的关系，等等，则模糊了传统是非评判的边界，保证了日常生活的密度和深度，特别是赵德正和梅芳二人，看似分裂和复杂的背后是格非回归日常生活的非凡努力，正如他所称道的加西亚·马尔克斯意义上的"回归种子"[3]一样。

三、日常生活寓言

《极花》对日常生活的塑造不只反映在女性主体的设定和地理民俗的书写上，还表现在日常生活寓言的开掘和建构之中，由此深化了小说的日常生活主题。

中国文学历来有家国天下的用心，即便是吟风弄月的诗酒风流也不乏忧时伤世的士人忠心，变革时代的作家更借了沸腾的现实生活来寄寓挽狂澜于既倒的雄心。留意近年的长篇小说创作可知，罪案题材颇受青睐，诸如苏童的《黄雀记》、王安忆的《匿名》、迟子建的《群山之巅》等。罪案的发生有秩序紊乱和道德失范的背景。巨变中的社会难免不在日常生活上引发动乱，在人心上引起

---

[1] 格非：《博尔赫斯的面孔》，译林出版社2014年版，第279页。
[2] 格非：《博尔赫斯的面孔》，译林出版社2014年版，第283页。
[3] 格非：《博尔赫斯的面孔》，译林出版社2014年版，第147页。

恐慌。作家间不约而同地选择透露了查验和疗救的消息。罪案既是日常生活的脚本，又是日常生活的标本。对罪案的追问过程正是查找日常生活缝隙和症候的过程，又是回归和坚守日常生活的过程。贾平凹的《极花》借拐卖案呈现了异化了的城乡日常生活风景。一方面是城市日常生活的乱象。出租大院里胡蝶对房东老伯的小儿子青文的爱恋终究抵挡不了王总招聘陷阱的诱惑，她的城市梦不仅被践踏，也彻底破灭。一方面又是乡村日常生活的惨淡。无论是营盘村的胡蝶一家，还是圪梁村的光棍们，都揭示了农村日常生活的残损和困窘。在贾平凹那里，城市解救不了农村。农村自有其繁衍生息的逻辑，未必适用城市文明之路。庖代的后果和代价触目惊心，胡蝶和訾米就是最好的佐证。

《极花》展示了城市与乡村的巨大落差，但贾平凹却在乡村主体上写出了传统的面影。每天都在进行着的日常生活固然重大，但千百年来积淀而成的日常生活原型却更是博大。也是有意纠偏太过松散的日常生活，贾平凹精心设置了日常生活结构，象征化的意象有效地诠释了日常生活哲学，包括极花在内，诸如老老爷、麻子婶，甚至是硷畔沿的四棵白皮松和乌鸦及村子都是作者匠心独运的日常生活意象。一方面是生生不息的日常生活河流，一方面则是日常生活的河床和堤岸。没有了前者就失去了活泼和充沛的日常生活生命，而没有了后者，也就没有了心魂。老老爷是村里班辈最高的人，知识多，脾性好，极花正是他首先发现和起的名，他也会看星；"浑拙又精明，普通又神秘"，无疑是贾平凹笔下又一个乡村智者形象。麻子婶又叫剪花娘子，同老老爷一样，表现了乡村生活的深度和风度。可资比较的是，贾平凹追溯村子的历史直至远古神话传说，与《老生》中的《山海经》串联相像，尤其是村子四面八方的六个梁，像"一个躺着的伸了腿露着胸的人形"，大有图腾和精神肖像之意。然而，在贾平凹笔下，这一切都已不复往昔。极花几乎不能寻见。老老爷也在捉蝎子时从坡上滚下来，他虽坚信"死不了"，自信"村子成了这个样子了，阎王也不会让我死的"，依然在二月二为村里人拴彩花绳儿，但终究难掩凄凉和落寞。与之相比，走山（地震）则是更大的灾难，寓蕴了日常生活所遭受的空前冲击。

"文革"题材虽不是禁区，但在怎么写的问题上依然敏感，格非的高明在于以现在照亮过去，即在日常生活的视域下审视和总结新中国三十年史。与其他类似处理的长篇小说相比，格非的特别在于他以自己的智慧和经验建构了象征性的日常生活世界，诸如歧义、拼贴、悬念、分裂等一道实验了日常生活的神秘和复杂,像唐文宽(老菩萨、卢家昆)、赵德正、高定邦、赵同彬和王曼卿的关系,梅芳前后的变化,龙英刀砍唐文宽,老牛皋的"作死",等等。放逐颂歌和史诗,回到日常生活现场,正是格非回看共和国史的深度反省。与此相连的是,格非有意转换叙事场域,扩大日常生活容量,如第一章"妈妈"一节谈到在我们今天所处的社会中,都热衷于说起梦来。再如第二章"告别"一节提到"当今社会的有钱人,将自己山清水秀的国家糟蹋完了,然后拍拍屁股,移居澳洲和加拿大了事"。看似批评,实际上还有日常生活实践的命意在,而与建立共和国历史的日常生活描述形成互文性关系,有趣的是,格非的加西亚·马尔克斯式时间叙述强化了日常生活意义,如第一章"父亲"中"走差"一节最后"很多年以后,到了梅芳人生的后半段……",及第二章"德正"中"猪倌"一节"很多年后的一个初秋,同彬来南京出差……",都增强了日常生活的命定感。最耐人寻味的还是在对妈妈的处理上。本来,作为男性庇护者的父亲的死和德正的病危已然宣告一个无父的新时代的到来,但在所身处的成长时代里"我"仍然孑然一身,连最亲的婶子一家也不能凭靠,妈妈的缺失更暗示了日常生活的缺陷。

英国本·海默尔对"日常生活"的含义作了以下两方面的界定:一方面,日常生活指的是那些人们司空见惯、反反复复出现的行为,另一方面则是日常作为价值和质——日常状态[①]。海氏解释说它那特殊的质也许就是它缺失之质。格非的《望春风》在上述两方面都有所体现。文本开始分别引用了刘禹锡的《再游玄都观序》和蒙塔莱的《如果有一天清晨》。前者的"兔葵、燕麦,动摇于春风"可与"反反复复出现的行为"的日常生活的第一个定义相比,而"我将带着一个秘密,默默地行走于人群中"的蒙塔莱语则具有日常伦理和质的第二种意义。这里的"秘密"意蕴深厚,体现在故事中极具反讽意味。当代文学史重视的"潜在写作"或"地下写作"显然带有"秘密"的性质。格非也许有意继承这一传统,清理肇自现代的日常生活源流。

四、日常生活的隐喻

贾平凹新世纪长篇小说有一个主题,那就是乡村的衰败。借黍离麦秀的形式来写美丽的忧伤,这美丽就是如歌的乡村日常生活,就是过往日常生活的田

[①] 本·海默尔:《日常生活与文化理论导论》,王志宏译,商务印书馆2008年版,第4—5页。

园诗。像《病相报告》《秦腔》《高兴》《古炉》《带灯》和《老生》都在不同的视角和侧面写出了繁华背后的苍凉,流露出对日常生活失序的无奈。与上述作品相比,新作《极花》更近于《秦腔》,只不过后者是借新旧对比表达了沧桑和悲凉。在不断膨胀的城市欲望的挤压下,乡村再也不是桃源和净土,而成为直接的受害者和牺牲品。贾平凹并不只在温饱的日常生活层面逡巡,和"食"相比,来自"色"的危机也许更可怕。正像黑亮爹担心弟弟和儿子的婚事一样,没有了女人,圪梁村才真的陷入灭绝的灾难。保卫日常生活的焦虑使得圪梁村出现立春、腊八兄弟俩共娶一个媳妇訾米,以及光棍做石头女人的荒唐,而其罪魁祸首就是城市。一个有象征意味的事实是,黑亮娘的死就与城市不无瓜葛。正是为看飞机,她才"脚下一滑滚了梁,昏迷了三天死了"。黑亮娘长得干净,性情安静,被县上旅游局来考察的人称为"好女人"。她的死寓示了乡村日常生活链条的缺失,直接间接的后果就是家庭和村庄的消失。在贾平凹那里,看似被解救的胡蝶的愈加不幸和下意识的"回返"正是成全,而成为乡村日常生活得以延续的希望。

贾平凹对农民的态度与格非在根本精神上是一致的。除了淡化政治色彩,凸显日常生活内容外,格非还发挥了叙事优势,最大限度地凝聚日常生活力量,展示日常生活的魅力,拓展日常生活空间。不论是歌颂还是暴露和批判,以往的"文革"书写总还不能摆脱政治的规范,格非却在儿童和个人的视角上呈现如万花筒般的民间生活。之前作为主要内容出现的政治、阶级和路线之争退为背景,日常生活本来的质地显露出来,如赵梦舒不堪羞辱服毒自杀后,遗孀王曼卿以"碧绮台"弹奏《杜鹃血》,县里主要负责人严政委"默默地听完了这首曲子,两次掏出手帕拭泪"。一代伟人去世时,救火会会长朱虎平拒绝大队革委会副主任梅芳默哀的要求,加速前进,赢得了姑娘姜维贞的芳心,等等。两相对比,没有渲染剑拔弩张的气氛,也没有动辄得咎的危机四伏,《望春风》的字里行间流贯着生活的气息,各不相同的态度、情感、心理和生活方式交汇缠绕。既不乏熙熙攘攘的清明上河图的风韵,又兼得鼓乐齐鸣的百鸟朝凤曲的精神。原本几乎成为禁区的性爱描写也被彻底解放了出来,成为市井街巷的日常生活风情的表征。除妓女王曼卿悠然穿行于男人之间外,这一两性想象不只是对政治和革命的消解,更为重要的还在承载日常生活的意义策略。在以"伦理学暗夜"解释《金瓶梅》的性爱描写时,格非得出"'性'始终是一个象征着征服与权力的隐秘中心"[①]的结论。同样,上述《望春风》中的女性也在性的"征服与权力"之中,尤其是王曼卿。正像人事的死和天命的不死所暗示的日常生活的辩证法一样,社会氛围的压抑和两性的释放也构成隐喻的平衡,象征了日常生活的弱势和反抗。

小说的情节、细节和隐喻几乎都在指向一种价值判断,那就是否定和希望。否定的是压抑人性的僵化和教条做法,希望的是拨乱反正的崭新时代。作为题目出现的"望春风"正是后者的隐喻性表达。有意思的是,虽然"春"这一符码并非小说的原创,但它与妈妈的联系还是鲜明地再现了成长和温暖的寓言,正像"妈妈"这一节里"我"的心声一样:"妈妈,妈妈呀,你究竟去了哪里?你会不会像老福奶奶说的那样,到了春天,当河边的野蔷薇全部开的时候,你就会'一下子'出现在风渠岸的春风里?每当这个时候,我的眼前就会浮现出王曼卿那俏丽而娴静的面容。"妓女王曼卿与妈妈的相提并论也在隐喻的意义上与往南京找妈妈的结尾达成一致。和"希望"相比,"否定"来得更密,更有力量。除上述父亲和赵德正的死和病外,举凡对"背起包,跟我跑"的青年突击营的讽刺,对大队书记兼革委会主任高定邦晚年困苦生活的交代,梅芳辞职时"还不如一条狗"的伤心话,出演过《红灯记》中李铁梅的"龚西施"的纵火自杀,等等,都是对革命时代审视态度的明证。无论否定还是希望,都是日常生活视域的结果。且不说"老菩萨"制造的高桥哑巴和金雀子、银雀子的噱头,就是梅芳与父亲、德正之间既对立又亲近的言语行动也是对日常生活诗学的注释和应用。

五、结论

"新常态"背景下的不同作家不约而同地走向日常生活写作并非偶然。时代赋予了使命,社会提供了良机,几乎每一个关心中国命运的人都在追问日常生活背后的深意。作家们更是高屋建瓴、身体力行。如果说以《四十一炮》《生死疲劳》和《蛙》为代表的长篇小说作为莫言犀利社会观察的结果赢得了世界范围的认可和接受的话,那么以《秦腔》和《春尽江南》为首的贾平凹和格非的长篇小说也通过了国家体制的审查,成为讨论我们所处时代问题的主流话语。

---

① 格非:《伦理学的暗夜》,载《收获》2014年第5期。

值得注意的是，不论是莫言，还是贾平凹和格非，都在内容和形式上实践了长篇小说与日常生活的融合。莫言的生命意识、贾平凹的巴塞罗那足球队踢法式及格非的开放写法，都与日常生活诗学息息相通。

《极花》几乎可以视为对《望春风》的接续和呼应。两部长篇的叙事角度也多近似，弱势地位暗含了日常生活的旁观和负重。《极花》中胡蝶的尴尬困境在《望春风》那里早已埋下伏笔。后者虽以与妈妈团聚的喜悦和对未来的希望作结，但也不无"去分家财"的嫌疑，正如婶子所说："也不会有什么好果子吃！"不管怎样，《望春风》总还怀着希望。到了《极花》那里，却几乎不留希望。女主人公从城市被骗卖，但乡村似乎也没有做好接纳她的准备。拯救使命并没有天然落在青年一代，然而老辈却又行将逝去。贾平凹不取乡村视点自有其用意，但对日常生活的期待又何尝不与《望春风》相契，同有困苦和呼唤呢？

（原载《小说评论》2016 年第 6 期）

附录

研究总目
YANJIU ZONGMU

施战军、何晶:《〈极花〉:是丰厚的,也是轻逸的》,载《文学报》2016年1月14日。

王俊:《实而虚　轻而重——一朵精神极花的存与亡》,载《中国艺术报》2016年1月15日。

老四:《贾平凹:凋敝乡村的女性悲歌》,载《齐鲁周刊》2016年第3期。

魏锋:《看贾平凹的"极花"如何插上"金冠"》,载《中国出版传媒商报》2016年1月19日。

顾超:《贾平凹〈极花〉:沉重的现实关切》,载《人民日报》2016年1月29日。

权维伟:《城市文明侵蚀下的乡土生存悲歌——评贾平凹新作〈极花〉》,载《江西广播电视大学学报》2016年第2期。

丁帆:《贾平凹长篇小说〈极花〉:中国城乡"红与黑"的水墨风俗画》,载《文艺报》2016年2月3日。

胡忠伟:《为故土书写,为乡村放歌》,载《河北日报》2016年2月19日。

舒晋瑜:《贾平凹:写胡蝶,也是写我自己的恐惧和无奈》,载《中华读书报》2016年2月24日。

陈冲:《从〈极花〉看文学从业者的"良知"》,载《文学报》2016年2月25日。

石华鹏:《〈极花〉:被泪水打湿的"现实"翅膀》,载《文学报》2016年2月25日。

黄德海:《隐喻,或者隐痛——关于〈极花〉》,载《文艺报》2016年2月29日。

徐刚:《哀恸与沉沦之地:〈极花〉的乡村世界》,载《文艺报》2016年2月29日。

何平:《中国最后的农村——〈极花〉论》,载《文学评论》2016年第3期。

韩鲁华:《写出乡村背后的隐痛——〈极花〉阅读札记》,载《当代作家评论》2016年第3期。

贾平凹、韩鲁华:《虚实相生绘水墨　极花就此破天荒——〈极花〉访谈》,

载《当代作家评论》2016年第3期。

宇星:《贾平凹:给"极花"插上"金冠"——读贾平凹长篇小说〈极花〉》,载《现代企业文化(上旬)》2016年第4期。

魏晏龙:《星光叹蝶影 彩纸挽花魂——论贾平凹长篇小说〈极花〉中的三个隐喻》,载《西安石油大学学报(社会科学版)》2016年第4期。

郑萌:《游走于现代与传统之间——评贾平凹〈极花〉》,载《湖北工业职业技术学院学报》2016年第4期。

彭岚嘉、杨华:《男性霸权下的绝望抵抗——论贾平凹小说〈极花〉》,载《小说评论》2016年第4期。

王春林:《乡村书写与艺术的反转——关于贾平凹长篇小说〈极花〉》,载《小说评论》2016年第4期。

陈思思:《文明进程中的尴尬与隐痛——〈极花〉的法律文化解读》,载《小说评论》2016年第4期。

杨一:《性别叙事下当代被拐妇女生存困境之分析与反思——以贾平凹新作〈极花〉为中心》,载《妇女研究论丛》2016第4期。

彭正生:《真实性、现实感与纠结的文化心态——读贾平凹的〈极花〉》,载《当代文坛》2016年第4期。

张光茫:《城乡夹缝中的悲悯情怀》,载《中国民族报》2016年4月8日。

吴娜:《贾平凹:"写作是一种生活方式"》,载《光明日报》2016年4月15日。

韩浩月:《作家面对农村衰败应该做些什么?》,载《文学报》2016年4月28日。

刘启涛:《当下农村窘境的悖论阐释》,载《粤海风》2016年第5期。

陈晓明、别鸣:《贾平凹谈〈极花〉:像刀子一样刻在心里》,载《人民周刊》2016年第9期。

孔令燕:《回不去的田园:〈极花〉之痛》,载《光明日报》2016年5月10日。

苏水梅:《再现混沌世界中的伤痛与救赎》,载《北京日报》2016年5月3日。

刘志伟:《名家名流讲述古今文脉》,载《中国出版传媒商报》2016年5月17日。

舟子:《丑到极处未必美 落笔还需细思量》,载《中国妇女报》2016年5月17日。

姚媛:《别让乡村像"极花"一样迷茫》,载《农民日报》2016年6月23日。

李遇春:《贾平凹:走向"微写实主义"》,载《当代作家评论》2016年第6期。

毛亚楠:《贾平凹:〈极花〉不仅仅是拐卖和解救的故事》,载《方圆》2016年第6期。

金春平:《从逸事到叙事——论〈极花〉乡土蜕变肌理的人性困境》,载《南方文坛》2016年第6期。

关峰:《论〈极花〉与〈望春风〉的日常生活诗学》,载《小说评论》2016年第6期。

徐洪军:《极花:〈盲山〉之后,讲一个不一样的故事》,载《安康学院学报》2016年第6期。

刘传霞:《论〈极花〉文本叙述的悖论与矛盾》,载《百家评论》2016年第6期。

昌切:《〈极花〉中的社会生态与胡蝶塑形》,载《华中科技大学学报(社会科学版)》2016年第6期。

吴义勤:《贾平凹与〈极花〉》,载《华中科技大学学报(社会科学版)》2016年第6期。

王书婷:《辩讷与乡愁:浅析〈极花〉的全息性叙事》,载《华中科技大学学报(社会科学版)》2016年第6期。

梅兰:《〈极花〉:巫史传统下的和解与暴力》,载《华中科技大学学报(社会科学版)》2016年第6期。

唐伟:《恶之花结出强扭的瓜——评贾平凹的〈极花〉》,载《艺术评论》2016年第6期。

卢欢:《贾平凹:我不喜欢太情节化的故事》,载《长江文艺》2016年第7期。

贾平凹、丁帆:《"睡在哪里,都是睡在夜里"》,载《长江文艺》2016年第7期。

宋强:《扭曲的乡村秩序为何让人"迷恋"》,载《中国教育报》2016年7月11日。

王万顺:《无处安放的灵魂——评贾平凹长篇新作〈极花〉》,载《中国图书评论》2016年第6期。

李素珍:《只要是蝴蝶,在哪里都能够飞翔》,载《福建日报》2016年8月5日。

刘舒晗、李宁:《论农村大龄男青年婚姻困境的影响——读〈极花〉有感》,载《山西青年》2016年第10期。

禾刀：《极花，一块被虚美掩盖的"伤疤"》，载《江淮法治》2016年第10期。

易红丹：《以水墨而文学——贾平凹小说〈极花〉叙事艺术探析》，载《北方文学》2016年第20期。

丁纯：《一曲悲歌问乡土》，载《南风窗》2016年第11期。

杨有楠：《二元结构的设置与个人立场的悬搁——对贾平凹长篇小说〈极花〉的一种解读》，载《文艺评论》2016年第11期。

戚慧：《中国西北乡村的水墨风俗画——评贾平凹新作〈极花〉》，载《重庆科技学院学报（社会科学版）》2016年第12期。

李翠：《垂危的穷乡命数——从贾平凹的〈极花〉看穷乡之挣扎》，载《大众文艺》2016年第15期。

申艳霞、罗曼莹、刘德飞等：《警惕"男才女貌"的叙事之"窑"——关于〈极花〉的意象、女性形象及现实意义的讨论》，载《创作与评论》2016年第16期。

苏沙丽：《贾平凹的"问题写作"——读〈极花〉》，载《创作与评论》2016年第16期。

闫倩：《"断裂"阴影下的梦魇与伤情——关于〈极花〉》，载《创作与评论》2016年第16期。

王晴飞：《把两件事说成了一件事——读贾平凹长篇小说〈极花〉》，载《名作欣赏》2016年第19期。

潘丹丹：《论〈极花〉主题的多重变奏》，载《名作欣赏》2016年第21期。

李群芳、周春英：《浅论贾平凹〈极花〉的疼痛性书写》，载《名作欣赏》2016年第23期。

李翠、周春英：《游离的乡村灵魂——从〈极花〉看乡村新生代之精神烙印》，载《名作欣赏》2016年第23期。

刘念慈、周春英：《温暖质朴 破茧成蝶——论贾平凹〈极花〉中胡蝶这一形象》，载《名作欣赏》2016年第23期。

李明燊：《嬗变之路上沉滞的匍匐——评贾平凹长篇小说〈极花〉》，载《社会科学论坛》2017年第1期。

王艳：《一曲乡村的悲歌——〈极花〉对现代乡村社会的思考》，载《名作欣赏》2017年第5期。

敖宁：《乡土文明的一曲挽歌：评贾平凹〈极花〉》，载《文学教育》2017年第 3 期。

徐翔：《当代中国乡村生态的呈现——贾平凹〈极花〉的乡土书写》，载《陕西学前师范学院学报》2017 年第 12 期。

程华：《在现实与想象中纠葛：贾平凹〈极花〉的叙事艺术》，载《文艺评论》2017 年第 12 期。

俞敏华：《"凋敝"何为？——从贾平凹的〈极花〉看当下乡土叙事的难度和限度》，载《当代文坛》2017 年第 6 期。

杨波：《〈极花〉乡村叙事的空间向度》，载《重庆邮电大学学报（社会科学版）》2017 年第 5 期。

李波、柴鲜：《贾平凹〈极花〉记忆中的生存焦虑》，载《黑龙江工业学院学报（综合版）》2017 年第 8 期。

雷妮妮：《也论贾平凹〈极花〉中的极花意象》，载《名作欣赏》2017 年第 23 期。

苏凯旋：《文学伦理学视野下的〈极花〉研究》，载《北方文学》2017 年第 21 期。

王豪：《对贾平凹〈极花〉解构视域下的解读》，载《北方文学》2017 年第 21 期。

周燕芬、李斌：《〈高兴〉与〈极花〉：左翼传统下的另类底层写作》，载《中国文学批评》2017 年第 3 期。

陶倩影：《小说〈极花〉的饥饿书写探析》，载《重庆科技学院学报（社会科学版）》2017 年第 7 期。

侯玲宽：《中国农村的隐痛表达——贾平凹〈极花〉论》，载《南京师范大学文学院学报》2017 年第 2 期。

刘永春：《时代焦虑的即时书写及其诗学进展——近年来中国长篇小说创作的一个观察维度》，载《扬子江评论》2017 年第 3 期。

昌切：《在历史与伦理的悖反中审视〈极花〉》，载《文艺争鸣》2017 年第 6 期。

谢有顺、唐诗人：《如何讲述苦难——以贾平凹〈极花〉看苦难书写的写作伦理》，载《文艺争鸣》2017 年第 6 期。

郗珂：《〈极花〉绽放下的道德反思》，载《昭通学院学报》2017 年第 3 期。

崔克君：《论〈极花〉人性书写的两歧性》，载《北方文学》2017 年第 15 期。

刘婧：《对贾平凹〈极花〉中老老爷的形象解读》，载《文学教育（下）》2017年第5期。

李婉娴：《从〈极花〉的自然意象探析胡蝶的命运悲剧——以"白皮松的乌鸦"和"星"为例》，载《西昌学院学报（社会科学版）》2017年第2期。

孙英莉、陶颖：《〈极花〉的乡村叙事与意义建构》，载《小说评论》2017年第3期。

郭茂全：《生存极地的生命蛮力与乡土边缘的人性光晕——评贾平凹长篇小说〈极花〉》，载《唐都学刊》2017年第3期。

梅兰：《论〈极花〉与贾平凹的小说观》，载《中国现代文学研究丛刊》2017年第5期。

李磊：《新媒体"围剿"贾平凹〈极花〉背后的文化考察》，载《德州学院学报》2017年第3期。

毕光明：《〈极花〉：生命哲学的诗化建构》，载《中国文学批评》2017年第2期。

胡传吉：《〈极花〉与罪》，载《中国文学批评》2017年第2期。

於丹枫、高侠：《试论贾平凹〈极花〉叙事的水墨意蕴》，载《名作欣赏》2017年第12期。

王振：《反抗、屈从与回归：根植于乡土的人性关怀——评贾平凹的〈极花〉》，载《东吴学术》2017年第2期。

宋悦：《边缘人的悲剧书写——以贾平凹小说〈极花〉为中心》，载《兰州教育学院学报》2018年第12期。

谢文芳、陈国和：《沉重的命题　轻逸的叙述——关于贾平凹的〈极花〉及其他》，载《湖北民族学院学报（哲学社会科学版）》2018年第6期。

张群：《突围、救赎、认同、皈依——〈极花〉起承转合隐形结构的自在生成》，载《忻州师范学院学报》2018年第4期。

许心宏：《打工妹生存转向的文化隐疾与身份切问书写——以贾平凹〈极花〉为例》，载《重庆师范大学学报（社会科学版）》2018年第3期。

余燕莉：《精神返乡与女性之殇——解读贾平凹的长篇小说〈极花〉》，载《广州广播电视大学学报》2018年第2期。

黄梦娜、毕文君：《论新世纪乡土小说的叙事困境——以〈极花〉〈我的名字叫王村〉为中心》，载《齐齐哈尔大学学报（哲学社会科学版）》2018年第3期。

王静：《虚弱的作者与无力的文本——论〈极花〉的无力感》，载《安徽文学（下半月）》2018年第2期。

李荣博：《〈极花〉的柔性批判与迷惘沉思》，载《商洛学院学报》2018年第1期。

刘洁：《两种视角看贾平凹式的乡村书写——以〈极花〉为例》，载《名作欣赏》2018年第6期。

李姚瑶：《灵与肉的迷离恍惚——论〈极花〉的三次灵肉分离》，载《名作欣赏》2018年第6期。

郑妍：《极花非花——从"虫死"到"花开"的自我救赎》，载《名作欣赏》2018年第6期。

厉依宁：《新闻与文艺作品中"诱拐事件"的比较分析——以〈极花〉〈亲爱的〉〈诱拐报道〉为例》，载《名作欣赏》2018年第6期。

王怀昭：《论贾平凹小说〈极花〉中的叙事伦理——兼谈〈哦，香雪〉〈妇女闲聊录〉》，载《湘潭大学学报（哲学社会科学版）》2018年第1期。